新萬有文庫
New Variety
文庫

古典小說論稿
——神話、心理、怪誕

劉燕萍　著

臺灣商務印書館　發行

目　次

此項研究蒙嶺南大學研究及高等學位委員會暨文科課程支援和
撥款資助，謹此致謝。

自　序

　　《古典小說論稿——神話・心理・怪誕》共收錄十四篇文章，這些論文是我近年(1996-2005)研究興趣的一些紀錄。

　　神話與文學是個有趣的課題；〈難題求婚中的人獸婚〉一文，便嘗試以難題求婚的角度，探討《搜神記》中的兩段人獸婚——〈槃瓠〉和〈女化蠶〉。至於關涉人神、仙戀的文章共三篇。一篇以啟悟旅程，研讀〈柳毅〉和〈裴航〉。另一篇則是前者的擴展——以啟悟、脫險和補償三種旅行，來分析唐代的人神、仙戀。此外，尚有從仙鄉和色慾滿足來分析《螢窗異草》。人窮則呼天，人與異類的婚戀，亦往往藉他界之力，以解現實之困。

　　心理的補償，也往往成為他界小說如鬼話的中心。這本論文集中，〈唐代人鬼婚戀中的死亡反思〉和《螢窗異草》中的人鬼戀二文，都反映了主人公以招魂等方式，補償喪亡的心理創傷；甚至以人鬼情，來滿足色慾的索求，以及補償現實生活的困厄。託幻他界，以彌補生活上的不快與欠缺，便成為眾多人與異類相戀小說的核心。此外，還有李益見鬼所表現的罪咎感，鶯鶯精神自我與肉體自我的衝突，〈離魂記〉中，倩娘以「身外身」所表現的心理他我，以追求婚戀的自主；這些都是有趣的心理呈現。

　　至於怪誕，亦是個有趣的課題。這本論文集中有四篇涉及怪誕及怪誕諷刺的文章。怪誕是由可怕與可笑，兩種元素

衝擊而成的不協調。明清小說中，便不乏怪誕諷刺的例子。
章回小說如《西遊補》、《斬鬼傳》和《常言道》；文言小
說如《聊齋誌異》和《子不語》等，都具備怪誕諷刺的元
素。作者以既諧趣又可怖的手法來表達諷刺，不但令讀者會
心微笑甚或捧腹大笑，亦可收到嘲弄之效；怪誕諷刺因而不
失為一種別緻的諷刺手法。

　　這本論文集得以完成真的要感恩，這是個難得的出版機
會，必須多謝臺灣商務印書館的支持。另外，還要感謝恩師
陳炳良教授多年來對我的指導和啟發。至於家人和丈夫對我
的支持和鼓勵，更令我深深感動。感謝你們一直以來對我昀
包容，甚至縱容我遊藝在文學的世界裏，多謝！

　　　　　　　　　劉燕萍
　　　　二〇〇六年三月二十五日於香港屯門嶺南大學

難題求婚中的人獸婚

——論《搜神記》中槃瓠和女化蠶神話

緒論

　　《搜神記》中的〈槃瓠〉（卷十四）和〈女化蠶〉（卷十四）兩篇同屬推原神話。據袁珂（1916-）的解釋，推原「就是推尋事物的開始、起源。」[1] 槃瓠神話便以靈犬與高辛（即帝嚳，傳說中的五帝之一）少女成婚，推尋了「蠻夷」民族之族源（奉槃瓠為始祖的少數民族主要是瑤族和畬族）；女化蠶神話則以女子化蠶之變形，推尋民間所信奉的蠶神——馬頭娘的來源。《搜神記》中蠶女未成為蠶神，至唐《原化傳拾遺》〈蠶女〉（《太平廣記》卷四七九）一文，蠶女才正式被封為蠶神馬頭娘[2]。《搜神記》所載的這兩則推原神話，便起著承上啟下的作用。槃瓠神話非《搜神

1　袁珂，《古神話選釋》（北京：人民文學，1982），頁 32。
2　《史記》〈五帝本紀〉載：「帝嚳高辛者，黃帝之曾孫也。」見司馬遷，《史記》（北京：中華書局，1973），卷一，〈五帝本紀〉第一，頁 13。《搜神記》二十卷本，首見於胡震亨編刻《秘冊彙函》。考《太平廣記》所引——與此本相同。見永瑢、紀昀等撰，《四庫全書總目提要》（上海：商務印書館，1931），二十七子部小說家類三，頁 74-75。汪紹楹校注本為較佳版本。見劉世德主編，《中國古代小說百科全書》（北京：中國大百科全書出版社，1998），頁 510。本文所用版本為汪紹楹校注本。見干寶撰、汪紹楹校注，《搜神記》（北京：中華書局，1979）。〈蠶女〉一文，出自《原化傳拾遺》，見李昉等編，《太平廣記》（北京：中華書

記》始載，這則神話在（東漢）應劭（189-194 年在世）
《風俗通義》和（三國）魚豢《魏略》（原書已佚）中已有
紀錄。此外，與干寶（317-322 年在世）同時的（晉）郭璞
（276-324）《玄中記》和《山海經》注釋中，亦有槃瓠神
話之載。至（南朝宋）范曄（398-445）《後漢書》引錄
《風俗通義》之載，槃瓠神話便大致定型。後代所載的槃瓠
神話如（元）馬端臨（約 1254-1323）《文獻通考》和
（元）周致中《異域志》，亦不脫《搜神記》和《後漢書》
所載的故事模式。[3]

　　至於槃瓠神話的研究，自范曄將之載入歷史（《後漢
書》）後，便產生神話歷史化的效應。後世史書如（梁）
《宋書》、（北齊）《魏書》、（唐）《南史》、（唐）
《隋書》、（唐）《北史》，亦有槃瓠種族及其生活之載。[4]
有關槃瓠神話的分析，便有歷史和圖騰神話研究等不同的路
線。從歷史角度而言，有謂槃瓠並非犬名，乃歷史上曾經出

　　局，1961），卷四百七十九，頁 3944-3945。馬頭娘又名馬鳴菩薩（馬明
　　王）。馬鳴菩薩為印度高僧，隋唐時隨佛教傳入中國；其實馬鳴菩薩與中國
　　蠶神話和傳說完全不相干，只是名字上的借用。見劉志瑋，〈關於蠶神
　　的傳說〉，《民間文學》，1984 年第 7 期，頁 52；蔣猷龍，〈蠶與馬相聯
　　繫的民俗學研究〉，《東南文化》，1990 年第 4 期，頁 123-126。

3　槃瓠神話之載，見范曄撰、李賢等注，《後漢書》（北京：中華書局，
　　1973），卷八十六，列傳第七十六，〈南蠻西南夷〉，頁 2829-2830。李賢
　　注謂「此已上並見《風俗通》也。」可見《後漢書》之載，出自《風俗
　　通》。此外，李賢注引《魏略》補充了槃瓠出生的神話。見《後漢書》，
　　頁 2830。郭璞《玄中記》及《山海經》注中有關槃瓠之載，見歐陽詢撰、
　　汪紹楹校，《藝文類聚》（北京：中華書局，1965），卷九十四，頁
　　1637；郭璞注、郝懿行箋疏，《山海經箋疏》（台北：中華書局，
　　1969），卷十二，〈海內北經〉，頁 1-2。後世有關槃瓠之載，可參考馬端
　　臨，《文獻通考》（北京：中華書局，1986），卷三百二十八，四裔五，
　　頁 2573；周致中，《異域志》，刊於《真臘風土記校注 西遊錄 異域志》
　　（合刊本）（北京：中華書局，2000），卷下，頁 55-56。

現過的一個人。槃瓠神話所涉及的由槃瓠助戰取勝的戰爭，乃歷史上楚與戎吳之戰。[5] 此外，另有從歷朝制度上證明槃瓠神話之荒誕。槃瓠神話（《後漢書》之載）集周、秦、漢之制度，可見並非高辛氏時代之產物。（唐杜佑〔735-812〕《通典》）唐劉知幾（661-721）便斥《後漢書》之載為：「言唯迂誕，事多詭越」。[6] 這則神話涵括不同時代之制度，從另一個角度而言，正好反映了槃瓠神話在口傳過程中，經歷不同時代之演變。是則神話除「真實性」受質疑外，亦有認為以犬為蠻族之祖乃賤視少數民族之論。（劉錫蕃《嶺表紀蠻》）[7] 以犬為瑤、畬等少數民族之祖是否一種侮辱？若從圖騰研究的角度而言卻非如此，鍾敬文

4　史書亦有槃瓠種族及其生活的記載，見沈約，《宋書》（北京：中華書局，1974），卷九十七，列傳第五十七，〈蠻夷〉，頁 2396；魏收，《魏書》（北京：中華書局，1974），卷一百一，列傳第八十九，頁 2245-2246；李延壽，《南史》（北京：中華書局，1975），卷七十九，列傳第六十九，〈夷貊〉下，頁 1980-1982；魏徵、令狐德棻，《隋書》（北京：中華書局，1973），卷三十一，志第二十六，〈地理〉下，頁 897-898；李延壽，《北史》（北京：中華書局，1974），卷九十五，列傳第八十三〈蠻〉傳，頁 3149。

5　認為槃瓠乃歷史上「真正」存在過的一個人，可參考吳曉東，《苗族圖騰與神話》（北京：社會科學文獻出版社，2002），頁 123；吳曉東，〈盤瓠神話：楚與盧戎的一場戰爭〉，《民族文學研究》，2000 年第 4 期，頁 84-85。

6　有謂槃瓠神話具荒誕性質，見杜佑，《通典》（北京：中華書局，1984），卷一百八十七，〈南蠻〉上，槃瓠種，頁：典 997；劉知幾著、張振珮箋注，《史通箋注》，卷八，〈書事〉篇，第二十九（貴陽：貴州人民出版社，1985），頁 308。羅泌則認為槃瓠非犬。卞明生「白犬」，卞明為黃帝曾孫，「白犬」：「乃其子之名」。人狗異婚說因「人以喜聽而事遂實矣。」見羅泌纂、羅苹注，《路史》（中國：喬可傳寄寄齋，1611），〈發揮〉，卷二，〈論槃瓠之妄〉，頁 30-32。

7　認為槃瓠神話侮辱少數民族之論，可參考劉錫蕃，《嶺表紀蠻》（台北：南天書局，1987），頁 1；彭官章，〈盤古並非盤瓠〉，《中央民族學院學報》，1989 年第 5 期，頁 58；施聯朱編，《畬族風俗志》（北京：中央民族學院，1989），頁 162。

（1903-　）便以圖騰神話的觀點來分析，推斷槃瓠乃蠻族血統所由來的圖騰。[8] 從人獸同源的觀點而言，以靈犬作為圖騰祖先，只是反映了原始的圖騰思維方式，而非侮辱少數民族之先祖。此外，若從圖騰崇拜的角度而論，就不必強行推敲、求證槃瓠是否一個實際上存在過的人而非靈犬，以及故事中所涉的戰爭又是否歷史上的某場戰役。有關槃瓠神話的研究，就以圖騰神話及其祭祀的分析佔多數。[9]

　　至於《搜神記》中〈女化蠶〉的神話，鍾敬文認為並非《搜神記》始載；三國時吳人張儼〈太古蠶馬記〉已載此事。查〈太古蠶馬記〉一文幾與《搜神記》〈女化蠶〉一文完全相同，只有三處在文字上與《搜神記》略有不同。唯〈太古蠶馬記〉的作者，以及是篇的出處都存在疑問的地方，偽托的可能性很大。故《搜神記》中〈女化蠶〉故事是否出自〈太古蠶馬記〉亦是可以商榷的。女化蠶故事至唐《原化傳拾遺》〈蠶女〉一文，加入蠶女成仙——九宮仙嬪（嬪）而大致定型。[10]（元）無名氏《三教搜神大全》的情

8　鍾敬文，〈槃瓠神話的考察〉，《鍾敬文民間文學論集》（上海：上海文藝，1985），頁 101-127。

9　以圖騰及祭祀角度研究槃瓠神話的如曉鐘，〈槃瓠傳說辨略〉，《畬族研究論文集》，施聯朱編（北京：民族出版社，1987），頁 240-246；陳斌，〈瑤族盤瓠神話芻議〉，《雲南師範大學學報》，第 30 卷第 1 期（1998），頁 14-19；何穎，〈盤瓠與生殖崇拜原型〉，《新亞學術集刊》，第十二期（1994），頁 77-86。另外，亦有對盤古與槃瓠關係作出探討之文。有認為盤古即槃瓠，見常任俠，〈重慶沙坪壩出土之石棺畫像研究〉，《中國神話學文論選萃》，馬昌儀編（北京：中國廣播電視出版社，1994），頁 466；吳澤順，〈盤瓠神話的深層結構〉，《中南民族學院學報》（哲學社會科學版），1992 年第 2 期，頁 34。亦有認為盤古由槃瓠演變而來，見石光樹，〈從槃瓠神話看苗、瑤、畬三族的淵源關係〉，《畬族研究論文集》，頁 58。

節便與《原化傳拾遺》之載大同小異。此外，受中國馬頭娘
故事影響，日本岩手縣上閉伊郡亦有馬皮裹女變蠶的蠶神故
事。[11] 至於女化蠶的研究，有從推原神話和俗神信仰的角度
來探討，如鍾敬文從蠶在視覺上與馬和女子相似而有女化蠶
之變形，來分析是則神話；劉守華（1935- ）則從蠶神信
仰，來探討二大蠶神──嫘祖和馬頭娘。除神話和蠶神信仰
之研究外，另有從文學角度──女子犯背信之罪而被罰化蠶
之觀點，來探討是則神話。[12]《搜神記》中的〈槃瓠〉和
〈女化蠶〉同屬推原神話 [13]，兩篇作品都呈現相類的結構─

---

10 《搜神記》〈女化蠶〉出自〈太古蠶馬記〉，見鍾敬文，〈馬頭娘傳說
辨〉，《鍾敬文民間文學論集》，頁 245。〈太古蠶馬記〉真偽成疑，見顧
希佳，《東南蠶桑文化》（北京：中國民間文藝，1991），頁 56。亦有認
為〈太古蠶馬記〉即《搜神記》〈女化蠶〉。明人纂輯《五朝小說》等書，
裁篇別出，偽作今題，並嫁名吳張儼撰。此外，唐《神女傳》〈蠶女〉所記
與《原化傳拾遺》〈蠶女〉大致相同，但《神女傳》，本題唐孫頠撰，實
出偽托，此書雜取諸書而成。見《中國古代小說百科全書》，頁 458，
522。

11 與蠶女相類的故事，見無名氏，《繪圖三教源流搜神大全》外二種（上
海：上海古籍，1990），卷三，頁 138。日本之馬頭娘傳說，見稻田浩二、
小澤俊夫編，《日本昔話通觀》（京都：同朋舍，1985），岩手第 3 卷，
〈蠶の起こり〉，頁 838-839。中譯見關敬吾編，《日本民間故事選》（上
海：上海文藝，1983），頁 302-303。日本的馬頭娘故事，以及馬鳴菩薩之
崇拜，見伊藤清司，《日本神話と中國神話》（東京：學生社株式會社，
昭和 56 年），〈糸を吐く女──日本・中國養蠶起源伝承の比較〉，頁
101-123。

12 從推原神話、俗神信仰和文學角度來分析女化蠶神話之文，見鍾敬文，
〈馬頭娘傳說辨〉，頁 245-251；劉守華，〈蠶神信仰與嫘祖傳說〉，《高
師函授學刊》，1995 年第 5 期，頁 1-6；紀永貴，〈蠶女故事與中國式原罪
原型〉，《南都學壇》（哲學社會科學版），1999 年第 2 期，頁 40-46；紀
永貴，〈蠶女故事的文學文化學解讀〉，《民間文化》，2000 年第 7 期，
頁 16-20。杭嘉湖一帶的蠶民大都信奉馬頭娘。見汪維玲，〈杭嘉湖蠶民的
蠶神信仰與養蠶禁忌〉，《中國民間文化──民間俗神信仰》，上海民間
文藝家協會、上海民俗學會編（上海：學林出版社，1994），頁 96-104。

一主人公包括人、獸雙方；由人（高辛氏、蠶女）提出難題，作為許婚條件，由獸（犬、馬）解決難題，並有女方自願及不自願的人獸婚結局。可以說，兩篇故事同屬難題求婚類作品。本文便嘗試從難題求婚的角度，來探討這兩則神話。

一、提出難題者

在民間故事中，有不少以婚姻為題材之作。主人公往往在解決難題後，同時亦獲得成婚的資格。伊藤清司（1924-）為這類故事所作的界定為：「在被求婚或者求婚時，以解答對方提出的難題為內容的故事就叫『難題求婚』型故事。」在這些故事中，主人公拚力通過婚姻考驗的目的，常常是為了娶得身份特殊或高貴的姑娘——蕭兵（1933-）稱之為「聖處女」。在這類故事中，求婚者往往是貧苦小伙子，「聖處女」則往往是天神、超自然存在的姑娘或身份高貴的少女。主人公在歷盡艱辛（往往會獲得助力）後，通常是以

---

13 〈女化蠶〉故事涉及馬頭娘的來源。除馬頭娘外，尚有其他蠶神。與馬頭娘分庭抗禮的為嫘祖——傳說中的養蠶發明者。《隋書》載北齊祀「先蠶黃帝軒轅氏」，北周「莫先蠶西陵氏」。見《隋書》，卷七，志第二，〈禮儀〉二，頁 145。由奉黃帝為先蠶，至改為祀嫘祖為蠶神，這種改變，大抵是由於育蠶治絲乃婦功。見丁山，《中國古代宗教與神話考》（上海：上海文藝，1988），頁 431。最原始的蠶神乃甲骨文中所載的蠶示；蠶示可能就是蠶本身。有關蠶示之祭，可參考胡厚宣，〈殷代的蠶桑和絲織〉，《文物》，1972 年第 11 期，頁 3，5；王剛，〈淺談紅山文化玉蠶和祭祀〉，《內蒙古文物考古》，1998 年第 2 期，頁 49。此外，尚有倡導養蠶者成為蠶神之例，四川蜀地便崇拜蠶叢氏——青衣神。相傳蜀侯蠶叢，教民養蠶，被奉為蠶神。有關蜀侯蠶叢氏稱王之載，見常璩，《華陽國志》，刊於劉曉東等點校，《二十五別史》（濟南：齊魯書社，2000），卷三，〈蜀志〉，頁 26-27。蠶叢氏教民蠶事，被封為蠶神之載，見《繪圖三教源流搜神大全》，卷七，頁 316。

求婚成功作結。據伊藤清司的分類，難題求婚型故事可分為A、B兩種。A型是由姑娘之父或姑娘對求婚者出難題；B型則是有權勢的人想把別人的妻子、女兒佔為自己的妻子而對其夫、其父出難題。[14]

〈槃瓠〉和〈女化蠶〉，可說是屬於 A 型難題求婚類別。在這兩則神話中，提出難題的人分別是姑娘之父及姑娘本人。〈槃瓠〉神話中，提出殺敵許婚難題者為高辛氏——姑娘之父，一個代表父權的人物；這亦是一般難題求婚故事的情節模式。鹿憶鹿（1960-　）說：「考驗的倡導者和主持人往往是『聖處女』的長輩或保護人。」[15] 這個故事有別於其他難題求婚故事之處，在於提出難題者並沒有一個設定的考驗對象——能剿滅戎吳將軍者，便可獲得與高辛少女成婚的資格。這個徵婚式的試煉，含有挑選優秀女婿的性質。挑選的結果居然是由槃瓠——一頭靈犬勝出。[16] 徵婚式的婚姻考驗，因為沒有一個特定的許婚對象，當勝出者是獸而非人，便收到出人意表的驚愕效果。〈女化蠶〉神話與〈槃瓠〉神話不同之處，在於提出考驗的人是姑娘本人而非其父親。姑娘提出迎得父歸便許婚之難題時，更有其設定的對象

---

14 有關難題求婚的界定，可參考伊藤清司著、白庚勝譯，〈古典與民間文學〉，《雲南社會科學》，1984 年第 3 期，頁 108（是篇論文的另一篇中譯本，見伊藤清司著、史有為譯，〈難題求婚型故事、成人儀式與堯舜禪讓傳說〉，《神話——原型批評》，葉舒憲編〔西安：陝西師範大學出版社，1987〕）；蕭兵，〈婚姻考驗和穀種神話——比較神話學筆記〉，《思想戰線》，第 57 期，頁 82；鍾敬文，〈中國的天鵝處女型故事〉，《鍾敬文民間文學論集》，頁 72-73。

15 鹿憶鹿，〈難題求婚模式的神話原型〉，《中國神話學文論選萃》，頁 839。

16 難題求婚故事亦含有挑選優秀丈夫的意思。見馬翀煒，〈難題求婚故事與愛列屈拉情結〉，《雲南民族學院學報》（哲學社會科學版），第 17 卷第 1 期，頁 80。

——馬。由於姑娘是主動的立約者（雖然是以戲言方式出之），因而便需要在一定程度上，為其日後毀約的行為負上責任。

二、難題的類別

㈠不同類型的難題

　　難題求婚故事中，主人公面對的難題，如試鍊其生活技術等項，往往都是具備危險性甚或挑戰其能力極限的考驗。君島久子（1925-　）認為這些難題往往是實際生活的反映：居於山地的民族所提出的難題多為斫樹、燒田、播種、收獲等反映其生存方式的試鍊。彝族民間故事〈吹笛少年與魚女〉，便反映了刀耕火種的山地生活。這則故事中的吹笛少年為與魚姑娘成婚，而接受魚王的考驗，需在幾天內解決幾乎是難以完成的難題，包括斫九座大山成種莊稼用的火燒地、翻土耕地、播種和收種。[17] 伊藤清司便認為從姑娘之父給求婚者出難題進行考驗，可見到「勞動婚」的痕跡：女婿在一定期間內為女方家庭「服務」，從而補償因姑娘結婚，導致家庭勞動力的損失。[18]

---

[17] 難題反映生活方式，見君島久子著、劉曄原譯，〈羽衣故事的背景〉，《民間文藝集刊》，第八集，頁 288。〈吹笛少年與魚女〉，見李德君、陶學良編，《彝族民間故事選》（上海：上海文藝出版社，1981），頁 204-216。

[18] 有關難題求婚和勞動婚的關連，見〈古典與民間文學〉，頁 109；鹿憶鹿，上引文，頁 842；黃大宏，〈中國難題求婚型故事的婚俗歷史觀——與母系氏族社會晚期婚姻制度的關係假說〉，《延安大學學報》（社會科學版），1999 年第 1 期，頁 89；安國梁，〈《聊齋志異》的難題求婚型敘事模式〉，《十堰大學學報》（社科版），1994 年第 2 期，頁 29。

　　難題求婚故事中有不同的難題種類，除反映刀耕火種生活技術的難題外，還有兄妹婚中強烈訴諸天意的難題。烏丙安認為這類故事可分為占卜型和追逐型兩種。（唐）李冗《獨異志》中女媧的兄妹婚裏，妹妹提議若煙合不散便與兄結成夫婦，可算是占卜型難題求婚。至於瑤族洪水遺民神話中，妹妹著兄繞物追逐，能逮著妹妹方才許婚，則可歸入追逐型難題求婚一類。以上略舉的難題種類，無論是刀耕火種型難題、占卜型難題，抑或是追逐型難題，每種難題或多或少，總帶著訴諸天意或成婚乃天意所授的意味。[19]

㈡具危險性的難題

　　難題求婚故事中，主人公在解決難題時，往往會遇上危險。〈槃瓠〉和〈女化蠶〉神話中，主人公面對的難題，就具備一定的危險性。前者屬於國難層面，後者則屬於個人的家庭問題。〈槃瓠〉一則，主人公面對的難題就是要解除國難危機，這個試鍊便十分危險：「時戎吳強盛，數侵邊境。遣將征討，不能擒勝。」面對強敵戎吳，以及強中之強——戎吳將軍，高辛氏因而招募：「得戎吳將軍者，購金千斤，封邑萬戶，又賜以少女。」[20] 由賞金、賜邑、許婚的優厚殺

---

19 占卜型和追逐型難題求婚之討論，見烏炳安，〈洪水故事中的非血緣婚姻觀〉，《中國神話學文論選萃》，頁 188。女媧兄妹為夫婦故事，見李冗，《獨異志》，刊於《獨異志　宣室志》（合刊本）（北京：中華書局，1983），卷下，頁 79；廣西融縣羅城瑤民洪水神話，見袁珂，《中國神話傳說》（北京：中國民間文藝出版社，1984），第三章，頁 81-85。難題求婚總是帶著天意所授的意味，見黃大宏，上引文，頁 90。至於後世成婚故事中的難題求婚種類，則可窺見難題危險性的褪減和娛樂性的增加。〈蘇小妹三難新郎〉中，蘇小妹三難秦觀，要新郎完成作絕句、猜詩謎和對對聯的難題，才可進入新房，便充滿娛樂性。故事見馮夢龍編，《醒世恒言》（上海：上海古籍出版社，1997），第十一卷，頁 201-213。

敵酬勞，可證任務之艱難。槃瓠面對的就是殺敵救國的艱險考驗；這個深入敵陣殲滅強敵主將的難題，可說是一項具死亡考驗的試鍊。蕭兵說難題求婚「故事的主人公需要經受肉體上的痛苦而殘酷的考驗，特別是經受『死亡』考驗」。納西族民間故事〈人類遷徙記〉中，主人公從忍利恩為娶天女襯紅褒白命，便需經歷捉岩羊、捕魚和擠虎乳三次挑戰死神的考驗。主人公面對與虎謀乳的「生死關頭」時，更「傷心地哭了起來」。由此可見考驗的危險性。[21] 槃瓠殺戎吳將軍，亦是一項具死亡威脅的試鍊。

　　難題愈艱辛，化解難題的功勞則愈大；槃瓠完成殺戎吳將軍的考驗後，亦成為救國英雄。此外，戎吳的入侵，既是危機亦是天機。尋常日子中無甚可能締結的人獸婚，就因這個「天機」而產生。縱然是人類亦難以完成的殺敵任務，居然由一頭靈犬來完成，槃瓠並因此而獲得解構難題後的成婚資格，便替這則難題求婚神話，增添一份天意所授的色彩。高辛少女說：「槃瓠銜首而來，為國除害，此天命使然」。〈槃瓠〉一則，主人公所面對的就是殺戎吳將軍以救國，極具危險性的國難難題。

　　相較於〈槃瓠〉而言，〈女化蠶〉中主人公──馬所面

------

20 槃瓠所殺的敵人，《搜神記》中為戎吳將軍，郭璞《山海經》注釋中則為戎王以及《玄中記》中的犬戎。見《山海經箋疏》，卷十二，〈海內北經〉，頁1；《玄中記》刊於《藝文類聚》，頁1637。在《後漢書》中，敵人則變為犬戎吳將軍。見《後漢書》，卷八十六，〈南蠻西南夷〉，列傳第七十六，頁 2829。吳曉東則認為戎吳乃盧戎，見〈槃瓠神話：楚與盧戎的一場戰爭〉，頁85。

21 難題求婚者多數要經歷死亡的考驗，見蕭兵《中國文化的精英──太陽神話比較研究》（上海：上海文藝出版社，1989），頁480。〈人類遷徙記〉，見中共麗江地委宣傳部編，《納西族民間故事選》（上海：上海文藝出版社，1981），頁52-54。

對的難題，則屬於個人服務性質的難題。姑娘孝念思親，想念「遠征」的父親，而對馬許下「迎得父還」便可成婚之諾言。馬為姑娘迎接遠征在外的父親，乃為姑娘服務，圓其思親、欲見父還之夢；屬解決親人分隔一方，難以團聚的個人家庭問題。馬所面對的雖非如槃瓠的國難危機，卻仍有一定的危險性。馬面對的考驗是迎歸「遠征」之「大人」（姑娘之父）。「遠征」可以有兩個解釋，一為遠行，一為征戍。[22]征戍當然又較遠行更為危險。無論馬接受的任務是迎回遠行，抑或是征戍在外的「大人」；為完成使命，馬必須長途跋涉，途中經歷一定程度的險阻則是肯定的事。可以說〈槃瓠〉和〈女化蠶〉神話中，主人公無論面對的是國家難題，還是個人問題，其難題都具備一定的危險性，從而考驗主人公的智、勇等方面的能力。

三、難題求婚中的考驗

㈠接受試鍊

在難題求婚故事中，主人公都需要接受難題的考驗，以獲取成婚的資格。從另一個角度而言，主人公亦會從解決難題的過程中，證實其能力，甚至能夠獲得成長。王孝廉（1942- ）認為許多神話都是通過迷路、試鍊、放逐、受難

---

22 將「遠征」作出征解釋的，見劉琦、劉國輔注釋，《搜神記　搜神後記譯注》（合刊本）（長春：吉林文史出版社，1997），卷十四，頁 383；黃滌明注釋，《搜神記全譯》（貴陽：貴州人民出版社，1991），卷十四，頁 393。將「遠征」譯作出門遠行的如張甦等編，《全本搜神記譯》（上海：學林出版社，1994），卷十四，頁 273；羅尉宣評注，《今評新注搜神記》（長沙：湖南文藝出版社，1997），卷十四，頁 236；顧希佳選譯，《搜神記》（杭州：浙江古籍出版社，1985），頁 14。

的歷劫而到自我完成。[23] 傈傈族〈孤兒和龍女〉民間故事
中，孤兒便因經歷難題求婚的考驗，發展出一個較為成熟的
自我。故事中的孤兒與龍女本為夫婦，孤兒後來被國王強奪
妻子。孤兒代表弱勢，國王則代表強權。孤兒集鳥皮織成羽
衣，吹笛以引起國王的注意，以智計與國王交換身份，從而
施展借刀殺人之計——命令衛士把強奪人妻的國王殺掉，成
功救回龍女。孤兒在解決難題的過程中（以龍女為助力），
便表現了日趨成熟的智、勇能力。[24]〈槃瓠〉和〈女化蠶〉
神話中的主人公，雖非人類而是異獸，但在接受難題的考驗
時，亦試鍊了本身的智力和勇氣。

〈槃瓠〉神話中，主人公透過接受殺敵以保家衛國的考
驗，表現了其忠勇和智慧。懷特（D. G. White）認為槃瓠神
話「與動亂主題有密切關係」。[25] 亂世出英雄，槃瓠就在對
抗戎吳之役，因殺敵有功，由異獸提昇為救國英雄。《搜神
記》載槃瓠殺敵之文，只有一句：「盤瓠銜得一頭」；有關
歷險之過程則從略。但從槃瓠在沒有任何助力的情況下隻身
犯險，深入敵陣殲滅戎吳將軍，可見其勇。後世畬民對槃瓠
的尊稱，就是「忠勇王」。[26] 至於槃瓠用甚麼智計及方法殺
敵，《搜神記》中並沒有具體記載；只有高辛少女的一句評

---

23 王孝廉，《中國的神話世界各民族的創世神話及信仰》（台北：時報文
　　化，1977），頁 597。伊藤清司認為難題求婚危險性的考驗，與成人儀式
　　考驗成人候補生的勇氣和忍耐力有相似之處。見〈古典與民間文學〉，頁 110。
24 祝發清等編，《中華民族故事大系》（上海：上海文藝出版社，1995），
　　第七卷，〈孤兒和龍女〉，頁 394-399。
25 D.G. White, *Myths of the Dog-Man* (Chicago and London: The University of
　　Chicago Press, 1991), p. 143.
26 中國民間文學集成全國編輯委員會，《中國民間故事集成·福建卷》（北
　　京：中國 ISBN 中心，1998），〈畬族姓氏及世居山腳的來歷〉，頁 21；蒙
　　憲、郭輝編，《中國少數民族風俗與傳說》（海口：南海出版公司，
　　1991），〈盤瓠杖〉，頁 403。

語：「豈狗之智力哉」，可窺見槃瓠超越獸類之智。稗海本
《搜神記》則補上槃瓠偽降敵將一筆。是書〈槃瓠〉一條，
載主人公「走投房王（敵人）」。降敵之舉，令敵方疏於防
備。槃瓠則趁敵將「飲酒而臥」之際，囓首而歸。後世瑤族
《過山榜》中，皆有槃瓠曲意逢迎敵人，伺機殺敵立功相類
似的記載。[27] 後代槃瓠故事便強調了主人公以智計殺敵的能
力。可以說，槃瓠接受難題求婚試煉的同時，亦挑戰和展示
了本身勇、智的能力；為國立功，成為衛國英雄。袁珂便認
為槃瓠樹立了一個「英雄的形象」。何聯奎（1902- ）則認
為槃瓠乃畬民崇拜英雄觀念的投射。[28]

　　〈女化蠶〉神話中的牡馬，雖非為國立功，成為崇拜的
對象；亦在接受難題求婚的過程中，表現了屬於勇、智的靈
性。馬和槃瓠一樣，都是在沒有任何助力的情形下，獨自完
成難題——載歸「遠征」的姑娘之父。《搜神記》中並沒有
關於馬如何克服旅途險阻的描寫，文中只有「徑至父所」總
結性的一句話。然而，主人公來回「遠征」之途所付出的勇
力與勞力，則可以想見。文中著墨多一點的是關於馬如何利
用身體語言迎回主人。馬對主人「望所自來，悲鳴不已」，
引起主人的猜疑，從而乘馬歸家。由馬懂得以眼神和聲音來
表達內心意欲的描寫，可見其靈性。槃瓠和馬在解構國難和
家庭難題的過程中，面對敵陣之危、「遠征」之險，在在皆

---

27 稗海本《搜神記》載槃瓠故事，見《搜神記 搜神後記譯注》（合刊本），
　 十五，〈盤瓠〉，頁 781-784。稗海本《搜神記》實為五代以後人之偽托，
　 見《中國古代小說百科全書》，頁 510。《過山榜》載槃瓠假意降敵，見
　 《過山榜》編輯組，《瑤族過山榜選編》（長沙：湖南人民，1984），頁
　 2，4，9，13。槃瓠為民除害，保衛家園，屬於有功型圖騰神話。見雷金
　 松，〈畬族盤瓠神話比較〉，《民族文學研究》，1988 年第 2 期，頁 83。
28 槃瓠為英雄形象之論，見《古神話選釋》，頁 221；何聯奎，《民族文化研
　 究》（台北：缺出版社，1951?），頁 27。

挑戰了主人公的勇、智方面的能力。而主人公亦展示了優於尋常獸類的特質及靈性。

㈡從異獸到圖騰始祖

〈女化蠶〉和〈槃瓠〉兩則神話中，前者的主人公在歷險後與姑娘化蠶，但後世被祀為蠶神的是姑娘——馬頭娘而不是馬。槃瓠神話中，主人公歷險後，不但與高辛少女成親，且成為「蠻夷」的圖騰始祖，經歷一個較為完整的「成長」歷程。這一節就集中討論槃瓠由靈犬到「聖化」為圖騰始祖的轉變，以見英雄的成長。

1.經歷變形的異獸

槃瓠經歷一段神奇的生育過程——無論是誕生時所經歷的變形（metamorphosis）或變形後「其文五色」的奇異外貌，都突出了槃瓠的特殊性。《搜神記》有關主人公的誕生過程，源自《魏略》之載。李賢（651-684）注《後漢書》便引述了已佚的《魏略》中有關槃瓠出生的經過，情節大致與《搜神記》相同。[29]

槃瓠的出生，就是一段神奇的生育過程。主人公乃是由蟲變犬的變形而來：高辛王宮中的老婦得耳疾，醫者從其耳朵中挑出「頂蟲，大如繭」。（《魏略》中沒提及頂蟲，後世畬族《狗皇歌》則說是「金蟲」[30]）當這條「頂蟲」被置於瓠瓢中，竟再度發生變形：「俄爾頂蟲乃化為犬」。這段

---

[29] 李賢注引已佚的《魏略》有關槃瓠變形的出生，見《後漢書》，卷八十六，〈南蠻西南夷〉，列傳第七十六，頁 2830。《魏略》中只言高辛氏老婦從耳中挑出「物大如繭」，至《搜神記》則言此物為「頂蟲」；至於槃瓠從瓠與槃中變化成犬的情節亦相同。

[30] 金蟲之載，見畬族《高皇歌》（又名盤瓠王歌），刊於《畬族社會歷史調

生育經過，充滿令人驚訝的變形：首先，由人類的耳朵中孕
育出昆蟲，已是出人意表。「頂蟲」竟能變形為犬，則更匪
夷所思。由蟲變獸的變形，涉及不同物類間的互變。卡西勒
（E. Cassirer）說：「在不同的生命領域之間絕沒有特別的
差異。沒有任何東西具有一種限定不變的靜止形態：由於一
種突如其來的變形，一切事物都可以轉化為一切事物。」[31]
這種生命一體化的觀念，乃產生物類互變之基礎。變形後的
槃瓠亦與別不同──「其文五色」。五色犬的外形，便異乎
尋常。無論是由蟲變犬的瞬變，抑或是變形後異於常犬的顏
色，都突顯槃瓠的特殊性，營造出一段英雄不平凡的出身經
歷。

　　有關槃瓠變形的誕生，還有一點值得注意的地方，就是
「催生」神奇變形的工具──「瓠蘺」。據聞一多
（1899-1946）的分析：「匏瓠《說文》互訓，古書亦或通
用，今語謂之葫蘆。」「瓠」就是葫蘆，「瓠蘺」乃葫蘆剖
開製成的瓢類的東西。由「頂蟲」化為五色靈犬的神奇變
形，就發生在將蟲「置以瓠蘺，覆之以盤」之內；多子的葫
蘆乃生命母體的崇拜物及多子多孫的象徵。[32] 槃瓠由象徵生

<hr />

查》，中國少數民族社會歷史調查資料叢刊福建省編輯組編（福州：福建
人民出版社，1986），頁 365。

31 E. Cassirer, *An Essay on Man An Introduction To A Philosophy of Human Cul-
ture* (New Haven: Yale University Press, 1944), Chap VII "Myth and Religion",
p. 81；恩斯特‧卡西勒著、甘陽譯，《人論》（台北：桂冠，1997），第
七章，〈神話與宗教〉，頁 121。樂蘅軍稱：由某種形象蛻化為另一種形象
為「力動的變形」。見樂蘅軍，〈中國原始變形神話試探〉，《古典小說
散論》（台北：純文學出版社，1984），頁 4。槃瓠由蟲化犬亦屬力動變
形。李豐楙認為中國神話有其獨特性質，加上道教煉丹煉仙影響，應稱為變
化。見李豐楙，〈不死的探求──從變化神話到神仙變化傳說〉，《中外
文學》，第 15 卷第 5 期，頁 39-41。

命母體的瓠瓜「催生」而成，就表現了葫蘆所象徵的生殖力。此外，槃瓠亦是以其「催生」物命名的：槃和瓠，而「瓠」——葫蘆又代表多子多孫，亦符合其作為「蠻夷」的圖騰始祖，如「緜緜瓜瓞」（《詩經》《大雅》〈緜〉）般滋育後世子孫的身份。槃瓠神奇變形之誕生過程，充份顯示其特殊性。從讀者接受的角度而言，因為這段不尋常的生育過程，讀者亦會較接受槃瓠並非尋常之犬，從而或較能接受日後主人公非比尋常的殺敵、娶妻，甚至成為圖騰始祖的際遇。

2.「聖化」為圖騰始祖

　　槃瓠能夠由異獸層次得到提升，關鍵在難題求婚過程中主人公殲滅戎吳將軍，成為民族英雄；為國立功是令槃瓠得以提昇之因。王孝廉認為神話中主人公所受的磨難是由俗到聖，由人到神的通過儀禮。[33] 槃瓠亦經歷由俗到聖的階段——從異獸提升為民族英雄，死後更被「聖化」為圖騰始祖，饗受後世子孫的祭獻。

　　弗雷澤（J. G. Frazer）為圖騰所下的定義為：「圖騰是

---

32 聞一多的分析，見〈伏羲考〉，《神話與詩》（北京：中華書局，1959），頁 59。聞一多列出的 49 則洪水神話中，便有 17 則以葫蘆作為避水的工具，見〈伏羲考〉，頁 67。葫蘆的生殖象徵，見傅道彬，《中國生殖崇拜文化論》（武漢：湖北人民出版社，1990），頁 90。亦有認為槃瓠出生屬感生神話之論，見蔣明智，〈盤瓠出世：一段圖騰生育神話解讀〉，《民族文學研究》，2000 年第 3 期，頁 13；陳斌，〈瑤族盤瓠神話芻議〉，《雲南師範大學學報》，第 30 卷第 1 期（1998），頁 15。由於槃瓠非由老婦直接產出，而是由虫變形而來，故本文採用變形而非感生神話的角度來探討槃瓠的出生。此外，林河認為槃瓠本義為大葫蘆，族人本奉葫蘆為圖騰。但五溪蠻中有些民族，從葫蘆崇拜演化為神犬崇拜，因而依槃瓠漢字音義，構想出槃瓠在瓠簞中，由虫變犬的神話來，見林河，〈槃瓠神話訪古記〉，《中國神話學文論選萃》，頁 674-679。

33 王孝廉，上引書，頁 597。

一群原始氏族所迷信而崇拜的物體，他們相信圖騰與其族中任何一人，均維持著密切而特殊的關係。」[34] 圖騰祖先的觀念，就是某一群體把某種動物、植物、無生物或自然現象當作祖先。如古突厥人說他們的始祖母是一頭牝狼（《周書》）、古夜郎人說他們出自一根三節大竹。（《華陽國志》）[35] 《搜神記》中的「蠻夷」人則相信他們的始祖為一頭靈犬——槃瓠，槃瓠便是他們的圖騰始祖。《搜神記》〈槃瓠〉一文所載：槃瓠與高辛少女「產六男六女，槃瓠死後，自相配偶，因為夫婦」。由槃瓠繁衍而來的族裔，就是「蠻夷」。「世稱『赤髀橫裙，盤瓠子孫』。」後世的瑤、畬等族，多奉槃瓠為圖騰始祖。

犬被奉為圖騰不無原因，舊石器時代，人類已開始豢養犬隻。新石器時期已有神犬崇拜的痕跡。雖然犬有時亦被賤視：印度階級中，不潔的、被擯棄的人就常被喻為犬。然而，犬對人之助亦大，可助獵、供食用、護主、護財等。[36] 神犬救人亦不乏例子，《嶺表紀蠻》便紀錄了兩則瑤始祖因狗的哺育、庇護得以成長，以及狗在陣上殺敵救瑤始祖之

---

34 J. G. Frazer, *Totemism and Exogamy* (London: Dawsons of Pall Mall, 1968), vol. 1, p. 3. 據弗雷澤的分類，圖騰又分氏族圖騰、性別圖騰和個人圖騰三類。（p. 4）圖騰的作用往往是將族中的成員粘合在一起。見劉毓慶，《圖騰神話與中國傳統人生》（北京：人民出版社，2002）；頁 8；陳桂芬，〈圖騰與圖騰崇拜〉，《社會科學家》，1994 年 1 月，頁 54。

35 圖騰祖先觀念，見何星亮，《圖騰文化與人類諸文化的起源》（北京：中國文聯出版公司，1991），頁 6。古突厥、夜郎人的圖騰始祖，見令狐德棻等撰，《周書》（北京：中華書局，1974），卷五十，列傳第四十二，〈異域〉下，〈突厥〉傳，頁 907-908；《華陽國志》，卷四，〈南中志〉，刊於《二十五別史》，頁 44-45。

36 舊石器時期人類已開始養犬，見馬長壽，〈苗瑤之起源神話〉，《中國神話學文論選萃》，頁 521-522。1984 年在懷化市出土一件雙犬聯體陶塑，該犬祭文物屬距今約 4555 年至 4187 年間新石器早至中晚期文物。見周德麟，〈湖南懷化市的盤瓠文化遺存〉，《民族研究》，1994 年第 3 期，頁 68；

例。在一些民族如僚族中，狗的價值更高得驚人。《魏書》
載：子若錯手殺父，「求得一狗以謝其母，母得狗謝，不復
嫌恨。」[37] 一頭狗可抵一條人命，可見其價值。由於人與犬
關係的密切及犬具重要價值，因而被奉為圖騰也不無道理。[38]

　　槃瓠由異類被提昇為圖騰始祖，經歷了「聖化」的過
程。《搜神記》所載有關祭祀槃瓠的儀式，正好證明槃瓠在
干寶之時，已被「聖化」。圖騰氏族的宗教儀式，可分為模
仿性和紀念性兩種。模仿性儀式指在祭典中，族員及司祭模
仿圖騰的形態及行為。紀念性祭式指在典禮時，族員及司祭
表演圖騰祖先的往昔事跡，作為紀念。[39]《搜神記》所述的
祭典屬模仿性儀式；槃瓠族裔「糝雜魚肉，叩槽而號，以祭

石宗仁，〈懷化麻陽城步盤瓠文化遺存比較研究〉，《懷化師專學報》第
18 卷第 1 期（1999），頁 45。神犬崇拜和神犬神話，可參考林河，上引
文，頁 674-679。印度階級中，犬與被棄之人同喻，見 D. G. White, *op. cit.,*
pp. 72-114.

[37] 神犬救人之例，見《嶺表紀蠻》，頁 82。《搜神記》中亦有義犬救主的故
事。卷二十〈華隆家犬〉中，華隆之犬勇救主人，免他被蛇吞噬；同卷〈義
犬冢〉李信純之犬，勇救主人於火險，致困極而斃。這則義犬殉主的故事，
演變至《搜神後記》而成為〈楊生狗〉故事。楊生狗救主人出火災及墮井之
厄，被人強佔後，竟懂覓路歸家尋回舊主人。見《搜神記　搜神後記譯注》
（合刊本），頁 693-695。僚族狗價值可抵人命，見《魏書》卷一百一，列
傳第八十九，〈僚〉傳，頁 2248-2249。

[38] 除「蠻夷」奉槃瓠為圖騰外，犬戎、三苗亦是以犬為圖騰之族。見《山海經
箋疏》，卷十七，〈大荒北經〉，頁 6；《墨子》載：「昔者三苗大亂，天
命殛之，日妖宵出，雨血三朝，龍生於廟，犬哭於市」。由犬之哭見三苗之
圖騰崇拜。見李漁叔註譯，《墨子今註今譯》（台北：商務印書館，
1976），〈非攻〉下第十九，頁 149。此外，《新五代史》、《異域志》等
書，皆有狗國傳說之載。見歐陽修撰、徐無黨註，《新五代史》（北京：
中華書局，1974），卷七十三，〈四夷附錄〉二，頁 907；《異域志》，卷
下，〈狗國〉，頁 56-57。

[39] 涂爾幹（E. Durkheim），《宗教生活的基本形式》（台北：桂冠，
1992），第三、四章，頁 397-439。有關槃瓠之祭——模仿禮儀，可參考鍾
敬文，〈槃瓠神話的考察〉，頁 118-126。

盤瓠」。族民敲打狗槽、模仿狗號以祀始祖的儀式，便充滿
原始及野性。群眾模仿圖騰祖先的叫喊聲音，作用在於表示
族員和圖騰的同一性質及其親緣關係，以顯示彼此都是共同
社會的成員。《搜神記》所載「叩槽而號」的模仿性禮儀，
便歷代相沿。《文獻通考》、（明）鄺露（1604-1650/51）
《赤雅》、（清）陸次雲（1662 年在世）《峒谿纖志》和
（清）《皇清職貢圖》等書，都有相類之載。[40]

　　《搜神記》除描述了模仿性的圖騰崇拜外，族人對圖騰
祖先的崇拜，還反映在衣飾上。槃瓠族人「好五色衣服，裁
制皆有尾形」。五彩衣與尾形服，就是在服飾上模仿圖騰祖
先的毛色和外形；後世族民亦在衣飾上模仿圖騰作為族裔的
標誌。（明）陶宗儀（1360-1368 年在世）《南村輟耕錄》
記載了南方苗、瑤人的尾形服。《皇清職貢圖》則記古田畬
婦戴冠「狀如狗頭」。五彩衣、尾形服、狗頭冠，都是族民
在衣飾上模仿圖騰，明示自己和圖騰的血緣關係，從而希冀
能獲得圖騰的庇祐。[41] 槃瓠由異獸至成為圖騰，便經歷了由
俗到聖的提昇。主人公從接受殺敵難題出發，經歷殲敵衛國

---

40 歷代有關槃瓠的祭祀，見《文獻通考》，頁 2573；鄺露，《赤雅》，刊於
　《諸蕃志》外十三種（上海：上海古籍，1993），〈猺人祀典〉，頁
　594-339；陸次雲，《峒溪纖志》，上卷，〈苗人〉，刊於《四庫全書存目
　叢書》（台南：莊嚴文化，1996），史部地理類，頁：史 256-126。傅恒等
　編，《皇清職貢圖》（遼寧：遼瀋書社，1991），卷四，〈興安縣平地猺
　婦〉，頁 377-378。上述諸書中，其中以《赤雅》〈猺人祀典〉一條，值得
　注意。祀典中提及「獻人頭一枚名吳將軍首級」的祭祀。鄺露觀祭時所見：
　「以桃榔麵為之，時無罪人故耳」。由《赤雅》之載，可見至明時，仍有以
　人犧祀槃瓠的儀式。
41 族人在衣飾上模仿圖騰之記載相當多，可參考陶宗儀，《陶南村輟耕錄》
　（缺出版地：均益圖書公司，缺年），頁 144-145；《皇清職貢圖》，卷
　三，〈古田縣畬民婦〉，頁 262-263；《隋書》，卷三十一，志第二十六，
　〈地理〉志下，頁 897；屈大均，《廣東新語》（北京：中華書局，
　1985），卷七，〈傜人〉，頁 238。

的考驗，回歸後不但獲踐婚約，死後更被「聖化」為圖騰始祖，便展示了一段不平凡的英雄成長歷程。[42]

四、人獸異婚

　　族源神話、繁殖人類和災後再殖人類的民間傳說中，不乏人獸異婚的記述。族源神話中，便有不少雄性圖騰動物與始祖母婚配而生育後代之例。《魏書》〈高車〉傳載古高車人相信他們的祖先為一頭老牡狼，始祖母則為匈奴小公主。古高車人亦有「好引聲長歌，又似狼嗥」的仿狼習性。至於西藏人則普遍相信他們的祖先是一隻猴子——神猴哲阿格，始祖母則為人類。[43] 此外，在繁殖人類和再殖人類的民間傳說中，亦不乏人獸婚之例。四川民間故事〈人狗配婚〉，便記述了人狗成婚，繁衍人類的故事。浙江民間故事〈人狗成親〉則記述了火災後，姑娘與黃狗成親，再殖人類的故事。[44]〈槃瓠〉和〈女化蠶〉神話中，都涉人獸異婚的敘述。兩位女主人公對人獸婚的態度迥異，其下場亦各有不同。

---

[42] 試鍊過程中，主人公經歷出發、考驗、回歸的歷鍊。可參考 J. Campbell, *The Hero With A Thousand Faces* (Princeton: Princeton University Press, 1949), pp. 49-251.

[43] 人獸異婚的例子，可參考《魏書》，卷一百三，列傳第九十一，〈高車〉傳，頁 2307；劉家駒，《西藏政教史略》（缺出版地：中國邊疆學會，1948），頁 1。

[44] 三台縣〈人狗配婚〉故事，見中國民間文學集成全國編輯委員會，《中國民間故事集成・四川卷》（北京：中國 ISBN 中心，1998），頁 47-48；舟山市定海區〈人狗成親〉故事，見中國民間文學集成全國編輯委員會，《中國民間故事集成・浙江卷》（北京：中國 ISBN 中心，1997），頁 47。

㈠衝突與和解？

　　〈槃瓠〉和〈女化蠶〉神話，都展示了人獸的衝突與對立。前者的矛盾最後得以緩和而後者則由對立演變至殺戮。〈槃瓠〉一則，反對人獸婚的代表是高辛氏群臣。大臣云：「槃瓠是畜，不可官秩，又不可妻。雖有功，無施也。」人畜對立，以及雙方不可能有平等關係的訊息相當明顯。「又不可妻」之言，可見群臣在人獸婚事件上，有毀約的傾向。高辛氏群臣所代表的是一般俗眾對待人獸的關係——人獸殊異，對立面因而十分鮮明。至於〈女化蠶〉神話中，採取明確對立立場的則是蠶女之父。父曰：「勿言，恐辱家門。且莫出入。」這番說話中重要的一句是「恐辱家門」。從禮教角度而言，人獸婚乃羞辱家聲之事。《魏書》〈高車〉傳中，欲與老狼成婚的匈奴小公主，亦遭其姊勸斥：「此是畜生，無乃辱父母也。」匈奴大公主之言代表了一般人的觀點——人獸婚令家族蒙羞；蠶女之父亦持相類立場。父權加上禮教，人獸婚自不可能被接受。

　　人獸婚的衝突能否得到和解，關鍵就在女主人公——高辛少女和蠶女身上。〈槃瓠〉中力排眾議，代表和解力量的是高辛少女。少女言：「大王既以我許天下矣」，「王者重言，伯者重信，不可以女子微軀，而負明約于天下，國之禍也。」女主人公從信諾角度出發，認為違背靈犬殺敵救國能獲許婚之諾的毀約行為，有負王者誠信，或會招致禍害之報。換言之，高辛少女答允這段人獸婚，乃從摒除私念的大我——國家角度考慮問題，並表現了具備膽識的犧牲精神；接受一段異類婚姻的確需要具備超越世俗的目光和勇毅。袁珂說：「她自請去匹配盤瓠，確實需要相當勇氣」。[45]高辛少女便是令人獸衝突，得到和解的決定性人物。

　　〈女化蠶〉神話中的人獸衝突較〈槃瓠〉一篇更為複雜。人獸對立不單發生在蠶女父與馬身上，更發生在蠶女與馬的關係上，因而不易得到和解。蠶女對馬的態度，更導致人獸衝突趨向白熱化。高辛少女代表和解的力量，蠶女則由始至終與馬站在對立面。蠶女戲馬曰：「爾能為我迎得父還，吾將嫁汝。」這個親口「許婚」之諾，在蠶女而言，只是個輕率的「戲言」，但在馬而言卻是個承諾：「馬既承此言，乃絕韁而去」。蠶女與馬在「許婚」和接受「許婚」的環節上，出現嚴重分歧，因而導致雙方衝突的激烈化。馬對蠶女毀約、「悔婚」的行為，便表現了鮮明的反抗：「馬不肯食。每見女出入，輒喜怒奮擊。」馬的亢奮情緒表現，對人類而言造成一種威脅，加上蠶女對馬的不肯讓步及毀約，因而激發不可妥協的衝突和暴力的「解決」行動──殺馬。

　　殺馬的執行者為蠶女之父：「伏弩射殺之，暴皮于庭。」殺馬的方式便相當殘忍──有恩於蠶女的馬不但被射殺，且被剝皮、曝曬。後世女化蠶故事中，執殺令的仍多為蠶女之父；而殺馬、剝皮的情節亦被保留下來。《原化傳拾遺》、《三教搜神大全》、浙江、四川有關女化蠶的民間故事，以至傳往日本的馬頭娘故事，都保留了蠶女父殺馬、剝馬皮的情節。[46] 在歷代的女化蠶故事中，蠶女父都是代表禮教，對人獸婚表示強烈反對並執行殺戮，以強權手法「解決」人獸衝突的人物。雖然蠶女父是殺馬的執行者，關鍵人物仍是蠶女。女主人公輕率的「許婚」和毀約，是導致人獸

---

45 《古神話選釋》，頁 223。

46 殺馬情節，見〈蠶花公主〉，刊於湖州市民間文學集成辦公室編，《浙江省民間文學集成·湖州市故事卷》（杭州：浙江文藝出版社，1991），頁533；新津縣〈西陵聖母與養蠶〉，刊於《中國民間故事集成·四川卷》，頁 73-74；〈蠶のこり〉，《日本昔話通觀》，頁 838-839。

關係對立白熱化及不能達成和解的決定性因素。〈槃瓠〉和〈女化蠶〉神話中，人獸由對立至能否達成和解，關鍵仍取決於兩位女主人公的抉擇之上。

㈡獎賞與罪罰？

1.族群始祖母

　　〈槃瓠〉和〈女化蠶〉神話中，高辛少女與蠶女抉擇不同，「命運」亦相異。高辛少女以帝女身份，委身異類——槃瓠，因而成為一族之始祖母。始祖母的身份，可算是對其所作「犧牲」的一種「補償」和「獎賞」；高辛少女的堅毅，則是她作為始祖母的重要「條件」。《搜神記》載當少女隨槃瓠上南山後，隨即「解去衣裳，為僕豎之結，著獨力之衣」。少女以帝女之尊，卻能迅速面對及適應艱苦的山區生活，紮起奴僕的髮髻，換上奴僕的服裝以便勞動，便顯得異常可貴。紮髻、換衣的行動，一方面表示卸去昔日尊貴。另一方面，亦鮮活地表現出少女面對艱辛的生存環境時所突顯的堅毅。槃瓠族如瑤族自古以來，便過著逢山吃山的生活。顧炎武（1613-1682）《天下郡國利病書》載瑤族先民過的是「刀耕火種，食盡一山則他徙」的遊耕生活。[47] 槃瓠子孫的生活地區就是與世隔絕般的深山。《南史》、《隋書》等均有「深山重阻」、「人跡罕至」、「僻處山谷」等描述。[48] 高辛少女面對艱苦的山區環境，所迸發出的生命勇

---

[47] 顧炎武，《天下郡國利病書》（上海：益吾齋，1903），卷九十八，〈廣東〉二，頁5。

[48] 槃瓠族人居于深山，見《南史》，卷七十九，列傳第六十九，〈夷貊〉下，頁1981；《隋書》，卷三十一，志第二十六，〈地理〉下，頁897；范成大，《桂海虞衡志》，刊於《景印文淵閣四庫全書》（台北：商務印書館，1986），史部地理類，頁589-386。

毅，乃成為一族始祖母的重要品質。具有這種不屈不撓的生命力，始能在惡劣環境下繁衍出整個族群。

　　高辛少女除具備始祖母的勇毅外，她對槃瓠族亦有一定的「貢獻」，因而備受尊敬。一方面，少女以帝女之尊，提昇了族群的民族自尊。另一方面，尊貴的身份，亦令族人受「皇恩」之澤。《搜神記》載高辛王就是因少女之故，賜「蠻夷」名山廣澤安居，免其稅項：「田作賈販，無關繻符傳租稅之賦」。帝王賜山、免稅，在實際生活上令槃瓠族人受惠，在待遇上亦令其引以自傲。《宋書》已有「蠻無徭役」之載，《南史》、《隋書》、《天下郡國利病書》和《蠻司合志》等書，都有「莫徭」：「常免徭役」的相類記載。此外，瑤族《過山榜》（又稱《評皇券牒》）和畬族《開山公據》和《高皇歌》等文獻中，皆有瑤族、畬族享有「耕山不納稅」和免卻徭役等記述。[49] 少女因帝女身份，令族民受賜山、免稅之恩澤，加上本身的堅忍、奮鬥，因而成為勇毅、受族人尊敬的族群始祖母。

2. 化蠶的變形

　　〈女化蠶〉一篇，蠶女與高辛少女的抉擇不同，她不但

---

[49] 族人古時雖享免租免糧的特惠，唯要求持續性地享此特權，難免受到主政者一次又一次的鎮壓。見何穎，〈盤瓠崇拜與民族命運〉，《民族文學研究》，1997年第4期，頁55-56。蠻無徭役之載，可參考《宋書》，卷九十七，列傳第五十七，〈蠻夷〉，頁 2396；《南史》，卷七十九，列傳第六十九，〈夷貊〉下，頁 1980；《隋書》，卷三十一，志第二十六，〈地理〉下，頁898；《天下郡國利病書》，卷一百四，〈廣東〉八，頁15；毛奇齡，《蠻司合志》，卷一二，刊於《續修四庫全書》（上海：上海古籍，2002），史部地理類，頁 433；《過山榜》和《高皇歌》中的有關記載，見《瑤族過山榜選編》，頁 1，7，11，15；《畬族社會歷史調查》，頁367。

沒有實踐對馬「許婚」之諾，更在馬被殺後，以足蹩皮嘲弄馬「欲取人為婦」的不自量力。馬曾迎歸「遠征」的「大人」，助蠶女與父親團聚，可算是蠶女的恩人。蠶女的「悔婚」、毀約，以及侮辱、輕蔑有恩於己的馬。在道義層面而言，是犯了背信棄義和恩將仇報的「罪」。[50]《搜神記》〈女化蠶〉中的「罪」，都集中在女主人公身上；唐《原化傳拾遺》〈蠶女〉一文，許婚與毀諾的則為蠶女之母。蠶女母成為代罪者，因而卸卻了蠶女之罪。因為罪不在蠶女，故《原化傳拾遺》中的蠶女亦正式成為蠶神──馬頭娘，並受到養蠶人之供奉。《搜神記》中的蠶女，既是許婚者，又是背諾者，其「罪」則大矣，未能成為蠶神亦是合符邏輯的事。傳統價值觀念以守信為尚，沈起鳳《諧鐸》〈虎痴〉亦是一則難題求婚型的人獸婚故事：老虎為女主人公霍小娛解構難題──代報父仇後，小娛就因為「負恩非福」，選擇實踐許婚之諾，因而得到老虎在她死後養活其母的「好報」。[51]

　　「負恩非福」──蠶女知恩不報及不守信諾的下場就是與馬一起化蠶。《搜神記》載：「女及馬皮，盡化為蠶，而績於樹上。」馬皮裹女化蠶的變形，可算是另類的人獸婚。袁珂認為蠶女與馬皮結合，乃是一種懲罰。比勒爾（A. Birrelle）說：「變形常與處罰的主題相扣連。」[52]化蠶及吐絲不絕的勞苦，這種懲罰性變形，可說是對蠶女所犯的「罪」的一種處罰。

---

50 有關蠶女的罪之分析，見紀永貴，上引文，頁 44-46；孟方，〈有意義的轉換──馮至《蠶馬》對《女化蠶》的改造〉，《東方藝術》，1994 年第 4 期，頁 51。

51 〈虎痴〉，見沈起鳳，《諧鐸》（北京：人民文學，1985），卷一，頁 2-4。

52 懲罰性變形之討論，見 A. Birrell, *Chinese Myth* (London: British Museum Press, 2000), p. 53；《古神話選釋》，頁 224。

　　馬皮裹女化蠶，看似荒誕不經的敘述，其實頗符合視覺聯想的法則。蠶的身形、皮膚的質感，以及其頭部的形態，就令人聯想到女子的肌理及馬頭的形狀。顧希佳認為這是「事物形態的相似引起聯想」。荀子〈蠶賦〉是第一篇揭示這個相類聯想之篇。荀子對蠶的形容是「身女好而頭馬首」。[53] 此外，蠶與女子在實際生活上，亦有千絲萬縷的關係。古時養蠶抽絲的工作，乃「婦人之業」。（《七修類稿》）《古詩源》〈衣銘〉載：「桑蠶苦，女工難」。不但民間婦女養蠶，皇后亦在蠶館養蠶以「勸蠶事」。（《農書》）養蠶既為「婦人之業」，首二位人格化的蠶神——菀窳婦人和寓氏公主，就是以女性的形象出現。（《漢舊儀》）[54] 至於蠶與馬的聯想：《蠶桑萃編》描寫蠶吃東西時的形態為「食葉如馬食料」，天駟（馬星）亦為古之蠶神。（《農桑輯要》）既然蠶的形狀，令人聯想到女子和馬，馬皮裹女化蠶，就是從視覺聯想出發，製造出來的神話。[55]

---

53 化蠶神話乃視覺引起聯想，見顧希佳，上引書，頁 61。荀子之引文，見〈蠶賦〉，《荀子今註今譯》，熊公哲註譯（台北：商務印書館，1985），第十九卷，賦篇第二十六，頁 530。

54 蠶業與女子的關係，見郎瑛，《七修類稿》（上海：世紀出版集團、上海書店出版社，2001），卷十九，辯證類，頁 201；沈德潛，《古詩源》（北京：華夏出版社，1998），卷一，古詩〈衣銘〉，頁 9；王禎，《農書》（北京：中華書局，1956），卷二十，頁 438。蠶神苑窳婦人和寓氏公主，見《後漢書》，志第六，〈禮儀〉下，注引《漢舊儀》，頁 3110。

55 蠶與馬之聯想，見衛杰，《蠶桑萃編》（北京：中華書局，1956），卷三，〈貴察形〉，頁 77；司農司輯，《農桑輯要》（台北：中華書局，1970），卷一，〈蠶事起本〉。除了因蠶的外形與女子和馬相似而有馬頭娘聯想外，有關蠶的其他傳說，也有由視覺聯想引起的。例如由蠶身上的四個斑印，因而聯想蠶馱牛飛行，墜下時牛壓在蠶身上留下腳印。見揚中市〈水牛與蠶姑娘〉，刊於中國民間故事集成全國編輯委員會編，《中國民間故事集成·江蘇卷》（北京：中國 ISBN 中心，1998），頁 346-347；〈蠶姑娘和牛大哥〉，刊於江蘇省民間文學工作者協會蘇州市分會編，《太湖傳說故事》（北京：中國民間文藝出版社，1982），頁 154-156。

　　女化蠶是由視覺聯想引發的神話，《搜神記》所述的化蠶變形吸引之處，則在於蠶女和馬之間報恩與背約、罪與罰糾纏不清的關係。在道義層面而言，蠶女爽約、負恩、侮辱「恩人」，是犯了背信棄義的罪；但蠶女的「許婚」乃由思念父親的孝道所引起，孝念亦是值得嘉許的。況且，「許婚」在姑娘而言只是一個玩笑，戲言竟釀成大禍，非始料所及。蠶女既非完全的「壞人」，也不是徹頭徹尾的「罪人」。因此，化蠶的突變，令人驚愕之餘，亦能引發讀者的遺憾感。畢竟，化蠶的變形並非浪漫的描寫，而是包涵了血腥的殺馬、剝皮，以及蠶女的不情願「結合」。這個觸目驚心的變形，更出人意表之處，在於馬皮裹女化蠶，居然製造出新品種的蠶──「桑蠶」，「其繭綸理厚大」，「其收數倍」，令養蠶者得到豐收、造福人間。新蠶種的出現，便令這個懲罰性變形帶著將功贖罪的補贖意味。〈女化蠶〉中蠶女「悔婚」，招致化蠶的下場，便與〈槃瓠〉中，高辛少女選擇「犧牲」，下嫁異類，結果成為族群始祖母的「命運」截然不同。

結論

　　〈槃瓠〉和〈女化蠶〉神話，兩篇都出現難題求婚的模式。若探究及比較求婚者、被求婚者及反對者三組人物對人獸婚的態度和抉擇，便可以發現主導及逆轉求婚者及被婚者「命運」的人，就是被求婚者本身。〈槃瓠〉中求婚者為槃瓠，被求婚者為高辛少女，反對者為群臣。〈女化蠶〉中求婚者為馬，被求婚者為蠶女，反對者為父親。

　　這兩則難題求婚的神話，都出現反對的阻力。〈槃瓠〉中的群臣和〈女化蠶〉中的父親都是反對派。〈槃瓠〉中除

群臣外，高辛帝對人獸婚的態度亦非積極。當槃瓠銜回戎吳將軍頭時，高辛氏的反應是「為之奈何？」至高辛少女以「王者重言」及背約禍國大義責之，高辛氏才「懼而從之」。由「懼而從之」可見高辛氏是被動地接納這段人獸婚。至於另一位父親──〈女化蠶〉中的「大人」，就徹頭徹尾是位反對者。

雖然同樣面對反對勢力，求婚者──槃瓠和馬的「命運」卻截然不同。首先，兩位求婚者都能完成難題求婚中的難題：槃瓠取得戎吳將軍頭，馬迎得「大人」歸。縱使兩位求婚者都完成了「使命」，但「命運」卻不相同。槃瓠成為民族英雄，死後被封為「蠻夷」的圖騰始祖。馬則被殺戮、遭剝皮，最後與蠶女一起化蠶。兩位求婚者不同的「命運」，主要關鍵在兩位被求婚者身上。高辛少女與蠶女都對面「信約」的問題。求婚者（即使是異類）完成難題後，被求婚者是否該實踐許婚的信約？蠶女對馬始終以異類視之，縱使馬迎回父親，表現了異於尋常獸類的靈性，蠶女似乎從未有過應否實踐信約的掙扎。由蠶女在馬遭殺戮後仍嘲笑馬「欲取人為婦」的不自量，可見蠶女由始至終都是以高姿態對待馬（異類）。蠶女的輕率及背約，直接導致父親殺馬的激烈行動，亦導致蠶女身不由己的化蠶。至於高辛少女，同樣面對信約問題，她與蠶女的態度卻截然不同。首先她接受槃瓠銜回戎吳將軍頭之舉乃異常之行為：「豈狗之智力哉」。能接受槃瓠的特殊，加上犧牲的精神，願以「微軀」全帝之信諾，不願「負明約于天下」。[56] 高辛少女對信約態度之執著，縱使對異類亦堅守誠信，與蠶女的輕率迥異。她

---

[56] 從難題求婚故事結構而言，可分為求婚者、被求婚者、破壞者和幫助者四個部份。見安國梁，上引文，頁 27。

的抉擇就扭轉了整個局面，化解了去除戎吳將軍後的另一場
危機──人獸對立。高辛少女的犧牲，不但成就了槃瓠（圖
騰始祖），亦成就了她自己──成為「蠻夷」的始祖母。可
以說，兩則難題求婚神話中，被求婚者──高辛少女與蠶
女，才是主導難題求婚結局的靈魂人物。

❀此文原載於《漢魏六朝宗教與文學論文集》，上海：上海
　古籍，2005。

馬頭娘圖

（一）輯自（元）王禎《農書》

（二）輯自（元）無名氏《繪圖三教源流搜神大全》

至死不休與溫柔敦厚
——論〈霍小玉傳〉和〈鶯鶯傳〉

緒論

　　〈霍小玉傳〉(《太平廣記》卷四百八十七)與〈鶯鶯傳〉(《太平廣記》卷四百八十八)兩篇唐朝傳奇[1]，同樣反映了當時婦女所受的種種如良賤不婚等制度的壓逼。兩位主人公同樣遭遇被拋棄的命運，但二人對感情的態度卻截然不同；小玉的至死不休與鶯鶯的溫柔敦厚是兩個極端。這兩篇小說，如果從女性主義立場而言，便顯示了被壓逼(oppression)進而反抗及被壓逼而壓抑(repression)自己的內心意欲的兩個方向。

　　〈霍小玉傳〉中小玉表現的壓逼至反抗，以及〈鶯鶯傳〉中鶯鶯表現的對內心感情、欲望的壓抑至昇華為負心「忍情」的張生著想，囑其「憐取眼前人」。正好代表了至死不休的堅執與溫柔敦厚的兩種極端之處理感情的態度。朱昆槐說：「這悲劇(〈霍小玉傳〉)不是纏綿悱惻的，而是如此的強烈，如此違反中國溫柔敦厚的文學傳統。」[2] 至於

1　本文所引唐傳奇篇章之引文，參考李昉等編，《太平廣記》(北京：中華書局，1961)；汪辟疆校，《唐人小說》(上海：上海古籍出版社，1978)；王夢鷗校釋，《唐人小說校釋》(台北：正中書局，1985)。

2　朱昆槐，〈一篇不平凡的唐朝小說——霍小玉試評〉，《中國古典文學研究叢刊》小說之部(二)(台北：巨流，1979)，頁154。

〈鶯鶯傳〉中「憐取眼前人」之論則繼承了傳統的詩之教——溫柔敦厚之傳統。

溫柔敦厚是歷來對女子在感情上的要求。《詩經》衛風〈氓〉寫被拋棄的女子。男子負情造成女子被棄之悲慘命運：「女也不爽，士貳其行，士也罔極，二三其德。」女子日夜辛勞，克盡婦道，卻遭受虐待：「三歲為婦，靡室勞矣，夙興夜寐，靡有朝矣。言既遂矣，至于暴矣。」女主人公在被棄後還要忍受內心痛苦：「靜言思之，躬自悼矣。」此外，她更遭受親人的歧視：「兄弟不知，咥其笑矣。」但最後棄婦亦不咎以往：「不思其反，反是不思，亦已焉哉！」充份表現溫柔敦厚之態度。[3] 此外，古詩十九首〈行行重行行〉中的棄婦怨遊子不及早歸家：「浮雲蔽白日，遊子不顧返」，獨自忍受「衣帶日已緩」的痛苦，但仍歸結為：「棄捐勿復道，努力加餐飯」，同樣是怨而不怒，能為對方設想的溫柔敦厚之表現。[4] 而溫柔敦厚亦是被稱道、褒揚的處理感情的態度。

一、〈霍小玉傳〉中小玉所受的壓逼及反抗

〈霍小玉傳〉中所表現的唐代法律中以本色匹配、良賤不婚，對妓女造成的壓逼，以及小玉誓化為厲鬼復仇的反抗，便表現了女主人公由被壓逼至反抗的歷程。肖汝華特（Elaine Showalter）認為女性主義文學，乃利用文學，以表

---

3 本文《詩經》引文，參考朱熹，《詩集傳》（台北：藝文印書館，1967）。

4 古詩十九首，〈行行重行行〉，刊於蕭統編、李善注，《文選》（北京：中華書局，1981），卷二十九，頁409。

現被逼害婦女的經歷。[5]

㈠小玉所受的壓逼

1.女性地位的卑下：

　　小玉生為女子，在古代社會中地位遠遜於男子的。宗法社會中，婦女地位低微。陶希聖（1893-　）《婚姻與家族》一書，認為宗法社會具有父系制、父權制、父治制、族外婚制和長子繼承的特徵。[6] 在宗法社會中，長女是沒有繼承權的，只有長子才是正式的財產承繼人。據《詩經》小雅〈斯干〉的記載：「乃生女子，載寢之地，載衣之裼，載弄之瓦。」將初生女嬰臥於床下以表示其卑弱，主下人的意思。後漢班昭（約 49-120）撰《女誡》一書，亦以〈卑弱〉為首章。[7] 此外，婦女本身亦沒有獨立性。《白虎通》〈嫁娶〉篇云：「陰卑不得自專就陽而成之。」可見女子必因男性而成事。[8] 又如《大戴禮記》所言：「在家從父、適人從夫、

5　肖汝華特將女性主義分為陰柔（feminine）、女權主義者（feminist）和女性（female）三個階段。這三個階段是由仿效至抗爭至自我界定的過程。模仿階段特徵在女性作者，使用男性化筆名，希望在智能上、寫作上與男性作家等量齊觀。反抗階段：作者利用文學作為反抗父權制度、反映女性被迫害的手段。這個時期，女性利用文學以表達被迫害女性的經歷。自我定位時期：女性作家轉而走向以女性獨特的經驗作為寫作之源。此外，法國女性主義批評家，主要從心理分析觀點作出探討，強調壓抑。見 E.Showalter, *The New Feminist Criticism: essays on women, literature, and theory* (New York: Pantheon Books, 1985), pp.6, 137-138, 249.

6　陶希聖，《婚姻與家族》（台北：台灣商務印書館，1966），頁 3-5。

7　《女誡》〈卑弱〉為首章，載「古者生女三日臥之床下弄之瓦塼……臥之床下明其卑弱主下人也弄之瓦塼明其習勞主執勤也。」班昭，《女誡》，刊於四川大學古籍整理研究所中華諸子寶藏編纂委員會編，《諸子集成》補編二（成都：四川人民出版社，1997），頁 2-441。

8　班固著、陳立疏證，《白虎通疏證》，刊於續修四庫全書編纂委員會編，《續修四庫全書》（上海：上海古籍出版社，1995），子部雜家類《白虎通疏證》十，頁 339。

夫死從子。」[9]

2.妓女地位的卑賤：

　　〈霍小玉傳〉中，小玉對李益說：「妾本娼家，自知非匹。」妓女是屬於賤人階層。唐代將人民分為三等：良人、賤人及雜戶。良人即士、農、工、商的人士，賤人包括奴婢、妓女等。雜戶本為良人，因前代犯罪而變為被驅使的人。各行業均有一定版籍，不可輕易更動。[10] 妓女與婢女一樣屬於賤人階級，由於身份低微，她們不可能成為士人之正室；充其量，只可作妾。妓女地位卑微，可以被買賣，孫棨《北里志》載：「妓之母，多假母也。」妓女福娘，希望脫離妓女生涯，便要求孫棨替其贖身曰：「某幸未係教坊籍，君子倘有意，一二百金之費爾。」[11]

　　妓女縱使從良，也沒有自主權，一旦色衰愛弛便遭拋棄。白居易（772-846）晚年便因為老邁及生病，遣散家妓樊素。〈春盡日宴罷感事獨吟〉一詩載：「病共樂天相伴住，春隨樊子一時歸。」[12] 魚玄機（842-872）亦因李億妻子的嫉妒而被遣散，入咸宜觀為女道士，過著半娼式的生活。[13]

9　戴德，《大戴禮記》（台北：商務印書館，1975），頁467。

10　劉伯驥，《唐代政教史》（台北：台灣中華書局，1974），頁88。有關版籍之討論，見劉開榮，《唐代小說研究》（香港：商務，1964），頁104。

11　孫棨：《北里志》，刊於《筆記小說大觀》（台北：新興書局，1974），頁1481，1491-1492。

12　開成五年840年，白居易時年六十九，在洛陽為太子少傅分司，因病遣散樊素。〈春盡日宴罷感事獨吟〉和作於會昌元年（841）白居易時年七十所寫的〈對酒有懷寄李十九郎中〉（「去歲樓中別柳枝」），都是有關家妓樊素有感之作。見白居易著、朱金城箋校，《白居易集箋校》（上海：上海古籍，1988），卷三十五律詩，頁2414，2446。

13　〈魚玄機〉一條載其生平：「元機。長安人。女道士也。性聰慧。好讀書……尤工韻調。情致繁縟。咸通中。及笄。為李億補闕侍寵。夫人妒不能

妓女除被拋棄外，遭受虐待更時有發生。《北里志》載楚兒被郭鍛買去後，在曲江路上與舊相識鄭光業打招呼，郭鍛便將她痛打：「曳至中衢，擊以馬箠，其聲甚冤楚，觀者如堵。」[14]

3. 良賤不婚

小玉所受的壓逼，除了上述傳統文化對女性的歧視及妓女地位的卑賤外，還有大唐律例規定的以本色婚娶，良賤不婚的規定，此亦是李益負心的原因之一。劉開榮說：「〈霍小玉傳〉的題材，雖是採用的真人真事，但是他的戀愛問題與結局，卻是典型的。」[15] 這個典型的悲劇結局是由於唐代婚姻制「以本色媲偶」，以及「止可當色相娶」。《唐律疏議》載：「雜戶配隸諸司，不與良人同類，止可當色相娶，不合與良人為婚。」[16]

容。億遣隸咸宜觀披戴。」《唐才子傳》，卷八，刊於《叢書集成初編》（北京：中華書局，1991），頁 109。有關魚玄機為妾、出家、殺婢至被京兆尹溫璋所殺之生平，亦可參考日本學者樂恕人，《唐代の女流詩人》，（東京：每日新聞社，昭和五十五年），第九章〈魚玄機—奔放に生きた女性道士〉，頁 193-222；彭志憲、張燚，《魚玄機詩編年譯注》（烏魯木齊：新疆大學出版社，1995），頁 1-10。《三水小牘》載魚玄機事跡，未錄其為李億妾，篇中載其為女道士「長安倡家女」。見皇甫枚，《三水小牘》，刊於《叢書集成初編》（北京：中華書局，1991），頁 56。此外，孫光憲亦謂魚玄機：「乃娼婦也。」見孫光憲，《北夢瑣言》（上海：中華書局，1960），卷九，頁 76。唐女道士半娼式的生活，可參考蘇雪林，《李義山戀愛事蹟考》（上海：北新書局，1927），頁 7。有關女冠因身份之便，比平民享有更多性愛之自由，見董世中，《唐詩與道教》（廣西：漓江出版社，1996），頁 50-63。入道作為解除對處境之束縛，見桑寶靖，〈女冠才媛魚玄機——中國道教文化史的光彩一頁〉，《世界宗教研究》，2002 年第 1 期，頁 52。

14 《北里志》，頁 1483-1484。

15 劉開榮，上引書，頁 153。

16 長孫無忌等，《唐律疏議》（北京：中華書局，1983），頁 270。

　　妓女是賤人階級，若與士人（良人）成婚（成為正室），便會觸犯唐律。戶婚第四十三條載：「諸雜戶不得與良人為婚，違者，杖一百。」[17]《新唐書》卷一百八十一〈李紳傳〉載吳湘以士族身分娶非士族的顏悅女，被李紳判刑。[18] 小玉所面對的就是「以本色媲偶」、良賤不婚的唐律，正如劉開榮所說士與妓之戀「必然是分離，或納之為妾。」[19]

　　李益、霍小玉之戀的下場便必然是分離。良賤不婚，註定了兩人的愛情悲劇。李益遵從太夫人之命，不惜以百萬之聘金、多方求貸以迎娶甲族之表妹盧氏。由李、盧二人之婚事，可見五姓女對時人之吸引。所謂五姓女就是指太原王、范陽盧、滎陽鄭、清河博陵二崔，隴西、趙郡二李五大姓氏的女兒。劉餗《隋唐嘉話》中載薛元超之歎：「吾不才，富貴過分，然生平有三恨：始不以進士擢第，不得娶五姓女，不得修國史。」[20] 五姓女享有崇高的社會聲望，因為她們是來自擁有傳統漢族良好門風的山東士族。這些家族在北魏時已是享有崇高社會地位之甲族。當時的大臣如魏徵、房玄齡等便樂於與山東舊族議婚。連唐文宗（827-840 年在位）亦慨歎：「我家二百年天下，顧不及崔盧也。」（《新唐書》）[21] 唐朝公主亦往往不及五姓女般受歡迎，因為與五姓女結婚，能夠助士人在前途方面取得更佳發展。〈櫻桃青衣〉中，夢中盧子的姑母便是以五姓女（范陽盧氏女）的身份嫁給崔家，並藉姻親關係替盧子作出種種安排，利用在政

17 戴炎輝，《唐律通論》（台北：國立編譯館，1964），頁 559。
18 歐陽修、宋祁，《新唐書》（北京：中華書局，1975），卷一百八十一，列傳第一百六，〈李紳〉，頁 5349-5350。
19 劉開榮，上引書，頁 105。
20 劉餗，《隋唐嘉話》，刊於《隋唐嘉話　朝野僉載》【合刊本】（北京：中華書局，1979），頁 28。
21 《新唐書》，卷一百七十二，列傳第九十七，〈杜兼〉，頁 5206。

府部門任職的親友，助盧子中舉及出仕。（《太平廣記》卷二百八十一）

㈡霍小玉的反抗

1.絕命誓辭與化鬼

　　小玉作為一位妓女，便需要面對傳統文化上對女性的歧視、妓女在社會階級中所處的賤民之版籍，以及婚姻制度中本色媲偶之律等問題。小說所反映的是主流文化對女性的種種壓逼。勒納（Lerner）認為：「女性生活在雙重文化中，既是主流文化的一分子，亦是女性文化的一分子。」[22]

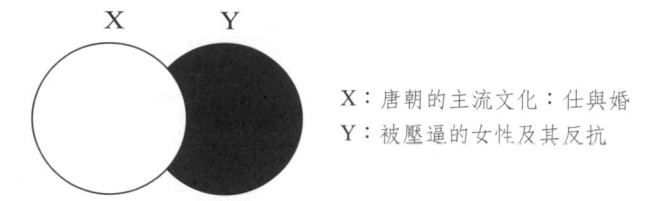

X：唐朝的主流文化：仕與婚
Y：被壓逼的女性及其反抗

　　圖表中的「X」部分代表了〈霍小玉傳〉中所表現的主流文化，而「Y」部分則代表女性所受的壓逼。主流文化包括時人對仕與婚的態度：出仕方面士人以中進士，晉身官場入仕途為正統，婚姻則以娶五姓女為尚。主流文化對卑賤的女性階層造成壓逼包括：女性地位的卑下、妓女地位的卑微、本色媲偶——良賤不婚的婚姻法所造成的因身份懸殊、階級鴻溝而不能偕老的士與妓之戀愛悲劇。

　　小玉對上述「Y」部分的壓逼之反抗，表現在兩方面，一為其絕命誓辭，一為化鬼——對李益進行精神上之報復。

---

22 Elaine Showalter, *op.cit.*, p.261.

其絕命辭可謂驚心動魄：「我為女子，薄命如斯。君是丈
夫，負心若此。韶顏稚齒，飲恨而終。慈母在堂，不能供
養。綺羅絃管，從此永休。徵痛黃泉，皆君所致。李君，李
君，今當永訣！我死之後，必為厲鬼，使君妻妾，終日不
安！」這段說話，表現了小玉在言語上的反抗。小玉臨終不
忘指責薄倖郎之負心，可見其堅執。化鬼之威嚇，更表現了
弱女在無力抵抗現實下，竭力反擊的心理。[23]

　　小玉的鬼魂並非如其絕命誓辭所說的「厲鬼」，兩次鬼
魂的現身也是怡人眼目的：一為「容貌妍麗，宛若平生」的
小玉魂，二為化身「年可二十餘，姿狀溫美」的英俊青年。
並非「厲鬼」而收到報復之效，乃是從精神及心理上對李益
進行報復所致。

　　小玉的報復對象是李益，因為李益與盧氏成婚之決定，
代表了對良賤不婚之唐律及父母之命之服從。此外，他背棄
「引援山河，指誠日月」之盟約，對小玉的負情間接造成小
玉種種之痛苦，令其「日夜涕泣，都忘寢食」至「冤憤益
深，委頓床枕」，以及鬱憤而終之悲慘命運。小玉死後，便
是連番鬼魂作祟，對李益進行報復，作為抗議。

2.心理上的報仇

　　小玉對李益的報復主要是引發其罪惡感，令其生活在痛
苦及疑懼當中──這是精神上及心理上的報復。李益的罪惡
感來自良心的壓力：超我向自我施加的巨大壓力便造成罪惡
感的產生。罪惡感除了透過懲罰，亦可以通過侵略、暴力及

---

23 小玉有著強烈的悲劇預感，處於被動的位置。見王莉，〈從霍小玉到杜十
　娘──兼論晚明婦女人格獨立意識的覺醒〉，《新疆教育學院學報》，
　1996 年第 4 期，頁 90-91。小玉由被動接受「拋棄」至主動用言語及「化
　鬼」反擊，就是個反抗的過程。

投射（projection）等的途徑得到宣洩。在暴力行動中，個人可以透過對別人所施加的暴力，將罪惡感轉嫁到別人身上。此外，透過理性上加以否定，但潛意識可能希望完成的行為，亦可以將罪惡感通過投射的途徑加以宣洩。

李益在小玉身亡後所表現的行為，便顯示了他內心所產生的罪咎感。韋夏卿及黃衫丈夫則代表了其超我，韋夏卿對李益說：「傷哉鄭卿，銜冤空室，足下終能棄置，實是忍人。丈夫之心，不宜如此。」韋夏卿之譴責便代表了超我對李益的責備。黃衫豪士押李益往見小玉，便是將李益的超我動員起來的人物。而李益目睹小玉鬼魂在舉葬前夕現身及說：「媿君相送，尚有餘情，幽冥之中，能不感歎。」女主人公之臨別贈言更應驗了小玉臨終前：「我死之後，必為厲鬼」之誓言。李益所見的鬼物，亦是其內心罪惡感之反映。

李益受到罪惡感的煎熬，因而採取了暴力及投射兩個途徑來將它發洩。李益對妻妾的諸般虐待便是利用暴力來發洩其罪惡感。李益發現其妻盧氏的同心結盒子時，便「當時憤怒叫吼，聲如豺虎。」這種歇斯底里的情緒爆發、「引琴撞擊其妻」的暴力行徑，加上「暴加捶楚，備諸毒虐」的暴戾性虐妻行為，都有明顯的訴諸暴力之傾向。他隨身攜帶「唯斷作罪過頭」之短劍亦表現了他的暴力傾向。[24]

除了用暴力來發洩罪惡感外，李益亦有透過投射來宣洩其罪，他的疑心病便是罪惡感之投射。《舊唐書》卷一百三十七載：李益「少有癡病，而多猜忌，防閑妻妾過為苛

---

24 〈霍小玉傳〉中的李益可能實有其人；有關從詩作、遊覽、任官、交遊方面將小說與歷史互相印證的資料，可參考車寶仁，〈並非傳奇而是紀實——霍小玉傳真實性考證〉，《西安教育學院學報》，1998 年第 2 期，頁22-26。

酷。」[25] 其妾營十一娘便被李益幽禁:「出則以浴斛覆營於床,週迴封署,歸必詳視,然後乃開」。這種變態的防範妻妾不貞之行為,便是李益罪咎之表現。他不容許妻妾對他不忠,但他本身卻是個對感情不忠的人。

朱昆槐評〈霍小玉傳〉結尾一段的報仇為「蛇足」:「它在悲劇的最高潮之後,幾乎是蛇足似的加了一段離奇,令人心為之緊縮的報復。」[26] 這段有關報復之描寫是否「蛇足」呢?其實,此段描述補償了小玉逝世之遺憾:弱質女子除了借助鬼魂之力量來報仇,還有力量雪冤嗎?此外,佛教的因果報應,亦借鬼魂復仇得到闡釋,並收大快人心之效。況且,惡有惡報的詩的正義(poetic justice)亦是安慰人心的良方。更重要的是女主人公報復李益的負心,代表了小玉對所承受的壓逼之一種反抗及抗議。此外,馮夢龍(1574-1646):《警世通言》中〈杜十娘怒沉百寶箱〉一篇裏,杜十娘抱持寶匣,向江心一跳的自殺,亦是對負心人李甲的抗議。李甲「轉憶十娘,終日愧悔,鬱成狂疾,終身不痊。」[27] 負心人內咎、罪惡感交煎成心疾,亦與李益受罪咎感折磨之下場相類。

---

25 《舊唐書》載李益有癡病:「有散灰扃戶之譚聞於時,故時謂妒癡為李益疾」。見劉昫等,《舊唐書》(北京:中華書局,1975),卷一百三十七,列傳第八十七,〈李益〉,頁 3771。《唐國史補》亦有相類之載:「李益少有疑病亦心疾也夫心者靈府也為物所中終身不痊」。見李肇,《唐國史補》,刊於《景印文淵閣四庫全書》(台北:商務印書館,1983),子部小說家類,頁 1035-433。

26 朱昆槐,上引文。

27 馮夢龍編,《警世通言》(北京:人民文學出版社,1984),卷三十二,〈杜十娘怒沉百寶箱〉,頁 502-518。

3. 各式反抗

　　除〈霍小玉傳〉外，宋朝無名氏〈王魁傳〉及唐皇甫枚〈步飛煙〉是另外兩篇表現女性對壓逼表露一種至死不休的反抗之作。〈王魁傳〉中，桂英自殺，借鬼魂來報復負心的王魁。「侍兒見桂英跨大馬，手持一劍，執兵者數十人」，「上窮碧落下黃泉」、尋著王魁奪其性命，便是宋代妓女面對階級、身份懸殊，不得善終的愛情之反抗。王魁說：「吾科名若此，即登顯要，今被一娼玷辱，況家有嚴君，必不能容。」[28] 桂英對此等壓逼之反抗是以鬼魂奪命作抗議。

　　皇甫枚〈步飛煙〉（出自《三水小牘》）是另一篇表現至死不休的反抗之作；飛煙面對的是姜侍之卑微身份，以及沒有戀愛自由之社會環境。姜通常是由購買或私奔得來的，地位低賤，如同主人之財產，可作餽贈之用。許堯佐〈柳氏傳〉中，李生便將柳氏當作禮物贈給韓翊。（《太平廣記》卷四百八十五）諸葛昂命姜侍酒，姜侍只是無故笑了一聲，便被諸葛昂蒸熟吃掉：「食之盡飽而止。」（《耳目記》）[29] 步飛煙與趙象因私戀而招致殺身之禍，她不但至死不悔，飛煙絕命之辭曰：「生得相親，死亦何恨。」更甚者，飛煙對其所面對之壓逼表現了一種至不休之反抗，其不得安息之靈魂對李生「還應羞見墜樓人」之指斥的反應是與之對質及屈之地下面證。（《太平廣記》卷四百九十一題作〈非煙傳〉）

　　除步非煙外，不少傳奇中的女主角，都表現了對「命

---

28 薛洪等編，《宋人傳奇選》（長沙：湖南人民出版社，1985），頁112-116。

29 張鷟，《耳目記》，刊於《筆記小說大觀》，頁547-548。

定」角色之抗拒，如〈柳毅〉中洞庭龍女嫁涇川龍次子的不幸婚姻中，龍女便表現了希望扭轉命運之意欲。柳毅傳書是龍女嘗試掌握個人命運之試驗，結果是由錢塘君吞食涇川龍子，殺傷六十萬的驚天行動之舉救出龍女，實現了龍女重獲自由之願。此外，龍女亦對父母之命的婚姻表示反抗，她拒絕父母「欲配嫁濯錦小兒某」之建議。化身為盧氏女，選擇下嫁柳毅。（《太平廣記》卷四百一十九）此舉是對當時婚姻法之挑戰，因為唐朝的婚姻除要求門當戶對、本色媲偶外，並講求父母之命：戶婚第三十九條載：「諸卑幼在外，尊長後定為婚，而卑幼自娶妻，已成者婚如法，未成者從尊長。違者杖三百。」[30]

　　除龍女反抗父母之命外，還有借女道士的身份尋求解放及各式各樣的私奔，都是在不同程度上表現了對女性所「命定」的角色的挑戰及反抗。魚玄機本為李憶妾，下堂後入咸宜觀為女道士，由妾而女道士是身份的一種解放，她與文士的交往、半娼式的生活，以及「豪放」的詩句，都表現了她的反抗。魚玄機詩：「焚香出戶迎潘岳，不羨牽牛織女家」（〈迎李近仁員外〉）、「自能窺宋玉，何必恨王昌」（〈贈鄰女詩〉）。這些詩作皆流露著她對禮教框條的叛逆，以及對固有制度對女性要求貞節、守禮、三從四德等觀念之反抗及嘲弄。（魚玄機故事可參考《太平廣記》卷一百三十〈綠翹〉，出自《三水小牘》）[31] 此外，紅綃妓、紅拂

---

30 《唐律通論》，頁 558。

31 魚玄機存世詩作有五十多首，《全唐詩》卷八百四錄其詩歌。見《全唐詩》（北京：中華書局，1960），頁 9047-9056。魚玄機作為禮教的叛逆者和追求愛情自主，可參考白軍芳，〈殷勤不得語紅淚一雙流——談魚玄機和她的詩〉，《陝西廣播電視大學學報》，第 2 卷第 1 期（2000），頁 47；姚玉光，〈歷史的誤解時間和角色的雙重錯位——魚玄機《贈鄰女》別解〉，《中國典籍與文化》，第 38 期，頁 8。有關魚玄機的愛情生活、詩

女及倩娘的私奔，亦表現了女性對「命運」的反抗及挑釁。
紅綃妓與紅拂女都是透過私奔，脫離樊籠的。紅綃妓對崔生
說：「主人擁旄，逼為姬僕。不能自死，尚且偷生，臉雖鉛
華，心頗鬱結。縱玉筋舉饌，金鑪泛香，雲屏而每進綺羅，
繡被而常眠珠翠，皆非所願，如在桎梏。」紅綃妓之言，可
見其對一品妓身分的厭惡，她大膽相約崔生私奔之舉，可見
她對本身命運之醒覺。（《太平廣記》卷一百九十四，〈崑
崙奴〉出自《傳奇》）類似的女性醒覺，亦見於紅拂女夜奔
李靖，以「絲蘿非獨生，願託喬木」、委身於李靖，以脫離
楊素之羈勒。（《太平廣記》卷一百九十三〈虬髯客〉）此
外，陳玄祐〈離魂記〉中，倩娘離魂「亡命來奔」王宙，亦
是對父母之命的一種抗議。（《太平廣記》卷三百五十八題
作〈王宙〉，下注出〈離魂記〉）

　　無論是以鬼魂報冤的至死不休，還是私奔，亦有助了解
〈霍小玉傳〉中不息的靈魂，乃是對女性所受的壓逼的一種
抗議。小玉臨終時的一幕，那樣強烈的情感發洩，那樣逼真
的、震撼人的口吻，幾乎是溫柔敦厚的中國文學不能接受
的。[32] 這種死而不休的堅執，恰好與另一篇傳奇〈鶯鶯傳〉
中表現的溫柔敦厚成一強烈對比。

二、〈鶯鶯傳〉中之壓抑

　　肖汝華特說：「女性文學不同之處在於其對自我身分的

作及交友，可參考譚正璧，《中國女性的文學生活》（台北：河洛圖書出
版社，1977），頁 177-186；曹正文，《女性文學與文學女性》（上海：上
海書店，1991），頁 62-66。
32 朱昆槐，上引文。

受到壓制或受困擾。」[33] 女性文學主要是表現了女性受壓逼的自我（repressed ego），正如肖汝華特說：「（女性主義文學）表現了一種被壓抑的自我。」〈鶯鶯傳〉中鶯鶯對性愛、愛情之渴求，以及面對現實環境的阻力時，亦表現了自我的抑壓。

㈠鶯鶯內心的矛盾及衝突

　　〈鶯鶯傳〉中的女主人公，在愛慾上充滿矛盾。內山知也說：「張生主張好色論，鶯鶯受其母強制嚴守禮節的態度，這是兩人的精神上自我的表現。接下來的交換艷詞以及幽會，這是兩人的肉體上自我的勝利表現。」[34]

　　鶯鶯在二月十四至十八日四天中，經歷精神自我與肉體

---

[33] E. Showalter, *op.cit.*, p.257. 《科俄斯河上的磨坊》（*The Mill on the Floss*）女主人公美琪面對激情與道義之抉擇時，亦強烈抑壓感情的慾求。美琪在父親墜馬、家庭事業破產，其兄湯姆只專注工作以還清債項，沒有人理會她的成長及感受時，她便一反以往好動、活潑、反叛之天性，強自抑壓，過著如修女般之生活，她說：「我們都走著相似之道路，那就是捨棄我們的自我——這亦是條殉難者及克苦忍耐者之路。」這種自我壓制以適應難以接受的逆境是美琪自我保護，免受外在環境傷害的自衛機轉。當她面對激情與道義之抉擇時，她又再度抑壓強烈的感情欲望，選擇了道義：史提芬對她而言代表了一切官能及感官上的快樂及滿足。肉體上的吸引、物質上之滿足，令史提芬成為一個極大的誘惑。美琪亦言：「與史提芬離別似令一切快感死亡。」但道義上之拉力令美琪在私奔之不歸路上強行回來，承受以後一切的痛苦、指責及冷眼。她所付出的勇氣不可謂少，而她對內心的壓抑亦異常巨大。她說：「忠誠與穩定不單指做些最容易而又令自己最愉悅的事情，它是指棄絕一切導致別人信任動搖之事情。」美琪所表現的是一種強自抑壓自我的女性文學典型。見 George Eliot, *The Mill on the Folss* (London: Penguin Books, 1979)

[34] 內山知也，〈《鶯鶯傳》的結構和它的主題〉，《唐代文學研究》（廣西：廣西師範大學，1992），頁 595。此外，鶯鶯良家閨女的身份，使她有較多決定自己行為的自由。在「求愛」的過程中「先拒後赴」，表現較多的主動性。見吳維中，〈從性愛方式看鶯鶯傳〉，《社科縱橫》，1994 年第 4 期，頁 111。

自我之矛盾。在禮教的包裝下，初出場的鶯鶯是「貞慎自保」的閨秀。首先，她違抗母命，不肯出拜張生，其「辭疾」之舉見其不是輕佻之人。其次，席間「凝睇怨絕」、「張生稍以詞導之，不對」。鶯鶯的表現，仍然是十分矜持之女士。此外，紅娘亦言：「崔之貞慎自保，雖所尊不可以非語犯之。」可見其精神自我之強。唯二月十四日鶯鶯致張生的〈明月三五夜〉之詞：「待月西廂下，迎風戶半開，拂牆花影動，疑是玉人來。」則見到肉體自我要脫離「貞慎自保」的精神自我之羈勒。二月十五夜鶯鶯則對張生嚴辭斥責：「始以護人之亂為義，而終掠亂以求之。是以亂易亂……非禮之動，能不愧心。特願以禮自持，毋及於亂。」這段譴責可見此時乃其精神自我佔優勝之時期。唯二月十八日女主人公卻自薦寢蓆：「則紅娘斂衾攜枕而至……俄而紅娘捧崔氏而至。至，則嬌羞融冶，力不能運支體，曩時端莊，不復同矣。」至此，肉體自我獲勝，成就一段寺廟情。二月十八日之後鶯鶯又有十餘日避而不見張生，至此仍見到她內心的矛盾。「自獻之羞」令她暫與張生保持距離，及至張生以〈會真詩〉三十韻再度情挑，兩人才過著「朝隱而出，暮隱而入」的幽會生活幾達一月。至此，肉體自我完全戰勝精神自我。[35]

鶯鶯由於自小的教育、受傳統禮教的影響而成長為一個外表上「貞慎自保」的閨女，面對張生之情挑，其內心的壓

---

[35] 〈鶯鶯傳〉是充滿矛盾之篇，見劉玉紅，〈從鶯鶯傳看元稹的性格悲劇〉，《貴州師範大學學報》（社會科學版），1998 年第 2 期，頁 63。自我慾求與外在環境衝突，產生的壓抑，往往強烈展示主人公內心的掙扎及矛盾。自我壓抑與自省往往令主人公產生自我的醒覺。見 J. Kucich, *Repression In Victorian Fiction Charlotte Bronte, George Eliot, and Charles Dickens* (Berkeley. Los Angeles. London: University of California Press, 1987), pp.1-33.

抑與激情的衝動便形成強力之衝突，由精神自我對肉體自我
進行控制，可見其內心壓抑情欲與激情之強烈。正因為壓抑
之強與激情衝動之烈，兩者之矛盾，便造成鶯鶯由二月十四
至十八日四天中反復無常、不能自已、前後矛盾之行為。鶯
鶯的精神自我與肉體自我的衝突，可見鶯鶯雖然最後被情慾
所戰勝，但其精神自我對其心理及愛慾的抑壓亦不容忽視。

㈡由抑壓至溫柔敦厚之昇華表現

1.心理抑壓

　　鶯鶯面對張生兩次捨她而去長安求功名，為張生前途著
想，甘願承受痛苦，克制情感。男主人公首度西去長安赴
考，張生「以情諭之」，鶯鶯的表現是「宛無難詞」但「愁
怨之容動人矣。」因為赴長安，代表的是士人在仕途上及婚
姻上的轉捩點。仕途上如能高中舉業，自可平步青雲；婚姻
上更是要面臨抉擇——選擇門當戶對，以本色媲偶，以助仕
途的婚配對象。故張生此去，當然是二人關係轉變的重要關
鍵。但鶯鶯仍「宛無難詞」，只是避而不見張生，可見其內
心的抑壓及痛苦。

　　第二次西去長安，鶯鶯表面是「恭貌怡聲」並謂「始亂
之，終棄之，固其宜矣。愚不敢恨。必也君亂之，君終之，
君之惠也。」鶯鶯強自抑壓道出自知會遭受始亂終棄之命
運。這種被抑壓的強烈感情，卻盡現於一曲〈霓裳羽衣序〉
的琴聲中：「不數聲，哀音怨亂，不復知其是曲也。左右皆
欷歔。」音樂流露了其內心的激情。

　　鶯鶯的抑壓是其善良本性之體現，因為張生西去長安所
造成的是二人需要面對唯實原則（reality principle）及唯樂
原則（pleasure principle）的取捨。唯樂原則是人類心理中趨

樂避苦的傾向，唯實原則卻是人類對現實世界的掌握。以唯
實原則取代唯樂原則不代表對後者的摒棄；這個替代只是為
了獲取未來更巨大快樂之做法。[36] 鶯鶯的抑壓及情願忍受內
心的痛苦是其顧全張生前途之表現。而鶯鶯之被拋棄是唯實
原則下一個必然的下場。正如劉開榮說：「鶯鶯雖在小說裏
假託姓崔，但實際上是出身低微的……她很可能即或不是列
籍的妓女，但是身分亦高不了多少。」[37] 鶯鶯的身份有可能
是妓女，因為篇中有〈會真詩〉，「真」字即「仙」字，
「會真」即「遇仙或仙遊」。流傳至唐代，「仙」之一名遂
多用作妖艷婦人或風流放誕女道士之代稱。[38]

　　據〈鶯鶯傳〉一文中，鶯鶯由二月十四日致張生〈明月
三五夜〉之艷詞至十八日的真正幽會，其內心的矛盾及衝突
之屬害則有別於〈霍小玉傳〉及〈李娃傳〉中的妓女對性之
表現。如霍小玉初會李益，當夜便「極其歡愛」，沒有什麼
內心的衝突。又如李娃初會滎陽公子已媚態畢露「回眸凝
睇」，一派娼家女本色。及至滎陽生造訪李娃，李娃說「不
見責僻陋，方將居之，宿何害焉。」（出自《異聞集》見
《太平廣記》卷四八四）女主人公充滿挑逗性的語言並將公
子留下繾綣，則是典型的妓女行徑。鶯鶯之內心衝突，卻有
別於妓女對性的表現，所以鶯鶯的身份不大可能是娼家女，
更大可能的是身份低微的女子。

---

36 S. Freud, "Formulations on the Two Principles of Mental Functioning" in *The Standard edition of the Complete Psychological Works of Sigmund Freud* V: XII trans. J. Strachey & Others (London: The Hogarth Press, 1964), p.223. 張生與鶯鶯面對情與禮的衝突，最終亦見情屈服於禮。見王瑜，〈元稹鶯鶯傳悲劇結局新探〉，《北方論叢》，1995 年第 6 期，頁 71。
37 劉開榮，上引書，頁 114。
38 陳寅恪，〈讀鶯鶯傳〉，刊於《元白詩箋證稿》（北京：文學古籍刊行社，1955），頁 101-102。

　　況且，篇中的張生可能就是元稹本人。陳寅恪說：「鶯鶯傳為微之自敘之作。」 魯迅亦說：「元稹以張生自寓。」[39]元稹（779-831）〈夢遊春詩〉便寫出他在年輕時一段戀愛的經歷。〈夢遊春詩〉載：「近作夢仙詩，亦知勞肺腑。」只是礙於「韋門正全盛，出入多歡裕」的唯實原則才捨棄該段戀情。[40]詩中提及基於現實才與韋氏結婚，明顯地二十年前曉寺情的對象是與其門不當、戶不對的女子。此外，小說中張生以「忍情」自圓其說，作為捨棄鶯鶯的理由：「大凡天之所命尤物也，不妖其身，必妖於人……予之德不足以勝妖孽，是用忍情。」這段「忍情」辯說，亦獲時人接受，甚至許張生為「善補過者」。時人之稱許，該不是不分好歹讚許其負情，或許是稱許張生對一宗門戶不相稱的感情懸崖勒馬，故稱他為「善補過者」。由此推測張、崔二人身份可能很懸殊，不合本色媲偶之律。陳寅恪說：「若鶯鶯果出高門甲族，則微之無事更婚韋氏，惟其非名家之女，舍之而別娶，及可見諒於時人。」[41]由此可見鶯鶯的出身可能十分低微，或因良賤不婚之故，令鶯鶯不能與張生匹配，女主人公因而強自抑壓，為張生的前途著想而強忍痛苦。

---

39 （宋）王性之考證〈鶯鶯傳〉乃「微之自敘」。見趙德麟，《侯鯖錄》卷五，刊於《筆記小說大觀》二十二編，頁 1017。至趙德麟介紹王性之的考證，張生即元微之的論調便普遍被學者所接納。認為〈鶯鶯傳〉為元稹自敘之作，見〈讀鶯鶯傳〉，頁 102；魯迅，《中國小說史略》，刊於《魯迅三十年集》（香港：新藝出版社，1970），頁 87。

40 《元稹集・外集》，卷一補遺一，〈夢遊春七十韻〉，刊於元稹，《元稹集》（北京：中華書局，2000），頁 636。

41 有關鶯鶯非高門出身的考證，見〈讀鶯鶯傳〉，頁 102-106。日本學者目加田誠引陳寅恪之考證，亦主張鶯鶯出身低微。張生棄低門之女而與高門之女成婚乃當時之「正當行為」。見目加田誠，〈唐代小說について〉，《東方學》，第二輯（1951）。

2. 感情之昇華

鶯鶯的壓抑亦為她帶來痛苦，由她寫信給張生之言辭可見其苦楚：「自去秋已來，常忽忽如有所失。於喧嘩之下，或勉為語笑，閒宵自處，無不淚零。乃至夢寐之間，亦多感咽，離憂之思，綢繆繾綣。」鶯鶯不但為了唯實原則而甘心忍受痛苦，更將之昇華為溫柔敦厚的高尚情操：「棄置今何道，當時且自親，還將舊時意，憐取眼前人。」女主人公為負心人及其配偶幸福著想，著張生將對己之情意對待其妻。鶯鶯之善良及厚道則匹合於傳統詩之教的溫柔敦厚之旨。

溫柔敦厚亦是傳統對女性之要求，其實《鶯鶯傳》中的「忍情」一節是負心人張生對自己始亂終棄之行為加以合理化。張生以紂王寵妲己、幽王幸褒姒而亡國，道出鶯鶯正如歷史上之美女，乃天生之尤物，「不妖其身，必妖於人」，而張生自問其德「不足以勝妖孽，是用忍情」。王季思（1906- ）認為這是張生「以無賴的口吻來辨解自己的負心」。[42] 可以說，這種以女色亡國，紅顏禍水的論調來替其負情之舉開脫的處理手法是相當男性中心之寫法。而鶯鶯的溫柔敦厚則是傳統宗法、父權社會對女性在感情上忍讓、敦厚的要求。

結論

女性面對壓逼，通常以反抗或抑壓的兩種態度去面對。小玉與鶯鶯，同樣是受壓逼的女子，但二者的反應則截然不

---

42 王季思，〈《西廂記》敘說〉，《玉輪軒曲論》（北京：中華書局，1980），頁23。

同。小玉以反抗來抵擋當時的法律及風俗：諸如妓女被列為賤民籍及良賤不可通婚等對女性的壓逼。小玉以絕命誓辭作言語上的抗議及以至死不休的鬼魂作祟報復負心人，令李益受「癡病」折磨、終身受罪咎感煎熬之痛苦，就是她以堅執及激烈的手段對抗唐代妓女命運之反抗。

　　鶯鶯與小玉相反，她沒有自毀式的死亡及化為厲鬼作為報仇之反抗。鶯鶯被棄後，沒有怨憤或對張生苦纏不休，她甚至化戾氣為祥和，忠告張生「憐取眼前人」——忘卻舊情，珍惜目前的幸福。這種怨而不怒，替對方設想的敦厚態度，其實是其心理抑壓的一種表現。這種溫柔敦厚、替對方設想之態度，是相當中國式而且甚被表揚的一種女性對待感情挫折時的表現。而溫柔敦厚的鶯鶯則與激烈、堅執、至死不休的小玉是南轅北轍的兩種女性面對壓逼、面對被棄時的兩個極端之例。

❋此文原載於《嶺南學院中文系系刊》第三期，1996。

精誠所至
——論陳玄祐〈離魂記〉

緒論

　　陳玄祐〈離魂記〉（《太平廣記》卷三百五十八題為〈王宙〉）述倩娘離魂，夜奔王宙的一段奇幻情緣。是篇傳奇，全文共五百字，乃傳奇中之短構，因而在人物刻劃及情節敘述方面，不免稍欠細膩。唯倩娘以離魂作為手段，爭取戀愛與婚姻的自主，不但具備積極意義；離魂情節之奇詭，亦引發無窮想像，因而下啟一系列同類之離魂故事。李劍國認為〈離魂記〉當作於建中初年。[1] 按〈離魂記〉篇末，作者補敘一筆言：「大曆末，遇萊蕪縣令張仲規，因備述其本末。」[2] 大曆為唐代宗（762-779 年在位）年號，公元七六六至七七九年。陳玄祐自云大曆末年，遇張仲規述倩娘故事原委，故是篇可能撰于唐代宗大曆末年。另一方面，由作者耳聞倩娘故事至筆錄其事，可能亦有一段時日，故李劍國謂〈離魂記〉當作于建中初年。建中乃唐德宗（779-805 年在位）年號，公元七八〇至七八三年。由此可見，〈離魂記〉的寫作年份大抵為大曆末至建中初的一段期間。

1　李劍國，《唐五代志怪傳奇敘錄》（天津：南開大學出版社，1993），頁264。

2　本篇所引唐傳奇，參考李昉等編，《太平廣記》（北京：中華書局，1980）；汪辟疆校，《唐人小說》（上海：上海古籍出版社，1983）。

　　〈離魂記〉可說是離魂故事系列中承先啟後之作，魏晉六朝不乏靈肉分離的奇幻故事。胡應麟（1551-1602）《少室山房筆叢》載：「倩女離魂，亦出唐人小說。雖怪甚，然六朝所記此類甚多。」[3] 這些作品，可被視為〈離魂記〉之原型。其中以宋劉義慶（403-444）《幽明錄》〈龐阿〉一文，與〈離魂記〉最為相近。李劍國認為：「離魂之說濫觴於劉義慶《幽明錄》之〈龐阿〉。」[4]〈龐阿〉一篇，與〈離魂記〉相類處在於兩篇都是由女主角以離魂手段，爭取婚姻的自主權。〈龐阿〉中石氏女最終亦與「美容儀」的龐阿成美眷，了結一段奇幻姻緣。（《太平廣記》卷三百五十八）除〈龐阿〉外，晉干寶（約於 317-322 年在世）《搜神記》中〈無名夫婦〉一文，亦具備離魂情節。故事中元神出竅的男子，顯示一種近乎精神分裂的狀態。男子目睹自己的元神：「被中人高枕安眠。真是其形。」（《太平廣記》卷三百五十八）主人翁睹其神魂出竅後，本身亦變得「性理乖誤，終身不愈。」這種近似精神分裂式的離魂，雖然有別于〈離魂記〉中，為爭取戀愛及婚姻自由而元神出奔之離魂，但神魂出竅、靈肉分離的基本意念，則同出一轍。故〈龐阿〉與〈無名夫婦〉兩篇前朝作品，皆為〈離魂記〉之先驅。

　　〈離魂記〉為離魂故事中，甚具影響力之作。劉瑛說：「倩女離魂，至怪而乏理解。但為古今艷稱。詩人引用，乃成史實。後人摹擬，尤其多不勝數。鄭德輝並編為雜劇。」[5] 離魂故事，由六朝至清代，創作不絕；神魂出竅的故事情

3　胡應麟，《少室山房筆叢》（北京：中華書局，1958），頁 561。
4　李劍國，上引書，頁 264。
5　劉瑛，《唐代傳奇研究》（臺北：正中書局，1982），頁 364。

節，亦引人遐思。唐代傳奇中，與〈離魂記〉相類的有《獨異記》中的〈韋隱〉。〈韋隱〉一文，述韋隱之妻，為長伴夫婿左右，元神出竅，遠涉關山。（《太平廣記》卷三百五十八）此外，尚有各式各樣，借離魂來撮合姻緣的故事，如《靈怪錄》〈鄭生〉一則，已作泉下人的外祖母，將孫女神魂，嫁給鄭生。（《太平廣記》卷三百五十八）《廣異記》〈蘇萊〉一篇，則記述招魂相親，成就眷屬的事件。（《太平廣記》卷三百五十八）至于《廣異記》〈柳少游〉一篇，則有別于離魂以成就眷屬的模式。是篇述柳少游面對出竅的元神，算出自己死期即至的玄機，並與元神同聲悲歎。（《太平廣記》卷三百五十八）這則故事，顯示形神相離，死期即至的悲哀。

　　〈離魂記〉除影響同代的離魂故事外，亦直接影響元雜劇《倩女離魂》，甚至明傳奇《牡丹亭》的創作。鄭光祖（1775-？）《倩女離魂》，繼承〈離魂記〉故事，述倩女「似生個身外身」，神魂出奔，隨王文舉上京去。[6] 湯顯祖（1550-1616）《牡丹亭》〈驚夢〉一齣，出現杜麗娘與柳夢梅夢中幽會的離魂夢。〈幽媾〉一齣中，女主角更以鬼魂身份，與男主角再續未了前緣。[7] 離魂故事發展至《牡丹亭》，可謂已臻瑰麗奇幻，盪氣迴腸之境界。除《牡丹亭》外，明清文言小說中亦不乏離魂故事，瞿佑《剪燈新話》〈渭塘奇遇記〉便屬男子離魂之作。王生在渭塘酒肆邂逅少女，即夜便魂離軀體與女幽會。此外，蒲松齡（1640-1715）《聊齋誌異》〈阿寶〉一則，亦是扣人心弦的男子離魂之

6　鄭光祖，《倩女離魂》，刊于《元曲選》，臧晉叔編（北京：中華書局，1961），頁 711，719。

7　湯顯祖，《牡丹亭》（香港：中華書局，1976），第十齣〈驚夢〉，頁 45-48；第二十八齣〈幽媾〉，頁 148-151。

作。情深的孫子楚，為親近阿寶，居然兩度離魂，不但「魂
隨阿寶去」，更魂附鸚鵡，飛往阿寶閨中，陪伴伊人。（三
會本卷二）[8]

　　由以上所述的離魂作品，可見唐代〈離魂記〉的地位及
影響，後人摹擬亦多不勝數。[9] 離魂故事系列除了〈無名夫
婦〉中，顯示有若精神分裂般的心理狀態，以及如〈柳少
游〉一文，暗示形神分離，死期即至的狀況外，大部份離魂
故事，皆以元神出竅為手段，突破當時男女授受不親、身份
懸殊等障礙，以成就美滿良緣。本文亦以〈離魂記〉中的離
魂為主題，試圖探討離魂如何成為爭取戀愛及婚姻自主的一
種手段。此外，更嘗試分析離魂者的心理狀態，以剖析離魂
者內心的矛盾及掙扎。

8　明清文言小說中的離魂故事，見瞿佑，《剪燈新話》，卷二，〈渭塘奇遇
　　記〉，刊于周楞加校注，《剪燈新話》外二種（上海：上海古籍出版社，
　　1981），頁 54-59。日本學者內田道夫認為《剪燈新話》受唐傳奇影響，
　　〈渭塘奇遇記〉更表現了夢幻與現實交錯之特色。見內田道夫，〈怪奇と
　　戀の物語（文言小說の世界）〉，刊于內田道夫編，《中國小說の世
　　界》，（東京：評論社，昭和51年，頁181-182）。有關《聊齋誌異》中的
　　離魂故事蒲松齡撰、張友鶴輯校，《聊齋誌異》會校會注會評本（上
　　海：上海古籍出版社，1986），卷二，〈阿寶〉，頁 233-239。日本文學
　　中，亦有離魂故事如《萬葉集》第 3393 首和歌，便表達了一個因母親嚴加
　　看管，只得在夢魂中與情郎幽會的女子心聲。見中西進校注，《萬葉集》
　　（東京：講談社，1978），頁 252。此外，《伊勢物語》第百十段亦載一則
　　離魂故事：女子與男子有私情，女子來信說夢見這位男子，男子回贈一首和
　　歌：「思ひあまり出でにし魂のあるならん夜ふかく見えば魂むすびせ
　　よ」男子稱女子夢見的是他的遊魂，並請女子將之繫在身旁；夢魂相會的意
　　思便很明顯。見堀內秀晃、秋山虔校注，《伊勢物語》，百十段，刊於
　　《竹取物語　伊勢物語》（合刊本）（東京：岩波書店，1997），頁
　　184-185。有關日本離魂故事之分析，可參考張龍妹，〈離魂文學的中日比
　　較〉，《日語學習與研究》，1999 年第二期，頁 52-58。

9　劉瑛，上引書，頁 364。

一、離魂與「命運」的抗衡

(一)不自主的婚姻

　　〈離魂記〉中的離魂，乃是對當時婚姻制度的一種挑戰與反抗。古代締結姻緣，講求父母之命、媒妁之言。漢班固（32-92）《白虎通》〈嫁娶〉篇載：「男不自專娶，女不自專嫁，必由父母，須媒妁何？遠恥防淫泆也。」[10] 由《白虎通》之論，可見古時婚姻的主宰權在父母手中，媒妁則為介紹人，其作用在于「遠恥防淫泆」。在男女授受不親的年代，媒妁乃撮合駕侶的重要人物。《禮記》〈曲禮〉一章載：「男女不雜坐。不同椸枷。不同巾櫛。不親授。嫂叔不通問……姊妹女子。已嫁而反。兄弟弗與同席而座。弗與同器而食。男女非有行媒。不相知名。」[11]《禮記》的記載，解釋了「非有行媒，不相知名」的原因。基本上，男女交往，在世俗中存在著諸般禁忌。兩性間固然不存在公開的社交，甚至親屬間，亦設諸般規條及禮節之限制。已出嫁的姊妹不得與兄弟同席，叔嫂間更多避忌。《世說新語》〈任誕〉第二十三，便記載了阮籍（210-263）送嫂而被人譏諷之例。[12] 男女之防既然嚴密，媒妁便成為重要的介紹人。此外，婚姻的決定權亦操諸父母手上。《詩經》齊風〈南山〉詩云：「取妻如之何、必告父母」，「取妻如之何，匪媒不

---

10 陳立，《白虎通疏證》（北京：中華書局，1994），頁 452。
11 《禮記鄭注》（臺北：新興書局，1971），頁 7。
12 餘嘉錫，《世說新語箋疏》（北京：中華書局，1983），〈任誕〉第二十三，頁 731。

得。」[13]此外，孟子（公元前372-289）〈滕文公篇〉下載：「丈夫生而願為之有室，女子生而願為之有家，父母之心，人皆有之。不待父母之命，媒妁之言，鑽穴隙相窺，踰牆相從，則父母國人皆賤之。」[14]由〈滕文公篇〉之言，可見父母之命，媒妁之言的主導性，不遵從這些誡律而私下交往的男女，皆被世人鄙賤。

　　唐朝風氣比較開放，唐宗室胡化甚深，因而常常發生閨門失禮之事。據《新唐書》的記載，唐高宗（649-683 年在位）女兒太平公主（?-713）便是曾經三嫁的皇族。（見《新唐書》）[15]〈離魂記〉中，倩娘離魂私奔而能成美眷，亦表現了一種較為開放的風氣。雖云唐代風氣較活潑、開放，但締結婚姻，仍以父母之命為主宰。唐代法律戶婚第三十九條載：「諸卑幼在外，尊長後為定婚，而卑幼自娶妻，已成者婚如法，未成者從尊長。違者杖三百。」[16]大唐律例規定，結婚若不從尊長之命，便要受杖刑。《唐律疏議》云，戶婚第三十九條所指的「卑幼」包括：子、孫、弟、姪等。所謂「尊長」則包括祖父母、父母及伯叔父母、姑、兄、姊。[17]由戶婚第三十九條之記載，可見唐朝的婚姻制度，仍以父母之命為要。〈霍小玉傳〉中，李益與表妹盧氏的婚姻，便由太夫人議定。李益對尊長的安排，亦不敢有異議：「逡巡不敢辭讓，遂就禮謝」。（《太平廣記》卷四百八十七）

---

13 朱熹集注，《詩集傳》（香港：中華書局，1983），頁 60。

14 胡毓寰，《孟子本義》（臺北：中正書局，1971），頁 189。

15 歐陽修、宋祁，《新唐書》（北京：中華書局，1975），卷八十三，列傳第八，諸帝公主，頁 3650。

16 戴炎輝，《唐律通論》（臺北：國立編譯館，1964），頁 558。

17 長孫無忌等，《唐律疏議》（北京：中華書局，1983），頁 267。

㈡叛逆禮教的離魂

　　由以上所討論的父母之命、媒妁之言的禮教習俗，可見〈離魂記〉裏倩娘離魂私奔，對禮教的挑戰及反叛。袁健說：「《離魂記》的價值在于：它寫倩娘的靈魂離開身體後，可以不受一切世俗教條的束縛，可以毫無顧忌地表達自己內心深處的思想感情，可以光明正大地追求自己所憧憬的幸福和自由，靈魂的世界比人間世界要公道合理些。它通過這些幻想的形式，來表現父權制給女性的愛情生活帶來的痛苦。」[18]〈離魂記〉中的男女主角，雖然青梅竹馬：「宙與倩娘常私感想于寤寐」。唯二人的結合，不但既無父母之命、媒妁之言，更是私奔的苟合。倩娘夜奔王宙，完全違背了戶婚第三十九條議婚必依尊長的規限。倩娘父親張鎰，已將女兒許配「賓寮之選」的男士。依唐律例，倩娘理應遵從父命出嫁，唯女主角不但反叛了父母之命，且離魂私奔。私奔男女，在禮教方面而言，不能成為「合法」夫妻。鄭光祖《倩女離魂》中，倩女離魂夜奔王文舉，男主角的第一個反應不是喜悅，而是憤怒：「古人云。聘則為妻。奔則為妾。老夫人許了親事。待小生得官回來。諧兩姓之好。卻不名正言順。你今私自趕來。有玷風化。是何道理。」（第二折）「聘則為妻，奔則為妾」，可見倩娘元神私奔之舉，如何有違禮法成規，如何反叛。她不但背棄父命，且私定有玷風化的終身大事。這種反叛，令她不能成為正室，而倩娘與王宙之結合，亦成為非禮俗所容的淫奔、苟合。

　　〈離魂記〉既挑戰禮教，亦以精誠所至式的堅毅戰勝世俗、突破禁忌及藩籬。倩娘元神夜奔王宙，遠赴蜀地五年，

---

18 袁健，〈離魂小說的四次升級〉，《晉陽學刊》，1990年第2期，頁55。

生育兩子後，帶著既成事實，回家與親人相見。「苟合」式
的私奔，始與父母之命的禮教、世俗，取得妥協，獲得承
認。倩娘離魂私奔，亦由挑戰禮教的層次，轉為在禮法內，
取得其認同，至獲得「勝利」的大團圓結局。〈離魂記〉的
原型〈龐阿〉，亦展示相類的情況，石氏女離魂夜奔龐阿，
不但有悖男女授受不親、父母之命、媒妁之言等禮法，石氏
女要面對的更大障礙就是龐阿的妒妻。石氏女與倩娘一樣，
也是以精誠所至式的堅毅，突破重重阻隔：「女誓心不
嫁」，直至妒妻得邪病「醫藥無徵」，「阿乃授幣石氏女為
妻」。石氏女離魂與龐阿幽會的苟合，始在禮教內取得合法
地位，主人公最終亦在戀愛和婚姻中獲得自主的勝利。

　　〈離魂記〉中的倩娘，挑戰父母之命的婚俗觀念，借離
魂取得情愛的自由。唐朝傳奇中，亦有不少為爭取情愛自主
而付上生命為代價之例。皇甫枚〈步飛煙〉一文，飛煙本為
武公業之妾，她為了私戀趙象，被武公業毆斃，卻至死不
悔，留下：「生得相親，死亦何恨」的豪情壯語。飛煙以妾
侍身份，與少年私通，便挑戰了當時的禮教。《唐律疏議》
載：「妾通買賣，等數相懸。」[19] 妾通常是由購買或由私奔
得來，地位低賤，如同主人的財產，飛煙敢于挑戰武公業，
妄圖取得愛情的自主，就表現了衝擊禮法的勇氣。此外，
〈霍小玉傳〉中，小玉面對「以本色媲偶」（《唐六典》）[20]，
良、賤不能結合；身為妓女的小玉與士人李益亦不可能正式
結合的現實時，仍表現堅執不屈的勇氣，拒絕接受李益負情
的真相，誓化厲鬼作祟：「我死之後，必為厲鬼，使君妻

---

19 《唐律疏議》，頁 256。
20 《唐六典》載：「凡官戶奴婢，男女成人，先以本色媲偶，若給賜許，其
　 妻子相隨。若犯籍沒，以其所能，各配諸司，婦人巧者入掖庭。」見《唐六
　 典》（臺北：文海出版社，1962），卷十九，頁 360。

妾，終日不安！」小玉不肯與現實妥協的下場，就令她含恨而終。

　　〈離魂記〉、〈步飛煙〉和〈霍小玉傳〉三篇傳奇，同樣挑戰了當時的婚姻及禮俗觀念。三篇傳奇不同之處，在于後二者的女主角飛煙和小玉，正面與當時妾侍、妓女所「命定」的命運挑戰，而激烈的「正面」衝突，導致主人公的喪亡。女主角為了爭取情愛自由，也付出沈重的代價，就是犧牲了她們寶貴的生命。〈離魂記〉中的倩娘，面對父母之命、不自由的婚姻時，亦幾乎重演飛煙與小玉「殉情」的悲劇。倩娘被迫與王宙生離時，亦曾「思將殺身奉報」。扭轉悲劇的關鍵，在于倩娘元神出竅，「亡命來奔」王宙。離魂私奔這個不可思議的超現實手段，化解了可能引發的悲劇。女主角元神出竅，與情人做了夫妻後，再向代表禮法的父母，取得諒解，將「苟合」轉化為名正言順的婚姻。離魂這個極其玄妙的手段，便成為扭轉悲劇，令主人公巧妙地避免與禮教作正面衝突，最終卻獲得情愛自主權的重要關鍵。

二、離魂者的心路歷程

㈠自我與他我之爭

　　元神出竅是扭轉乾坤的轉捩點，亦是倩娘「戰勝」命運的重要手段。歷來評論家對〈離魂記〉中的離魂，未有較為全面而詳細的分析。胡應麟評〈離魂記〉「怪甚」。[21] 紀昀《閱微草堂筆記》卷十四，載寵婢被主母賣掉「形去而魂歸」的故事，兼評倩女離魂：「小說家點綴成文，以作佳

---

21 胡應麟，上引書，頁 561。

話。至云魂歸後衣皆重著,尤為誕謾。」[22] 紀昀評離魂故事為「誕謾」;劉瑛則認為是篇「至怪而乏理解」。[23] 究竟倩娘元神出奔是否是「至怪」、「誕謾」及「乏理解」的怪力亂神之類?抑或靈肉分離本身,反映了離魂者某些特殊的心理狀況?

　　倩娘離魂,似化個身外之身,由一人分裂為二,一個「病在閨中數年」,另一個則隨王宙遠赴蜀地,雙宿雙棲五載。倩娘的神魂與其肉體分離,成為既屬于倩娘的一部份,亦成為與其本來性格迥異的部份。靈肉相離的兩位倩娘,代表了女主角不同的心理層面及其內心的鬥爭。留在家中的倩娘,代表依循父母之命及當時禮俗行事的倩娘。離魂夜奔的倩娘,代表挑戰禮教、追求情愛自主的倩娘。元神私奔的倩娘,可被視為待在閨中的倩娘的心理他我(alter ego)。當人物內心承受過份壓力及過度自我壓抑時,被壓抑的自我(ego),便會投射而成為其心理他我。阿倫伯(Carol R. Arenberg)認為心理他我與自我看似完全相反,其實兩者卻互相補足。[24] 倩娘本為傳統的淑女,雖深愛王宙,亦只是「私感想于寤寐」、「寢夢相感」,甚至將激情強自壓抑。當父親錯點鴛鴦,把倩娘許配給「賓寮之選者」時,女主角亦只是「聞而鬱抑」,將感情強行壓抑。出奔的倩娘則代表被過度壓抑的欲望,這個欲望便是在情愛方面,脫離父母之命的羈勒而能自主的自由。故出奔的倩娘,表現與待在閨中的倩娘截然不同。夜奔的倩娘,在愛情方面,處處表現主

---

22 紀昀,《閱微草堂筆記》(北京:中國文聯,1996),卷十四,頁302-303。

23 劉瑛,上引書,頁364。

24 Carol R. Arenberg, *The Double As An Initiation Rite: A Study of Chamisso, Hoffmann, Poe, and Dostoevsky* (Ph.D Thesis: Washington University, 1979), pp. 16&19.

動、進取。決定私奔至真正私奔，整個過程的決策者就是倩娘。倩娘「徒行跣足」，不顧儀容往尋王宙，和「亡命來奔」之舉，表現了人物追求情愛自主的意志，以及奮進的生命力。[25] 樂蘅軍評〈離魂記〉：「這個故事的神話象徵，對愛情所表現的生命衝動，真可說是作了一個精采絕倫的譬喻，所謂『靈魂出竅』之愛，背乎理性，但卻是最切當的愛情心理學。」[26] 閨中的倩娘與出奔的倩娘，前者代表壓抑的自我，後者則表現了「生命衝動」及代表追求情愛自由的他我。《牡丹亭》中的杜麗娘，亦表現了相類的情況。杜麗娘在父母薰陶下，還有老腐儒陳最良的教導下，被「栽培」為一位「淑女」。離魂的經歷，則代表女主角追求情愛自主的欲望。〈驚夢〉中湯顯祖用冶艷的文辭，描寫女主角離魂與柳夢梅幽會，〈幽媾〉一齣，女主角甚至自薦枕蓆，在梅花菴觀與男主角再續情緣。[27] 這些離魂幽會的大膽描寫，如倩娘離魂私奔一樣，均代表主人公被抑制的強烈欲望。

(二)情與禮——衝突至和解

　　閨中的倩娘，與出奔的倩娘，不但代表女主角在心理方面自我與他我之衝突，亦表現了倩娘面對孝道、禮教及愛情欲求時，內心的掙扎。篇中有兩段說話，能鮮活地呈現女主角內心的矛盾。倩娘元神夜奔，泣訴情郎：「君厚意如此，寢夢相感。今將奪我此志，又知君深情不易，思將殺身奉

---

25 離魂從想像中去尋找自由愛情之寄托，這亦是性壓抑的結果。見張葚，〈扭曲的映象：古典小說戲曲中的性意識〉，《鄭州大學學報》，1996 年第 2 期，頁 95。

26 樂蘅軍，〈浪漫之愛與古典之情〉，《中國古典小說中的愛情》，葉慶炳編，（臺北：時報文化，1976），頁 143。

27 《牡丹亭》，第三齣〈訓女〉，頁 7；第七齣〈閨塾〉，頁 27；第十齣〈驚夢〉，頁 45-48；第二十八齣〈幽媾〉，頁 148-151。

報，是以亡命來奔。」由離魂夜奔的倩娘，對王宙所訴說的心聲，可見禮教與情愛二者，在她心中所造成的尖銳衝突，以及二者在女主角心中孰輕孰重。倩娘說「今將奪我志」；父母之命的婚俗觀念是奪倩娘之志的因由。由于倩娘「深情」，故「亡命來奔」，可見在私奔之夜，禮教與愛情二者，後者在倩娘心中盡佔優勢。

　　愛情至上的倩娘，在離魂五年後，仍未能擺脫孝與情的矛盾。倩娘再次泣訴王宙謂：「吾曩日不能相負，棄大義而來奔君。向今五年，思慈間阻。覆載之下，故顏獨存也？」「大義」可以指父母之命的婚姻，以及倩娘應盡的孝道。「大義」、孝道，與倩娘對王宙的深情，兩者在女主角心中，沒有取得和解；縱使在離魂五載後，二者仍處於對立狀態。

　　女主角的矛盾及不平衡的心理，直至私奔五年後，重回故鄉，才能得到和解。和解過程見以下圖表：

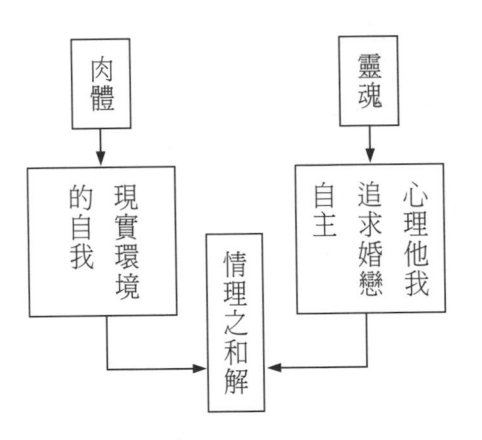

　　如前述，閨中的倩娘，代表應付父母之命、現實環境的自我；私奔的神魂，則代表被壓抑了的情愛欲求，亦即女主角的心理他我。自我與他我二者，至倩娘重返衡州故家，取

得家人諒解；「苟合」的私奔，在禮教內得到認同，倩娘才重獲心理上的平衡：「室中女聞喜而起，飾妝更衣，笑而不語，出與相迎，翕然而合為一體，其衣裳皆重。」倩娘的靈魂、肉體「翕然而合為一體」，代表女主角的自我與他我，最終亦取得和解。當主人公接受他我為自己的一部份時，他/她便能在自我認知方面有所成長。[28]

　　《牡丹亭》中，杜麗娘亦表現了與倩娘相類的心路歷程。杜麗娘離魂時的大膽、熱情，代表被壓抑了的情愛欲求；重生後的麗娘，要與代表禮教的父母，取得諒解，將「苟合」變為名正言順的婚姻，始能在心理上重獲平衡：

　　（旦）秀才可記的古書云：「必待父母之命，媒妁之
　　言。」
　　（生）日前雖不是鑽穴相窺，早則鑽壙而入了。小姐
　　今日又會起書來。（旦）秀才，比前不同。前夕鬼
　　也，今日人也。鬼可虛情，人須實禮。

　　女主角離魂時，只求「虛情」，重生時卻要在禮俗中取得其認同，故必須講求「實禮」。「情」與「禮」取得協調，杜麗娘的自我與他我才能臻于和諧境界。

結論

　　〈離魂記〉雖是個短篇，影響卻極為深遠，離魂故事亦吸引眾多讀者。〈龐阿〉、〈離魂記〉、〈韋隱〉、《倩女

---

[28] Carol R. Arenberg, *Op.Cit.*, p.16 and *Fearful Symmetry, Doubles And Doubling In Literature And Film* (ed.) Engene J. Crook (Tallahassee: University Press of Florida, 1981), p.17.

離魂》、《牡丹亭》、〈阿寶〉等一系列離魂作品，在兩性
間沒有公開社交的年代，以不可思議的離魂手法，創造身外
之身，一遂現實中難以實現的情愛自主之欲求。元神出竅雖
是玄妙及不可能的構想，唯離魂私奔以獲得婚姻上的自主，
卻契合人心。離魂亦成為抵抗父母之命、媒妁之言的手段。
《聊齋誌異》〈阿寶〉一篇中，孫子楚離魂、親近阿寶亦是
種抵抗「命運」的手法。孫子楚雖為名士，「但有相如之
貧」，他又如何能迎娶「絕色」、家族「與王侯埒富」的富
家小姐阿寶呢？孫子楚的痴情，堅執，以及「出奔」的靈
魂，就是消滅本色媲偶世俗觀念的法寶。離魂故事系列，以
「魂不附體」作為反抗，精誠所至金石為開，因而能突破
〈離魂記〉中的父母之命、瓦解〈龐阿〉裏禮教的桎梏及妒
妻之作梗、衝破〈韋隱〉中女子三步不出閨門的藩籬、彌補
《牡丹亭》內男女沒有公開社交及戀愛自由的遺憾，更填平
了〈阿寶〉故事內貧富懸殊的鴻溝。離魂故事，寄托了古時
男女希冀獲得婚姻自主之欲望，因而成為引人入勝之作，歷
代傳頌不絕。

✿此文原載於《唐代文學研究》第八輯，桂林：廣西師範大
　學出版社，2000。

夢的啟示
——論李公佐〈南柯太守傳〉

緒論

　　〈南柯太守傳〉（《太平廣記》卷四百七十五，題為〈淳于棼〉，出自《異聞錄》（當即陳翰《異聞集》）[1]是個借夢境展示人生無常「無以名位，驕於天壤間」的諷刺寓言。夢入蟻國的故事，《搜神記》中亦有〈盧汾〉一則，原文殘佚不全。《太平廣記》卷四百七十四〈盧汾〉，則錄有全文，題出《窮神秘苑》。篇中引《妖異記》所載：盧汾夢入蟻穴，享受審雨堂歌宴，與「妖艷絕世」之美人歡宴。後來大雨驟至，審雨堂為之傾折，盧汾亦夢醒。〈盧汾〉一篇，該不是出自《搜神記》，因為篇中所錄故事發生在後魏孝莊帝（528-530 年在位）永安二年（529），非干寶（約317-322 年在世）所及見。王夢鷗推測盧汾本事所出之書《妖異記》，或為北人所撰，傳至晚唐猶在。〈盧汾〉與

1　有關李公佐的生平經歷及交遊，可參考王夢鷗，《唐人小說研究》（台北：藝文印書館，1971），頁 46-56。李公佐今存傳奇共四篇，計為〈南柯太守傳〉、〈謝小娥傳〉、〈古岳瀆經〉和〈廬江馮媼傳〉。有關李公佐的生平及〈南柯太守傳〉相類之篇章，可參考中國古代小說百科全書編輯委員會編，《中國古代小說百科全書》（北京：中國大百科全書出版社，1993），頁 265，359。本文所引唐代小說，參考李昉等編，《太平廣記》（北京：中華書局，1961）；王夢鷗，《唐人小說校釋》（台北：正中書局，1996）。

〈南柯太守傳〉同為夢入蟻穴之篇，後者可能受前者影響，將之渲染成淳于棼夢入蟻穴之故事。[2]〈南柯太守傳〉中淳于棼從夢中出發、經歷考驗，體驗人生之盛衰、順逆、變遷無常，回歸現實世界時，因而能夠了悟人生倏忽及名利虛誕的道理，完成啟悟歷程。夢境中所展現的螞蟻世界，與真實人生並列，亦收到低貶效果，從而令主角捨棄意志「棲心道門，棄絕酒色」，淳于棼的夢可被視為具預示性和啟示性之夢。

一、夢境的啟示

榮格（C. G. Jung）認為夢是源自人格中的陰影部分，夢境所表現的是人類潛意識中的情意結，夢亦是種自衛機轉，因為它可以調節人類心理的偏差，有助平衡情緒及心情。榮格在夢的理論方面提出兩種夢的分類，一為補償心理偏差之夢，如心理過分極端或偏頗於某一方面時，夢中便會出現與此相反之情況，以補償心理的失重狀況。二為預示性

---

2 有關〈盧汾〉一篇，非出自《搜神記》，以及《妖異記》之時代，參考汪紹楹之校注。見干寶撰、汪紹楹校注，《搜神記》（北京：中華書局，1980），頁 123-124；《唐人小說校釋》，頁 190。有關〈南柯太守傳〉的寫作年份，亦有不同的論辯。劉開榮認為是篇為李公佐暮年削官後的作品（大中間）。見劉開榮，《唐代小說研究》（香港：商務印書館，1964），頁 174-175。卞孝萱則認為是篇當為貞元十八年（802）之作，旨在諷刺德宗朝公主下嫁「逆息虜胤」之事；把尊貴的公主，下嫁藩鎮子孫，因而招致非議。見卞孝萱，《唐傳奇新探》（南京：江蘇教育出版社，2001），頁 185-192。日本學者內山知也在分析〈南柯太守傳〉的時代背景時，便列舉了貞元十八年期間，公主下嫁藩鎮子孫之例作為佐證。見內山知也，《隋唐小說研究》（東京：木耳社，昭和五十六年），第四節〈李公佐南柯太守伝その他の小說〉，頁 398。薛洪勣亦認為是篇寫於貞元十八年。見薛洪勣，《傳奇小說史》（杭州：浙江古籍出版社，1998），頁 88。

之夢境。[3]

　　預示性的夢境，可證人類潛意識除了盲目、無法無天及為求實現欲求而不擇手段等特質外，亦具備其優越性。日常生活中未能解決的問題、矛盾及衝突，往往在夢中通過象徵、比喻性之夢的語言及影像使做夢者獲得啟迪。心靈是變化不已的，因此必須以兩種層次來界定。一方面，心靈產生過去全部的遺傳與痕跡的圖畫，而另一方面──不過仍表現於同一圖畫內──是未來的遠景，只要心靈創造它的未來，就會如此。縱使不為我們所察覺，潛意識仍是不斷活動及運作的，它在夢中便有機會展示其智慧，榮格所重視的就是潛意識所具備的正面力量。潛意識的心靈可以被假設為含有智慧及目的，而且比實際的意識洞識力更優越。[4] 苯環的發現是其中一個著名例子──苯環的發現者苦心焦思，未能解決之問題，竟在夢中出現答案：一個晚上他夢見一條捲成環狀頭咬著尾巴的蛇，因而領會苯的分子乃是一個由六個碳所構成的環。[5] 由此可見預示性的夢，可以作為做夢者的啟迪。此外，榮格曾引述一位成功的商人，在事業高峰期所做的火車出軌之夢[6]。這個災難性的出軌事件預示了他在如日方中的人生巔峰期，因為野心過劇卻力有不逮，最後遭遇滑鐵盧的現實。

　　另一個榮格所列舉的事例是個爬山專家的預示性夢境，做夢者在夢中不斷向山巔進發，最後在極度興奮下，踏虛空

3　C. G. Jung, *Dream, in The Collected Works of C. G. Jung*, volumns 4, 8, 12, 16. Translated by R. F. C. Hull (Princeton: Princeton University Press, 1974), pp.41, 73-4.

4　有關榮格的夢之分析，亦可參考佛洛姆，《夢的精神分析》，葉頌壽譯（台北：志文出版社，1984），頁 91-92。

5　同上書，頁 48。

6　C. G. Jung, *Op.Cit.,* pp.88-90.

中失足墜下，榮格囑其必須注意爬山安全。五個月後，攀山專家便因失足而死於一次爬山活動中，應驗了他的夢境。[7] 以上所列舉的三個夢境，都是與日常生活有關。潛意識在夢中以象徵、比喻等方法預示未來。預示性質的夢，便是潛意識以夢境對做夢者所備受困擾的問題，提出答案或對做夢者的前途及將來，描繪出一幅一幅的藍圖。[8]

㈠由「斥逐落魄」出發

古人相信夢境往往具備神秘的啟示[9]，〈南柯太守傳〉中的夢，亦是富啟迪性的預示性夢境，這亦是榮格所言的「大夢」。這種「大夢」相對於易於被人遺忘的「小夢」而言，它通常發生在人生的轉捩點時期，是重要而令人刻骨銘心之夢。[10] 淳于棼在夢中經歷事業盛衰、人情冷暖的預示性夢境，彷彿展示了主人公可能經歷的一生，因而令他了悟人生倏忽、名利虛幻。這個具啟發性及警示性之夢，對主人公

7　*Ibid.,* pp.98-99.

8　榮格夢的理論中不僅包括受壓抑的本能衝動，同時也包括建設性的潛能。夢的重要功能之一就是提出人們沒有意識到或注意到的思想。見李寧寧，〈夢的理論及發展〉，《學海》，1995 年第 6 期，頁 62-63。

9　古人相信夢能預測未來。見李寧寧，〈夢的超自然現象研究與探討〉，《江蘇社會科學》，1995 年第 6 期，頁 136。此外，古人不但相信夢具啟示性，因而占夢，亦相信夢境是個真實的過程。見焦杰，〈虛幻意識與社會現實的交融〉，《人文雜誌》，1995 年第 6 期，頁 73, 76。淳于棼醒後尋找蟻穴，便反映了主人公認為夢境是個真實過程的思想。古籍中亦有占夢之載。《周禮》卷二十四〈宗伯禮官之職〉大卜一條載：大卜「掌三夢之法」。鄭玄注：「夢者，人精神所寐，可占者。」見《周禮鄭注》（台北：新興書局，1964），頁 130。人生如夢系列作品，便對世人貪戀榮華、富貴，予以否定，見趙東玉，〈試談中國古人的幾種夢〉，《天府新論》，1994 年第 5 期，頁 85-86。

10　C. G. Jung, *Op.Cit.,* p.77.

而言亦是人生之「大夢」。[11]

　　淳于棼在其預示性夢境中經歷出發→考驗→回歸的啟悟旅程。主角的尋索過程相當複雜，並非如沈既濟〈枕中記〉中盧生在現實生活中失意，因而有：「大丈夫生世不諧，困如是也！」之嘆，從而在夢中遂其娶五姓女、出將入相、列鼎而食，選聲而聽之願。淳于棼的心理較盧生為微妙，一如其名字淳于棼──「棼」即紛亂，他的名字正好代表其內心的矛盾及複雜性。篇首介紹淳于棼雖然「累巨產」，但對權力的追求仍然熱熾，故「以武藝補淮南裨將」，唯「嗜酒使氣」，與帥發生衝突而被斥逐。被斥逐後，他以「縱誕飲酒為事」的表現，則是一種自衛機轉，淳于棼以飲酒來排遣對現實生活的失望。

　　淳于棼在出發前所犯的「因使酒忤帥，斥逐落魄」之「錯誤」，是引發夢中經歷啟悟旅行的契機，坎伯（Joseph Campbell）認為「犯下錯誤也可能是開展一段不同命運之起點。」[12] 而淳于棼所犯的「錯誤」，令他遭將帥斥逐，因而過著落魄的生活，在事業上處於低潮。這個「錯誤」正好令他反省其性格「嗜酒使氣，不守細行」，與軍隊中要求嚴格紀律之衝突及矛盾，以及其對名位等價值觀之看法。淳于棼在出發前正是處於人生轉捩點時期，現實迫使他對名位等問題作出思考。在出發前，主人公心理上已經為轉變作好準備。[13] 這個冒險的召喚，驅使他在夢中經歷種種考驗，最後

11　〈南柯太守傳〉便是借夢境影射現實之作。見孫玉明，〈《聊齋志異》夢釋〉，《蒲松齡研究》，1994 年第 1 期，頁 69。魯迅認為〈南柯太守傳〉的「立意與《枕中記》同，而描摹更為盡致。」見魯迅，《中國小說史略》（北京：人民文學，1952），頁 89。

12　Joseph Campbell, *The Hero With A Thousand Faces* (Princeton: Princeton University Press, 1968), p.51.

13　*Ibid.,* p.55.

獲得啟悟。

㈡與金枝公主的「聖婚」

　　淳于棼在夢中的考驗包括他與金枝公主的「聖婚」，以及在事業上治理南柯郡的得失，從而體會人情冷暖、世態炎涼。這些考驗皆有助主人公在夢醒時，了悟人生的真相，從而捨棄意志「棲心道門」。

　　淳于棼與大槐安國金枝公主結婚，可被視為啟悟旅程中的聖婚。在神話、民間故事中，主人公往往在經歷所有障礙與困難後，便與天后、女皇結婚。而這個女皇所代表的不單是願望的達成，她亦是母親、姐妹、情人與新娘。[14] 美麗的金枝公主「年可十四五，儼若神仙，交歡之禮，頗亦明顯」。公主既代表漂亮的情人及新娘，亦是淳于棼在性方面的啟導者。主角在性格及人格上的成熟，性的啟蒙及滿足通常是不可或缺的一環。此外，公主亦代表繁殖的力量——金枝公主與淳于棼「生有五男二女，男以蔭門授官，女亦聘於王族。」家族之昌盛，有賴這位大槐安國集國王、王后寵愛於一身的玉葉金枝。

　　此外，金枝公主也充當了淳于棼的智慧老人（wise old man），並令主角在事業上獲得極大成就。淳于棼在南柯郡的成就，可說是由金枝公主一手策劃及安排的。以淳于棼「不守細行」的遊俠性格，縱使有名位上追求之欲望，亦欠積極爭取的主動性，他與金枝公主論及從政之道時，只答曰：「我放蕩不習政事」。假如沒有公主扮演智慧老人及助手的角色，淳于棼亦未必有南柯郡的政績。金枝公主積極之推動：「卿但為之，余當奉贊」，便是個非常重要而關鍵性

---

14 *Ibid.*, pp.109, 110-111.

的轉捩點。正由於公主的鼓勵及推動，加上「妻遂白於王」
向國王推薦，淳于棼才能開展他在南柯郡的從政生涯。在二
十年間「貴極祿位」，政績受到肯定，不單被視為南柯郡的
民族英雄，善政令「百姓歌謠」，人民更「建功德碑」及
「立生祠宇」；淳于棼所享受的是有如神祇般尊貴之地位。
除「風化廣被」受百姓擁戴外，主人公更受到國王的器重：
「賜食邑，賜爵位，居臺輔。」名成利就之威福，可謂一時
無兩。

㈢命運的急轉

　　淳于棼在夢中經歷順逆之考驗；這些試鍊是主人公獲得
啟悟之「先決條件」。主人公在夢中的考驗，不單包括聘任
周弁為司憲，田子華作司農，在二十年中將南柯郡由「政事
不理，太守黜廢」的百廢待舉之政治環境，脫胎換骨而成為
大治的城郡，亦包括他遭受挫折時所面對的人情冷暖、世態
炎涼之歷鍊。齊裕焜認為〈南柯太守傳〉所描寫的「人情冷
暖、世態炎涼昭然若揭。」[15]

　　淳于棼所遭受的挫折，亦直接造成其命運之急轉。他所
遇到的首次失敗是檀蘿國戰役中，周弁「剛勇輕敵，師徒敗
績」，在戰爭中失利，其次為主要助手南柯郡之司憲周弁
「疽發背卒」，失去從政上之重要助手，其三為金枝公主的
死亡。這三件事件造成成其命運之急轉，令淳于棼飽嘗人情
冷暖的滋味。

　　主人公所經歷的炎涼世態，首先為金枝公主逝世後，被
「國有大恐」、「釁起他族，事在蕭牆」之流言所讒毀，令

---

15 齊裕焜、陳惠琴，《中國諷刺小說史》（遼寧：遼寧人民出版社，
　　1993），頁37。

國王對他猜忌，將他軟禁及遣返本里。昔日淳于棼威福之盛，一時無兩，「貴門豪族，靡不是洽」，但在大槐安國最後的歲月中卻「鬱鬱不樂」，被軟禁甚至被逐出境，今昔之比可見世態之炎涼。此外，人情冷暖亦表現在二使對淳于棼前恭後倨的態度中，昔日迎接主人公往大槐安國當駙馬時必恭必敬，「左右從者七八，扶生上車」，沿途威風凜凜，氣派非凡：「生左右傳車者傳呼甚嚴，行者亦爭闢於左右。」及後淳于棼被斥逐落魄，卻要仰其鼻息，他們對淳于棼「廣陵郡何時可到？」之問不予理會，只是「謳歌自若」，很久才答曰：「少頃即至」，態度之倨傲可見。淳于棼所遭受的人情冷暖，就正如《聊齋誌異》卷三〈宮夢弼〉一篇裏柳和父親「財雄一鄉，慷慨好客，座上常百人」，但家道中落後，不但親友疏絕，連岳父亦對他閉門不納，「寄語云：『歸謀百金，可復來；不然，請自此絕。』」[16] 淳于棼飽受人情冷暖之苦，這些刻骨銘心的經歷及考驗，卻有助主人公在回歸人世後，獲得人世倏忽及名位虛幻的智慧。

㈣夢的啟示

〈南柯太守傳〉與〈楊林〉（出自《幽明錄》見《太平廣記》卷二百八十三）、〈枕中記〉（《太平廣記》卷八十六，題為〈呂翁〉）、〈櫻桃青衣〉（《太平廣記》卷二百八十一）等夢幻人生型作品，同屬夢悟類小說。〈南柯太守傳〉就是借一個預示及啟示性質的夢境，令淳于棼獲得名位競逐之虛妄及人生倏忽的智慧。首先，作者透過夢境來表達

---

16 蒲松齡著，張友鶴輯校，《聊齋誌異》（會校會注會評本）（上海：上海古籍，1986），卷三，〈宮夢弼〉，頁389-396。

人生如夢的意念。[17]〈南柯太守傳〉中，淳于棼在夢中經歷
二十多年的人生起伏，從而「感南柯之虛浮。」來自同一原
型的作品如〈楊林〉，楊林在夢中經歷數十年，〈枕中記〉
裏盧生在虛幻的夢境中，經歷五十多年之歲月，還有〈櫻桃
青衣〉中，盧子歷幻二十多年。在以上的作品中，時間順序
被打亂，南柯一夢中，二十多年只是人生一刹那：二友在淳
于棼入夢前「將餧馬濯足」，主角酒醒時，二客仍「濯足於
榻」，由此更見人生之短暫。[18]正如〈金剛經〉四句偈：
「一切有為法，如夢、幻、泡、影，如霧亦如電，應作如是
觀。」陸游詩云：「仕宦蟻巢夢，功名馬耳風。」（〈衰
病〉）

　　李公佐除了利用夢境作出諷刺外，他亦透過淳于棼對比
夢境和真實人生，[19]從而獲得知識；李公佐的現身說法和李
肇的贊，來確定讀者獲得小說所傳達的對追逐虛妄名位之諷
刺。淳于棼在夢境中仕與婚的經歷亦為唐代士人之夢想。是

---

17 在夢幻中，小說主人公往往享盡榮華富貴或宦海浮沉。主人公夢醒後方知是
　一場春夢，因而產生頓悟。見吳紹釚，〈文言夢小說與宗教文化心理〉，
　《延邊大學學報》（社會科學版），1995 年第 1 期，頁 60。人生即夢的思
　想，可參考郭海鷹，〈非夢不足表其情 非夢不足達其意──釋「夢」重論
　杜麗娘〉，《韶關大學學報》（社會科學版），第 16 卷第 3 期（1995），
　頁 69。此外，《鏡花緣》中，書末少年英雄需要闖過的酒、色、財、氣四
　陣，過程中如章葒闖才貝陣（財陣）亦充滿人生如夢的思想。章葒在才貝陣
　錢眼內的「天堂」，享受了六十年富貴的日子，當醒覺人生如「一場春
　夢」之時，他亦被錢眼所勒斃。見李汝珍，《鏡花緣》（香港：中華書
　局，1982），第九十九回，頁 756-762。

18 《紅樓夢》中亦出現人生如夢的主題：世界的一切，均如夢中所見，虛而不
　實。見黃燕尤，〈淺析《紅樓夢》裏的夢〉，《寧夏社會科學》，1994 年
　第 6 期，頁 84。

19 夢作為一種非現實的意象圖式而與現實世界形成對照，成為一種啟蒙的力
　量。見韓佳衛，〈試論悲劇《牡丹亭》中的夢〉，《廣西師院學報》（哲
　學社會科學版），1999 年第 2 期，頁 60。

篇與〈枕中記〉不同，〈枕中記〉所反映的是娶五姓女、出
將入相的理想，〈南柯太守傳〉中淳于棼則娶金枝公主及坐
擁南柯郡大權。中唐及以前，一般士人的婚姻對象，僅限於
高門第的女子，及後，士族在政治上開始抬頭，婚娶範圍也
擴大至與皇族成婚。〈南柯太守傳〉中淳于棼迎娶金枝公
主，便反映了這種變遷。況且，唐玄宗時，由於連年用兵，
故設立長期駐兵，府兵制遭募兵制破壞，大將亦可專兵，時
人觀念亦由從前的出將入相，變為以割據一方的藩鎮為光
榮。[20] 情況就正如淳于棼獨佔南柯郡之主治權二十多年，人
民奉之若神明：「百姓歌謠，建功德碑。」

　　主人公婚聘皇族，坐擁割據一方的權力代表了他對名位
的追求，作者就是透過淳于棼在追逐名利之過程中的升降及
了悟人生之真相帶出諷刺的訊息。淳于棼歷盡人情冷暖，看
透名位營求的虛誕。[21] 名位之追求就如馬致遠《【雙調】夜
行船》：「看密匝匝蟻排兵，亂紛紛蜂釀蜜，急攘攘蠅爭
血」。看破名位的虛誕，淳于棼因而獲得知識：「感南柯之
虛浮，悟人世之倏忽」，從而捨棄意志，「棲心道門，絕棄
酒色」。人的意志化生無窮無盡的欲求，欲求產生無數的痛
苦，能捨棄意志，才能平息生活之欲。[22] 淳于棼所得到的智

20　劉開榮，上引書，頁 165-172。〈枕中記〉反映中唐士人求五姓女之情況。
　　〈南柯太守傳〉寫的是貞元年間的事，其時尚主之風已開，故篇中的主人公
　　便以作駙馬為榮。兩篇文章，反映了不同的時代。見劉瑛，《唐代傳奇研
　　究》（台北：正中書局，1982），頁 268-269。

21　張漢良以原型分析角度闡釋楊林故事系列，認為這類故事都呈現出發、變形
　　和回歸三個階段：主人公克服困難，成為國家的救星、駙馬，經歷考驗而成
　　熟；展示由無知到睿智的成長。見張漢良，〈楊林故事系列的原型結
　　構〉，《中外文學》，第 3 卷第 11 期（1975），頁 172-173。

22　Arthur Schopenhauer, *The World As Will And Representation,* trans. E.F.J. Payne
　　(New York: Dover Publications, 1969), pp.319-398.

慧及捨棄意志，便表達了作者對名位所持的否定態度。

　　除了淳于棼外，作者李公佐亦現身說法，教訓讀者「無以名位，驕於天壤間。」李肇亦成為作者的代言人：「貴極祿位，權傾國都，達人視此，蟻眾何殊。」至此，對權力名位追求的諷刺訊息可謂極其明顯。[23] 篇中所傳達的意念與莊子〈秋水〉篇中「鵷鶵與鴟」一則寓言，可以互相表裏：惠子仕於梁，為惠王相，他恐懼莊子會取代其地位。莊子以「非練實不食，非醴泉不飲」的鵷鶵絕不會嫉忌鴟鳥口中之腐鼠[24]，來諷刺惠子的小人之心。鵷鶵的境界便是「無以名位，驕於天壤間」的達人之境，而鴟鳥之視野則代表芸芸眾生的蟻眾對名利的執著和欲求。淳于棼就因夢歷幻，夢中經歷蟻眾般的營求；由盛而衰的個人際遇亦成為現實生活的預告，因而令主人公捨棄欲求，獲得人生如夢及破執之啟迪。[25]由以下圖表，可見淳于棼經歷出發、考驗至獲得啟悟的心路歷程：

23 〈南柯太守傳〉便反映了出世、入世的矛盾，以及道家蔑視功名，清靜無為的人生哲學。見史娅萍，〈中唐記夢小說與士子心態〉，《語文學刊》，1995 年第 5 期，頁 11-12。後世作品如《紅樓夢》亦顯示功名、財富、兒女情長、人生盛衰，都只不過是紅樓一夢之虛幻思想。見紅音，〈《紅樓夢》中夢的特徵〉，《涪陵師專學報》（社會科學版），1997 年第 2 期，頁 26。

24 莊子，〈秋水〉，見王叔岷校，《莊子校詮》（台北：中央研究院歷史語言研究所，1988），頁 633。

25 〈南柯太守傳〉等篇，帶出人生富貴如一場空夢，便頗帶警世之訓。見王立，〈略論夢與中國古代文學〉，《貴州社會科學》，1999 年第 4 期，頁 77。

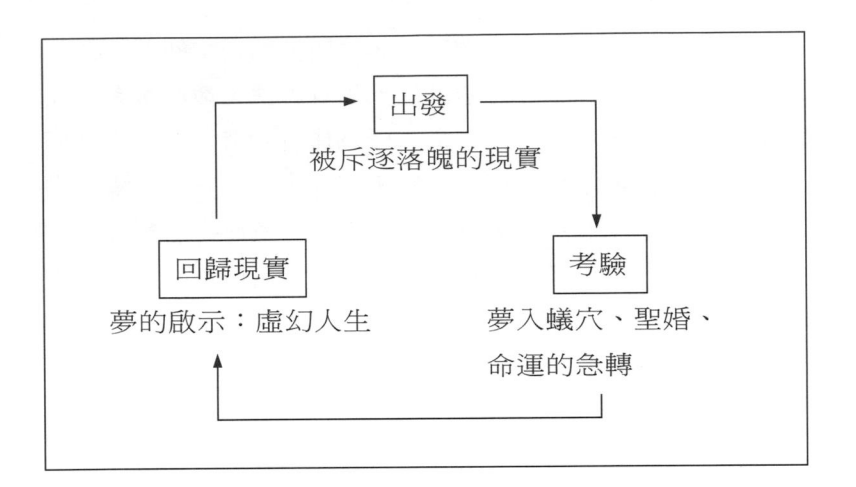

二、低貶模仿的世界

　　〈南柯太守傳〉是個具啟示的夢，夢中的蟻國，既是人世的模仿與低貶，同時亦是預示性夢境的一部份，令淳于棼從迷夢中醒悟過來。作者利用螞蟻的世界與人世並列，將人世貶為昆蟲世界，從而收到將名位低貶之效。低貶模仿（low burlesque）的作用是將虛構的世界和真實的世界作出對比，達致諷刺的效果。模仿就如令當事人站在變形鏡面前，照鏡子的人在錯愕、震驚之餘，發現鏡中所反映的妖怪，其實就是他自己。[26] 低貶模仿利用縮小和變形等技巧來降低人類的尊嚴或人類所極為重視的事情，從而達到諷刺鵠的。李汝珍（1763?-1830?）《鏡花緣》亦有運用低貶模仿的手法，如寫小人國中八、九寸長的名副其實的卑鄙小人（第十九回）。又如《官場現形記》第六十回中甄閣學之長

---

26 David Worcester, *The Art of Satire* (New York: Russell & Russel, 1960), p.41.

兄，夢中身處互相殘殺、弱肉強食的豺、狼、虎、豹、貓、
狗、老鼠、猴子、黃鼠狼的世界 [27]，這個夢的世界就是現實
人生的寫照。〈南柯太守傳〉中所採用的便是低貶模仿之諷
刺手法。在大槐安國中，淳于棼歷盡人世名位的榮耀——貴
為駙馬、守南柯郡大治二十年，人民甚至為其立生祠宇。所
謂榮華富貴，只不過是蟻穴中的爭名逐利。這種將人世變形
為蟻穴的手法，是帶出「無以名位，驕於天壤間」的有力而
辛辣之諷刺。

㈠假象的「真實」

　　製造一個夢幻世界的真實是低貶模仿的一個技巧，目的
在使讀者在閱讀過程中，不知不覺地接受作者所刻意營造的
假象之真實，從而利用這個虛擬的世界對比真實之人生，旨
在對現實作出諷刺。[28]〈南柯太守傳〉中，李公佐亦製造了
一個假象的真實之螞蟻王國，使之與現實人生作為對照，不
單讀者需要接受一個夢幻世界的真實，連淳于棼亦由疑惑、
接受至完全代入假象的真實中。這是個漸進的過程：第一個
階段裏的淳于棼的人間意識仍然強烈，他在夢中從二紫衣使
者，乘車入古槐穴時，其理智尚能作出「頗甚異之」的分
析，沿途見「山川風候草木道路與人世甚殊。」「異之」、
「甚殊」的感覺，可見其人間意識仍然強烈，因為在這個階
段的淳于棼，仍能感受到人世與槐穴世界的差異。

---

27 李寶嘉，《官場現形記》（台北：文化圖書，1992），頁 763。

28 假象的真實（apparent reality）是諷刺手法之一，《格列佛遊記》中，作者
　所描寫的虛構旅行，便利用了製造表面上之真實的技巧來進行諷刺。書中有
　很多瑣碎而詳盡的細節上的描述，作者甚至將船航的經緯度也條列出來（第
　一部份第一章）。見 Jonathan Swift, *Gulliver's Travels* (London: Penguin
　Books Ltd, 1967), p.54.

　　第二個階段中，作者利用人世中的人物及曾經發生的事件作為橋樑，貫穿夢境與現實人生，用來鞏固這個假象的夢境世界，製造真假難辨、撲朔迷離的效果：[29] 篇中記敘淳于棼曾與眾女，在上巳日於天竺院，觀舞婆羅門及在七月十六日，在孝感寺聽契玄法師講觀音經。現實中曾邂逅、調情「情意戀戀，矚盼不捨」的人物，在夢中重逢仍然緬懷舊情、情意綿綿。眾女與淳于棼的浪漫之往昔「歷史」更加強了夢境的真實性。此外，作者更利用三位人物為橋樑，貫串人世與蟻穴，製造一個疑幻疑真的假象之真實。其中周弁、田子華既是淳于棼在人世的朋友，亦是在蟻穴中，政治上之夥伴，前者為其司憲，後者為其司農。至於「不知存亡」，失蹤了十七、八年身為邊將的父親，亦有親筆函寄與淳于棼。這三個人物（雖然淳于棼之父沒有露面）是穿梭於人世與虛幻夢境中的人物，亦是製造一個令人入信的假象的真實之重要手段。

　　第三個階段是淳于棼完全忘卻真實人生，以大槐安國為真實世界的階段，當王后遣其返回人間的家時，他竟回答：「此乃家矣，何更歸焉？」其人間意識已完全模糊。在這三個不同的階段中，李公佐按部就班地製造了一個假象的夢幻世界之真實性，這個變形的虛擬之螞蟻世界，便用以作為對

---

29 夢的虛實不分，正好帶出人生夢的主題。此外，後世傳承〈南柯太守傳〉的文學作品如湯顯祖《南柯記》（上海：中華書局，1960）亦是描繪士大夫對功名富貴夢破滅之作。見胡玉萍，〈夢的詩學：因情成夢，因夢成戲——湯顯祖戲劇理論的心理學闡釋〉，《湖北師範學院學報》（哲學社會科學），第 18 卷第 5 期（1998），頁 8，10。日本學者江炳堂認為〈南柯太守傳〉屬神怪小說，作者借夢中榮華富貴的理想境界，令夢醒後的主人公輕蔑名利與權勢。見江炳堂，〈夢と現實（傳奇の世界）〉，刊於內田道夫編，《中國小說の世界》（東京：評論社，昭和 51 年），頁 38。

真實人生之諷刺。[30]

㈡撕破面具

變形是諷刺文學的一種常用的手法，將諷刺對象的體積縮小，令其尊嚴相應地被低貶。[31]〈南柯太守傳〉中，人世亦被變形為蟻穴，從而帶出名位追逐之虛妄。作者除了將人間變形為蟻穴，更進一步利用撕開面具，揭穿真相的手法，將人生與蟻穴並列及對比，來進行諷刺。揭穿真相其實是一種間接諷刺的手法，而所虛擬的世界之作用便如一面鏡子一般，用以反映現實的人生。淳于棼在政治上被疏離、被逐出大槐安國及重返人間的過程，是個重要的環節。沒有這個疏離的過程，便沒有撕破面具的發生，也沒有主人公獲得知識的階段。淳于棼醒後，尋找槐穴是個發現真相及撕下假面的過程。他所撕開的面具包括：大槐安國和檀蘿國只是兩個蟻穴，南柯只是一棵樹枝，令淳于棼「戰慄」的、「長大端嚴」的大槐安國國王，只是一隻三寸長「素翼朱首」的公蟻；大獵於靈龜山的「川澤廣遠，林樹豐茂」的山林，只是一個腐龜殼。這些真相的發現一方面造成令人震驚的感

---

30 佛教認為現實人生是虛幻不實的，如幻如夢。唐代夢小說亦借鑒這種虛實相生的敘事手法。〈南柯太守傳〉由實入虛，再由虛入實，形成虛實重疊的寫法。見賀湘麗，〈論佛教對唐代寫夢小說的影響〉，《零陵師範高等專科學校學報》，第 23 卷第 3 期（2002 年），頁 37。似真非真、似假非假，其實是教人們要從迷界之中解脫出來。見李淑平，〈論《邯鄲記》和《南柯記》中的夢的作用〉，《福建教育學院學報》，2002 年第 4 期，頁 27。

31 Matthew Hodgart, *Satire* (London: World University Library, 1969), p.115. 《格列佛遊記》中，作者在第一部份第三章中，便是利用小人國中，六寸小矮人的身形及其大言不慚（認為小人國是天下的中心，其國王是至高無上的「頭頂著太陽」的偉大人物），來諷刺人類的盲目及自大。見 *Gulliver's Travels,* p.79.

覺[32]，另一方面，更收到荒謬之效果。在夢中顯赫一時的地方原來只是個蟻穴；人生所熱熾追求的名位，只是個虛幻而不真實的夢境，還有比這些更荒謬嗎？此外，撕破面具亦帶出反諷的效果，在夢中淳于棼榮耀顯赫，因守南柯郡而人民為其「立生祠宇」的二十年光榮歲月的喜悅及被「釁起他族，事在蕭牆」之讒言所傷、被國王削權及疏遠時的「鬱鬱不樂」的名位上之執著與追逐，原來只是個蟻巢夢。這個撕破面具的手法，便帶出事實與表象之差距的強烈反諷之效。[33]

結論

　　〈南柯太守傳〉是個夢悟的故事，李公佐的另一篇小說〈謝小娥傳〉（《太平廣記》卷四百九十一）卻是篇夢占和夢驗型作品：李公佐替小娥解夢、小娥驗正及手刃殺父、殺夫之仇人為申蘭及申春；由夢境揭示兇手姓名因而令小娥得報殺父、殺夫之仇，可證夢境在作品中的重要性。〈南柯太守傳〉中的夢，在篇中亦佔舉足輕重的地位。是篇乃透過一個預示性質的夢境來表達人生倏忽，名位虛妄之見。在夢中淳于棼經歷了出發、吏治得失、人情冷暖的種種考驗，從而在回歸人世之後，獲得啟迪，對名利不再執著，因而捨棄意志「棲心道門」。這個重要的預示性之大夢，利用了一個螞蟻王國，對現實人生作出嘲弄，作者刻意營造一個假象的真

---

[32] 虛擬世界作用如一面鏡子，用以反映現實人生，見 Ellen Douglass Leyburn, *Satiric Allegory: Mirror of Man* (New Haven: Yale University Press, 1956), p.8. 發現真相造成令人震驚之感覺，見是書頁 10 的評論。

[33] 釋家看世間一切事物都如夢幻泡影，貴賤、榮辱、貧富、壽夭、苦樂，釋家看來都是虛妄之見。佛教的傳入，便對夢小說發生影響。見夏廣興，〈佛教與魏晉南北朝夢文學〉，《貴州文史叢刊》，2000 年第 1 期，頁 33-34。

實，安排主角在夢中歷幻，再利用揭開面具，剖出真相的手法，收到低貶人類極為執著的名位之效。況且，以一個抽離的角度而言，芸芸眾生所熱烈追求的名位、金錢，只因人類的短視才顯得重要。若以一個遠距離的角度視之，一切皆是虛幻，人生亦是南柯一夢，所謂「達人視此，蟻同何殊。」人類嘲笑螞蟻的忙碌、辛勞、苦苦營求，從達人的角度而言，人世又何異於蟻國？

　　此外，作者利用一個夢境，來進行諷刺是相當高明的手法，因為由此可以帶出兩個層次的諷刺，作者不但利用夢中虛構的世界諷刺名位競逐之虛誕，而夢境倏忽更是「百歲光陰一夢蝶」（馬致遠《【雙調】夜行船》）的寫照。淳于棼在夢中經歷二十年「貴極祿位」、娶金枝公主、令南柯郡大治、受百姓和國王推崇的順境，亦面對命運逆轉時，備受人情冷暖、甚至被軟禁、被斥逐之逆境，主角深深體會名利得失、宦海升降、浮沉。所執著的原來只是南柯一夢，夢中二十年，只是人世一剎那──「夢中倏忽，若度一世矣」，人生之短暫，令一切執著，變得毫無意義，這就是以夢喻人生的高明之處。

此文原載於《嶺南學院中文系系刊》第四輯，1997。

〈柳毅〉和〈裴航〉中的啟悟旅程

緒論

　　〈柳毅〉和〈裴航〉中的主人公，都是在下第旅途中，遇上神女和仙女，從而展開試鍊之旅。兩篇作品，皆屬人與異類的婚戀——〈柳毅〉中柳毅與龍女結合；（出自《異聞集》見《太平廣記》卷四一九）〈裴航〉中裴航與仙女雲英成婚。（出自《傳奇》見《太平廣記》卷五十）[1] 前者屬人神戀，後者則為人仙戀。人仙戀乃繼人神戀發展而來，神是先天自然之神而仙則是通過修鍊而來的。[2]

一、啟悟旅行

　　〈柳毅〉和〈裴航〉中的主人公，都是在下第旅程中，遇上神仙，經歷種種鍛鍊，而獲得心性上的啟悟（initia-

1　本文所引《太平廣記》引文，見李昉等編，《太平廣記》（北京：中華書局，1986）。

2　《說文解字》對「仙」字之釋為：「長生仙去也」。可見仙乃透過修鍊而得長生之人。見許慎撰、段玉裁注，《說文解字注》（上海：上海古籍出版社，1981），頁 383。有關奠定神女原型及人神、仙戀原型，可參考謝真元，〈唐人小說中人神戀模式及其文化意蘊〉，《社會科學研究》，1999 年第 4 期，頁 135；劉耘，〈中國古代小說人仙妖鬼婚戀母題的發生學研究〉，《北京教育學院學報》，第 14 卷第 2 期（2000 年 6 月），頁 14。

tion）。啟悟指主人公在經歷種種試鍊後，在宗教、社會地位等各方面，作徹底的改變。[3]坎伯（Joseph Campbell）《千面英雄》（*The Hero With A Thousand Faces*）一書，述英雄的歷險，包括歷險的召喚、試鍊、回歸等項。[4] 主人公經歷各種考驗後，往往在心智上有所啟悟。人神、仙戀中，便有一類作品，描述主人公在旅程中遇上神仙；在神仙啟導下，獲得心性上的啟悟。

〈柳毅〉和〈裴航〉兩篇的主人公，就是在失意科舉、在現實生活中受到挫敗的下第情況下，在旅程上遇到神仙，改寫個人命運。旅行往往帶來新的經驗和衝擊，旅行者置身於一個陌生的世界裏，得以觀察、思考、分析那些前所未見的新鮮事物，進而獲得一種新的人生感悟。〈柳毅〉一文，儒生柳毅在下第旅程中，在回湘濱家鄉的路上，遇上神女而展開一段他界旅行。主人公由凡間入遊神域的奇幻旅程，在在挑戰主人公的膽識、勇氣和價值觀。奇妙的他界旅行，就有助柳毅的成長。[5]

異類報恩及傳書的故事，在民間流傳甚早。如《搜神記》卷四〈胡母班〉、《廣異記》〈三衛〉（見《太平廣

3　Mircea Eliade, *Rites And Symbols of Initiation The Mysteries of Birth and Rebirth,* translated by Willard R Trask (New York: Harper & Row, Publisher, Inc, 1975), p.x.年青人往往因接受考驗而獲得成長。見宋軍，〈啟蒙旅行——析伏爾泰哲理小說《查第格》〉，《西南民族學院學報》（哲學社會科學版），第 20 卷第 2 期（1999 年 3 月），頁 130-131。

4　Joseph Campbell, *The Hero With A Thousand Faces* (New York: Bollingen Foundation Inc., 1949), pp. 49-251.

5　有關旅行者的敘事功能，見陳平原，《20 世紀中國小說史》（北京：北京大學出版社，1989），頁 226-246。他界之說、對神仙的定義，以及仙鄉故事的共通點。見小川環樹，〈中國魏晉小說以後（三世紀以降）的仙鄉故事〉，張桐生譯，《中國古典小說論集》，瘂弦、廖玉蕙編（台北：幼獅文化事業公司，1975），頁 83-84。

記》卷三百），已是柳毅傳書的先驅。這類故事大約流傳於民間，經作者敷衍加工而寫成。[6]〈柳毅〉一文的原型就來自〈觀亭江神〉、（出自《南越志》見《太平廣記》卷二百九十一）〈胡母班〉和〈三衛〉。其中以〈三衛〉一篇，尤見傳承之跡。現將〈觀亭江神〉、〈胡母班〉、〈三衛〉和〈柳毅〉四篇的類同及相異處表列如下：

	〈觀亭江神〉	〈胡母班〉	〈三衛〉	〈柳毅〉
傳書	縣民代行旅寄書觀亭江神	胡母班代太山府君傳書予其女兒河伯婦	三衛為華嶽第三婦送書給其父北海神	柳毅替龍女送書給其父洞庭君
扣響他界之門	扣藤	扣舟	扣樹	扣樹
他界	江神府	河伯府	北海神殿	洞庭水府
酬勞	飲食鮮香	河伯青絲履	北海絹二疋值二萬貫	開水犀、照夜璣，以及無數財寶
戰伐	—	—	北海神鬧戰伐華山	錢塘君大鬧涇川府
神婚	—	—	—	柳毅與龍女成親
長生	—	—	—	主人公享萬歲龍壽

6　〈柳毅〉作者為李朝威，大約為中唐時人。篇末說到薛嘏於開元末年見到柳毅，四十八年後薛嘏亦不知所在，可見是篇當作於開元末的四十八年之後。至於是篇的傳承，可參考劉世德主編，《中國古代小說百科全書》（北京：中國大百科全書出版社，1993），頁 312-313。〈柳毅〉一文，所涉地名亦有前後矛盾之處。文首述柳毅「將還湘濱」；主人公又自言「長於楚」。「湘濱」和「楚」指故事發生在巴陵洞庭湖，但文中龍女對柳毅言：「聞君將還吳」，便產生柳毅傳書的故事究竟發生在吳中太湖（曾被稱洞庭湖）抑或是湘中洞庭湖的爭論。據何長江之考證，是篇仍該歸入洞庭文學

　　〈觀亭江神〉、〈胡母班〉和〈三衛〉中，都出現傳書和進入他界的情節。此外，以上三篇中亦出現以扣藤、扣舟和叩樹來叩開他界之門的情節模式。〈三衛〉和〈柳毅〉中，更出現凡人代神女送書，助神女脫離困厄的情節。這種凡人襄助神人的故事便顛覆了一貫以來，神人拔薦、救助凡人的單向模式。龍女要賴凡人救助的弱質形象，亦有別於上古神話中的女神形相。創世神話中的女媧，不但有「摶黃土作人」的本領（《風俗通》）；更具備拯救人類的能力。她能「斷鼇足」、「殺黑龍」、「止淫水」、「鍊五色石以補蒼天」（《淮南子》〈覽冥訓〉），具備拯救蒼生的能耐。造人、補天的女媧，是母系氏族社會的產物。父系氏族社會興起，女媧亦下降為男性神祇伏羲的女弟或妻子。[7] 由女媧的轉變，可見在父權社會下，女神地位和神力的下降。[8]〈柳毅〉中的龍女，就是神力下降了的女神——她不但沒表

系統，篇中柳毅對洞庭君說：「毅。大王鄉人也。」可見柳毅之洞庭籍貫，加上主人公自言「長於楚」，亦為內證。故〈柳毅〉一文的故事發生地該為湘中洞庭，而非吳中太湖。可參考何長江，〈柳毅傳地名矛盾論解〉，《許昌師專學報》（社會科學版），第 14 卷第 3 期（1995 年），頁 85-87。本文《搜神記》及《太平廣記》引文，見干寶撰、汪紹楹校注，《搜神記》（北京：中華書局，1985）；李昉等編，《太平廣記》（北京：中華書局，1961）。

7　女媧造人，見李昉等撰，《太平御覽》（北京：中華書局，1998），卷七八引《風俗通》，頁 365。女媧鍊石補天，見《淮南子集釋》（北京：中華書局，1998），卷六，〈覽冥訓〉，頁 479-480。女媧在後世，成為伏羲婦。見盧仝，〈與馬異結交詩〉，刊於《全唐詩》（北京：中華書局，1960），卷三百八十八，頁 4383。女媧故事發展至後代，演變為由兄妹而結為夫婦的故事。見李冗，《獨異志》，刊於《獨異志　宣室志》（北京：中華書局，1983），卷下，頁 79。

8　章俊弟，〈中國戲劇中的人神戀神話原型〉，《戲劇藝術》，1992 年第 4 期，頁 103-109。

現神通與神能,更成為受難者,要待凡人施援,始獲新生[9]

〈柳毅〉一文,主人公經歷啟悟之旅;〈裴航〉一篇,裴航在下第旅行中的遇仙奇緣,亦鍛鍊了主人公的意志與耐性。〈裴航〉一文,出自裴鉶《傳奇》,是書至明代已佚。〈裴航〉情節曲折,人物形象豐滿,對後世影響甚大。[10]

二、歷險的召喚與助力

〈柳毅〉和〈裴航〉兩篇的主人公,都是回應神女、仙女的冒險召喚,而踏上啟悟歷程。〈柳毅〉一篇,向主人公提出冒險呼喚的是龍女。龍女「以尺書寄托侍者」──向柳毅提出傳書之要求。傳書入洞庭,不但是個冒險的召喚,更是個求救的呼喚。主人公與龍女道左相逢之時,龍女正處於被夫婿、舅姑欺壓的逆境。縱使龍女是神女,她既沒表現甚麼神通,亦無法擺脫受虐的困厄;表現一如凡塵被棄、楚楚可憐的棄婦:「有婦人。牧羊於道畔。毅怪視之。乃殊色也。然而蛾臉不舒。巾袖無光。凝聽翔立。若有所伺。」被棄而孤立無援、楚楚動人的龍女,所呈現的外在處境已能觸發柳毅的同情;加上龍女提出傳書父親洞庭君──表現思親、孝思以及帶著強烈的求援訊息,因而激起柳毅的義憤,接受龍女的召喚而踏上冒險之旅──跨渡人、神二界,以期救出龍女。柳毅以扣樹為記號,扣響他界的大門後,「俄有武夫出於波間」,再由「武夫揭水指路。引毅以進。」雖然

---

9 〈柳毅〉中的龍族描寫,受印度龍類故事影響。見鄭筱筠,〈唐傳奇《柳毅》扣樹情節源流考〉,《雲南社會科學》,2000 年增刊,頁 266。

10 《清平山堂話本》〈藍橋記〉便是受〈裴航〉影響之作。〈藍橋記〉,見洪楩編、石昌渝校點,《清平山堂話本》(江蘇:江蘇古籍出版社,1994),卷二,頁 55-61。

柳毅入他界——洞庭水府，有武夫作為使者及助力：代為引路及保護；但以凡胎隻身進入神秘、不可知的境域，畢竟需要堅毅的信心。[11]

柳毅應龍女的召喚而踏上啟悟旅程，〈裴航〉中的主人公，則應仙女樊夫人的暗示而出發求偶，並在求婚的過程中，鍊成不屈不撓的意志。樊夫人贈裴航詩一首：「一飲瓊漿百感生。玄霜搗盡見雲英。藍橋便是神仙窟。何必崎嶇上玉清。」這首如啞謎般的詩，其實已預告了裴航遇雲英及成仙的命運。當主人公接詩後，由於未能參透禪機，故未能即時回應召喚。裴航在藍橋驛求漿遇雲英，則令主人公猛然省悟這首啞謎詩所隱藏的玄機：「航訝之。憶樊夫人詩有雲英之句。」樊夫人這首啞謎詩，便成為裴航踏上試鍊歷程的呼喚，堅定主人公求娶雲英為偶之志，並接受藍橋驛老嫗的考驗。

〈柳毅〉中，主人公得武夫為助力，引路入遊水府；〈裴航〉中裴航亦得玉兔之助，增強意志力。主人公回應雲英搗藥百日的要求，每天白晝用玉杵臼搗藥。三個多月的操作，乃是對裴航忍耐力的挑戰；玉兔的出現，則令主人公信心大增：「嫗於襟帶間解藥。航即搗之。晝為而夜息。夜則嫗收藥臼於內室。航又聞搗藥聲。因窺之。有玉兔持杵臼。而雪光輝室。可鑒毫芒。於是航之意愈堅。」玉兔是神話中助嫦娥搗不死藥的動物。[12]〈裴航〉中玉兔助主人公搗藥，

---

11 樂蘅軍，《意志與命運——中國古典小說世界觀綜論》（台北：大安出版社，1992），頁 27。

12 《楚辭》〈天問〉載：「夜光何德。死則又育。厥利維何。而顧菟在腹。」王逸注：「言月中有菟。何所貪利。居月之腹而顧望乎。」王逸注菟、兔相通，因而出現月中有兔之說。王逸，《楚辭章句》（台北：藝文印書館，1974），頁 118。後代注家，亦以「菟」為「兔」。見朱熹，《楚辭集注》（上海：上海古籍出版社，1979），頁 52-53；王夫之，《楚辭通

亦寄寓了裴航所磨製的乃長生不死之仙藥。裴航在百日單調、重複的搗藥過程中，得悉有神物玉兔在晚上助其搗藥，作為其助力，於是激發鬥志，奮力完成考驗。〈裴航〉中的玉兔，就如〈柳毅〉中的武夫，都是主人公在試鍊過程中的助力，協助他們完成各種考驗。柳毅和裴航，就各自回應龍女和樊夫人的召喚，而踏上試鍊之旅。

三、考驗與啟悟

　　少年經歷種種冒險及考驗，然後獲得成長；這類題材往往成為文學作品的母題。[13] 凡人修道成仙，也要經歷各式磨難，才能成功。《神仙傳》〈張道陵〉一則，載趙昇之得道，便需通過七個關卡。張道陵的眾多弟子中，趙昇是能證仙道的一員。唯趙昇從修鍊至「白日沖天」的過程中，卻被張道陵「七試」，考驗他如何面對色、財、氣等挑戰及引誘，以及他的膽識及惻隱之心。最困難的一關是第七試——絕巖摘桃。趙昇「乃從上自擲。投樹上。足不蹉跌。取桃滿懷。而石壁險峻。無所攀緣。不能得返。於是乃以桃一一擲上。」趙昇在絕壁冒險摘桃「二百二顆」後，賴張道陵「以

釋》（香港：中華書局，1960），頁 48；蔣驥，《山帶閣註楚辭》（香港：中華書局，1973），頁 72。聞一多從語音角度研究，指出「顧菟」實乃「蟾蜍」的音轉。見聞一多〈天問釋天〉，刊於孫黨伯、袁謇正編，《聞一多全集》（武漢：湖北人民出版社，1994），頁 511。張衡《靈憲》一書（已佚）載：「嫦娥遂託身於月，是為蟾蜍。」見袁珂，《古神話選釋》（北京：人民大學，1982），頁 279。在早期的神話中嫦娥乃變形為醜陋的蟾蜍，棲身于月。至《楚辭》〈天問〉有「顧菟在腹」一句，後世因而有月中玉兔之說。李白〈把酒問月〉一詩：「白兔擣藥秋復春，姮娥孤棲與誰鄰？」可見白兔擣長生藥之說已深入民間。李白詩，刊於《全唐詩》（北京：中華書局，1999），卷一七九，頁 1832。

13 *The Hero With A Thousand Faces*, p.97.

手引昇」，趙昇才能脫險。（《太平廣記》卷八）趙昇能從三百多個弟子中脫穎而出，全仗他的膽識及對仙道堅定的信心。凡人得道成仙，便需經歷諸般考驗，〈柳毅〉和〈裴航〉中的主人公，亦需經過種種試鍊，才可獲得啟悟及成長。

㈠考驗

〈柳毅〉中的主人公的下第之旅，亦是其啟悟之旅。現將柳毅與龍女相遇至成仙之旅程，表列如下：

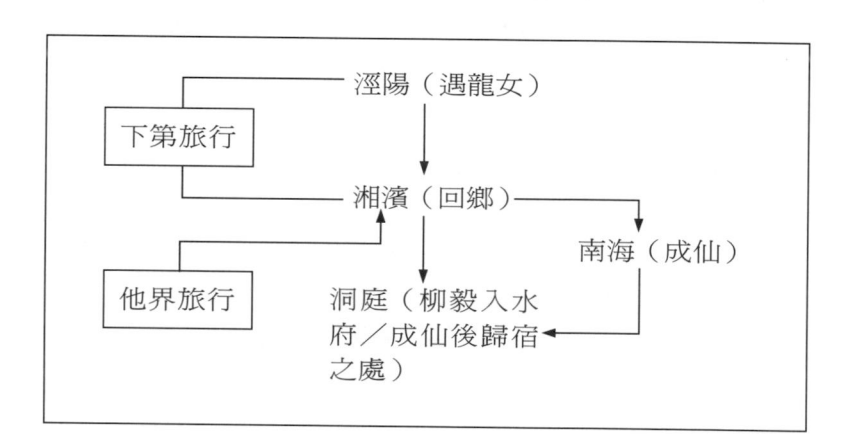

柳毅在下第旅行中，因遇龍女托書而入洞庭水府，展開一段他界旅行；洞庭亦成為主人公與龍女成婚及成仙後的最後歸宿。

柳毅所面臨的考驗，一為傳書入他界，一為議婚的試鍊。柳毅傳書入洞庭湖，是對主人公膽識、勇氣和正義感的考驗。他界之旅，由凡境而神界，事涉他界的描寫，因而充滿神秘及傳奇色彩。胡應麟（1551-1602）《少室山房筆叢》評〈柳毅〉一文：「唐人小說，如柳毅傳書洞庭事，極

鄙誕不根，文士亟當唾去，而詩人往往好用之。夫詩中用
事，本不論虛實，然此事特誑而不情。」[14] 胡應麟之評：
「鄙誕不根」、「誑而不情」，亦正好指出〈柳毅〉一篇，
充滿奇異的想像力。主人公傳書入洞庭，進入他界；這個奇
幻托想，正好考驗柳毅這個儒生的膽識及勇氣。柳毅冒險入
他界，比其傳承之作，來得更為驚險。〈觀亭江神〉中，主
人公應二使之邀，「不覺隨去，便覩屋宇精麗」，安然抵
達江神府。〈胡母班〉中，主人公「閉目」，「有頃」便抵
河伯府。〈三衛〉一文，主人公入遊北海神殿的過程，則最
為「安全」。三衛不用冒險入水域而是循「陸路」進入他
界：主人公從樹下朱門「隨行百餘步」，便從樹中秘道直通
北海神殿，免卻波濤兇險。傳書系列中，就以柳毅犯險最
甚，不但要投身不可知的他界，更需承受自然產生的焦慮。
他對龍女說：「然而洞庭深水也。吾行塵間。寧可致意耶。
唯恐道途顯晦。不相通達。」柳毅作為凡人，對「洞庭深
水」，產生自然的恐懼。柳毅入洞庭湖，便證實了主人公的
確具備勇氣和膽識。

　　柳毅除面對傳書入他界的考驗外，更為危險、嚴峻的試
鍊，便是議婚一節。議婚環節，挑戰了柳毅的道德律及對
「義」的理解。錢塘君是提出婚事的建議者：「錢塘因酒作
色。踞謂毅曰。不聞猛石可裂不可卷。義士可殺不可羞耶。
愚有衷曲。欲一陳於公。如可。則俱在雲霄。如不可。則皆
夷糞壤。」錢塘君的「衷曲」，就是玉成龍女和柳毅的婚
事。神仙境界是現實世界以外存在的一個異常廣闊的第二世

---

14 胡應麟，《少室山房筆叢》，卷二十，〈二酉綴遺〉中，刊於《景印文淵
　　閣四庫全書》，子部一九二（台北：台灣商務印書館，1983），頁
　　886-386。

界。[15] 柳毅在這個他界中，面臨「電目血舌」、「千雷萬霆。激繞其身」的異類——千尺赤龍的挑戰。柳毅面對體能、本領與他差異極大的錢塘君；二人關係有以下三個層次的轉變。第一個層次是凡人面對神能的自然畏懼：柳毅在靈虛殿，初會錢塘君的赤龍本相而「恐蹶仆地」。第二個層次是主人公的道德勇氣戰勝焦慮的階段：在清光閣議婚一幕，柳毅斥錢塘君「以威加人」之不是，並貶責赤龍：「屑困如是」。第三個層次是柳毅令錢塘君折服，與他結為「知心友」。這三個過程，便見證了主人公由克服內心恐懼，至「戰勝」強悍異類的歷程。

議婚這個考驗，是令柳毅成長為「義夫」的重要試鍊。主人公在傳書環節上，已表現了他的正義感。柳毅為救助被夫「厭薄」，復遭「舅姑毀黜」的龍女，傳書入洞庭，正如主人公所言：「始以義行為之志」。傳書行動的動機就是——正義感。拒婚一節更彰現柳毅品格中的正義。主人公拒婚之由，就是「寧有殺其壻而納其妻者邪」。涇川龍子因柳毅傳書而亡，主人公亦因此而拒婚。由此可見主人公的正義感及道德操守。柳毅的他界之旅，亦是他成長為「義夫」之旅。主人公在回歸人世之時，在人格、價值觀和道德律方面，因經歷試鍊，亦更趨成熟。[16]

㈡啟悟

柳毅的他界旅行，亦是主人公的成長之旅；〈裴航〉主

---

15 鄭土有，〈漢代仙話繁榮的文化淵源及其價值〉，《民間文藝季刊》，1988 年第 2 期，頁 155。

16 當主人公的探索在穿透源頭，或由於某位男女角色——人類或動物——的恩典而完成後，歷險者仍然必須帶著轉變生命的價值歸返社會。見 *The Hero With A Thousand Faces* p.193.

人公的求偶之旅，也是裴航的啟悟旅程。以下將裴航下第至
成仙之程，表列如下：

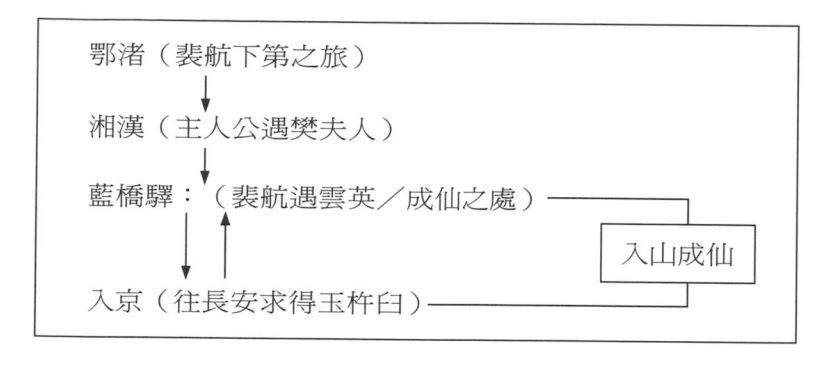

鄂渚（裴航下第之旅）

湘漢（主人公遇樊夫人）

藍橋驛：（裴航遇雲英／成仙之處）

入山成仙

入京（往長安求得玉杵臼）

　　裴航和柳毅，都是在下第旅途中遇仙，從而改變個人命
運。藍橋驛為主人公啟悟之旅的關隘——裴航不但在此遇上
仙女雲英，更在此地成仙。

　　裴航以求偶之旅始，而以成仙之旅終，其過程正如袁珂
所言，乃屬難題求婚的類型。[17] 伊藤清司指出難題求婚的民
間故事，可分為 A、B 兩類。A 類是由姑娘之父或姑娘對求
婚者出難題；B 類則是有權勢的人想把別人的妻子、女兒佔
為自己的妻子而對其夫、其父出難題；[18] 裴航故事屬於 A
類。向裴航提出難題的人包括藍橋驛老嫗和雲英。他們向主
人公所出的兩度難題，包括尋覓寶物玉杵臼以搗藥和「搗藥
百日」的要求。兩度難題，都是對裴航耐性的考驗。首先，
在茫茫人海中，尋覓寶物，便是件渺茫的事情。主人公就是
以無比的毅力和意志，疏解難題：裴航「但於坊曲鬧市喧

17 袁珂，〈仙話——中國神話的一個分枝〉，《民間文藝季刊》，1988 年第 3
　　期，頁 64。
18 難題求婚風俗之討論，見伊藤清司著、白庚勝譯，〈古典與民間文學〉，
　　《雲南社會科學》，1984 年第 3 期（1984 年 5 月），頁 108-116。

衢。而高聲訪其玉杵臼」，甚至被旁人視為「狂人」而不在意。主人公不屈不撓的意志，乃破解難題的關鍵。裴航被雲英要求搗藥百日；主人公亦以無比毅力完成作業。

　　裴航經歷難題求婚，便磨鍊出主人公不撓的堅毅。兩度難題合共耗去二百多天的時間，沒有不屈不撓的意志力，也難以完成看似荒唐的要求吧？裴航故事，就表現主人公經過磨難後的意志力。[19] 裴航在經歷難題求婚的過程後，亦被磨鍊成「信士」，以及獲得成婚的資格。伊藤清司所言的難題求婚的過程，類似部族社會的成人儀式中所進行的一系列考驗。成人候補生經過考驗，第一次成為部族成人男子的同時，亦能獲得結婚的權利。[20] 裴航通過難題求婚的考驗後，亦有如通過成人儀式的試鍊，而獲得成婚的資格；婚姻亦代表主人公的成長踏入成熟的階段。

　　裴航的啟悟，可從他在藍橋驛西，與友人盧顥的一席話中窺見。裴航說：「老子曰。虛其心。實甚腹。今之人。心愈實。何由得道之理。……心多妄想。腹漏精溢。即虛實可知矣。」由裴航引老子的說話，可見他對人生境界的領悟。裴航得道前，何嘗不是「心多妄想」，以舉業為務？至受樊夫人之召喚，以及經歷二百多天的試鍊，從而在過程中領會道家虛靜之理。由裴航悟道的一番說話，可證主人公在心性上的成長。柳毅和裴航，經歷種種磨難後，前者成為「義夫」，後者成為「信士」，兩人皆在遇仙的試鍊中，獲得心性上的啟悟與成長。

---

19 王夢鷗，《唐人小說校釋》（台北：正中書局，1983），頁 316。
20 伊藤清司，上引文，頁 110-111。

四、各種恩賜

　　柳毅和裴航，在經歷各種試鍊後，亦獲得諸般恩賜如仙婚、財寶、入住富貴仙鄉和得享長生。主人公獲得凡人夢寐以求的恩賜，便足以補償他們所經歷的艱辛試鍊，以及下第之失落。

㈠仙婚與財富

　　人神、仙戀中的神女、仙女，雖是主人公的情欲對象，但人神、仙戀與人鬼戀和人妖戀不同之處，在於這類戀情，沒有人鬼戀那麼恐怖，亦沒有人妖戀中，妖物將人作為採補對象，殘害生靈的可怕——《聊齋誌異》〈董生〉一文中，狐妖採補，便將主人公董生弄至「嘔血斗餘而死」。（《聊齋誌異》三會本卷二）人神、仙戀中的主人公，享受神女、仙女所給予的情欲滿足之餘，卻免除被採補而病瘠或死亡的威脅。[21]

1.仙婚

　　〈柳毅〉中柳毅經歷多番波折，才能與龍女成親。錢塘君的倨傲議婚，是令佳期阻隔之由。男性神祇在人神婚戀上，往往顯得較具霸氣。以下略舉數例，以茲佐證：

---

21 〈董生〉一文，見蒲松齡，《聊齋誌異》，張友鶴輯校，會校會注會評本（上海：上海古籍，1986），卷二，頁 133-136。人神戀與人妖戀之別，見汪龍麟，〈《搜神記》異類婚戀故事文化心理透視〉，《山西大學學報》（哲學社會科學版），1993 年第 2 期，頁 43。

篇名	神祇	婚戀對象	手段
〈趙州參軍妻〉 （出自《廣異記》見《太平廣記》卷二百九十八）	泰山三郎	趙州參軍妻	奪生人妻——令趙州參軍妻橫死
〈河東縣尉妻〉 （出自《廣異記》見《太平廣記》卷三百）	華山神	河東縣尉妻	奪取生人婦——令婦暴卒
〈仇嘉福〉 （出自《廣異記》見《太平廣記》卷三百一）	華山神	崔司法妻	奪生人婦——令婦暴斃
〈韓光祚〉 （出自《紀聞》見《太平廣記》卷三百三）	華山神	韓光祚妾	奪生人妾——令妾暴斃

霸氣的錢塘君，未能撮合柳毅和龍女。二人的情緣，能夠得到美滿的結局，關鍵在於龍女的痴情、專一。龍女不但擁有「殊色」美貌，更具備高尚的愛情操守——痴情、專一。柳毅與龍女的情緣障礙，除了上述所舉錢塘君所作的倨傲的媒酌之言外，另一個難題乃來自父母之命：龍女父母本來為龍女安排「配嫁於濯錦小兒」；龍女的堅執、痴心，是突破父母之命的關鍵。龍女自言：「某惟以心誓難移」。就是這片執念，令龍女不肯別嫁，以無比耐力，等候適當時機——待柳毅兩度喪偶；才正始下嫁主人公。龍女的痴心、主動追求幸福[22]是成就這段婚姻的主因。柳毅透過神婚，不但獲得痴心、重情義的美眷，並獲子嗣以繼後。

〈柳毅〉與〈裴航〉中的龍女和雲英，有別於一般世俗化的神女、仙女；二人對感情，都表現了應有的尊重。在人

---

22 人神戀故事中，塑造了古代婚戀小說史上一批美麗、活潑、聰慧、多情的女性形象。神女對愛情的主動追求，是當時受禮教桎梏的女性所無法比擬的。見張葛，〈略論古代小說中的人神戀故事〉，《西南師範大學學報》（哲學社會科學版），1991 年第 1 期，頁 98。

神、仙戀的發展史上，神女、仙女往往表現情欲的一面，甚至有妓化之趨勢。〈郭翰〉中，織女便流露孤寂難耐，「佳期阻曠」之怨懟。（出自《靈怪集》見《太平廣記》卷六十八）而人神、仙戀，亦有走向俗艷化、青樓化之趨勢。[23]

　　唯〈柳毅〉中的龍女，與〈裴航〉中的雲英，有別於上述世俗化和妓化的神女和仙女。前者對愛情表現了痴情和專一；後者則表現了女性的幽雅與矜持。雲英甫出場，便表現女性的含蓄：「俄於葦箔之下。出雙手捧瓷。航接飲之。真玉液也。但覺異香氳鬱。透于戶外。因還甌。遽揭箔。睹一女子。裛瓊英。春融雪彩。鬢若濃雲。嬌而掩面蔽身。雖紅蘭之隱幽谷。不足比其芳麗也。」美麗的仙女，羞於會見陌生男子；當被迫面對裴航時，雲英亦含羞掩面。雲英所表現的矜持，有如《搜神後記》〈白水素女〉的田螺姑娘一樣含蓄，白水素女被謝端發現而曰：「吾形已見，不宜復留，當相委去。」（《搜神後記》卷五）含蓄、矜持的雲英，在裴航通過難題求婚後，亦信守承諾，與裴航結成人仙夫妻。

　　〈柳毅〉和〈裴航〉兩篇，主人公在神婚、仙婚的環節上，皆成為受惠者。兩段人神、仙戀中的神女和仙女，都有不少共通的特點，例如兩位女主角在仙容、仙德和仙壽三方面，皆具備世人夢寐以求的優秀品質。神女、仙女的容貌，往往是姿容絕世的。[24] 西王母由《山海經》中「豹尾虎齒而善嘯」的粗獷、妖獸化，演變至《穆天子傳》中，與周穆王

---

23 孫遜、柳岳梅，〈中國古代遇仙小說的歷史演變〉，《文學評論》，1999年第 2 期，頁 72。

24 仙女大多擁有仙容、仙德、仙壽和仙術四個特徵。見申載春，〈論女仙形象及其文化意義〉，《淮陰師專學報》，第 19 卷（1997 年第 3 期），頁 9-10。美化了的仙女形象，顯示了人們的女性崇拜心理。見章俊弟，〈中國戲劇中人神戀神話原型研究〉，《文藝研究》，1993 年第 5 期，頁 102-103。

賦詩言歡，自稱「我惟帝女」的高尚形象。[25] 由此可見從接受角度而言，美麗的仙女，才符合人們的冀盼。在仙容方面，龍女和雲英，可謂各具姿采。龍女在被虐的痛苦中，仍展現「殊色」之容。此外，龍女出現在洞庭水府靈虛殿時，在柳毅眼中亦是個「自然蛾眉」的美人。至於雲英之美，寫來則更具層次。讀者最初只能看到雲英在葦箔下露出的一雙手；待裴航突然揭箔，始滿足讀者的好奇心——雲英的美貌盡展。雲英之美，美在「嬌而掩面」的嬌憨；龍女之美，美在憂愁中仍不掩艷光的楚楚動人。兩位女主角除具備令主人公動心的仙容外，更具備仙德。雲英的矜持、幽雅，超凡脫俗；龍女的耐苦堅忍，都是內在美的表現。龍女在困境中，便表現了非凡的堅忍及反抗精神。龍女被夫家凌虐，托書柳毅以自救，可見她面對困厄時，超越逆境的自我追求。此外，在仙壽方面，兩位女主人公，都具備凡人夢寐以求的長生。柳毅和裴航透過仙婚，不單獲得具備仙容、仙德、仙壽的美眷，更獲得財富，以滿足主人公的物質需要。

2. 財富

　　〈柳毅〉和〈裴航〉中的主人公，除了娶得美麗、重情的龍女和雲英外，更獲得財寶，享受富裕生活。人神、仙婚中，主人公往往成為受惠者，得享富貴。〈華嶽神女〉中的某，便因仙婚而「鬱為榮貴」。（出自《廣異記》見《太平

---

25 西王母的原始形象，見袁珂校注，《山海經校注》（上海：上海古籍，1980），卷二，〈西山經〉，頁 50-51。《穆天子傳》中，西王母與周穆王詩賦言歡，見《穆天子傳匯校集釋》（上海：華東師範大學出版社，1994），卷三，頁 161-162。西王母形象，由《山海經》中的怪人、怪神，一變為《穆天子傳》中雍穆的人王，是西王母形象的一大演變。見袁珂，《中國神話史》（上海：上海文藝出版社，1988），頁 45-51。

廣記》卷三〇二）〈柳毅〉中的主人公，亦在他界獲得無數
寶物，如開水犀和照夜璣，以及不可勝算的財富：「贈遺珍
寶。怪不可述。毅於是復循途出江岸。見從者十餘人。擔囊
以隨。至其家而辭去。毅因適廣陵寶肆。鬻其所得。百未發
一。財以盈兆。」柳毅雖無重財、求報之心，卻從龍宮中帶
回享之不盡的財富，在物質上獲得極為豐厚的報酬。柳毅從
龍宮中獲得財富；裴航亦因仙婚而得享富貴，不但入住「瓊
樓殊室」的玉峰洞；遇故友盧顥時，所贈見面禮便是「藍田
美玉十斤」，出手闊綽，盡現富泰氣派。柳毅和裴航，不但
得結仙緣，娶得美麗、賢淑的神女、仙女，更獲得享用不盡
的財富；作為在試鍊歷程完結時的恩賜，成為人神、仙婚中
幸福的受惠者。

㈡仙鄉與長生

　　〈柳毅〉和〈裴航〉中，仙境是兩位主人公最後的歸
宿。兩篇小說所描繪的都是令人嚮往的富貴仙鄉。顧頡剛認
為中國神話分為東西兩大系統，西方崑崙山的神話，流傳至
東方，形成蓬萊仙島神話系列。[26] 無論崑崙抑或蓬萊，均屬
富貴仙鄉。司馬遷（公元前 145-86 在世）《史記》〈封禪
書〉所載的三座神仙：蓬萊、方丈、瀛洲，便是以「黃金銀
為宮闕」的；至疑為晉人所撰的《列子》〈湯問〉所載的五
座神山：岱輿、員嶠、方壺、瀛洲、蓬萊，也是「其上台觀
皆金玉」，都是金璧輝煌的仙境。[27]

---

[26] 顧頡剛，〈《莊子》和《楚辭》中崑崙和蓬萊兩個神話系統的融合〉，
《顧頡剛民俗學論集》，錢小柏編（上海：上海文藝出版社，1998），頁
41。

[27] 《史記》，卷二十八〈封禪書〉第六，見《史記注釋》，王利器主編（西
安：三秦出版社，1988），頁 983；王強模譯注，《列子全譯》（貴陽：貴
州人民出版社，1996），〈湯問〉第五，頁 125。

1. 仙鄉

　　〈柳毅〉和〈裴航〉兩篇，主人公在經歷種種考驗後，亦入住富貴仙境，作為試鍊後的恩賜。〈柳毅〉中主人公成仙後，曾居南海和洞庭，兩個仙境的共通點便是——富泰。柳毅在南海所居住之所，有如王者：「其邸第輿馬。珍鮮服玩。雖侯伯之室。無以加也。」主人公在南海的居室之美倫美煥，有如侯伯；他在洞庭湖中碧山之宮闕，亦絕不遜色：「山有宮闕如人世。見毅立宮室之中。前列絲竹。後羅珠翠。物玩之盛。殊倍人間。」無論是南海府第抑或是洞庭仙山上的宮闕，皆是金壁輝煌，有如王族之所。柳毅在仙鄉中得享神化自在的富泰生活，便令世人嚮往。至於〈裴航〉主人公，雖不是居於仙島，而是居於洞天福地的仙洞，其居室亦具非凡的富貴氣派。裴航與雲英成親之處；眾仙來賀之仙府，便十分華麗：「別見一大第連雲。珠扉晃日。內有帳幃屏幛。珠翠珍玩。莫不臻至。愈如貴戚家焉。」仙家道喜之府第，具備各式寶物，有如富戶門第之家；裴航所居的仙窟亦非比尋常：「嫗遂遣航將妻入玉峯洞中。瓊樓殊室而居之。」玉峯洞中別有洞天的富泰居室，便成為裴航享受長生的仙窟。

　　富貴的仙鄉，當然是令人悠然神往的樂境；神仙生活所以為世人所冀盼，乃因為神仙所享受的自由快樂。仙境的美妙，就是因為仙界的自由；這種自由亦是人們夢寐以求的絕對自由。[28]〈柳毅〉中，主人公成仙後，突破凡胎限制，出入水、陸「無往不適」；獲得超越形骸限制的自由。此外，

28 劉水雲，〈淺談元雜劇神仙道化劇中度脫劇之夢幻〉，《南京師大學報》（社會科學版），1997 年第 2 期，頁 120。

從柳毅與表弟薛嘏的對話，亦可窺見其逍遙自在的生活。柳毅贈薛嘏仙藥五十粒，並勸說道：「此藥一丸。可增一歲耳。歲滿復來。無久居人世。以自苦也。」薛嘏居人境之生活，相對於柳毅居仙境的生活，乃「自苦」的生活。換言之，柳毅超凡入聖，不但擺脫「自苦」的塵世，且已獲得脫離俗慮、「自苦」的逍遙及自在。至於〈裴航〉一篇的主人公，經歷脫胎換骨的改變，亦獲得精神上的逍遙。老嫗助裴航脫凡胎而成仙：「餌以絳雪瓊英之丹。體性清虛。毛髮紺綠。神化自在。超為上仙。」裴航服食仙藥後，經歷形骸上的巨變，不但連毛髮顏色也變更，更重要的是得悟清虛之道，在精神上得到自由，得享「神化自在」的逍遙。這種超越人世「自苦」的生活，而獲得精神、形骸上「神化自在」，就代表了凡人對神仙境界的自在、不受人世俗慮所羈束的絕對自由的嚮往。

2. 長生

　　柳毅和裴航所享之恩賜，最難得而又最令世人夢寐以求的便是長生不老。《史記》〈封禪書〉記載了戰國齊威王、宣王及燕昭王，曾派人入海求蓬萊、方丈、瀛洲等仙島。此外，秦始皇不但「使人乃齎童男女入海」求仙島，更「冀遇海中三神山之奇藥」，以求長生不死。[29] 不單帝王追求長生；對不死的追求，是古今中外人類的共同欲望。弗雷澤（J. G. Frazer）認為原始人相信人類原是不會死亡的觀念。至於死亡起源的神話，可分為：傳消息的類型、消長月形類型、蛇蛻皮類型和香蕉樹類型。月形的消長和蛇皮重生，都象徵人類對不死的追求。香蕉樹類型中，因為人類選擇代表

---

29 《史記》，卷二十八〈封禪書〉第六，見《史記注譯》，頁 983。

死亡的香蕉而非代表不死的石頭，因而要面對死亡。不死是
人類的共同欲望，《山海經》卷十一〈海內西經〉中有「不
死樹」，卷十五〈大荒南經〉有「不死之國」、卷六〈海外
南經〉裏有「不死民」；《山海經》中不死的植物和人類，
都是人們追求不死的象徵。[30]

　　成仙是實踐不死追求的幻想。《抱朴子》內篇〈論仙〉
卷二，載有天仙、地仙、尸解仙三種仙人：「按《仙經》
云：上士舉形升虛，謂之『天仙』；中士遊于名山，謂之
『地仙』；下士先死後蛻，謂之『尸解仙』。」天仙居於天
上宮廷、地仙居於崑崙或名山之中；至於尸解仙，乃是透過
死亡，留下形骸，但魂魄散去成仙。[31] 柳毅和裴航，透過仙
婚而得享長生，可被視為最大的恩賜。柳毅得享「龍壽萬
歲」，已是難得；更為難得而令人羨慕的，便是容顏的不
變。主人公成仙後，在南海居住時「容狀不衰」，已令南海
人「靡不驚異」；當柳毅遷往洞庭湖時，不單容貌沒有衰
老，甚至「容顏益少」，回復青春，便更令人嘖嘖稱羨。柳
毅得享長生不老，便實踐了凡人渴求長生的夢想。

　　至於裴航，透過仙婚及內服「絳雪瓊英之丹」，亦得以
成仙。裴航得道成仙，可被視為仙人度脫凡人之例。所謂度

---

30 弗雷澤之論，見 J. G. Frazer, *The Belief In Immortality and The Worship of The
　Dead* (London: Dawson of Pall Mall, 1968), vol: 1, pp. 59-86.杜而未認為月的消
　長和蛇的脫皮是有興味的象徵。見杜而未，《崑崙文化與不死觀念》（台
　北：台灣學生書局，1977），頁 158。《山海經》的不死物類，見袁珂譯
　注，《山海經全譯》（貴陽：貴州人民出版社，1991），卷六，〈海外南
　經〉，頁 192；卷十一，〈海內西經〉，頁 244；卷十五，〈大荒南經〉，
　頁 284。

31 天仙、地仙、尸解仙，見葛洪，《抱朴子》內篇，刊於《抱朴子內篇全
　譯》，顧久譯注（貴陽：貴州人民出版社，1995），〈論仙〉，卷二，頁
　43。

脫，正如青木正兒（1887-1964）所說：「神仙向凡人說法，使他解脫，引導他入仙道。」[32]《太平廣記》〈萼綠華〉一則，記載了仙女萼綠華，教羊權以「無思無慮。無事無為」之理，並授以尸解藥，度脫羊權成仙之事。（出自《真誥》見《太平廣記》卷五十七）至於裴航，本為清泠裴真人子孫，與仙道有緣。度脫裴航的仙人，包括仙女樊夫人、雲英和藍橋驛老嫗。樊夫人出現在篇首及篇末；她在篇首出現時，贈裴航啞謎詩一首，引領主人公踏上試鍊之路；篇末樊夫人再次出現在裴航成婚亦是成人、成仙之典禮中，接納裴航成為仙班一員，可見一切安排非出偶然。至於雲英與藍橋驛老嫗，則提出難題求婚以試鍊裴航。正如考驗型仙話的結局，裴航在通過考驗後，便獲得成仙的資格；加上內服丹藥，以及主人公對清虛玄理「虛其心」之領悟，因而被度脫成仙。柳毅和裴航在經歷種種考驗後，不但獲得心性上的啟悟，更獲得仙婚、財富、仙壽的恩賜，成為人神、仙戀中的受惠者。

結論

　　〈柳毅〉和〈裴航〉中的主人公，都經歷了試鍊及啟悟之旅，現將兩篇小說的主人公由被召喚至獲得恩賜的經歷，表列如下：

---

[32] 戲曲中有度脫劇，度脫劇一名，見青木正兒的《元人雜劇概說》。青木正兒著、隋樹森譯，《元人雜劇概說》（香港：中華書局，1977），頁 26-27。經歷啟悟的主人公，心智更趨成熟，生命亦進入另一個新的歷程。見容世誠，〈度脫劇的原型分析──啟悟理論的應用〉，《馮平山圖書館金禧紀念論文集》，陳炳良主編〈香港：馮平山圖書館，1982〉，頁 172。

	柳毅	裴航
召喚	龍女傳書之託	樊夫人的啞謎詩
考驗	入他界 議婚	尋玉杵臼 搗藥
啟悟／成長	激發柳毅的義勇，主人公成為「義夫」。	磨鍊裴航具不屈不撓的意志而成為「信士」。
回歸人世	回湘濱家鄉	―
恩賜	仙婚 財富 龍壽	仙婚 財富 仙丹／仙壽

柳毅和裴航在下第旅行中遇仙，通過考驗後，獲得仙婚、財富和仙壽等恩賜，便足以補償二人因下第而受挫的創傷吧。

人神、仙戀的母題，歷朝有不同的發展，且下啟人妖戀、人鬼戀的題材和創作。[33] 人神、仙戀中令人悠然嚮往、滌盡塵垢的仙鄉、主人公獲得永生、得到精神上的啟悟和物質上的滿足、獲得仙女的垂青等奇異經歷，不但成為人神、仙戀小說的母題，而且吸引不同朝代的讀者。以上所列的仙境奇遇，可被視為人類所渴求滿足的欲望。弗洛依德（Sigmund Freud）在〈創作家與白日夢〉一文中，指出未被滿足的欲望能引發幻想；作家就如白日夢者，在其創作中滿足內心未遂之願。這些欲望，透過改裝、藝術上的處理，而成為文學作品的題材。讀者在閱讀過程中，情感得到引發、獲得宣洩，自身的白日夢亦能獲得滿足。[34] 人神、仙戀的仙鄉、仙婚、永生、物欲上的滿足，又何嘗不是恒久以來，引人入

---

33 謝真元，上引文，頁 18。

34 Sigmund Freud, "Creative Writers and Day-dreaming", in *On Freud's Creative Writers and Day-dreaming*, edited by Ethel Spector Person and others (New Yaven: Yale University Press, 1995), p.6.

勝的「集體」白日夢？因而成為歷久不衰的文學母題，並引
起不同朝代讀者的共鳴。

❀此文原載於《唐代文學研究》第十輯，廣西：廣西師範大
　學，2004。

唐代人神、仙戀中的啟悟、脫險和補償旅行

緒論

　　人神、仙戀涉及超越現實時空的他界敘述及描寫。至於神、仙，兩者仍是有區別的。小川環樹認為神是先天自然之神而仙則是通過修鍊而來的。仙人有別於天帝或天神，乃是人類在達到一定的條件後，轉化而成的一種超越存在。換言之，仙人是借修鍊或服食仙藥而獲得超能力及永生的人。《說文解字》載：「僊，長生仙去也。從人」。可見長生與成仙有著密切的關係。[1]（本文所論既有人神戀亦有人仙戀之作）

　　人仙戀乃繼人神戀發展而來，由道教神仙之說興起而得以勃興。至於人神戀的起源，則可追溯至原始宗教當中。蘇雪林（1899-1999）認為：「人神戀愛，原是人祭的變形。」人祭就是以人類作為祭品以祀神。[2]《史記》〈滑稽

1　他界之說，以及對神仙之定義。見小川環樹，〈中國魏晉小說以後（三世紀以降）的仙鄉故事〉，張桐生譯，《中國古典小說論集》，瘂弦、廖玉蕙編（台北：幼獅文化事業公司，1975），頁 83-84。有關神與仙之別，見范恩君，〈道教的理想人格與神和仙〉，《中國道教》，1996 年第 4 期，頁 30；丁常雲，〈道教的神仙觀〉，《中國道教》，1988 年第 1 期，頁 46。《說文解字》對「仙」字的解釋，見許慎撰、段玉裁注，《說文解字注》（上海：上海古籍出版社，1981），頁 383。

2　蘇雪林，《九歌中人神戀愛問題》（台北：文星，1967），頁 17。

列傳〉第六十六〈西門豹治鄴〉一文，記載了鄴地人民，為
河伯娶婦，以「好女」祭祀河神；期望免卻「水來漂沒，溺
其人民」的水災。此外，《搜神記》卷四〈張璞〉一篇，亦
敘張璞投女水中，配嫁廬山神，期令船隻能安全前進。河伯
娶婦、張璞投女水中，就是人犧的變形。《金枝》（*The
Golden Bough*）一書中，亦記載了不同地方如厄瓜多爾、墨
西哥、菲律賓、印度等地，以人犧祀神的的習俗。十九世紀
時的孟加拉，仍保留了以人犧作為祭品，獻給大地女神以保
豐收的風俗。以人犧作為神的伴侶，來討好、媚神，以求福
蔭和護祐；從形式而言，就是人神戀的一種。[3]

　　至於人神戀的發展，由興起至成熟，約分為以下幾個階
段。第一個階段是奠定神女原型的時期。《楚辭》中的《九
歌》本是民間祀神之曲，諸神常被描繪成威嚴的男子或溫柔
的女性，盛裝的巫覡則向他們表示愛意。〈山鬼〉中便出現
「既含睇兮又宜笑」的巫山神形象。由楚辭至楚賦，神女的
形象繼續轉變和發展。在宋玉〈高唐賦〉、〈神女賦〉中，
巫山神女便與楚懷王（公元前 328-297 年在位）、楚頃襄王
（公元前 298-263 年在位）傳情。神女夢會楚懷王，便主動
表示「願薦枕蓆」；至於楚頃襄王所夢會的女神，雖「歡情
未接」，離別之際仍「目略微眄，精彩相授」，表現了依依
不捨的綿綿情意。這個時期的人神戀，多逗留在夢中相會或

3　河伯娶婦，見司馬遷，《史記》卷一百二十六〈滑稽列傳〉第六十六。刊
　　於《史記注譯》，王利器主編（西安：三秦出版社，1988），頁 2642-2644。
　　世界各地的人犧風俗見 J.G. Frazer, *The Golden Bough A Study in Magic and
　　Religion* (London: The Macmillan Press Ltd., 1917), chapter ⅩⅬⅤⅡ, pp.
　　567-576. 以人犧祈福，見劉耘，〈中國古典小說人仙妖鬼婚戀母題的發生學
　　研究〉，《北京教育學院學報》，第 14 卷第 2 期（2000 年 6 月），頁 14。
　　本文《搜神記》引文，見干寶撰、汪紹楹校注，《搜神記》(北京：中華書
　　局，1985)。

精神戀愛可望不可即的階段。人神戀發展的第二個階段為魏晉六朝的志怪小說，這個時期的人神戀故事已具備雛型，並奠定後世的結構模式。《搜神記》卷一〈董永〉和《搜神後記》卷五〈白水素女〉兩篇，前者寫神女為孝義的董永「織縑百匹」以償葬父之債；後者寫田螺姑娘──「漢中白水素女」為謝端「守舍炊烹」。〈董永〉和〈白水素女〉都是神女下凡的故事。至於《搜神後記》卷一〈剡縣赤城〉和《幽明錄》卷一〈劉晨阮肇〉二篇，則屬入山遇仙的模式。前者寫袁相、根碩入山遇仙[4]；後者則敘劉晨、阮肇入天台山採藥遇「資質妙絕」的二位仙女。〈董永〉、〈白水素女〉、〈剡縣赤城〉和〈劉晨阮肇〉，就奠定了後世人神、仙戀母題中神女、仙女下凡和入山遇仙的二種主要情節結構。人神戀故事發展的第三個時期乃唐傳奇時成熟的階段。〈柳毅〉中主角娶龍女、（作者李朝威，出自陳翰《異聞集》見《太平廣記》卷四一九）〈韋安道〉中韋安道與后土夫人成婚、（出自《異聞錄》，見《太平廣記》，卷二百九十九）〈裴航〉裏裴航與雲英藍橋相遇並結仙緣。（出自裴鉶《傳奇》見《太平廣記》卷五十）這些都是人神婚戀成熟時期的作

4　奠定神女原型之討論，見謝真元，〈唐人小說中人神戀模式及其文化意蘊〉，《社會科學研究》，1999 年第 4 期，頁 135。《九歌》中巫覡向神表示愛意，見張葰，〈略論古代小說中的人神戀故事〉，《西南師範大學學報》（哲學社會科學版），1991 年第 1 期，頁 95。〈山鬼〉，刊於朱熹集注，《楚辭集注》（上海：上海古籍出版社，1979），頁 44。〈高唐賦〉、〈神女賦〉，刊於《昭明文選》，蕭統編（台北：文友書店，1966），卷二，頁 98-100。高唐神女乃楚之高禖、巫山神之論，見聞一多，《神話與詩》（北京：中華書局，1959），頁 97-105。高唐神女乃中國美神之討論，見葉舒憲，〈高唐神女的跨文化研究〉，《人文雜誌》，1989 年第 6 期，頁 97-104。本文《搜神後記》引文，見劉琦、梁國輔譯注，《搜神記　搜神後記譯注》（長春：吉林文史出版社，1997)。

品。[5]

　　人神戀母題的發展至唐代而趨成熟；這類涉及他界（other world）描寫的作品，亦有相類的結構。小川環樹（1910- ）歸納仙鄉故事的共通點為以下八項：山中或海上、洞穴、仙藥和食物、美女與婚姻、道術與贈物、懷鄉／勸鄉和再歸與不能回歸。至於人神、仙戀常見的原型，約可分為神仙下凡型：如〈董永〉；入山遇仙型如〈劉晨阮肇〉和升仙型，即凡人隨仙侶升仙如《神仙傳拾遺》中「弄女乘鳳。蕭史乘龍。昇天而去」的神仙眷屬。（見《太平廣記》卷四）[6]

一、遇仙旅行

　　唐代人神、仙戀中，既有神仙從天而降之作，亦有透過遇仙旅行，安排主人公得結仙緣之篇。神仙從天自降之作如〈郭翰〉中，織女從天上「冉冉而下」、（出自《靈怪集》見《太平廣記》卷六十八）〈趙旭〉中，天上青童自尋而來，主人公「忽聞窗外切切笑聲」，繼而便見青童「開帘而入」。（出自《通幽記》見《太平廣記》卷六十五）至於〈封陟〉一篇，主人公目睹「輜軿自空而降」，繼而便「見一仙姝」。（出自《傳奇》見《太平廣記》卷六十八）

5　陳平原認為魏晉志怪中，神女大批下嫁凡人，奠定人神戀敘事模式。見陳平原，〈中國小說中的人神之戀〉，《中國小說與宗教》，黃子平編（香港：中華書局，1998），頁 199。本文《幽明錄》引文，見劉義慶，《幽明錄》（北京：文化藝術出版社，1988）。本文有關《太平廣記》的引文，見李昉等編，《太平廣記》（北京：中華書局，1961）。

6　仙鄉故事的共通點，見小川環樹，上引文，頁 88-91。人神、仙戀原型，可參考劉耘，上引文，頁 21。

　　唐代人神、仙戀，除以上所舉神仙下凡，從天而降並與
凡人相戀之篇外，還有一類透過旅行，讓主人公得遇神仙、
甚至得遊仙境之作。這類人神、仙戀可分為三種：第一種為
主人公由人境入遊仙境之作，第二種為凡人入山遇仙之篇，
第三種為主人公在旅行途中得遇神仙的作品。第一類作品
裏，主人公由凡間入遊仙境，當中便涉及他界旅行的奇幻描
述。〈柳毅〉一篇，柳毅受龍女傳書之託，得武夫「揭水指
路」，入遊洞庭水府。〈馬士良〉一文，馬士良食青蓮後而
能飛舉，並飛升入五色雲所在的仙宮，得見群仙。（出自
《逸史》見《太平廣記》卷六十九）〈沈警〉一篇，沈警得
仙女大女郎和小女郎的眷顧，與仙女同坐「一輻軒車」在空
中飛馳，抵達「朱樓飛閣」的仙界。（出自《異聞集》見
《太平廣記》卷三二六）無論是入洞庭湖，抑或是飛升雲上
的仙宮，這類有關他界旅行的描述，便涉及凡人飛升或坐飛
車風馳空際、妙想天開的奇幻性描寫。除了他界旅行外，唐
代人神、仙戀中，尚有第二類——入山遇仙模式之作。〈剡
縣赤城〉和〈劉晨阮肇〉兩篇，主人公在入山的旅程中，得
遇仙女，從而奠定入山遇仙的人神、仙戀結構；唐代〈黃
原〉和〈汝陰人〉兩篇，亦繼承入山遇仙的模式。前者述黃
原隨青犬逐鹿入一山穴，繼而得入仙境；（出自《法苑珠
林》見《太平廣記》卷二九二）後者敘汝陰人隨黃犬逐獸入
山，摘五色彩囊而得遇仙女。（出自《廣異記》見《太平廣
記》卷三〇一）

　　除入山遇仙的模式外，遇仙旅行中，還有第三類凡人在
旅行途中遇上神仙，得結仙緣之作。〈裴航〉一篇，述裴航
在下第遊鄂渚的旅行中，先於舟中遇劉綱仙妻樊夫人，繼而
在藍橋驛遇上仙女雲英。此外，尚有〈華嶽神女〉中，士人
「應舉之京」，在上京赴考途中的旅舍遇上華岳神女。（出

自《廣異記》見《太平廣記》卷三〇二）無論是他界旅行、入山旅程，抑或是赴京、下第的旅行，都有一個共通點，就是主人公在遇仙的旅行中，皆有所得。他們或經歷心性上的啟悟，或得仙人襄助脫離危難；更普遍的便是遇仙旅行，亦成為補償之旅──主人公透過與神仙相親，得以補償在現實生活中，於物質和情慾上的種種欠缺。

二、啟悟之旅

　　旅行帶來新的經驗和衝擊，往往令主人公在性格、個人修養和價值觀等方面有所轉變。據伊利亞地（M.Eliade）所說：啟悟（initiation）就是指主人公在經歷種種試鍊後，在宗教、社會地位等各方面的改變。[7] 主人公在旅程中必須面對新的環境、新的事物。在陌生的環境下，主人公無可避免地需要觀察、面對困難和挑戰、解決各種難題；從而在過程中，更新個人對事物的看法、調整其價值觀，進而在心性上獲得啟悟及成長。在童話和神話中，主人公便往往要面對不同的試鍊，以及經歷冒險的旅程。至於在人神、仙戀中，亦有一類作品，描述主人公在旅程中遇上神仙。在神仙啟導下，獲得心性上的啟悟。《聊齋誌異》〈仙人島〉一篇，主人公王勉的仙人島之行，便是一段啟悟旅程。王勉自視甚高，因「累冠文場」，自認為「中原才子」、「目中實無千古」。他在仙人島之旅，遇上仙女芳雲和綠雲兩姊妹。兩位博洽能文的仙女不斷月旦和揶揄主人公自炫的八股舉業的「冠軍之作」，因而令王勉省悟舉業文章的迂腐、可笑，始

7　Mircea Eliade, *Rites And Symbols of Initiation The Mysteries of Birth and Rebirth,* translated by Willard R. Trask (New York: Harper & Row Publisher, 1975), p.x.

則慚愧終至信心盡失。主人公由「有慚色」至「嚅囁不可辨」，終至「神氣沮喪，徒有汗淫」，實在異常狼狽。王勉因仙女的指點而獲得啟悟，在回到人世之後，加上親人物故，因而看破紅塵，從此停止對功名、富貴的追求：「念富貴縱可攫取，與空花何異。」（《聊齋誌異》三會本卷七）[8]主人公在經歷遇仙之旅後，得仙女啟迪，因而能在人生境界上，破除以往在名利疆鎖中的迷執。至於唐代的人神、仙戀中，亦有啟悟之旅的作品。〈柳毅〉和〈裴航〉兩篇，主人公的下第旅行，亦是啟悟之旅，標誌著主人公在經歷種種試鍊後，在心性、人格修養上的啟悟及成長。

　　〈柳毅〉一文的原型來自〈觀亭江神〉（出自《南越志》見《太平廣記》卷二百九十一）、〈胡母班〉（《搜神記》卷四）和〈三衛〉。（出自《廣異記》見《太平廣記》卷三百）其中以〈三衛〉一篇，尤見傳承之跡。〈觀亭江神〉、〈胡母班〉和〈三衛〉中，都出現傳書和進入他界的情節。〈觀亭江神〉裏，縣民代行旅寄書觀亭江神；〈胡母班〉一文中，胡母班代太山府君傳書女兒河伯婦；〈三衛〉裏三衛替華嶽第三婦送書給父親北海神。〈觀亭江神〉、〈胡母班〉、〈三衛〉和〈柳毅〉，有別於一般神仙幫助、

8　本文所引《聊齋誌異》引文，見蒲松齡，《聊齋誌異》，張友鶴輯校，會校會注會評本【三會本】（上海：上海古籍，1986）。魯迅評《聊齋誌異》：「用傳奇法，而以志怪」，「出于幻域，頓入人間。」見魯迅，《中國小說史略》，刊於《魯迅三十年集》（香港：新藝出版社，1974），頁 219。有關旅行者的敘事功能，見陳平原，《20 世紀中國小說史》（北京：北京大學出版社，1989），頁 226-246；年青人往往因接受考驗而獲得成長，見宋軍，〈啟蒙旅行──析伏爾泰哲理小說《查第格》〉，《西南民族學院學報》（哲學社會科學版），第 20 卷第 2 期（1999 年 3 月），頁 130-131。童話和神話中，主人公所經歷出發→考驗→回歸之試鍊，見 Joseph Campbell, *The Hero With A Thousand Faces* (New York: Bollingen Foundation Inc., 1949), pp. 49-237.

救濟凡人之作；這類傳書系列，乃凡人襄助神仙傳書遞簡之篇。[9]〈柳毅〉一文，描寫柳毅與龍女的戀情，事涉龍族的描寫。自佛教傳入中土後，佛經中的龍和中國古傳的龍相融合。人們對龍神的祭祀亦不限於龍王，也有龍女及其他龍族之祭。岑參（715-770）〈龍女祠〉一詩就記載了：「蜀人競祈恩。捧酒仍擊鼓」，香火鼎盛的祈福場面。（《全唐詩》卷一九八）[10]

　　〈柳毅〉一文，主人公經歷啟悟之旅；〈裴航〉一篇，裴航的遇仙奇緣，亦鍛鍊了主人公的意志與耐性。〈裴航〉一文，出自裴鉶《傳奇》，是書至明代已佚。〈裴航〉情節曲折，人物形象豐滿，對後世影響甚大；《清平山堂話本》〈藍橋記〉，便以〈裴航〉故事為藍本。[11]

㈠經歷試鍊

　　凡人得道成仙，往往要經歷種種精神和肉體上的試鍊。黃石公考驗張良、壺公試鍊費長房便是其中兩例。張良接受試鍊一事，載於《史記》〈留侯世家〉、《仙傳拾遺》和《搜神記》（《搜神記》卷四〈黃石公神〉）諸籍。《仙傳拾遺》便記載了張良通過考驗而得成仙道之事。張良在成仙

9 〈三衛〉對〈柳毅〉的影響，見陳文新，《中國傳奇小說史話》（台北：正中書局，1995），頁 107；劉世德主編，《中國古代小說百科全書》（北京：中國大百科全書出版社，1993），頁 131。〈柳毅〉一篇乃凡人助神之作，見田中全主編，《小說粹》（武漢：長江文藝出版社，1994），頁 155。

10 〈柳毅〉中的龍族描寫，受印度龍類故事影響，見鄭筱筠，〈唐傳奇《柳毅》扣樹情節源流考〉，《雲南社會科學》，2000 年增刊，頁 266。岑參，〈龍女祠〉一詩見《全唐詩》（北京：中華書局，1960），卷一百九十八，頁 2044。

11 〈藍橋記〉，見洪楩編、石昌渝校點，《清平山堂話本》（江蘇：江蘇古籍出版社，1994），卷二，頁 55-61。

為太玄童子前，得通過黃石公所設的考驗關卡：先為他在橋下拾履、穿履，試驗張良的忍耐力；繼而三次相約而黃石公早至，直至張良先於黃石公而至，黃石公始授黃石公書。此書不但令張良「佐漢祖定天下」，更助其得道成仙：「修之於身，能鍊氣絕力，輕身羽化。」張良最後亦得以成為太玄童子。（出自《仙傳拾遺》見《太平廣記》卷六）張良通過考驗而成仙，費長房則功虧一簣而未能得道。費長房被壺公試鍊之事，載於《後漢書》〈方術列傳〉和《神仙傳》諸書。壺公以猛獸、毒蛇來考驗費長房的勇氣和定力，主人公皆「不懼」、「自若」；唯壺公命費長房啗糞，則令主人公卻步。費長房亦因而喪失成仙的機會「不得仙道」。（出自《神仙傳》見《太平廣記》卷十二）[12]

　　張良和費長房，就是仙人以種種試鍊，來考驗和度脫凡人之例。人神、仙戀中亦有這類凡人經歷種種試鍊，始證仙道之作。長白浩歌子（有謂即尹慶蘭 1736？-1788？）《螢窗異草》二編卷一〈瀟湘公主〉中，主人公邵生便需要經歷種種鍛鍊，始證仙道。邵生的致命弱點是「自恃其武」及衝動。他在得享富裕的生活後，恃仗勇武「肆為大言」，結果招致賊匪劫掠。衝動的邵生，不能通過被盜賊挑釁和被官兵緝捕的兩個考驗，因衝動而誤殺一賊一兵。主人公為其衝動，付出沉重的代價，不但入獄「拘攣甚苦」，且被判死刑，命喪監牢。邵生在經歷肉體和精神上的痛苦考驗後，始

---

12 師友型人神關係與考驗型仙話之討論，可參考李炳海，〈試論漢代文學兩種類型的人神關係〉，《江西社會科學》，1999 年第 7 期，頁 79-83；鄭土有，〈漢代仙話繁榮的文化淵源及其價值〉，《民間文藝季刊》，1988 年第 2 期，頁 140-158。張良事見《史記》卷五十五，〈留侯世家〉第二十五，刊於《史記注譯》，頁 1519-1528。費長房之事，見范曄撰、李賢等注，《後漢書》（北京：中華書局，1973），頁 2743-2745。

痛悟前非，被仙女瀟湘公主度脫成仙。[13]

1.傳書的考驗

〈柳毅〉和〈裴航〉兩篇，主人公的下第旅行，亦成為鍛鍊主人公的心性之程。種種特殊的挑戰和考驗，都為主人公帶來新的經驗和體會。〈柳毅〉在下第之旅，遇上龍女，因而面對人生的抉擇和轉捩點。柳毅與龍女在涇陽「道畔」相遇、柳毅還於湘濱，至依約傳書入洞庭水府，是一段他界旅行。主人公回湘濱，後與龍女重遇，遷居南海，終亦回歸洞庭。洞庭既是改寫柳毅命運之地，亦成為主人公最後的歸宿。柳毅在這段下第之旅中，面臨兩個凡人在精神和肉體上嚴峻的考驗。一為傳書入他界，一為面對在洞庭水府清光閣中錢塘君的「議婚」。

柳毅傳書入洞庭湖，是個冒險的歷程。人神殊路，凡人以身犯險，進入他界，是勇氣和膽識的挑戰。柳毅說：「然而洞庭深水也。吾行塵間。寧可致意耶。唯恐道途顯晦。不相通達。致負誠託。」柳毅雖表示對水深的憂慮及擔心凡胎的限制，最懸念的卻是「致負誠託」——辜負龍女的信任。主人公對異類龍女的託書，表現了不凡的誠信。就是這種道德勇氣，令他毅然接受冒險的任務。〈柳毅〉一篇，述主人公進入他界之歷程，比其傳承之作，來得更為艱險。傳書類

---

13 本文所引《螢窗異草》引文，見長白浩歌子，《螢窗異草》（瀋陽：遼寧古籍出版社，1995）。《筆記小說大觀》〈螢窗異草提要〉載：「此編為長白浩歌子撰，相傳浩歌子為尹文端第六子。似村以一秀才終。」見《筆記小說大觀》（台北：新興書局，1962），頁 4927。《螢窗異草》是仿效《聊齋誌異》之作，《清代小說史》評《螢窗異草》為聊齋型作品中，最具代表性的一種。見張俊，《清代小說史》（杭州：浙江古籍出版社，1997），頁 335。《螢窗異草》應屬乾隆年間之作。見薛洪，〈《螢窗異草》略論〉，《民族文學研究》，1987 年第 4 期（1987 年 8 月），頁 53。

系列中〈三衛〉一文，雖然亦有主人公進入他界的情節，過程卻較為「安全」——主人公以扣樹來扣響他界之門，「忽見朱門在樹下」。三衛就從朱門中，循「秘道」行百餘步，進入北海神殿。〈柳毅〉一篇，柳毅則從水路入洞庭湖，投身茫茫不可知的他界，過程較前作為驚險。柳毅以扣樹為記號，扣響他界的大門後，「俄有武夫出於波間」，再由「武夫揭水指路。引毅以進。」雖然有武夫為使者，代為引路及保護，但以凡胎隻身進入神秘、不可知的境域，畢竟需要堅毅的信心和健壯的體魄。[14]

　　〈柳毅〉的試鍊，不單包括深入洞庭水府，更嚴峻的是面對錢塘君議婚的挑戰。入洞庭湖是膽識和體魄的挑戰；議婚則是道德勇氣和價值觀的考驗。清光閣之宴，錢塘君乘酒興，以傲慢姿態、語帶威嚇，為龍女議婚：「將欲求託高義。世為親戚」，「如可。則俱在雲霄。如不可。則皆夷糞壤。」柳毅在水府中更重要的冒險，就是要通過議婚這個關卡。錢塘君性情暴烈、衝動，一怒而令「堯遭洪水九年」，一怒而殺六十萬、傷稼八百里、啗食涇川次子。柳毅如觸怒錢塘君，後果不堪設想。況且，人、神能力懸殊，以人力對抗神力，實在以卵擊石。在靈虛殿中，錢塘君初現原形，已盡見其威猛、勇力：「赤龍長千餘尺。電目血舌。朱鱗火鬣。項掣金鎖。鎖牽玉柱。千雷萬霆。激繞其身。霰雪雨雹。一時皆下。乃擘青天而飛去。」面對千尺怒龍，人、神能力的差距乃天壤之別。柳毅面對議婚這個關隘，不但是人、神能力懸殊，無可能取勝的肉體上的考驗；更是面對強權並挑戰其道德律和價值觀的試鍊。

---

14 樂蘅軍，《意志與命運——中國古典小說世界觀綜論》（台北：大安出版社，1992），頁 27。〈柳毅〉中的洞庭是楚湘而非吳地太湖。見何長江，〈《柳毅傳》地名矛盾論解〉，第 14 卷第 3 期（1995 年），頁 85-87。

2.難題求婚

　　柳毅面對進入他界和議婚的考驗;〈裴航〉中的主人公亦面臨由婚戀所衍生的挑戰。裴航與柳毅的遇仙之旅,有共通之處。二人都是在下第旅行時,得遇神仙。裴航在下第遊鄂渚途中、往湘漢的船上,遇上仙女樊夫人,經仙女指點後,在藍橋驛遇上雲英,得仙眷後入山中玉峰洞成仙。裴航的重要試鍊,便發生在藍橋驛。

　　裴航欲與雲英成婚,藍橋驛老嫗則提出議婚的條件,俟主人公能一一完成,始可論婚。這種故事模式,屬於難題求婚的類型。伊藤清司(1924-)所言的難題求婚,其中一種為:「由姑娘之父或姑娘對求婚者出難題」,待主人公將難題解決後,才具結婚的資格。難題求婚,就與部族社會的成人儀式有相類之處。青年要成為部族的一員,亦必須接受長老所施予的種種教育和考驗。[15] 此外,蕭兵(1933-)則認為難題求婚故事的主要模式是:英雄為了娶得某一身份高貴特殊的姑娘,不得不去經歷一系列常人難以想像的艱難,完成一系列人力所不能及的勳業。考驗的倡導者和主持人往往是「聖處女」的長輩或保護人。他們和英雄之間通常要發生激烈的戲劇性衝突,通常以英雄的勝利告終。[16] 裴航為了娶得雲英為妻,亦要經歷雲英的「保護人」——老嫗和女主人

---

[15] 難題求婚風俗之討論,見伊藤清司著、白庚勝譯,〈古典與民間文學〉,《雲南社會科學》,1984 年 3 期(1984 年 5 月),頁 108-116。〈裴航〉屬難題求婚型仙話。見袁珂,〈仙話——中國神話的一個分枝〉,《民間文藝季刊》,1988 年第 3 期,頁 64。鹿憶鹿認為伊滕清司所論的難題求婚,實際上是成人儀式。見鹿憶鹿,〈難題求婚模式的神話原型〉,《中國神話學文論選萃》,馬昌儀編(北京:中國廣播電視出版社,1994),頁 848。

[16] 蕭兵,《中國文化的精英——太陽英雄神話比較研究》(上海:上海文藝出版社,1989),頁 474。

公雲英所提出的考驗。裴航面對的試鍊，便是難題求婚。其中包括兩個難題，一為老嫗所提出約以百日為期，取得玉杵臼搗藥；一為雲英所提出的搗藥百日之請求。兩個難題，均能考驗主人公的堅毅和意志，首先，搗藥用的玉杵臼，究竟在何處可以尋找得到？價值多少？主人公都無從知曉，單憑老嫗的提請，便要在茫茫人海中尋覓寶物。此外，搗藥百天，更是主人公耐性和意志的考驗。裴航需一一面對難題，解決難題後，才可得到難題求婚的恩賜——成婚的資格。

㈡心性上的啟悟

　　主人公在經歷種種磨鍊後，往往獲得啟悟，或誘發本身美好的本質，或去除心性上的頑劣及弱點。《螢窗異草》二編卷四〈翠微娘子〉便屬人仙戀中的啟悟故事。篇中的主人公乙，得仙女啟迪，去除性格上致命弱點——仇恨之心。乙面對兄嫂的擯斥及驅逐，他的反應是頓起殺機：「夜挾白刃，將往殺兄而兼屠其嫂」。主人公面臨的考驗，乃如何平息內心的仇怨，與兄嫂和解。主人公啟悟旅程的第一個轉捩點是正面面對仇恨：乙與仙女翠微娘子往謁兄嫂。「棄乘拜謁」代表主人公奮力通過宿怨、憤怒情緒的關隘。第二個轉捩點是主人公「參謁遺像」，祭拜亡父，將抑壓的仇恨釋放。最後的階段是乙與兄嫂和解、寬恕仇敵。俟主人公克服和化解仇恨之心，仙女翠微娘子始度脫主人公，與乙「遨遊六合」而仙去。[17]

---

17 戲曲中有度脫劇，度脫劇一名，見青木正兒的《元人雜劇概說》。見青木正兒著、隋樹森譯，《元人雜劇概說》（香港：中華書局，1977），頁26-27。經歷啟悟的主人公，心智更趨成熟，生命亦進入另一個新的歷程。見容世誠，〈度脫劇的原型分析——啟悟理論的應用〉，《馮平山圖書館金禧紀念論文集》，陳炳良主編（香港：馮平山圖書館，1982），頁172。

1. 義氣與正氣

　　〈柳毅〉和〈裴航〉兩篇，亦屬啟悟類的人神、仙戀之作。兩位主人公，經歷種種試鍊，因而誘發心性上優秀的本質：義和堅毅。柳毅面對的考驗，激發他的性格中以義為行為準繩的優美品質。這個心性上的優點，在傳書拯救龍女和拒婚兩個環節上有進展性的彰現。在救助龍女的試鍊上，已能見證柳毅的正義感。主人公因龍女被辱毅然拔刀相助：龍女被夫婿「日以厭薄」，復遭「舅姑毀黜」，因而激發柳毅的義憤：「吾義夫也。聞子之說。氣血俱動。恨無毛羽。不能奮飛。」面對陌生的異類，尚能激起柳毅濟人之急的仗義之情，可見他的品性中，行俠仗義的儒俠氣質。[18]

　　柳毅的義，在拒婚環節上，得到更為淋漓盡致的彰現。議婚事件，直接挑戰柳毅的道德律和價值觀。錢塘君為龍女議婚，可被視為對柳毅救助龍女的酬謝。唯柳毅堅不肯受，究其原因，乃是賜婚與主人公的道德律互相抵觸的緣故。柳毅說：「夫始以義行為之志。寧有殺其婿而納其妻者邪。」雖然涇川次子有耽於逸樂及「厭薄」龍女之過，而柳毅亦非殺害涇川次子之人，但龍女之婿終究因柳毅傳書，而被錢塘君所啗，柳毅因此而拒婚，可見其道德操守。主人公這種施恩不求報的表現，與〈三衛〉中，三衛替華嶽第三新婦傳書，北海神贈絹二疋，「三衛不說。心怨二疋之少也」的施恩求報的心態，迥然相異及高下立見。

　　柳毅為一「義夫」，因而產生無畏強權的道德勇氣，敢於向錢塘君作出反擊。柳毅對錢塘君初則敬畏駭絕，繼而在精神層次上力抗強權，便盡展主人公「義夫」的形象。柳毅

---

18 陳文新，上引書，頁 175。

在靈虛殿，初見錢塘君現出「電目血舌」的本相，流露人類面對神力的自然驚慌：「毅恐蹶仆地」。至清光閣議婚一幕，柳毅則一洗在靈虛殿上的惶遽，以浩然正氣，力斥錢塘君「以威加人」的不是：「誠不知錢塘君孱困如是」，「欲以蠢然之軀。悍然之性。乘酒假氣。將迫於人。豈近直哉。」在肉體、能力方面而言，錢塘君勝柳毅；唯在精神層次、道德律而言，則柳毅勝錢塘君。柳毅仗義敢言：「以不伏之心。勝王不道之氣。」這番「正論」不但令錢塘君折服，與他結為「知心友」；更表現了柳毅義者無懼的氣魄。柳毅拒婚一幕，因主人公被迫面對有違本身道德律的議婚事件，加上錢塘君迫婚式的倨傲，因而激發柳毅本已具備的義氣，並將此價值觀鮮明彰現。在誘發義這個性格特點而言，從傳書到拒婚，亦見到一個越來越彰現的軌跡。洞庭水府的歷險之旅，亦是誘發主人公心性上優秀品質的他界旅行。

2.堅毅與意志

　　柳毅經歷種種鍛鍊，而成為「義夫」；裴航通過難題求婚的考驗，亦磨鍊出堅毅、不屈不撓的意志而成為「信士」。裴航這段求偶之旅，亦成為主人公啟悟、得道之旅。裴航本是裴真人子孫，「業當出世」，唯仍需經歷種種磨難，始可獲得仙席。裴航解決難題求婚要求的過程中，亦同時鍛鍊了主人公的意志。在裴航未面對難題求婚前，從他追求樊夫人的過程，已可窺見他本已具備不輕言放棄的意志力。裴航所心儀的樊夫人，名雲翹即劉綱妻，道術猶勝其夫。（出自《女仙傳》見《太平廣記》卷六十）[19] 裴航追求

---

[19] 《神仙傳》中亦有〈樊夫人〉之載，唯沒有《女仙傳》中，夫人在洞庭君山島上殺白鼉救百餘人的情節。見葛洪，《神仙傳》（北京：中華書局，1991），卷七，〈樊夫人〉，頁53-54。

樊夫人時，千方百計以求親近。首先「達詩一章」，繼而獻
以「名醞珍果」，直至樊夫人親口回絕，「操比冰霜」，始
熄滅了裴航的愛火。裴航這股強大的意志力，在難題求婚
中，更為彰現。主人公為解決第一道難題：替藍橋驛老嫗覓
玉杵臼，便表現了堅執不屈的意志：「及至京國，殊不以舉
事為意。但於坊曲鬧市喧衢。而高聲訪其玉杵臼。曾無影
響。或遇朋友。若不相識。眾言為狂人。」由裴航叛違一般
士子追求「舉事」的框框；突破當時的流行價值觀，集中精
神力量尋覓玉杵臼，可見他對難題求婚的重視。裴航專注的
程度，至被人視為「痴狂」。沒有這種精誠所至的堅忍不
拔，主人公未必能在人海中尋得寶物——玉杵臼；也未必能
通過第二道難關——搗藥百日的考驗吧？

　　王孝廉（1942-　）認為許多神話中的英雄冒險故事，都
是通過迷路、試鍊、放逐、受難的歷劫而到自我完成。[20] 裴
航經歷難題求婚的試鍊，亦是其自我完成的歷程。難題求婚
就是利用各種難題來考驗議婚者。裴航面對百日內尋覓玉杵
臼及搗藥百日的難題，就是利用時間來磨練主人公的忍耐力
和意志力。兩個難題合共耗費二百多天，超過半年的時間。
這半年多的時間，亦見證了裴航「意愈堅」的心性上之進
展。王夢鷗說：「裴航故事，本於平凡之好色心，昇華為堅
定之意志。有此堅定之意志，然後成仙成佛皆其餘事矣。」[21]
裴航求偶之旅，亦成為得道之旅。主人公在疏解難題後，不
但在心性上鍛鍊出不屈的意志，且獲准與樊夫人之妹雲英成
婚，更取得入籍仙班的資格。君島久子認為難題求婚中的難

---

20 王孝廉，《中國的神話世界——各民族的創世神話及信仰》（台北：時報
　　文化，1987），頁 597。
21 王夢鷗，《唐人小說校釋》（台北：正中書局，1983），頁 316。

題，可反映不同地區的民族特性，居於山地的民族，所提出的難題，多是砍一大片樹、把田燒好、播種、收獲等。[22] 至於〈裴航〉一篇的難題——尋找搗藥用具和搗藥百日，則反映了時人對鍊丹、升仙的成仙冀盼及追求。

柳毅和裴航同為下第士人，二人在下第旅行中，皆有奇遇，不但得到心性上的成長，更獲得財富和仙壽的恩賜。兩位主人公同是人神、仙婚的受惠者：柳毅所居宮室「前列絲竹。後羅珠翠」，得享富貴並得「龍壽萬歲」。〈柳毅〉的傳承之作，《聊齋誌異》〈織成〉一篇，柳生下第過洞庭，亦與柳毅一樣遭逢奇遇——得洞庭王者賞賜侍女織成及「黃金十斤」。（《聊齋誌異》三會本卷十一）此外，〈裴航〉一文，裴航亦得居富貴仙鄉，入住「瓊樓殊室」的玉峰洞及得享仙壽。〈柳毅〉和〈裴航〉兩篇的主人公，皆得仙壽，便實踐了人類恒久以來追求不死的夢想。[23] 柳毅和裴航雖失意於科舉，卻在下第旅行中，得遇神仙，獲得補償。樂蘅軍所言的「挫傷的歡愉文學」，就如〈柳毅〉和〈裴航〉兩篇，以奇逢的歡愉結果，來撫平下第士子之挫傷及失意吧。[24]

---

22 君島久子著、劉曄原譯，〈羽衣故事的背景〉，《民間文藝集刊》，第 8 集（1986），頁 288。君島久子在另一篇討論竹娘故事的文章中，亦以難題求婚的角度為切入點，並認為從難題的分析，可見民族生活的種種。見君島久子著、龔益善譯，〈關於金沙江竹娘的傳說——藏族傳說與《竹取物語》〉，《民間文學論壇》，1988 年第 3 期，頁 30，32。

23 有關象徵不死的不死樹和不死民等描寫見袁珂譯注，《山海經全譯》（貴陽：貴州人民出版社，1991），卷六〈海外南經〉，頁 192；卷十一〈海內西經〉，頁 244；卷十五〈大荒南經〉，頁 284。

24 樂蘅軍，上引書，頁 28-29。

三、脫險之旅

　　下第士人受挫，遇仙以補償失衡的心理；凡人遭受困厄，遇仙脫險，則表現了絕境托幻以擺脫困境的一種心理。[25]《聊齋誌異》〈翩翩〉中，羅子浮患嚴重瘡疾：「廣創潰臭」。在貧苦無援「乞食西行」，「自恐死異域」之際，竟得仙女翩翩救助：主人公「浴於溪流」而瘡患遂癒。（《聊齋誌異》三會本卷三）羅子浮在絕望中，得仙女襄助，重獲新生，便是絕境托幻的一種心理。此外，《螢窗異草》二編卷一〈崔十三〉，則是一篇遇仙脫險之作。崔十三被好龍陽癖的李念一逼姦。年僅十三歲的主人公自念：「豈我一嬰童而能與壯夫相抗？」孤絕無望、「四顧徬徨」之際，幸在船航旅途上得仙女授《閨中戲術》一冊，教崔十三以智計脫離李念一的淫威及魔掌，得保名節。這類絕境逢仙之作，與人類遇到困厄，便向神靈祈求的古老宗教與風俗習慣，可謂一脈相承。[26]

　　絕境托幻之作，建基於俗眾相信神仙能救世濟民的觀念。《太平廣記》〈益州老父〉一文，便敘述了謫仙益州老父，懸壺濟世、活人無數：「有疾得藥者。無不愈」的事件。（出自《瀟湘錄》見《太平廣記》卷二十三）至於〈樊

---

25 人在絕境時，往往將希望寄於幻想，以求解決。《聊齋誌異》三會本卷四〈促織〉一篇，成名兒子化身為蟋蟀，亦是人物擺脫絕境的精神特殊表現。見劉烈茂，〈幻象世界的獨特創造——論《聊齋誌異》的奇幻和構思〉，刊於《中山大學學報》（社會科學版），1994 年第 3 期（1994 年 7 月），頁 114。

26 〈董永〉陷困境，得仙女之助，殘留凡人求諸天神的古老宗教與風俗習慣。見章俊弟，〈中國戲劇的人神戀神話原型〉，《戲劇藝術》，1992 年第 4 期，頁 109。

夫人〉一則，劉綱仙妻樊夫人拯民濟世的形象，則尤為突出。〈樊夫人〉一篇述白黿精作祟，幻化一座白城，將洞庭君山島上百餘人圍困，在危如累卵的一刻，樊夫人奮力與白黿相抗：「劍立其胸。遂救百餘人之性命。不然。頃刻即拘束為血肉矣。」樊夫人救急扶危，既是女仙，亦如女俠的形象，便十分鮮明。（出自《女仙傳》見《太平廣記》卷六十）遇仙脫險之作，就是建基於神仙救民濟世的信念之上。[27]

㈠謫遷與逃亡之程

唐代人神、仙戀中，〈薛昭〉和〈馬士良〉兩篇，便是遇仙脫險之作。〈薛昭〉一文，載於《太平廣記》卷六十九，篇名題為〈張雲容〉，所注出處為《傳記》。唯是篇原名該為〈薛昭〉，出處非《傳記》而是裴鉶《傳奇》；《傳記》該是《傳奇》之誤。[28]〈薛昭〉一篇，主人公在謫遷旅程中遇仙。薛昭為平陸尉，因犯罪而謫遷海東，過蘭昌宮時遇上助其脫險的地仙張雲容，最後二人幽棲金陵以避禍、避世。主人公在蘭昌宮遇張雲容，是改變薛昭命運的轉捩點。如果沒有張雲容的幫助，薛昭便難逃官兵的逮捕。〈馬士良〉一文，主人公則在逃亡旅程中，遇上谷神之女。馬士良犯罪被緝捕而逃亡入南山，在炭谷湫岸遇上仙女。這個情節結構，便繼承了〈剡縣赤城〉和〈劉晨阮肇〉等篇的入山遇仙的模式。是篇除了具備入山遇仙的結構外，還有一段他界旅行——主人公飛舉入五色雲內的仙境。出人意表之處，在於馬士良擅闖仙界，不但沒能享受〈剡縣赤城〉中，袁相、

---

27 仙話中亦有拯民濟世的表現。見袁珂，上引文，頁 63。

28 有關〈薛昭〉一文的考證，見王夢鷗，《唐人小說研究纂異記與傳奇校釋》（台北：藝文印書館，1971），頁 75-76，93，193。

根碩與二仙的歡情,亦沒有〈劉晨阮肇〉中,兩位主人公既饗美食,復有仙女相伴的快樂;馬士良的他界旅程的下場,是被仙女逐出仙境。唯沒有入山遇仙之旅,得谷神之女相助,馬士良亦未必能逃過被緝捕甚至被殺戮的下場。

　　〈薛昭〉與〈馬士良〉面對類似的厄難──同為犯法,需要伏刑之人。薛昭本身為平陸尉,私自釋放「為母復仇殺人者」,因而觸犯法律,「坐謫為民于海東」。主人公雖在人間法律而言犯了刑法,但在拯救孝義之人的角度而言,薛昭的肝膽、義氣,亦教人欽佩。主人公具有俠義心腸,「以義氣自負。常慕郭代公、李北海之為人」。申天師亦稱讚薛昭為「義士」及「真荊聶之儔」。作者將主人公與荊軻、聶政相比,可見其豪俠氣概。正因為薛昭有「脫人之禍而自當之」的正義感,感動申天師出手相救,並得張雲容之助,才能扭轉謫遷之厄運。

　　馬士良與薛昭,同為犯法逃亡之人。馬士良面對的困境,比薛昭更為兇險。主人公不但在人間法律而言觸犯刑律,更觸犯了仙律;不容於人間和仙界。馬士良「犯事」,京尹王爽欲殺之,主人公因而「亡命入南山」。入南山後,馬士良竟誤犯仙規,致被懲罰。首先,主人公偷啗仙藥──青蓮十數枚,已屬不當。此外,馬士良食仙蓮後能「飛舉」,並擅闖仙界,亦為群仙所鄙厭;因而「以其竹杖連擊。墜於洪崖澗邊。」馬士良連犯兩罪,至被仙女追殺;谷神之女原來的任務就是往殺害馬士良:「君盜靈藥。奉命來取君命。」馬士良在人間法律和仙律之前,都是犯了死罪,若非谷神之女相救,主人公大抵亦性命難保。薛昭的謫遷與馬士良的逃亡,都呈現一種孤絕無援的危機,有待仙人救助,始能轉危為安。

㈡遇仙脫困

　　薛昭和馬士良，同遭伏刑困厄。在絕望中得仙人幫助，以脫離困境。〈薛昭〉先後得到兩位仙人的幫助，才能逃脫刑網。一位為申天師，一位為地仙張雲容。申天師名申元之，《太平廣記》〈申元之〉一則，載申天師：「博採方術。有修真度世之志」。（出自《仙傳拾遺》見《太平廣記》卷三十三）申天師對薛昭的幫助，包括兩點。一為在謫遷途中，釋放薛超，還主人公自由；一為撮合薛超和張雲容。[29] 申天師是救薛昭於刑責的關鍵人物；張雲容則襄助主人公脫離追捕。薛超和張雲容的關係，有別於一般人仙關係中，凡人單方面成為受惠者，仙人則往往成為施恩者之模式。薛超與張雲容是種互惠互利、互相幫助的關係。沒有薛超，張雲容則仍舊是個幽靈，不能成為地仙：張雲容臨終前申天師授「絳雪丹一粒」，以保存其身體，唯成仙的一個重要條件是「得遇生人交精之氣」，始可再生並成為地仙。薛超就是這個預言中，以生人精氣，令張雲容成仙的人物。

　　薛昭助張雲容成仙，張雲容亦因為得成地仙，擁有仙術能救助主人公。[30] 首先，蘭昌宮成為薛昭逃亡生涯的一個避難所。此外，張雲容更利用仙術，令薛昭可以隱形「人無能見」，方便變賣寶物「金扼臂」以資生計。之後更「同歸金陵幽棲」。情況就正如《螢窗異草》二編卷四〈徐之璧〉

---

[29] 申天師的仙術異能成為有情人終成眷屬的必要條件。見《中國古代小說百科全書》，頁 38。

[30] 天上世界遙不可及，耳目口舌之樂乃真實的現世之樂，希望成為長壽的地仙，便反映了人類對現世欲望的追求。可參小南一郎，〈地仙的世界——現世的欲望の追求〉，刊於《中國の神話と物語リ》(東京：岩波書店，1984)，頁 204-210。

中，主人公為避明末世亂，「竄跡荊南山」，得地仙陶采春
「擇一山僻之區」安頓，避過改朝換代之際的「兵燹」。薛
昭和張雲容幽棲金陵便是避禍、避世之法。薛昭在這段人仙
關係中，不但在絕境中得以逃脫緝捕，且因仙人之助而成
仙。他的身份亦由一名囚犯，躍登為仙人。

　　薛昭遇仙得以逃脫刑網；馬士良遇仙，亦得以保存性
命。主人公在人間刑法及仙律之前，皆被判死罪。谷神之女
是逆轉馬士良命運的人物，她的身份亦作了一百八十度的轉
變。谷神之女本來是仙界派來執行任務，懲罰主人公盜食仙
藥的人物；二人相見後，谷神之女竟改變初衷而成為馬士良
的救援者。沒有谷神之女的上仙靈藥，主人公也許因腹創而
命殞。谷神之女便發揮了救急扶危的仙人使命。《太平廣
記》〈太真夫人〉一篇，太真夫人便救助被賊所傷，殆死的
和君賢，一粒小丸而令主人公「血絕創合」。（出自《神仙
傳》見《太平廣記》卷五十七）此外，《太平廣記》〈劉
晏〉一文，仙人王十八，亦能令「疾已不知人久矣」的劉晏
起死回生。（出自《逸史》見《太平廣記》卷三十九）谷神
之女的七顆藥丸，亦令馬士良刀傷立癒：「其腹有似紅線
處。乃刀痕也。女以藥摩之。隨手不見。」馬士良遇上谷神
之女，不但絕處逢生，改寫逃亡命運，更因仙婚而得道，擁
有保祐凡人的神通：「漁者於炭谷湫捕不獲。投一帖子。必
隨斤兩數而得。」薛超和馬士良都是在逃亡旅程中遇上仙
人，得其救援而扭轉被緝捕、伏刑的厄運。這類脫險旅行，
便反映了一種絕境托幻，尋求他界力量相助，擺脫走頭無路
困厄之心理。

四、補償之旅

　　遇險托幻、盼望仙人拔薦脫離苦海，乃常人遭受非常困厄時的心理表現。日常生活上有所欠缺如下第、貧窮，苦無出路，亦常衍生托幻、締結仙緣之作。在這類作品中，主人公往往透過他界力量，滿足種種未遂之願望，以求平衡失重的心理。朱光潛（1897-1986）說：「凡是文藝都是一種『彌補』，實際生活上有缺陷於是在想像中求彌補。」[31] 托幻於仙界，亦成為下第士人尋求補償的心靈寄托。〈韋安道〉一文中，主人公韋安道在「舉進士。久不第」的情況下，得遇神女后土夫人，藉神女之助，不但得錢五百萬、官至五品，畫名更斐聲於時。韋安道不用科舉中的，便擁有官位和錢財，就補償了士人久而不第的挫敗心理。仙戀、仙婚亦成為滿足主人公種種白日夢的寄托。現實未被達成的欲望，就在想像中，得以完成。[32] 貧苦無援之人，便往往受仙人眷顧而衣食充足。原型出自〈白水素女〉的〈吳堪〉，得田螺姑娘照顧，飲食俱足，補償「少孤。無兄弟」的「鰥獨」欠缺。（出自《原化記》見《太平廣記》卷八十三）此外，〈趙旭〉中貧苦的主人公，亦得天上青童眷戀，獲珍饈美食及「珍寶奇麗之物」。對貧苦的主人公而言，精美佳餚和財寶，就補償了貧困無兼味的生活。《聊齋誌異》〈西湖

---

[31] 朱光潛，《變態心理學派別》（合肥：安徽教育出版社，1997），頁 51。人對仙境具有夢幻似的遂願心理。見李豐楙，《探求不死》（台北：久大文化，1987），頁 108。

[32] Sigmund Freud, "Creative Writers and Day-dreaming", from *On Freud's "Creative Writers and Day-dreaming"*, edited by Ethel Spector Person and others (New Yaven: Yale University Press, 1995), p. 6.

主〉一文，家貧的陳明允，亦因義救受傷的豬婆龍（大
鱉），成就一段仙婚；不但得西湖公主為妻，更享盡「聲色
豪奢」的巨富生活。（《齋聊誌異》三會本卷五）下第之
士、貧困之人，生活上的種種欠缺，就往往在仙戀、仙婚中
得到補償。李豐楙認為異類婚姻，未嘗不能解釋為以象徵方
式滿足其壓抑的慾望。[33] 現實中得不到的愛情理想（包括仕
途騰達）統統交與夢幻中，借志怪內容過美好的婚姻生活。[34]
托幻他界，便成為補償現實生活中種種遺憾與欠缺的一種手
段。

㈠種種欠缺

　　出自戴孚《廣異記》的〈汝陰人〉和〈華岳神女〉中的
主人公，都是在現實生活中有種種欠缺的情況下遇上神仙，
而獲得情欲和物質上的補償。《廣異記》一書，佚失已久。
據《太平廣記》所引近三百條資料，總計近十萬字的內容推
斷，是書的創作時間約在唐大曆（766-779）、建中
（780-783）年間。[35]

　　〈汝陰人〉中的遇仙旅行，可納入入山遇仙的模式。汝
陰人許生第一次入山，得結仙緣，成就一段仙婚；第二次入
山則獲得「金帛厚遺」而置家。兩次入山之旅，都令主人公
在情欲和物欲上得到滿足。是篇的入山遇仙形式，乃承〈剡
縣赤城〉和〈黃原〉諸篇而來，現將〈剡縣赤城〉、〈黃
原〉和〈汝陰人〉的傳承處，表列於下：

---

33 李豐楙，〈六朝仙境傳說與道教之關係〉，《中外文學》，第 8 卷第 8 期
　　（1980），頁 178。
34 吳禮權，《中國言情小說史》（台北：台灣商務印書館，1995），頁 60。
35 《中國古代小說百科全書》，頁 131；陳文新，上引書，頁 107。

	〈剡縣赤城〉	〈黃原〉	〈汝陰人〉
主人公身份	獵者	獵者	獵者
遇仙之旅	入山遇仙	入山遇仙	入山遇仙
動物引路	山羊六、七頭引入山	青犬引入山	黃犬引入山
仙境	入山穴：別有洞天	入山穴：別有洞天	大樹變朱門素壁大官府
婚姻	仙婚	仙婚	仙婚
結局	主人公回歸人間	主人公回歸人間	主人公與仙女同歸人間

由以上表列，可見〈汝陰人〉受〈剡縣赤城〉和〈黃原〉的影響。是篇主人公較〈剡縣赤城〉中的袁相、根碩；〈黃原〉中的黃原，身份上不同之處在於汝陰人是個「少孤」之人。這種孤獨的身世，俟得遇仙女後而得到補償。至於〈華岳神女〉中的主人公某，則在上京應舉的旅程中遇上華岳第三女，並隨神女還京。某在客舍中與華岳神女偶遇，是改寫某命運的轉捩點。某「素貧士」，上京赴考是當時士人踏上仕途青雲路的關隘。某就是在貧困、未中舉的旅途中，碰上在情欲、物欲上，令他得到滿足的神女。

㈡情欲、物欲的補償

汝陰人和〈華岳神女〉中的某，都透過神仙婚戀，得到情欲上的滿足。人神、仙戀的發展過程中，神女、仙女往往表現情欲的一面，甚至有妓化之趨勢；遇仙就常與遇艷相等。[36] 上界神仙，亦如凡人一般，會被情欲所惑。〈梁玉

---

36 仙女青樓化、妓化。見孫遜、柳岳梅，〈中國古代遇仙小說的歷史演變〉，《文學評論》，1999 年第 2 期，頁 72；謝真元，上引文，頁 133；劉耘，上引文，頁 22。

清〉中的仙女梁玉清，便與太白星淫奔。（出自《獨異志》
見《太平廣記》卷五十九）織女亦常常表現對情欲的渴求，
〈郭翰〉一文，織女就如怨婦般，流露孤寂難耐的情懷。織
女自言：「久無主對。而佳期阻曠。幽懷盈懷。上帝賜命遊
人間。」雖然紀昀認為此篇「悖妄之甚矣」，（《閱微草堂
筆記》卷二十二）但織女在篇中，則表現了主動尋求及享受
人世情欲的一面。在〈姚氏三子〉中，誘婚姚氏三子的三仙
女，織女亦是其一。（出自《神仙感遇傳》見《太平廣記》
卷六十五）除織女外，尚有不少神女、仙女，背夫與俗世男
子私會。〈李湜〉中，三位夫人隱瞞夫君岳神，於每年七月
七日至十二日，偷會李湜達七年之久。（出自《廣異記》見
《太平廣記》卷三百）此外，〈沈警〉中的衡山府君夫人，
亦背著夫婿，與沈警私會。由以上例子，可見人神、仙戀，
走向艷俗化、重視歡愛感官享樂的趨勢。[37]

　　人神、仙戀中的主人公，面對仙女的挑逗，只有少數能
拒絕色誘如〈宛若〉中，霍去病拒與神君交接，（出自《漢
武故事》見《太平廣記》卷二百九十一）以及〈封陟〉中，
封陟三拒仙女的誘惑。大部份主人公，面對主動而熱情的仙
女，都會欣然承受艷福。〈汝陰人〉中的許生和〈華岳神
女〉中的某，便欣然享受仙戀、仙婚，補償一貫以來的孤
寂。

　　〈汝陰人〉一篇，在仙婚的環節上，較其傳承作品〈剡
縣赤城〉和〈黃原〉，有更多細節上的描寫及刻劃。〈剡縣
赤城〉中，描寫袁相、根碩與仙女的婚姻是：「遂為室

---

[37] 梅新林，《仙話神人之間的魔幻世界》（上海：三聯書店，1992），頁
172-173。紀昀對〈郭翰〉之評，見紀昀，《閱微草堂筆記》（北京：中國
文聯，1996），卷二十二，〈灤陽續錄〉四，頁451。

家」；〈黃原〉亦只敘黃原與仙女妙音「交禮既畢。晏寢如舊」。至〈汝陰人〉一篇，所描寫的婚戀，已具備人世的婚禮程序：先有女郎作使進致姓名——類似「納彩」、「問名」，由媒人傳言、議婚的禮儀。繼有仙女之兄為妹安排婚禮。成婚翌日，亦如人世婚俗中的「拜舅姑」俗例——新娘在婚後次日，拜見舅姑。仙女亦依俗：「遍召家人。大申婦禮。」此外，還依俗例三日歸寧仙家。汝陰人與仙女的婚戀，一切依仿人世婚俗進行。[38]「少孤」、乏近親的汝陰人，獲得「年十六七。艷麗無雙」的仙女為妻，便滿足了情欲上的渴求。況且，汝陰人一向好「鮮衣良馬。遊騁無度」、愛好歡娛，加上「輕薄無檢」的性情；仙女的投懷送抱，便能迎合其心意——溫柔、解人意的仙女為主人公彈箏、唱歌、勸酒，加上「容態蕩越」，更令汝陰人由不能自持至「恣其歡狎」，盡情滿足情愛上的欲求。能歌善飲、藝妓化的仙女，完全符合和滿足汝陰人的情欲幻想。仙女除滿足汝陰人的愛欲外，亦為其誕下子嗣五人，令「少孤」的汝陰人家中枝葉繁茂；由孤單身世，至擁有綠葉成蔭的家室，以彌補自少孤單的遺憾。

至於〈華岳神女〉一篇，主人公某亦透過神婚，獲得情愛上的滿足。華岳神女並不如汝陰人所娶的仙女般溫柔，她曾因某身上帶符而「大相責讓」；神女與某的交往，亦採取高高在上的姿態：神女徵用某住宿的旅舍，並於「戶前澡浴」，至發現某在房內，而「群婢大罵」。這段人神婚中，華岳神女處處扮演主導者的角色，由被某吸引：「此書生頗

---

38 「納彩」、「拜舅姑」等婚俗，見李斌城等，《隋唐五代社會生活史》（北京：中國社會科學出版社，1998），頁 247-264；魯達，《中國歷代婚禮》（北京：北京圖書館出版社，1998），頁 62-73。

開人意」，至成婚都由神女作主動。雖然這段人神婚中，某處於被動角色，但以某貧而未中舉、未必有能力娶妻的背景，能獲神女眷顧，能嘗情愛滿足，已是幸運。更為幸運的是神女對某的情義：竟為某娶婦，以人間婦女代神女的妻職。華岳神女委身於某及為某誕下二子一女的後嗣，便足夠補償某貧而未第的欠缺。

　　更能拓拔某和汝陰人於貧困和孤獨處境的途徑，便是物質上的餽贈。〈汝陰人〉中，主人公不但娶得仙女為妻；在物質方面，所獲亦豐。仙女所用器物，不是黃金，便是紫玉。此外，在第二次入山——仙女歸寧時，岳丈的餽贈，亦助其建立家當：「以金帛厚遺之。并資僕馬。家遂贍給。仍為起宅於里中。皆極豐麗。」汝陰人岳丈之豐厚餽贈，不但助汝陰人建宅成家；妻家後來亦常「餽送甚厚」，令汝陰人在物質上不斷得到滿足，解決生計問題及抵償「少孤」之遺憾。至於〈華岳神女〉，某本家貧全賴華岳神女的資助得以榮貴：「公主令婢詣宅起居。送錢億貫。他物稱是。某家因資。鬱為榮貴。」物質上的豐足，不但滿足貧困、未第的士子某的物欲渴求，亦補償某生活匱乏的欠缺。〈汝陰人〉和〈華岳神女〉兩篇，主人公都是在現實生活中，有孤獨、貧困等欠缺，在入山或上京旅途中，得遇神仙。主人公透過仙婚，不但得到情慾上的滿足，更獲得物質上的餽贈，而成家立業，擺脫孤獨或貧寒的處境。主人公在現實生活中的遺憾，便透過托幻他界，得他界資助，而得到補償。

結論

　　唐代人神仙戀的發達，與佛道盛行息息相關；道教因所奉老子與唐室同姓，更備受崇敬。[39]《太平廣記》中便記載

了唐代皇帝喜好道術的故事。〈董上仙〉中董上仙能白日飛昇而獲唐玄宗（712-756 年在位）召見。（出自《集仙錄》見《太平廣記》卷六十四），〈唐憲宗皇帝〉一則，載唐憲宗（805-820 年在位）「好神仙不死之術」，甚至相信自己前生就是神仙。（《太平廣記》卷四十七）此外，還有〈楊敬真〉一文，載唐憲宗召見得道的楊敬真。（出自《續玄怪錄》見《太平廣記》卷六十八）上有好者，下有甚焉。道術風氣盛行，人神、仙戀之作亦有所發展。

　　本文所討論的人神、仙戀中，其中有三篇作品——〈柳毅〉、〈裴航〉和〈華岳神女〉，都涉及士子應舉之事。柳毅和裴航為應舉下第之士；〈華岳神女〉的某，則是上京應考的士人。三位主人公都是在下第受挫及上京應舉的忐忑心情中，得遇神仙，經歷奇逢；從神仙婚戀中，在心性上、情欲上、物質上，得到啟悟及滿足。士人受挫、忐忑的心理，要待他界助力的介入，始可獲得撫慰及補償。從這個角度來看，可見科舉中的及仕途騰達，對唐代士人所構成的壓力。《逸史》中的〈齊映〉和〈太陰夫人〉二篇，亦反映士人對科舉、仕途的高度重視。〈齊映〉一文，應進士舉並為考試結果「徬徨不知所之」的齊映，在神仙給他的抉擇——白日上昇和宰相之間，選擇了後者。（《太平廣記》卷三十五）此外，〈太陰夫人〉中的盧杞，亦與齊映如出一轍，從上仙與人宰之間，選擇當人間宰相。（《太平廣記》卷六十四）士人在屢試失敗或忐忑不安的巨大心理壓力下，自然產生托幻紓困之思；希冀借助他界力量，用以補償失衡的心理、撫

---

39 唐代對僧尼道冠的管理，包括以世俗禮法制約僧道、實行僧道度牒制度和戶籍制等項。見施光明，〈論唐代宗教政策〉，《陝西師大學報》，1985 年第 1 期（1985 年 2 月），頁 107-110。

慰受挫折、創傷的心靈。

　　人神、仙戀的篇章，大多表現遇困托幻的心理，諸篇呈現一個類似的模式如下：

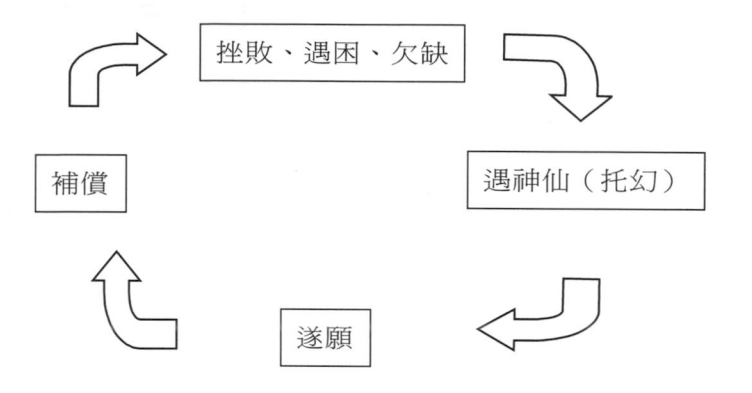

　　凡人在心理上、生活上受挫，將希望寄托於超自然力量，以紓解一己困厄，便成為受挫敗、欠缺者的心靈慰藉。人神、仙戀中的遇仙旅行，安排主人公在旅途中逢仙，遭逢奇遇，改寫命運。旅行有助主人公增廣見聞，甚或獲得心性上的啟悟；旅行奇逢，亦有助展開波瀾曲折的情節，因而令人神、仙戀更添傳奇色彩。

🍂此文原載於劉楚華編《唐代文學與宗教》，香港：中華書局，2004。

唐代人鬼婚戀中的死亡反思

——招魂、交感和幽界三類小説

緒論

　　人死化鬼，表現的就是人類對死亡的反思，以及試圖超越生死大限的設想。傳統觀念認為人類的靈魂，分為魂和魄兩個部份。魂屬陽而魄屬陰。《春秋左傳》〈昭公七年〉載：「人生始化曰魄，既生魄，陽曰魂。」《說文解字》謂：「魂，陽氣也」，「魄，陰神也」。魂在夢中、甚至生病時也可「出遊」，而魄則附於形軀。《禮記》〈郊特牲〉：「魂氣歸于天。形魄歸于地。」人死後魂魄分離，魂亦可離開形軀，獨立存在並化為鬼。[1] 鬼的觀念便是對死亡

---

[1] 中國人對魂和魄的觀念，可參考許慎撰、段玉裁注，《說文解字注》（上海：上海古籍，1981），九篇上，頁 435；楊伯峻編，《春秋左傳注》（北京：中華書局，1981）〈昭公七年〉，頁 1292；鄭玄注，《禮記鄭注》（台北：新興書局，1971），卷八，〈郊特牲〉第十一，頁 93；《淮南子》〈說山〉高誘注：「魂，人陽神也。魄，人陰神也。」見《淮南子集釋》（北京：中華書局，1998），卷十六，頁 1101。民間有所謂魄作為軀體而無動靜，魂則可離去。見靳鳳林，《窺視生死線——中國死亡文化研究》（北京：中央民族大學出版社，1999），頁 175；鄭曉江，〈中國人死亡態度之探討——死亡的神秘化〉，《上饒師範學院學報》，第 20 卷第 5 期（2000 年 10 月），頁 2。人類幻見鬼怪、妖怪之因，往往是由於恐怖不安、緊張的心理、生病及危險、恐怖的環境所引致。見小松和彦，《妖怪

的一種反思及安慰──死亡並非灰飛煙滅，人仍可以鬼魂的方式，「存在」於他界（other world），或因報仇等原因，以中陰身遊走於人世；這種擺脫死亡大限的觀念，對生人而言，便能產生一種安慰作用。[2]

人死有知並能化鬼，而非一切俱滅，就如仙話中人類成仙，神話裏人死化鳥、化草、化林一樣，都能在一定程度上，「淡化」伴隨死亡而產生的焦慮。《山海經》中，兩則帝女神話：女娃死後變形為鳥（〈北山經〉）、帝女亡而化為蓄草（〈中山經〉），還有夸父死後，手杖化為鄧林（桃林）（〈海外北經〉）。甚至女媧之腸，也可分化為十位神人（〈大荒西經〉）。這四則變形神話中，兩位帝女、夸父、女媧死後，並非煙滅，而是以禽鳥、植物及神人的方式，繼續存於世上，便表現了人類希冀擺脫死亡威脅的欲求。這與人死化鬼的心理有相類之處，鬼魂在形軀死亡後，繼續「存在」，亦可被視為超越死亡大限的一種寄託。[3] 唐

學新考妖怪かうる日本人の心》（東京：小學館，1994），頁 31。人之見鬼亦為心妖之一類，乃由幻想所引致。物怪、心妖之論，見井上圓了，《妖怪學》（東京：井上圓了妖怪學刊行會，昭和六年），頁 9-18。

2 化鬼、轉生被視為人類的另一種存在或轉化，便可安慰人心。參考董艷嬌，〈古代神話的死亡情結〉，《陶瓷研究與職業教育》，2003 年第 4 期，頁 13；靳風林，〈論中國鬼文化的成因，特徵及其社會作用〉，《中州學刊》，1995 年第 1 期，頁 125。唐代人鬼婚戀中，女鬼的鬼性趨淡；並反映出男性的性幻想。見洪鶯梅，〈人鬼婚戀故事的文化思考〉，《中國比較文學》，2000 年第 4 期，頁 92。

3 女娃、蓄草、夸父、女媧之腸四則神話，見袁珂譯注，《山海經全譯》（貴陽：貴州人民出版社，1995），卷三，〈北山經〉，頁 81；卷五，〈中山經〉，頁 142；卷八，〈海外北經〉，頁 214；卷十六，〈大荒西經〉，頁 295。本文《山海經》引文皆據此版本。此外，以神話的變形，來否定死亡，以及探討生命不可毀滅的意識，見樂蘅軍，〈中國原始變形神話試探〉下，《中外文學》，第 2 卷第 9 期（1974 年 2 月），頁 31-32；蒲忠成，〈神話中之變形〉，《花蓮師院學報》，第 5 期（1995 年 6 月），

代的人鬼婚戀中，便以招魂、人鬼交感和相信幽界的存在，
表現了時人對死亡──這個人生重要關隘的種種思考。

一、招魂

㈠靈魂不滅與招魂

　　招魂的基礎信念，乃相信人死而魂不滅。泰勒（E.B.Ta-
ylor）《原始文化》一書，指出原始人相信靈魂不滅。疾
病、死亡乃因靈魂拋棄肉體所致；[4] 彝族人亦相信靈魂不會
隨身體死亡而死亡。此外，從祖先祭祀，也可見證靈魂不滅
的信念：祖先雖已亡逝，透過祭祀仍可與後世子孫「溝
通」，並得享祭品以豐他界衣食。除祖先崇拜外，佛教所言
的六道輪迴──靈魂的轉世托生，亦是以靈魂不滅作為核心
的。[5] 唐朝人鬼婚戀中〈許至雍〉（出自【佚名】《靈異
記》見《太平廣記》卷二百八十三）和〈韋氏子〉（出自高

　　頁 53；萬建中，〈原始初民生命意識的折光──中國上古神話的變形情節
　　破譯〉，《南昌大學學報》，第 27 卷第 2 期，頁 105；胡吉省，〈從神話
　　看人類對死亡的抗拒〉，《北京青年政治學院學報》，2000 年第 1 期，頁
　　62。

4　愛德華・泰勒，《原始文化》（上海：上海文藝出版社，1992），第十一
　　章，頁 404-483；E.B. Taylor, *Primitive Culture Researches Into The Develop-
　　ment of Mythology, Philosophy, Religion, Language, Art and Custom* (London:
　　John Muray, 1873), pp.417-502.

5　靈魂不死的觀念，見蔡富蓮，〈涼山彝族的招魂儀式及靈魂崇拜〉，《宗
　　教學研究》，2003 年第 1 期，頁 50；魏義霞，〈死亡哲學：靈魂不死的歷
　　史追溯與深層思考〉，《北方論叢》，1998 年第 3 期，頁 17-18；李傳忠，
　　〈由靈魂不滅觀與神的演變看人創造神的邏輯實質〉，《齊魯學刊》，
　　2000 年第 6 期，頁 55-57。

彥休《闕史》見《太平廣記》卷三百五十一）[6] 兩篇中，都出現招魂以慰悼亡者的情節。形亡魂離，而魂卻可招，可證身軀雖朽，靈魂卻是不會消失的。

招魂可分為招生魂及死魂兩種。招生魂一般作為治病之用，亦有利用勾生魂致淫之例。水族、苗族和彝族等，都有為重病或久病的人招魂的習俗。[7]《聊齋誌異》〈阿寶〉一文，孫子楚離魂痴戀阿寶，形軀「冥如醉」，「家人疑其失魂」，便透過巫師替他招魂。（三會本卷二）[8] 此外，《續子不語》中，則有招魂致淫之載。〈妖術二則〉第一則，描述了學法茅山的士人，以巫術勾生人婦魂交媾之例。（卷十）如〈妖術二則〉此等害人及具侵犯性的巫術，便屬黑巫術的一種，與招魂歸體以治病，將巫術用作去病除邪之良性動機的白巫術有所區別。[9]

招魂除招生魂外，還有招死者之魂。一般招死魂，多用作招魂歸葬或招魂祭祖之用。《魏書》卷四十五〈裴駿〉傳附〈裴宣〉傳便記載了裴宣上奏魏世宗（499-515 年在

6　〈許至雍〉和〈韋氏子〉，見李昉等編，《太平廣記》（北京：中華書局，1986），卷二八三，頁 2258-2260；卷三五一，頁 2780-2786。本文《太平廣記》引文皆採用此版本。《闕史》作者對當時的社會新聞很感興趣，偏重於紀實，書中偶爾有些具故事性的篇章。見中國古代小說百科全書編輯委員會編，《中國古代小說百科全書》（北京：中國大百科全書出版社，1993），頁 415-416。

7　張紫晨，《中國巫術》（香港：中華書局，1991），頁 142-144。

8　蒲松齡著、張友鶴輯校，《聊齋誌異》（會校會注會評本）（上海：上海古籍，1986），卷二，〈阿寶〉，頁 234-235。本篇《聊齋誌異》引文，皆採此版本。

9　袁枚，《續子不語》（長沙：岳麓書社，1986），卷十，〈妖術二則〉，第一則，頁 190。本篇《續子不語》引文皆採此版本。有關妖術、仙術之討論，見吳興勇、成麗，〈論巫術的起源和發展〉，《懷化師專學報》，第 19 卷第 3 期，頁 36。

位），要求朝廷替陣亡將士「招魂復魄，祔祭先靈」。[10] 此外，《通幽記》〈蕭遇〉一篇，則記載了孝子蕭遇為尋母穴遷葬，請來方士「置壇」招魂。（《太平廣記》卷三百三十八）[11]

㈡巫師

　　〈許至雍〉和〈韋氏子〉中的主人公，都是基於悼亡的苦痛而招魂。前者招愛妻，而後者則招寵妓之魂。兩篇小說中，均出現巫師──趙十四和任處士，作為人世與冥間的中介，溝通陰陽，在招魂以悼亡的過程中，扮演不可缺少的重要角色。

　　作為陰陽中介的巫師，起源甚早。《國語》〈楚語〉載楚昭王（公元前 515-489 年在位）與觀射父論絕地天通：顓

10　魏收，《魏書》（北京：中華書局，1974），卷四十五，〈裴駿〉傳附〈裴宣〉傳，頁 1023。

11　從〈招魂〉一篇，可見楚地的招魂風俗。朱熹集注，《楚辭集注》（上海：上海古籍出版社，1979），卷七，〈招魂〉，頁 133-145。〈招魂〉反映楚地巫覡的招魂儀式，程序較中原復禮的招魂儀式為複雜。有關討論，見蔣南華，〈《招魂》與楚國文化〉，《貴州社會科學》，1998 年第 4 期，頁 85-86；朱松林，〈試述中古時期的招魂葬俗〉，《上海師範大學學報》（哲學社會科學版），第 31 卷第 2 期（2002 年 3 月），頁 64-65；李倩，〈招魂：楚人精神自我的巫化復歸──楚人招魂文化學探析〉，《江漢論壇》，2001 年 12 期，頁 44-45；張慶利，〈楚族巫俗與楚辭·招魂〉，《蒲峪學刊》，1994 年第 3 期，頁 8-11。招魂之例見魏肅宗孝明帝招皇太后魂。《魏書》，卷一百八之四，〈禮志〉四，頁 2807-2808；漢光武帝招姐元新野節義長公主魂與夫鄧晨合葬。見范曄撰、李賢等注，《後漢書》（北京：中華書局，1973），卷十五〈鄧晨傳〉，頁 582-584。唐代墓志銘中，亦載招魂歸葬、合葬之例，見周紹良編，《唐代墓志彙編》（上海：上海古籍出版社，1992），貞元〇一七，頁 1849。此外，張籍，〈征婦怨〉一詩，也有關於家人為死難軍人招魂「家家城下招魂葬」的場面，見張籍，《張籍詩集》（上海：中華書局，1965），卷一，頁 2。

頊命重司天、黎司地,使天地「無相浸瀆」。[12] 人神分隔、
絕地天通,職業巫師因而成為「必須品」——作為靈媒,溝
通人神二界。在商代或以前,巫師的地位相當高:《山海
經》〈大荒西經〉載:十巫之首為巫咸。據《尚書》〈君
奭〉的記載,巫咸曾助商王治國。[13] 此外,《尚書》和《史
記》中,都有巫賢輔助祖乙之載。《史記》〈殷本紀〉:
「帝祖乙立,殷復興。巫賢任職。」可見巫賢也曾襄助商王
祖乙。周代以後,巫師的職能,逐漸被祝、宗、史等取代,
因而導致地位下降;[14] 在後世僅專職驅鬼治病、扶乩降神。

　　〈許至雍〉和〈韋氏子〉兩篇中的巫師——趙十四和任
處士,都是陰陽二境的中介。主人公必需通過這兩位靈媒,
才能與亡靈溝通及會面。兩篇小說中,以〈許至雍〉篇裏的
男巫趙十四,更形重要。這篇小說的篇首已出現陰靈許妻的
聲音,唯許妻自言必須通過巫師趙十四才能與夫相會。這位
巫師不但法力高強,且門徒甚眾;衣飾裝扮也與世俗相殊。
篇中記述趙十四的門人「十餘輩,皆婦人裝」。巫師穿著婦
女裙裾;半男半女的衣飾,更突現其特殊的身份。此外,許

12 絕地天通之載,見《山海經全譯》,卷十六,〈大荒西經〉,頁 299;屈萬
　　里註釋,《尚書今註今譯》(台北:台灣商務印書館,1971),〈呂
　　刑〉,頁 177;左丘明,《國語》(上海:上海古籍,1982),卷十八,
　　〈楚語〉下,頁 559-560。

13 十巫之載,見《山海經全譯》,卷十六,〈大荒西經〉,頁 298。巫咸之
　　載,見《尚書今註今譯》〈君奭〉,頁 145。

14 巫賢之載,見《尚書今註今譯》:「在祖乙,時則在若巫賢」。同上注;
　　司馬遷,《史記》(北京:中華書局,1973),卷三,〈殷本紀〉第三,
　　頁 101。周代官職中的宗、史、祝等,都與神事有關。見《禮記》〈曲
　　禮〉:「天子建天官。先六大。曰。大宰。大宗。大史。大祝。大士。大
　　卜。典司六典。」見《禮記鄭注》,卷一,〈曲禮〉下第二,頁 14。巫師
　　地位由尊貴而趨衰落的討論,見賴亞生,《神秘的鬼魂世界——中國鬼文
　　化探秘》(北京:人民中國出版社,1993),頁 202-213;胡新生,《中國
　　古代巫術》(濟南:山東人民出版社,1998),頁 9-14。

妻指定趙十四為靈媒，甚至預言招魂所需之費——「三貫六百錢」。這些細節的描述，更見趙十四不可被別的巫師取代之位。而趙十四施招魂巫術後，亦是通過他才能將許妻亡魂，由庭園引入堂中與其夫及家人相見。至於〈韋氏子〉中的任處士，亦在施法後，招來韋氏子寵妓亡魂，與韋氏子相會。[15] 許妻預言趙十四襄助的必要性，以及任處士在完成招魂過程後分文不受，都強調了招魂事件的「可信性」，並突顯在招魂程序中巫師作為靈媒，可與靈界溝通的重要位置。

㈢招魂儀式

〈韋氏子〉和〈許至雍〉中的巫師——任處士和趙十四所施展的招魂巫術，各有不同。任處士仿古之「復禮」並採傳統「燃燭佈帷」之法；趙十四則以巫舞通靈，感召亡魂。[16]

1.「復禮」之變奏與「燃燭置帷」

〈韋氏子〉一文，任處士以長嘆及用衣招魂的儀式，與先秦「復禮」相類。「復禮」乃古代喪禮的儀式之一。[17] 周代士族、貴族死後，需舉行「復禮」：由招魂者在屋頂，執

---

15 薩滿（shaman，源自北亞西伯利亞地區）意指有能力進入入神狀態之人；具有這種能力的人通稱為巫。有關薩滿的討論，見任繼愈編，《宗教詞典》（上海：上海辭書出版社，1958），頁 928；謝路軍編，《宗教詞典》（北京：學苑出版社，1999），頁 451；董曉萍，〈民間信仰與巫術論綱〉，《民俗研究》，1995 年第 2 期，頁 83。

16 葬禮中的招魂幡，用以招魂。西漢時將旌覆在棺蓋上，唐代將幡掛在墓室頂和墓壁，明清以來，則將旌幡插掛在墳堆上。見楊淑秀，〈漢代的帛畫與近代的招魂幡〉，《民俗研究》，1994 年第 2 期，頁 40-41。

17 復禮乃古代葬禮的儀式之一，除復禮外，古之葬禮尚包括沐浴、飯含、小殮、大殮等儀式，見靳鳳林，上引書，頁 214-215。仫佬族亦有透過巫師，招回亡妻或逝去情人之魂的風俗，見徐華龍，《中國鬼文化》（上海：上海文藝出版社，1991），頁 148-149。

死者之衣三呼其名，再以招魂之服覆蓋在死者身上。「復禮」在秦漢以後雖被淘汰，但後世的招魂巫術卻在「復禮」的基礎上發展起來。[18]

　　〈韋氏子〉中巫師用以招魂的，乃韋氏子妓的隨身物——金縷裙：「任忽長嘆，持裙面幃而招，如是者三。」任處士一面長嘆，一面揮衣相招的手法，與「復禮」中「呼號揮衣」的程序，十分相近。《儀禮》〈士喪禮〉載招魂者：「左何之，報領于帶」。復者（招魂者）將亡者的衣裳搭在左肩，並將領子插在自己的衣帶下，以防脫落，然後登上屋頂，向北方三呼其名：「皋某復」。（《儀禮》〈士喪禮〉）此外，復者需手持亡者的衣裳相招。招魂的規定動作為：「左執領，右執要，招而左。」（《儀禮》〈既夕禮〉）[19] 任處士以衣招魂，便近似「復禮」的揮衣招魂程序。

　　任處士以韋氏子妓的金縷裙招魂，在巫術而言，乃依據接觸巫術的原理。接觸巫術，據《金枝》一書的解釋，就是事物一旦互相接觸過，便保留某種連繫，因而能產生交感。如相信燒毀仇人的衣服可將其置諸死地，以及敲打賊人之

---

18 萬晴川，《巫文化視野中的中國古代小說》（北京：中國社會科學出版社，2003），頁 221。復禮的儀式包括更服、荷衣、設階、升屋、呼號揮衣、投衣、降屋、衣尸等項，見賴亞生，上引書，頁 139-140；李如森，《漢代喪葬禮俗》（瀋陽：瀋陽出版社，2003），頁 1-2；金式武，〈招魂研究〉，《歷史研究》，1998 年第 6 期，頁 38-40。

19 復禮中「呼號揮衣」的程序，見鄭玄注，《儀禮鄭注》（台北：新興書局，1964），卷十二，〈士喪〉禮，頁 160；《儀禮》，卷十三，〈既夕〉禮，頁 185。復禮作為招魂之載，亦見《禮記鄭注》，卷七，〈禮運〉第九，頁 78。《通幽錄》〈盧仲海〉一則，盧仲海之叔續暴斃，盧仲海「忽思禮有招魂望反諸幽之旨」，於是「大呼續名」，令叔死而復甦。盧仲海叫號亡者姓名，亦仿似復禮中三號亡人名字以招魂之程序。盧仲海事，見《太平廣記》，卷三百三十八，頁 2680-2681。

衣，能令其致傷或病倒。這些例子，都是應用了接觸巫術的原理。[20] 亡妓的金縷裙，乃其隨身之物。妓雖死，但人與物因曾經接觸，而保留著某種聯繫，能產生交感；故任處士以衣招魂時，便能感召靈體，並招來亡妓之魂。

　　〈韋氏子〉一篇，任處士除了用類似「復禮」的手法以衣招魂外，更採用傳統「燃燭置帷」之法。巫師首先「舒幃于室」，再「燃蠟炬於香前」。被招來的韋氏子妓之魂，便在帷中隱隱約約地出現，當蠟燭燃盡，亡妓之靈亦同時消失。這種「燃燭施帷」之法，乃李少翁所施之術。他為漢武帝（公元前141-87年在位）招李夫人之魂時，便採取此術。《搜神記》卷二〈李少翁〉一文載，少翁施法後，招來李夫人之亡靈在帷帳中出現。[21] 此外，南朝宋孝武帝（453-464年

---

20 弗雷澤，《金枝》（北京：大眾文藝出版社，1998），頁 21，57，66-67；J. G. Frazer, *The Golden Bough A Study in Magic and Religion* (London and Basingstoke: The Macmillan Press, 1971), pp. 14-63. 有關接觸巫術，以及以衣服施術之討論，見高國藩，《中國巫術史》（上海：三聯書店，1999），頁 57；宋兆麟，〈原始巫術的物化形態〉，《民俗研究》，1999 年第 1 期，頁 9；蔡富蓮，〈涼山彝族的招魂儀式及靈魂崇拜〉，《宗教學研究》，2003 年第 1 期，頁 47。

21 李少翁施燃燭佈帷招魂術，為漢武帝招李夫人，見於小說及歷史。事見干寶撰、汪紹楹校注，《搜神記》（北京：中華書局，1985），卷二，〈李少翁〉，頁 25。本文《搜神記》引文皆依此版本。此外，史書中亦載漢武帝與夫人事或招夫人魂之事，見班固，《漢書》（北京：中華書局，1975），卷九十七上，外戚傳第六十七上，〈李夫人〉傳，頁 3951。《史記》，卷二十八，〈封禪書〉第六，頁 1387-1388；《史記》，卷十二，〈孝武本紀〉第十二，頁 458。《史記》〈封禪書〉和〈孝武本紀〉作「王夫人」。除李少翁為武帝招李夫人外，小說中亦有董仲君為武帝招李夫人魂之載。董仲君以潛英之石，刻李夫人之形，以模擬巫術的手法招魂。事出《王子年拾遺記》見《太平廣記》卷七十一。除漢武帝外，唐玄宗亦有招楊貴妃魂。《仙傳拾遺》〈楊通幽〉載楊通幽為玄宗招楊貴妃之魂，唯並不成功。術士只帶回貴妃已為上元女仙太真之訊息。見《太平廣記》卷二十，頁 138-139。

在位），為愛妃殷淑儀招魂，亡妃「形如平生」之魂亦是在
帷帳中現身的。（《南史》卷十一〈宣貴妃〉）這種「燃燭
置帷」的招魂法，由於亡靈只在帷中隱約出現，不易辨其真
偽。[22]〈韋氏子〉一文中，亡妓在帷內現身。當韋氏子突然
撲向帷帳「欷欲逼之」，便一切俱渺——燭與人皆「紛然而
滅」。這種可望不可即的招魂術，便營造真假難辨的情況，
增添招魂的神秘性。

2. 巫舞與音樂

　　〈韋氏子〉中任處士施「置帷燃燭」法；〈許至雍〉一
文，巫師則採用巫舞通靈的手段來招魂。趙十四在檜外結
壇：「致酒脯。呼嘯舞拜。彈胡琴。」巫舞和音樂是巫師與
鬼靈溝通的媒界。《說文解字》中說「巫」是「以舞降神者
也。」「以舞降神」正是巫師的職能；常任俠說：「巫即因
擅舞而得名」。巫舞的基本舞步為「禹步」。相傳「禹步」
乃由夏禹所創，本指跛步，傳禹治水辛苦，身病偏枯，足行
艱難，故作跛步。後世巫師仿效這種步態，名為「禹步」。
葛洪（284-364）說：「凡作天下百術，皆宜知禹步。」
《抱朴子》〈登涉〉篇論奇門遁甲術時，便詳細紀錄了整套
「禹步」之法。「禹步」舞法共有七個步點，正好組成一個

---

22 宋孝武帝為殷淑儀招魂，見李延壽，《南史》（北京：中華書局，
　　1975），卷十一，列傳第一，后妃上，〈宣貴妃〉，頁 323-324。燃燭置帷
　　招魂法，亡魂不能開口說話，現形時間很短，且嚴禁生者接觸亡靈。凡此種
　　種往往是騙人金錢的技倆。見萬晴川，上引書，頁 221-222。此外，《續子
　　不語》，卷十，〈妖術二則〉第二則，便揭穿了招魂術的虛假。此則述道
　　士為人招致天女交合。所謂天女乃與道士「合作」的妓女，由道士「縛于
　　懷」運至，將曉，「仍束而去」。

北斗星座，故「禹步」又稱為「步罡北斗」。[23]

　　「禹步」為基本的巫舞步法；巫舞則為降神、娛神之巫技。王國維說：「古代之巫，實以歌舞為職，以樂神人者也。」（《宋元戲曲史》）除娛神外，巫舞亦用於祠神及驅疫趕鬼；「儺」和「雩」便是古之巫舞。「儺」乃驅逐妖邪之儀式。古代儺儀陣容強大：儀式的主角為方相，另有「侲子」。據《周禮》〈夏官〉載，方相「蒙熊皮」，乃是巫的化身，而「侲子」即少齡黃門子弟組成的舞隊。《後漢書》〈禮儀志〉所載的儺儀，除了方相外，還有為數一百二十人的「侲子」舞隊。另有「方相舞」、「十二獸舞」；陣容強大。此外，「雩」則為古代求雨的祭典，約起於殷商，盛行於周代。成湯桑林禱雨，就是求雨之祭。（李善注《文選》〈思玄賦〉）至後世則發展為專用於求雨女巫所跳的舞蹈──「雩」。[24] 從「儺」和「雩」，可見巫舞在驅鬼、禱

---

23 「巫」字的解釋，見《說文解字注》，五篇上，頁 201。常任俠之評，見常任俠，〈關於我國音樂舞蹈與戲劇起源的一考察〉，《常任俠藝術考古論文選集》（北京：文物出版社，1984），頁 85。此外，葛洪在《抱朴子》〈仙藥〉和〈登涉〉兩篇，都有討論禹步。〈登涉〉篇更描述禹步如何與奇門遁甲術配合，並詳列禹步的整套步法。見葛洪著、顧久譯注，《抱朴子內篇全譯》（貴陽：貴州人民出版社，1995），卷十一，〈仙藥〉，頁 267；卷十七，〈登涉〉，頁 432。「步罡北斗」之論，見萬晴川，上引書，頁 22。戰國以降，巫師地位下降，大批跛者加入巫師行列，成為跛巫。跛腳步法逐漸成為巫師施術時的「正宗」步法，並附會為「禹步」──由禹所創。見胡新生，〈禹步探源〉，《文史哲》，1996 年第 1 期，頁 75。

24 巫舞以娛神，見王國維，《宋元戲曲史》（北京：東方出版社，1996），頁 1。「儺」中方相之載，見鄭玄注，《周禮注疏》（上海：上海古籍，1990），〈夏官〉，頁 474。「儺」舞隊之載，見《後漢書》，志第五，〈禮儀志〉中，頁 3127-3128。有關「方相舞」、「十二獸舞」及「儺」之討論，見薛若鄰，〈儺戲：儺壇和戲曲的雙向選擇──兼談儺文化的蘊涵〉，《文藝研究》，1990 年第 6 期（1990 年 11 月），頁 97；詹慕陶，〈說儺〉，《文藝研究》，1990 年第 6 期（1990 年 11 月），頁 104；艾築

神中的重要性。

　　〈許至雍〉中巫師趙十四，便是以巫舞通靈。巫師通過巫舞、狂舞，達至迷狂狀態以通神；巫舞便是巫師與他界溝通時，傳遞信息的外在符號。進入迷狂舞拜狀態的巫師，就以異於常態，表現與鬼神溝通的通靈情況，以取信於受眾。除巫舞外，趙十四的「呼嘯」——長號亦可被視為一種原始的咒音。「嘯」往往是與他界交往的方法之一。巫師的「呼嘯」，便有著溝通陰靈的作用。[25] 男巫趙十四便以巫舞的肢體動作、「呼嘯」，以及胡琴的聲音和音樂，打動陰魂，與靈界溝通，招來許至雍亡妻之魂。〈韋氏子〉和〈許至雍〉兩篇，任處士和趙十四，便是以「復禮」之變奏——執衣長嘆的接觸巫術、「燃燭施帷」，以及巫舞通靈的手段，與靈界溝通，達到招魂的目的。

㈣假象的「真實性」與感情補償

　　〈許至雍〉和〈韋氏子〉二篇，主人公為悼亡而招魂。

生，〈儺的當代啟悟與藝術延伸——貴州美術創作片論〉，《文藝研究》，1990 年第 6 期（1990 年 11 月），頁 132；王兆乾，〈楚人祝國的祭儀——貴池儺舞打赤鳥再探〉，《文藝研究》，1990 年第 6 期（1990 年 11 月），頁 113。至於「雩」之討論，可參考張琪亞，《民間祭祀的交感魔力中國民間祭祀文化研究》（貴州：貴州民族出版社，2003），頁 27。成湯桑林祈雨，見李善注張平子〈思玄賦〉所引《淮南子》。蕭統編、李善注，《文選》（台北：正中書局，1971），卷十五，〈思玄賦〉注，頁 203；中華文化復興運動推行委員會、國立編譯館中華叢書編審委員會編，林品石註釋，《呂氏春秋今註今譯》（台北：台灣商務印書館，1993），卷九，〈順民〉，頁 225。

25 禹步與巫舞之討論，見萬晴川，上引書，頁 21-23。有關巫舞手勢傳情達意的作用、神力魔法之功能，參考周冰、曾嵐，〈試析楚巫舞手勢〉，《舞蹈藝術》，1984 年第 2 輯，頁 129-141。有關「呼嘯」的討論，見劉曉明，《中國符咒文化大觀》（南昌：百花洲文藝，1995），頁 369-373。

兩篇小說同樣強調招魂的真實性。其實，招魂可被視為面對
生關死劫的主人公感情上的補償。

　　〈許至雍〉比〈韋氏子〉更能營造假象的「真實性」。
〈韋氏子〉中，亡妓在帷中出現，只露形相及輔以有限度的
動作：韋氏子「或與之言」，亡靈「頷首而已」。至於〈許
至雍〉一文，許妻之亡靈，不但具形相、能言談，亦能飲食
及哭泣；因而更具「真實感」。許妻與許至雍「閒話家常」
的內容是「因問兒女及親舊閭里等事」；這些日常瑣事，卻
能證明被招來之魂並非「作假」，確為許妻。此外，亡靈亦
居然能夠飲食，「喝掉」一碗漿水粥：「向口如食。收之。
復如故。」最為出人意表的，就是許妻為許至雍留下淚痕衣
服一幕。許妻「以汗衫蔽其面。大哭。」「許生取汗衫視
之。淚痕皆血也。」亡靈的眼淚竟然化為血痕；「泣血」不
但令讀者觸目驚心，更揭示了許妻內心的極度悲愴。若不是
愁苦到了極限，又何來異乎尋常的眼淚化血——「泣血」事
件？「泣血」之衣，亦是亡靈曾經降臨的一個「明證」。

　　〈許至雍〉和〈韋氏子〉兩篇所強調的招魂之「真實
性」，目的就是在心理上彌補驟失愛侶的主人公之悲痛。朱
光潛（1897-1986）說：「凡是文藝都是一種『彌補』，實
際生活上有缺陷於是在想像中求彌補。」[26]《子不語》卷九
〈江軼林〉一文，江軼林與妻彭氏本來「情好甚篤」，但彭
氏卻遽然離世。江軼林喪妻之痛，便藉亡妻回煞夜，「解衣
就寢，歡好無異生前」的夫妻情再聚中，得到舒緩、獲得補
償。

　　〈韋氏子〉和〈許至雍〉兩篇中的招魂，對主人公而

---

26 朱光潛，《變態心理學派別》（合肥：安徽教育出版社，1997），頁51。

言，就是補償死別的莫大安慰。[27] 前篇悼亡妓，後者悼亡
妻。兩篇的女主人公，都因早逝而留下強烈的遺憾。韋氏子
妓是位才妓，能隨筆改正杜詩抄本之錯謬。妓亡之後，韋氏
子亦神氣俱喪，「甚為羸瘠」。主人公甚至「棄事而寐。意
其夢見」。由韋氏子希冀與亡妓在夢中相遇，可見悼亡之
深。〈韋氏子〉中早逝的為才妓，〈許至雍〉中早逝的則為
亡妻。許至雍妻「儀容淡雅」，令主人公思之不已；許至雍
因喪妻而感嘆，甚至影響日常生活：「每風景閑夜。笙歌盡
席。未嘗不嘆泣悲嗟」。此外，由中秋夜許至雍在「庭前撫
琴玩月」，佳節悼懷亡人的事件中，亦證主人公對亡妻的深
情。招魂就能安撫兩位男主人公，因失去至愛而產生的焦慮
及痛楚。〈韋氏子〉和〈許至雍〉篇中的男主人公，通過巫
師任處士和趙十四，施展仿古「復禮」和巫舞等招魂巫術，
招來亡妓、亡妻之魂，不但表現了對亡靈不捨之情，更撫慰
了在世者——韋氏子和許至雍因死別而受創的心神。畢竟，
從他界中招來亡靈，雖然只能短聚，甚至如〈韋氏子〉中，
只能相看淚眼，不能交談、不能近距離接觸；但人死之後，
仍能透過招魂，從冥界被「召喚」到人世，而不是灰飛煙滅

---

27 江軼林故事，見袁枚，《子不語》（長沙：岳麓書社，1985），卷九，
〈江軼林〉，頁 209-210。本篇《子不語》引文採用此版本。藝術乃從幻想
中，補償心理上的缺失。見趙延花，〈藝術作品：人生苦難的補償〉，
《語文學刊》，2000 年第 3 期，頁 19-21。人鬼戀故事中，亦有不少心理補
償之作。《玄怪錄》〈寶玉〉一文，孤苦的寶玉，遇鬼表親得以成婚，並獲
贈絹百匹，以補償貧苦之缺陷。見《太平廣記》卷三百四十三，頁
2719-2721。《瀟湘錄》〈鄭紹〉一篇，主人公喪妻而遇鬼女求親，以補償
喪妻之痛。見《太平廣記》卷三百四十五，頁 2734-2735。此外，〈秀姑〉
一文，孤苦失金，貧而難娶的田瞵，在鬼界卻逢源於秀姑和婢秋羅之間，並
獲厚利以成家；完全補償了「少失怙恃」的遺憾。見和邦額，《夜譚隨
錄》〔刊於《夜雨秋燈錄・夜譚隨錄》合刊本〕（重慶：重慶出版社，
1996），卷四，頁 219-225。

般的滅絕，便能為深受悼亡困擾的在生者，帶來一絲慰藉。

二、人鬼交感——再醮與續弦

(一)感應

　　招魂乃企圖衝破陰、陽分隔之手段；人鬼交感，亦強調超越現世與他界之限制。人鬼殊途，理論上不易溝通；但涉及強烈的感情訴求如配偶再婚時，便不難發生超越陰陽之隔的感應。感應是指人與他界的互動關係：《說文解字》所言「感」乃「動人心也」，而「應」則為「當也」；「感」是發動而「應」乃回報（十篇下）。《莊子》〈漁父〉言：「同類相從，同聲相應」；《淮南子》〈天文訓〉說：「物類相動，本標相應」。氣類相同，兩物雖相距遙遠，仍能感應相通。[28] 天人感應便是感應的一種。由於「君權神授」思想的影響，人格化的天是會對人間帝王的作為有所回應的。《後漢書》〈孝明帝紀〉載東漢孝明帝（57-75 年在位）永平十三年（70）十月發生日食，不但「三公免冠自劾」，帝王亦言：「災異屢見，咎在朕躬」。不但帝王要為異象罪己；人世動亂亦與天文異變有關連。《史記》〈天官書〉、《漢書》〈天文志〉統計春秋二百四十二年間，日食共三十六次，「彗星三見」等異象，而「周室微弱、上下交怨」，

28　「感應」之解釋，見《說文解字注》，十篇下，頁 502、513；郭慶藩輯，
　　《莊子集釋》（北京：中華書局，1961），卷十上，〈漁父〉第三十一，
　　頁1027；《淮南子集釋》，卷三，〈天文訓〉，頁172。有關感應之討論，
　　見胡化凱，〈感應論──中國古代樸素的自然觀〉，《自然辯證法通
　　訊》，第 19 卷第 110 期，頁 50-59。

並社稷不保。²⁹

　　除帝王外，天人感應亦擴及平民，如孝感動天便是感應之例。中國人重視孝道，《孝經》〈聖治章〉載：「人之行莫大於孝。」《搜神記》中便有不少至孝感神的故事：董永賣身葬父，感動上蒼、派來織女代為織縑，替主人公償清債務。（卷一）王祥、楚僚至孝，為療母疾，竟在隆冬剖冰、臥冰，而求得鮮活鯉魚。（卷十一）此外，郭巨、劉殷事親至孝，竟獲天賜黃金和粟糧，用以養親。（卷十一）董永、王祥、楚僚、郭巨和劉殷等事親事跡，都是孝感動天的故事。³⁰

　　感應可以說不單指天人感應，而是擴展至整個神靈世界（神、仙、鬼、佛等）與整個人間社會；人鬼感應就是其一。人鬼交感往往見諸愛情或親情類、涉及強烈感情交流的故事中。〈王道平〉一文中，主人公「三呼女名，繞墓悲苦」，便「喚醒」已死的女主人公父喻。（《搜神記》卷十五）此外，王乙哭墳，情人的亡靈竟被感召「從殯宮中出」。（出自《廣異記》見《太平廣記》卷三三四）除愛情

29 天人感應之例，見《後漢書》，卷二，〈顯宗孝明帝紀〉第二，頁 117；《史記》，卷二十七，〈天官書〉第五，頁 1344；《漢書》，卷二十六，〈天文志〉第六，頁 1300-1301。有關天人感應、君權神授等討論，見李生龍，〈天人感應與古代文學〉，《湖南師範大學社會科學學報》，第 30 卷第 4 期（2001 年 7 月），頁 112-116；于振波，〈漢代天人感應思想對宰相制度的影響〉，《中國社會科學院研究生院學報》，1994 年第 6 期，頁69-75。

30 中國人重視孝道。見國立編譯館編，《孝經鄭注校證》（台北：國立編繹館，1987），〈聖治章〉，第九，頁 123。《爾雅郭注義疏》載：「善父母為孝」。見郝懿行，《爾雅郭注義疏》（山東：山東友誼書社，1992），卷一，頁 249。曾子便是大孝之例：執親之喪，「水漿不入於口者七日。」曾子言行，見《禮記鄭注》，卷二，〈檀弓〉上第三，頁 22。才能感神之討論，見朱迪光，〈《搜神記》的宗教信仰及其文學價值〉，《衡陽師範學院學報》（社會科學版），第 20 卷第 4 期（1999 年 8 月），頁 55。

類的交感外，親情亦是具強烈交感性的故事類別。〈幽州衙將〉一則，五子在亡母墓前哭訴被「悍妒狼戾」的後母「日鞭捶之」的苦況，亦令亡母由冢中出，並為五子抱不平。（李公佐撰，出自陳翰《本事詩》見《太平廣記》卷三百三十）除以上所述愛情和親情類的人鬼交感外，唐代人鬼婚戀小說中，亦有因人世配偶再婚，鬼靈受到感應的故事。〈盧江馮媼〉（李公佐撰，出自陳翰《異聞集》見《太平廣記》卷三四三）和〈李佐文〉（出自薛用弱《集異記》見《太平廣記》卷三四七）便是屬於這類篇章。[31]

㈡鬼夜哭

〈盧江馮媼〉和〈李佐文〉中的兩位主人公——董江妻和叟，都對陽世配偶的再婚，有所感應。情動陰陽，在世的丈夫與遺孀之婚事，居然「驚動」鬼界，可見夫妻情交感的強烈。

人鬼婚戀故事中，有不少涉及跨越陰陽二界，由再婚事件引發的鬼妒故事。《幽明錄》〈呂順〉亡妻，因丈夫續弦娶其從妹而生妒，不但「來就同寢」，現身向丈夫求歡，更醋意大發，責備其從妹：「天下男子復何限。汝乃與我共一壻。」最後鬼魂作祟，終令丈夫與從妹俱亡。（《太平廣記》卷三百二十）由情生妒——這種負面情緒，便常帶侵略性。〈楊思溫燕山逢故人〉一文，貞烈拒姦而殉節的鄭意娘，憂慮丈夫「風流性格」，「倘若再娶，必不我顧」；其

---

31 感應之論，參考沈銘賢，〈從天人感應到人天感應——天人合一的古今命運管窺〉，《哲學研究》，1997 年第 10 期，頁 57-60。〈盧江馮媼〉為李公佐撰，敘寫婦女的可憐境況，淒慘動人。至於《集異記》則為薛用弱所撰，多述近代或當代名人碩士之逸事遺聞。見《中國古代小說百科全書》，頁 199，319。

夫亦立下「終身不娶，以報賢妻之德」的契約。唯夫婿韓思
厚毀約，續娶劉金壇，並棄意娘骸骨於揚子江，便觸發意娘
懲罰性的婚妒，將劉金壇和韓思厚共沉歿江中。（《喻世明
言》卷二十四）[32] 由〈呂順〉和〈楊思溫燕山逢故人〉二
則，可見由婚妒引發的鬼妒故事，往往伴隨以攻擊性行為。

〈盧江馮媼〉和〈李佐文〉兩篇，與上述因配偶再婚，
而引發嫉忌的鬼妒故事不同之處在於：董江妻和叟所表現的
是悲多於妒的哀情，因而也沒有〈呂順〉和〈楊思溫燕山逢
故人〉中攻擊陽世配偶的報復性行為。這兩篇鬼夜哭故事
（女鬼在篇中徹夜悲啼），具備一個時間安排上的共通點，
便是兩個鬼靈都是在配偶再婚前夕，在幽界中受到感應而悲
傷愁苦，因而更具逼迫感──二鬼均在「舊人哭」和「新人
笑」的即將交替期間，迸發強烈的情緒反應。

---

32 馮夢龍編，《喻世明言》（香港：中華書局，1991），頁 376-381。關係越
密切，越容易引發妒意。婚妒就是最常產生的嫉妒。房玄齡妻，便寧妒而
死，情願喝下唐太宗所賜的「鴆」酒，也不願允許丈夫納妾。見劉餗，
《隋唐嘉話》（浙江：浙江古籍，1986），〈房玄齡夫人〉，頁 80。妒亦
為七出之一，「為其亂家也」。見王聘珍，《大戴禮記解詁》（北京：中
華書局，1992），卷十三，〈本命〉第八十，頁 255。此外，妒又與「毒」
和「悍」緊扣：潘金蓮養貓兒嚇死李瓶兒一歲多的孩子官哥兒，便是「毒
妒」。見笑笑生，《金瓶梅》（北京：中華書局，1998），會評會校本，
第五十九回，頁 792-797。柳月娥杖責陳季常，罰夫跪池、頂燈，則為「悍
妒」。見汪廷訥，《獅吼記》，刊於毛晉編，《六十種曲》（北京：中華
書局，1958），第十一齣，〈諫柳〉，頁 34-35；第十六齣，〈頂燈〉，頁
52。妒被視為病態，《山海經》中，便出現幾種「療妒」食品，包括「黃
鳥」、「類」獸和「枏木」。見《山海經全譯》卷一，〈南山經〉，頁 2；
卷三，〈北山經〉，頁 81；卷五，〈中山經〉，頁 144。有關妒婦的討論，
參考吳秀華、尹楚彬，〈論明末清初的妒風及妒婦形象〉，《中國文學研
究》，2002 年第 3 期，頁 42-47。有關妒之心理，參考 Peter Van Sommers,
Jealousy (London: Penguin Books, 1988), pp.80-94；舍克（Helmut Schoeak）
著、王祖望、張田英譯，《嫉妒論》（北京：社會科學文獻出版社，
1988），頁 1-45。

〈盧江馮媼〉中的董江妻，因夫續弦而終夜悲哭，是名副其實的鬼夜哭：「倚門悲泣」、「女久乃止泣」、「女復泣」、「不勝嗚咽」和「女泣至曉」。女鬼夜哭，不單哭夫之再婚，更為本身徹底失去董江妻的身份而哭：董妻已亡之公婆，與亡媳立場不同──嗣子再娶，可延生更多子嗣，因而向鬼媳索回「筐筥刀尺」等物「以授新人」。「筐」乃盛物竹器，「刀尺」則為裁剪器具；這些物品雖非貴重，卻是掌家政、執縫紉等代表中饋職務的身份象徵物，具備特殊意義。董江亡妻就為了在名份上和實際上，真正失去董江妻的身份而徹晚作鬼夜哭。

〈李佐文〉一篇，作鬼夜哭的亦為女鬼──王婦之亡女。鬼女對母親之再婚，表現了崩潰性的悲啼：由「啼號甚痛」至「若抱沉恨」，及至歇斯底里的「怨咽驚號」。鬼女年幼、不懂自控而感情盡露；其父鬼叟則對遺孀再嫁表現沉痛及壓抑。當迷途客李佐文詢問其女悲號之由時，「叟則低回他說」。由鬼叟迴避問題的態度，可見其內斂及抑制的感情。此外，鬼叟亦安慰亡女：「事已如此。悲哭奈何。」由鬼叟之言，更見其無奈和無力感。孀婦再婚，便會加入再嫁丈夫之宗族，對叟與亡女而言，是「真正」失去妻子和母親。幽界亡魂，透過交感，對陽世配偶的再婚，表現了哀痛及無奈之情。董江妻和叟不帶侵略性的鬼夜哭和壓抑，就能引發讀者的哀憫及同情。

㈢再婚的兩難

〈李佐文〉和〈盧江馮媼〉中，亡靈在泉下的鬼夜哭，在不同程度上影響了在世的遺孀和夫君。〈李佐文〉中，王婦因李佐文這個有如靈媒般的角色，作為陰陽二界的橋樑，陳述亡夫之悲情後，深受感動「淚如縪縻」，並打消再嫁之

念：「因棄生業」，剪髮於佛寺，守節以終。

王婦因泉下人之悲慟而放棄再婚之念，就與本篇的傳承作〈謝邈之〉如出一轍。（《錄異傳》）[33]〈謝邈之〉一文，女子聞泉下夫與兒為己之再嫁悲啼後，亦「哽咽」及決定「不復嫁」。（《太平廣記》卷三百一十八）〈李佐文〉中的王婦得悉亡女與亡夫的感應後，亦毅然出家守貞，放棄再醮之念。

王婦打消再婚之念，其因有二：一為王婦再婚乃出於經濟上的逼迫，再嫁並非本願。二為王婦對亡夫尚有餘情——從王婦在再嫁前夕，往亡夫塋前辭墓「告訣」，可見婦人並非無情。其實，如王婦的處境，逼於貧困而再醮，乃寡婦再婚的最大原因。唐代婦女再嫁之由，主要是由於丈夫早逝或婦人年青而無可依靠，因而再醮。[34] 其中以因為夫死，失去經濟支柱而再醮的例子佔大比例。《唐代墓誌彙編》載：元和一三九〈趙氏夫人墓誌〉，趙氏夫君早逝，遺下幼小「兒女九人」；趙氏逼於貧困而再婚。此外，會昌〇三五〈彭城劉夫人墓誌〉亦載劉氏因夫逝世，「家復食貧」而再醮。[35] 由以上墓誌銘之例，可見經濟乃是寡婦他適之主因。

〈李佐文〉中的王婦，就是逼於衣食而再醮。王婦本欲「守制嫠居」，卻為生活所逼：「官不免稅。孤窮無托。遂

33　《錄異傳》為唐代志怪小說集，撰者不詳。記事既奇，兼富情趣。書中許多故事又見於其他志怪小說。見《中國古代小說百科全書》，頁 324。〈謝邈之〉一篇，便與〈李佐文〉一文大同小異。

34　唐代社會賦予婦女較自由的改嫁空間，但仍是篤守婚姻禮法的。見向淑雲，《唐代婚姻法與婚姻實態》（台北：台灣商務印書館，1991），頁 213-218。

35　《唐代墓誌彙編》，元和一三九，頁 2047；會昌〇三五，頁 2236。有關唐代貴族與平民婦女的貞節觀之不同，見毛陽光，〈唐代婦女的貞節觀〉，《文博》，2000 年第 4 期，頁 33-43。

意再行。」唐初行租庸調制，施授田徵租之法。至唐德宗
（779-805 年在位）時則頒兩稅法，只徵租而不授田。租庸
調制免課例頗寬：鰥、寡、孤、獨、部曲、客女、奴婢也不
在課稅之列。篇中王婦的寡婦和傭工身份，若依舊制當不在
課稅之列。唯是篇乃開成（836-840）年間——唐文宗
（827-840 年在位）時之作，查當時已實施兩稅法。兩稅法
之施行；除徵收兩稅外，尚有青苗稅、義倉稅等，可說是稅
上加稅，百姓則受重稅交壓之苦。依文中所載，在當世的法
令下，王婦雖然孀居，仍要課稅；婦人逼於生計，只好選擇
再醮他適。[36] 由於王婦再醮，乃基於經濟所逼，加上對亡夫
尚念舊情；當王婦面對亡夫的感應及再醮的兩難決定時，便
以情為依歸，誓死不悖守節之義。亡靈的感應，便在寡婦守
貞與他適的抉擇中，佔主導性影響。

　　至於〈盧江馮媼〉一文，董江亦如王婦一樣，面對亡妻
之感應與續弦的抉擇。但董江與王婦不同，王婦深信「傳訊
者」——李佐文，從幽界帶來有關亡夫與亡女的訊息；而董
江則對「傳訊者」——馮媼所言有關亡妻作鬼夜哭之事存
疑：「董以妖妄罪之。令部者迫逐媼去。」由於董江視馮媼
之言為妖言，因而並沒有王婦的內心掙扎，並依舊進行續弦
計劃——「竟就婚焉」。〈李佐文〉和〈盧江馮媼〉同為人
鬼交感之作，前者的亡靈左右了遺孀他適的抉擇，後者則改

---

36 〈李佐文〉出自《集異記》，薛用弱撰。薛用弱於長慶中（821-824）出為
　光州刺史，大和（827-836）出守弋陽。時稱良吏。有關《集異記》的討
　論，見歐陽健，《中國神怪小說通史》（南京：江蘇教育出版社，
　1997），頁 207-210。唐代稅制：唐初行租庸調制，唐代宗宰相楊炎時，則
　施兩稅法。見王仲犖，《隋唐五代史》（上海：上海人民出版社，
　1997），頁 249-250，302-303，318-320。兩稅法施行以來，由於重稅交
　壓，橫徵暴斂，民不聊生，社會經濟亦每況愈下，而中唐政治也一蹶不振。
　見劉伯驥，《唐代政教史》（台北：台灣中華書局，1954），頁 59-60。

變不了在世夫君再娶的意志。兩篇作品中男女主人公之迥異
抉擇，其實亦透露了兩性間對再婚問題的微妙差別。

㈣雙重的貞節標準

〈李佐文〉和〈盧江馮媼〉中，王婦與董江對再婚採取
不同的態度。前者逼於生計、非自願地他適；並因亡靈交感
的介入而折節守貞。至於董江，其續弦之決心，似從未有過
動搖。從現實而言，傳統以來對兩性在貞節方面的要求，由
來都存在著雙重的準則，即哈拉（Hara）所言雙重的貞節標
準。班昭《女誡》〈專心〉第五載：「夫有再娶之義，婦無
二適之文。」[37] 男子再娶是被普遍接受的，而婦人他適，雖
未與法律相抵，唯傳統的道德律卻鼓勵守節。

唐朝雖然是風氣較開放的時代，但一般婦女則仍尚守
節。唐代公主總計二百一十人，其中二嫁、三嫁者不乏人；
淫亂者亦不少。唐太宗（626-649 年在位）女合蒲公主（653
年卒）便先後與僧辨機、智勖、惠弘、李晃淫亂。唐肅宗
（762-779 年在位）女郜國公主（790 年卒），不但三嫁，
更與李萬、蕭鼎、韋愔、李昇有私。（《新唐書》〈諸帝公
主〉傳）[38] 公主之淫亂行為，主要是由於唐宗室深受胡風影

---

37 班昭，《女誡》，刊於《諸子集成補編》二，四川大學古籍整理研究所、
中華諸子寶藏編纂委員會編（成都：四川人民出版社，1997），頁 2-442。
雙重的貞節標準：傳統中國法律對不忠的丈夫遠較對不忠的妻子為寬鬆。見
A.R.O' Hara, *The Position of Woman in Early China, according to the Lieh nu
chuan, "The biographies of the Chinese Women"* (Hong Kong: Orient Publication
Co., 1955) ,p.259.歷代對婦人守節的要求，見葛仁考，〈元代漢族婦女守節
問題初探〉，《內蒙古社會科學》（漢文版），第 24 卷第 3 期（2003 年 5
月），頁 57。

38 除合蒲公主和郜國公主外，唐順宗女襄陽公主，亦有淫亂行為。襄陽公主下
嫁張克禮，「縱恣，常微行鄉里。有薛樞、薛渾、李元本皆得私侍。」合
蒲公主、郜國公主及襄陽公主事，見歐陽修、宋祁撰，《新唐書》（北

響。《朱子語類》〈歷代類〉載：「唐源流出於夷狄，故閨門失禮事不以為異。」[39] 唐代豪族及上層婦女的貞操觀念可算是較為開放，但對庶民婦女而言，禮法和貞節觀念則仍然重要。孟郊〈去婦〉詩：「一女事一夫，安可再移夫」。[40] 白居易〈婦人苦〉：「婦人一喪夫，終身守孤子」。由這些詩句，可見當時對從一而終，一女事一夫及守節觀念的重視。

　　守節是歷來對婦女的道德要求，《禮記》〈郊特牲〉倡「夫死不嫁」。至於唐律，則在不干涉再醮之中，列明一定的約束。《唐律疏議》〈戶婚律〉規定：「諸夫喪服除而欲守志，非女之祖父母、父母而強嫁之者，徒一年」。由禁制非婦人之血緣親人強奪其守節之志的規定來看，執政者仍是重視守節的。[41] 至於《女論語》〈守節章〉則列明守節為婦女的操守：若夫先逝，為妻者便要「守志堅心。保持家業」。[42] 此外，在烈女、貞女的故事中，更不難發現毀形守節之例。《元史》〈列女〉傳載周尤忽妻「爬毀其面」，以

京：中華書局，1975），卷八十三，列傳第八，〈諸帝公主〉傳，頁3648、3362、3666。有關唐代公主的婚姻問題，可參考冉萬里，〈略論唐代公主的婚姻生活〉，《西北大學學報》（哲學社會科學版），第32卷第4期（2002年10月），頁177-181。

[39] 朱熹，《朱子語類》（台北：正中書局，1962），卷二百三十六，〈歷代〉類三，頁5268。

[40] 反映守節觀念的唐詩，見孟郊著，華忱之、喻學才校注，《孟郊詩集校注》（北京：人民文學，1995），卷三，〈去婦〉，頁110；白居易著，顧學頡校點，《白居易集》（北京：中華書局，1988），卷十二，〈婦人苦〉，頁240。

[41] 要求婦女守節及非血親不能強嫁寡婦之律，見《禮記鄭注》，卷八，〈郊特牲〉第十一：「壹與之齊。終身不改。故夫死不嫁。」頁88；長孫無忌等撰，《唐律疏議》（北京：中華書局，1993），卷十四，戶婚律，〈夫喪守志而強嫁〉條，頁265。

[42] 《女論語》，刊於方飛選編，《中國蒙學精選》（廣東：廣西民族出版社，1995），〈守節章〉第十二，頁25。

守貞節。還有霍榮妻亦在夫死之後「引針刺面，墨漬之」、
「誓死不貳」。《南村輟耕錄》中，〈楊貞婦〉一文，則錄
有王靜安「截髮自剄」誓守貞節的故事。[43] 由《禮記》、唐
戶婚、《女論語》及歷朝的烈女故事，可見守節不但是對婦
女的普遍要求，亦是被歌誦的一種婦德。

　　〈李佐文〉一篇中的王婦，便表現了為夫守節之義：主
人公為生活所逼，本已作出他適的決定。當亡夫所代表的守
節要求介入時，便令王婦立時改變主意，放棄再醮之念，由
此可見守節仍是一般婦人所重視的操守。至於〈盧江馮媼〉
一文中，董江則未因亡靈夜哭的介入而改變再娶之念。馮媼
和邑人代表群眾的道德壓力——他們對董江亡妻的處境，
「皆為感嘆」。唯董江不知是否不敢聽取、抑或是不願相信
亡妻對其續弦悲啼的交感故事，但以「妖妄」罪懲馮媼。董
江雖面對群眾的道德壓力，仍能堅持其續弦安排，可見在兩
性的貞節要求上，存在著雙重的標準。一般民眾對男性續
弦，遠較對寡婦再醮為接受。畢竟，在宗法社會中，延嗣乃
重要任務。鰥夫再婚，帶著延續香火的「使命」便能得到一
般性的認同。

　　〈盧江馮媼〉和〈李佐文〉兩篇，都是由配偶再婚，所
引發的人鬼交感的小說。〈李佐文〉一文，亡靈在幽界所表
現的悲淒，反過來卻在陽世制衡著遺孀的再醮決定。至於
〈盧江馮媼〉一篇，董江雖未因亡妻之交感而放棄續弦；亡
妻為其再娶所承受的苦楚，卻得到馮媼和邑人的同情。由此
可見，陰陽二界是存在著交感關係的，而幽界亦往往對陽世
有著制衡的作用。

---

43 烈女故事，見宋濂，《元史》（北京：中華書局，1976），卷二百，列傳第
　　八十七，列女一，〈崔氏〉，頁 4484；〈段氏〉，頁 4489；陶宗儀，《南
　　村輟耕錄》（北京：中華書局，1980），卷二十九，〈楊貞婦〉，頁 362。

三、幽界

㈠民間信仰中的幽冥

　　人鬼交感，見證情動陰陽；幽界小說則描繪人死歸冥的生活。唐代人鬼婚戀小說如〈唐晅〉（出自陳劭《通幽記》見《太平廣記》卷三三二）、〈唐儉〉（出自李復言《續玄怪錄》見《太平廣記》卷三二七）和〈李行修〉（出自溫畬《續定命錄》見《太平廣記》卷一六〇）三篇，都有關於幽冥中的人倫關係、泉下歲月及居所等描寫。這些仿照人世構建的幽界，便與傳統民間信仰中的幽域有所不同。

　　民間信仰中的冥府有幽都、泰山、華山和地獄等。《山海經》中已有幽都之載：「北海之內，有山名曰幽都之山」。（〈海內經〉）「幽都」便是鬼魂歸宿之處。這個幽魂世界，由地祇后土所管轄。[44] 除幽都外，還有與人死歸山觀念有關的泰山幽府。李賢注《後漢書》《方術列傳》〈許

---

[44] 《通幽記》為陳劭所撰，陳劭生平不詳。書中穿插不少詩歌，如〈唐晅〉篇中的詩，便清麗可誦。《續玄怪錄》作者李復言，是書乃牛僧孺《玄怪錄》之續書，原書已佚。至於《續定命錄》，則為溫畬所撰。溫畬，元和十五年（820）為左拾遺。大和九年（835）呂道生撰《定命錄》，本書續之。所記為科名官祿婚姻前定的故事，〈李行修〉便屬此類。見《中國古代小說百科全書》，頁 539、633、641-642。至於幽都之載，見《山海經全譯》，卷十八，〈海內經〉，頁 335。《淮南子集釋》，卷四〈墜形訓〉高誘注：「古之幽都在雁門以北」，頁 337。后土為幽都之統治者。見王逸注《楚辭》〈招魂〉：「幽都，地下后土所治也。」《楚辭集注》，卷七，〈招魂〉，頁 137。后土出於炎帝裔，由共工所生。見《山海經》，卷十八，〈海內經〉，頁 336。人死後魂與魄分離，魂歸泰山幽府至發展為佛教地獄觀念之轉變。可參考 Ying-Shih Yu（余英時），"O Soul, Come back! A Study in the Changing Conceptions of the Soul and Afterlife in Pre-Buddhist China," in *Harvard Journal of Asiatic Studies,* 47: 2 (Dec, 1987), pp.363-395.

曼傳〉：「太山主人生死」。《博物志》卷一亦言泰山「主召人魂魄。」[45] 人死之後歸於泰山之下的蒿里；泰山神則操控著天下蒼生的生死，以及死後的審訊。《搜神記》卷四〈胡母班〉中，胡母班亡父本在泰山「著械徒作」，因胡母班代泰山神傳書有功，得免苦役，並晉升為社公。由此可見泰山神執掌鬼靈的賞罰、升黜。

除東岳岱宗主管生死外，西岳華山亦有相類之職能。華山在唐代的地位發展至高峰：《舊唐書》卷二十三〈禮儀〉志三載唐玄宗（712-756 年在位）：「乙酉歲生，以華岳當本命」，並在先天二年（713 年）封華山岳神為金天王。[46]《廣異記》〈王僩〉和〈仇嘉福〉（《太平廣記》卷三百二）兩則同源故事，便講述了主人公在獄廟目睹妻子被審訊時：「繫頸於樹。以棒拷擊」的情況。可見華岳府君與泰山神一樣主管生死大柄。幽都、東岳、西岳都是「本土」的幽府；地獄則是隨佛教觀念而紮根民間的「外來」陰界。[47]《幽明錄》和《冥祥記》都有〈趙泰〉故事，講述主人公入冥遊地獄，所見到的種種如「炎鑪巨鑊，焚煮罪人」等刑罰。（見《太平廣記》卷一百九、三百七十七）唐以後的民間信仰，以佛教地獄和酆都地獄作為冥府的觀念便成為主

---

45 泰山統治鬼靈之載，見《後漢書》，卷八十二下，《方術列傳》，第七十二下，〈許曼傳〉，頁 2731；張華撰、范寧校證，《博物志校證》（北京：中華書局，1980），卷一，〈山水總論〉，頁 12。

46 唐玄宗時，華山被封之載，見劉昫等撰，《舊唐書》（北京：中華書局，1975），卷二十三，〈禮儀志〉三，頁 904。

47 有關遊冥間之討論，見侯旭東，〈東晉南北朝佛教天堂地獄觀念的傳播與影響——以遊冥間傳聞為中心〉，《佛學研究》，1999，頁 252-253。地獄圖像之刻繪，可使觀者觸目驚心，收宣揚天堂地獄觀念的效果。見 Stephen F. Teiser, “Having Once Died and Returned to Life Representations of Hell in Medieval China”, in *Harvard Journal of Asiatic Studies,* vol 48:2.（1988）, pp. 439, 456, 460.

導，甚至賽過幽都、泰山和華山。[48]

㈡仿如人世的幽冥

　　唐代人鬼婚戀中的幽界，有別於上述所論的幽都、泰山、華山和地獄。這類小說中的幽界，就仿如人世一般。〈唐晅〉、〈唐儉〉和〈李行修〉三篇所展示的陰幽世界，重視宗族；居所也仿似陽世。

　　中野美代子認為中國人「討厭虛構，崇尚事實」。[49] 因

---

[48] 除佛教所傳的地獄外，尚有酆都地獄之說。道教興起，酆都大帝取代了泰山；北陰鬼獄取代蒿里。見葛兆光，〈死後世界——中國古代宗教與文學的一個共同主題〉，《揚州師院學報》（社會科學版），1994 年第 3 期，頁 38。南宋時期，南方道教將地獄十殿納入酆都縣的附會傳說，形成了中國地獄十殿之信仰。民間亦發生酆都地獄在四川酆都縣的附會傳說。見江玉祥，〈一張新出土的明代酆都冥途路引〉，《四川文物》，1996 年第 4 期，頁 32。有關酆都鬼城的建築及統治，見鄧阿寧，〈中國古典文學中的酆都鬼城與但丁《神曲》的亡靈世界之比較〉，《重慶師院學報》哲社版，1997 年第 4 期，頁 55-56。不少人婚戀的小說中，所呈現的幽界空間乃鬼靈的墳塋；這便是人死歸墓觀念的反映。墳塋化宅，乃晚上暫時幻化的空間，至白天仍是要回復墓地的本來「面貌」的。陋墓幻化小室；富墓則幻化大宅。《搜神記》卷十六〈附馬都尉〉中，秦閔王墓幻化「大宅」，頁 201-202。〈崔書生〉中，后周趙王女玉姨與甥合葬，墓室化為大宅。見《太平廣記》，卷三百三十九，頁 2691-2693。《酉陽雜俎》〈崔羅什〉一文，大冢化為「朱門粉壁」之巨宅。見《太平廣記》，卷三百二十六，頁 2588-2589。《宣室志》〈鄭德懋〉中，墳化「崇垣高門」、「館宇甚盛」的大宅。見《太平廣記》，卷三百三十四，頁 2653-2655。

[49] 中野美代子之論，見中野美代子，《從中國小說看中國人的思想方式》（北京：北京十月文藝出版社，1989），第四章，〈虛構與現實〉，頁 77-78；中野美代子，《中國の思考樣式小說の世界かう》（東京：講談社，1974），頁 111-142。幽界乃人世的仿造，人世與幽界也非完全隔絕，鬼靈與人類甚至可以相安無事共存。有關討論，見賈二強，《唐宋民間信仰》（福州：福建人民出版社，2002），頁 202；張火慶，〈聊齋誌異的靈異與愛情〉，《中外文學》，第 9 卷第 5 期（1980），頁 71；石育良，〈死亡與鬼魂形象的文化學闡釋——聊齋志異散論〉，《中山大學學報》（社會科學版），頁 108；沈毅，〈死亡恐懼對原始思維的制約作用和矛盾定向〉，《浙江學刊》，1994 年第 5 期，頁 73。

而往往喜歡將非現實的存在形態，導引到自己所認識的領域上去。幽冥世界，在倫理結構、社會組織各方面，很多時都是人世的仿造。曹丕《列異傳》〈蔣濟兒〉一文，蔣濟「厚賞」孫阿，為亡兒謀得錄事一職，見財通鬼神，陰曹亦染賄賂之風。此外，以強凌弱的生存原則，亦同陽間。〈獨孤穆〉一篇中，隋末皇裔死後，受「兇鬼」所擾，唯有以身許獨孤穆以求遷葬，脫離惡勢力；由此可見陰間就如陽世的縮影。[50]（出自陳翰《異聞集》見《太平廣記》卷三百四十二）

1. 祖墳──宗族與饗祭

〈唐晅〉和〈唐儉〉兩篇鬼婚小說，都呈現了重視宗族的觀念。〈唐晅〉一篇，其妻死後，在幽界仍受制於父命，自言：「堂上欲奪兒志」，父親欲將她改嫁給北庭都護侄鄭明遠。唐晅妻極力反抗，「誓志確然」，才令其父改變主意。由此可見父權勢力，無論陰陽二界同樣不可規避。《搜神記》卷十六〈崔少府墓〉中，盧充與崔少府女之冥婚，便由崔少府和盧充父──兩位父親所議定。

除父權管治外，陰界的宗族觀念亦十分強大。女子出嫁從夫，一旦成婚便加入男方的宗族。[51] 身亡後仍以依棲夫族為尚。〈唐晅〉中主人公問及其妻在冥中居於何處，唐妻的

---

50 〈蔣濟兒〉，見鄭學弢校註，《列異傳等五種》（北京：文化藝術出版社，1988），〈蔣濟兒〉，頁 10-11。鬼界中亦有以強凌弱者：〈薛慰娘〉一文，慰娘剛死之初，便為「群鬼所凌」。見《聊齋誌異》三會本卷十二，頁 1622-1627。此外〈秦少府〉一文中，鬼界中之雄鬼，欺壓弱鬼，甚至逼鬼為娼。見樂鈞，《耳食錄》（重慶：重慶出版社，1996）[《耳食錄》、《三異筆談》合刊本]，卷二，〈秦少府〉，頁 50-53。

51 段塔麗，〈唐代婚姻習俗與婦女地位探析〉，《陝西師範大學學報》（哲學社會科學版），第 31 卷第 2 期（2002 年 3 月），頁 83。

答案是「在舅姑左右」（舅姑即公婆）；依夫族而居。此外，〈唐儉〉一篇，薛良妻因夫為「貨師」，遠離家鄉；薛妻死後只能隨葬洛城。亡人對此安排表示遺憾，「因為未能一歸侍舅姑」。薛良妻以能與身故的夫婿，同歸葬祖墳「以祔先塋」為榮並感到雀躍。

　　〈唐晅〉和〈唐儉〉中，亡人唐晅妻和薛良妻所反映的與夫族同居，或熱切期待回歸夫族的情況，便表現了濃厚的注重家族紐帶的觀念。對宗族的重視，其實亦反映在喪葬文化中。在原始社會裏，氏族生前聚居同一鄉村，死後也葬在同一墓地──公共墓地。至西周春秋時期，由於宗法制度的影響而產生宗族墳墓──同族而葬。山東曲阜孔氏墓地孔林，便是勢力強大的宗族墓地。在宗族墓地觀念影響下，後世對祖墳便十分重視。祖墳──家族墓地往往具有神聖意義。[52]《三國志・吳書》〈虞翻傳〉載虞翻：「在南十餘年，年七十卒，歸葬舊塋，妻子得還。」虞翻生前在外多年，死後亦以歸葬先塋為尚。不少人生前最大的遺願，就是在死後入葬祖墓。《晉書》〈羊祜傳〉載：羊祜死「求葬于先人墓次」。人鬼婚戀小說中，主人公為求在祖墳下葬，甚至以鬼身相許：《諧鐸》〈鬼壻〉一文，邱淑未娶而亡的鬼妻，以身相獻，為的便是以正妻名份，「依君先人壚墓耳」。（卷十一）[53] 由此可見入葬祖墓的重要性。就算客死

---

[52] 靳鳳林，上引書，頁 227-229。

[53] 沈起鳳，《諧鐸》（重慶：重慶出版社，1996）[《諧鐸》、《埋憂集》合刊本]，卷十一，頁 157-158。此外，章阿端對戚生有情有義，最終亦獲「以生人禮葬于祖墓之側」。見《聊齋誌異》三會本，卷五，〈章阿端〉，頁 627-631。至於唐人之喪葬禮俗，唐人營葬甚奢，王公百官，競為厚葬，風俗流行，下兼士庶。送葬有明器，又有墓田。見《唐代政教史》，頁 80-81。此外，祭祖、拜祭祖先，乃中國人孝道的一種表現。見張琪亞，上引書，頁 248-249。

異鄉如〈唐儉〉中的薛良及其妻，亦以能運柩歸葬祖墳為要務。

歸葬祖墳一方面反映了家族的觀念：希望死後能與家人共聚泉下，另一方面，則涉及「實際」的饗祭問題。能入葬祖墳便能有得享香火的保證。《幽明錄》〈陳素〉一則，陳素之子因為不是親生兒，由他來主持「祠祀」，因而令祖先不能得享香火。（《太平廣記》卷三百一十九）由此可側見透過祭祖，先人是可以得享祭品的。血親、有正式名份的夫妻之拜祭，令亡人得享香火──使幽界生活保持在一定的水平。因此得入祖墳，得享香火，便變得十分重要；〈唐儉〉中的薛良妻便表現了期望入葬祖墓的強烈意欲。

2.「受歲」與亡女撫育

〈唐儉〉涉及對歸葬祖墳的期待；〈唐晅〉一文，則涉及陰、陽的時間差距和早夭兒的撫育課題。是篇的主人公會亡妻時，發現亡女美娘竟能在冥中「成長」，因而引發一個有趣的問題，便是陰間歲月如何折算？美娘在襁褓時夭折，唐晅問亡妻：「地下豈受歲乎？」答案是幽界歲月與人間無別，而美娘亦已成長為五、六歲的「兒童」。陽界與仙界和陰界相比，「時差」各異。仙境歲月要比人間快速得多。《幽明錄》〈劉晨阮肇〉一篇，兩位主人公在仙界逗留半年，回到人間已歷七世。（刊於《叢書集成初編》）至於陽界與陰間的歲月換算，從〈唐晅〉中亡女美娘在陰間的成長「速度」，與人世相同，可見陰、陽二界基本上沒有「時差」。

除歲月問題外，〈唐晅〉一文亦揭示幽界中「單親」撫女的家庭結構。唐晅亡妻對亡女，表現了自然的母愛：「美娘又少。囑付無人」。為了撫育美娘，唐妻甚至請來已故的

婢子羅敷，照應女兒。其實，從古代的喪葬文化中，亦能反映父母與兒女以至族人的關係。新石器時期如半坡遺址墓地，兒童死後大多數不是葬於氏族公共墓地，而是置於甕棺內，這就是所謂「甕棺葬」；可見未成年者是不能進入氏族墓地的。[54] 這種葬禮形式，在後世如漢、魏時則有所改變，變為夭折的兒童能與亡親合葬。洛陽漢墓便有此習，《洛陽燒溝漢墓》載：墓三十六耳室內，放著兩個小棺，以棺的長度而論，可能是死者與夭殤子女的祔葬。此外，魏晉時，亦有把未成年子女與父母埋在一起的祔葬形式。洛陽晉墓出土孫世蘭女墓志載：「新婦前產二子……皆年二歲不育……遂以祔于其母焉」。[55] 兒童與父母合葬，不僅旨在泉下再聚，亦表示了「方便」照顧幼兒的用意。〈唐晅〉中唐妻與亡女可能也是以祔葬的形式舉殯，或兩墓相鄰「方便」照應也說不定。唐妻以單親的情況，猶對美娘在泉下悉心照料，便表現了對亡女的關愛；母親對兒女的愛護及撫育，甚至能延伸至他界。此外，美娘能在幽界中「受歲」，繼續成長，亦展示陰界與陽世在時間推展上並沒有「時差」。

3. 入冥與冥居

　　〈唐晅〉一篇，亡婦攜女自他界到臨人世；〈李行修〉

---

54 半坡遺址的甕棺葬，甕底部穿有小孔，讓靈魂有通路出入。甕棺葬的討論，見盧昌德，〈中國喪禮的形成與厚葬的關係〉，《信陽師範學院學報》（哲學社會科學版），第 16 卷第 1 期（1996 年 1 月），頁 49；張捷夫，《中國喪葬史》（台北：文津出版社，1995），頁 4-5；西安半坡博物館編，《半坡仰韶文化縱橫談》（北京：文物出版社，1988），頁 74。

55 子女與父母的祔葬討論，見中國科學院考古研究所編，《洛陽燒溝漢墓》（北京：科學出版社，1959），頁 33；李如森，上引書，頁 219-220；河南省文化局文物工作隊第二隊，〈洛陽晉墓的發掘〉，《考古學報》，1957 年第 1 期，頁 175。

一文，則是篇入冥小說——由主人公身入他界，親眼目睹冥間，直接讓讀者得睹幽界的居室。主人公的入冥過程相當複雜，可見幽冥亦不是凡人輕易能抵達的他界。李行修要通過王老、九子母及妙子三位的襄助，才能進入冥界。王老是近似巫師的人物：「善錄命書」。得王老的指點，李行修才懂得呼求「九娘子」，借出使女妙子，引見亡妻。文中所提襄助主人公的神靈九娘子，查即神女女岐，亦即九子母。《楚辭》〈天問〉：「女岐無合，夫焉取九子？」王逸（約89-158）注：「女岐，神女，無夫而生九子也。」這位沒有丈夫但有九位兒子的九子母，據《玄中記》〈女雀〉之載，乃天帝少女，是位女鳥型神女，又即姑獲鳥：「衣毛為飛鳥，脫毛為女人」，這位穿上毛衣而能化鳥的「毛衣女」式的神女，「無子，喜取人子養為子」。[56] 九子母取別人之子來撫育之習，便解答了《楚辭》〈天問〉中九子母無夫為何有九子的疑問。[57]〈李行修〉得九子母這位神女，借出使女

---

[56] 有關九子母女神的出身、特點，見《楚辭集注》，卷三，〈天問〉，頁53；郭璞，《玄中記》，刊於《續修四庫全書》（上海：上海古籍，1995），子部小說家類，頁286。

[57] 九子母是毛衣女式的女神。毛衣女故事乃傳統天鵝處女（swan maiden tale）故事，即君島久子所言的羽衣故事，見君島久子，〈羽衣故事的背景〉，《民間文藝集刊》，第八集（1986），頁285-299。亦即小南一郎所言的女鳥型故事。見小南一郎，〈西王母與七夕文化傳承〉，《中國的神話傳說與古小說》，孫昌武譯（北京：中華書局，1993），頁10。鍾敬文研究仙女變形，被凡人竊天衣並作為人間婦的天鵝處女型故事，舉出《搜神記》卷十四〈毛衣女〉（頁175）為這類故事的始祖。此外，尚有句道興《搜神記》〈田昆侖〉一篇，亦屬天鵝處女型故事。〈田昆侖〉故事，刊於潘重規編，《敦煌變文集新書》（台北：文津，1994），頁1230-1233。鍾敬文對天鵝處女型故事的研究，見鍾敬文，《鍾敬文民間文學論集》（上海：上海文藝出版社，1982），頁36-73。汪玢玲亦有關於這類故事流佈及美學價值的討論，見汪玢玲，〈天鵝處女型故事研究概觀〉，《民間文學論壇》，1983年第1期（1983年1月），頁40-51。

妙子，才能進入幽界。

　　妙子這位入冥的直接引導者，就是施展飛翔仙術，將主人公送往幽冥：仙女跨在竹枝上迅速飛行「迅疾如馬」，李行修亦踦竹，與妙子並馳，翱翔抵達幽冥。飛翔就是仙女的本領及仙術之一。《異聞集》〈沈警〉中，主人公得仙女之助，坐飛車抵仙界。（見《太平廣記》卷三二六）《子不語》卷六〈白虹精〉一文，主人公足踏仙女所贈布匹，亦能飛昇。[58]李行修得妙子施展飛翔仙術，便身臨幽界。

　　由李行修幾經求助、幾經轉折，才能抵達幽界，可見幽界與陽界的距離；凡人如欲入冥，也非容易之事。〈李行修〉一文中的幽冥，與陽世的建築十分相近：位於一座大城市中，「城闕壯麗」。可以稱得上是富泰、舒適的冥府。李行修妻就居住在「大宮」之內，宮中房間眾多，其妻佔住其一，甚至還如陽世一般，由亡婢侍候，生活素質不比陽間為低。除〈李行修〉一文外，《聊齋誌異》中的幽冥，亦仿如人世，〈伍秋月〉一文中，幽界便如陽間一樣，有城郭、市集，以及囚禁犯人的監獄。（三會本卷五）作者將幽界描寫為與人世一般，便可以減輕人類對死亡的震驚及恐懼。畢竟，死後入住一個如陽間一般「熟悉」的地方，心理上便沒

---

58 女仙仙容、仙德、仙壽和仙術之特徵，見申載春，〈論女仙形象及其文化意義〉，《淮陰師專學報》，第 19 卷（1997 年第 3 期），頁 9-10。至於幽界的管轄，亦仿似人世，人間由各級官員管治，幽界則由冥吏督管，他們亦有權向幽靈施罰。〈唐晅〉中唐妻但言：「人死之後，魂魄異處，皆有所錄」。換言之，鬼魂全歸冥官管轄。幽魂離冥回陽，需得冥官允准。唐妻與唐晅之會面，也要通過有司，才「放兒暫來」。篇中的冥官亦非無情之人，陰吏就是被陽世情痴的唐晅所感動，才放魂回陽，使唐妻能與夫一聚天倫。雖云鬼律不外人情，違法之鬼靈，卻需接受處分，故唐晅妻與夫相聚一宵，天將明便被翁婆遣婢催令回冥「恐天明冥司督責」。可見鬼靈是受到冥吏監管的。

那麼焦慮及畏怕了。

　　唐代人鬼婚戀小說中的幽冥，與民間信仰中的幽都、泰山、華山和地獄不同；既沒有死後審訊，也缺乏地獄拷問。這可能與小說的側重點不在因果報應，而在悼亡、補償死別創痛或性幻想等主題有關，因而缺少了地獄幽界的可怖色彩。唐代人鬼婚戀中，所呈現的幽界，一切仿似陽間，同樣是注重宗族、倫理，也沒有時間上的差距；居所、管治各方面，也是人世的仿造。

㈢心理上的安慰

　　〈唐儉〉、〈唐晅〉和〈李行修〉三篇，都涉及冥界的描寫。無論寫歸葬祖墳、亡女在泉下的成長，抑或是入冥尋妻，都能為主人公帶來心理上的安慰。〈唐儉〉一篇，薛良妻客死異鄉，加上家境貧寒，身亡後亦過著清苦的生活。她的居室只是個「小室」，陋室中甚至「無廚灶」，只靠「側近求食」——行乞度日。唐代墓地大小有一定限制：門戶高低，葬地亦有差別。公侯墓地大小為一百方步，墳高二十尺，庶人墓為二十方步，墳高七尺；[59] 貧賤者的墳地則更為簡陋，薛良妻的「小室」就是陋墳的反映，「側近求食」，更見其作為異域魂的孤苦——乏人拜祭。薛良妻未能饗祭，一來因為薛良家貧，供奉的祭品不多，更重要的原因是客死洛城，未能入葬祖墳，缺少家族祭祀，因而形成雪上加霜——乞食的苦況。薛良妻在幽冥苦候了五年，待薛良身故，才能與夫一同歸葬祖墳，與家族團圓，並饗族祭。這種泉下重聚的寄託，便替在生者帶來希望，從而減輕死亡的滅絕及孤獨感。

---

59 靳鳳林，上引書，頁 230-231。

　　〈唐儉〉強調泉下重聚，〈唐晅〉則突出了泉下女的「成長」；透過早夭兒美娘的「受歲」——在冥界的生長，撫慰了唐晅喪女之痛。主人公在幾年間先後喪女、喪妻；喪妻時甚至未能趕及見妻子最後一面。亡妻攜夭折女兒美娘回陽一聚天倫，便可在一定程度上，安撫了主人公因死別而產生的強烈遺憾。

　　至於〈李行修〉一文，主人公幾經波折，苦求入冥，與鬼妻相會，其實亦解開了主人公悼亡妻及續弦的雙重心結。李行修的第一重心結為對亡妻的懷念，第二重心結則為丈人欲以小女妻行修，為其續娶。對亡妻之情，卻又影響著行修不忍再娶的念頭。縱使李行修及老奴早有夢兆主人公將再娶亡妻之妹——王家小娘子，行修仍未敢越雷池。直至主人公入冥會妻，妻以小妹見託，囑其續弦：「但得納小妹鞠養。即于某之道盡矣」，才為行修解開心結。主人公在入冥之旅後，便恢復舊有的生活秩序，並續娶妻之幼妹；放下感情的重擔。〈唐儉〉、〈唐晅〉和〈李行修〉三篇，透過對幽冥的描寫，寄託了死後重聚的冀盼，撫平了喪女、喪妻之痛，讓在生者心靈上獲得安慰，猶如「精神治療」般——醫治悼亡者因死別而產生的種種心理「創傷」。

結論

　　唐代人鬼婚戀小說，表現了時人對死亡的反思。招魂、人鬼交感和幽界三類篇章間的相互關係如下：

　　鬼靈的觀念是在靈魂不滅的基礎上產生的。人死化鬼，以另類方式「存在」於他界，較諸人死如煙滅般的滅絕，較令人感到安慰。招魂和幽界類人鬼婚戀小說，往往能撫慰飽受死別創痛的在生者。〈許至雍〉和〈韋氏子〉中，主人公

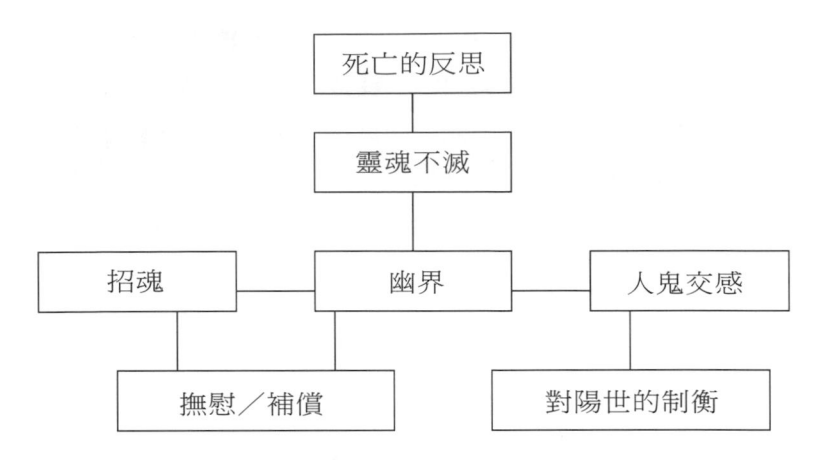

透過巫師招來亡妻與亡妓之芳魂，便能撫慰許至雍和韋氏子
受死別創傷之痛。至於有關幽冥他界之篇；作用亦在於安慰
失去至親者的心靈。〈唐儉〉一文，薛良妻死後堅忍苦候，
終於歸葬先塋在望，得入夫家宗族之祖墳，與丈夫和族人共
聚泉下。這種他界共聚的宗族觀念，乃是對死亡的一種較為
美好的寄託。至於〈唐晅〉一篇，唐晅之亡女，竟能在幽界
中「成長」，便替悼念早夭亡女的主人公，帶來莫大的安
慰。

　　招魂與幽界類小說，為在世者帶來撫慰；人鬼交感類篇
章，則著眼於他界對陽世的感應和制衡。〈李佐文〉中王婦
因亡夫之悲，遽然改變再醮的決定，可見幽魂亦會透過種種
途徑，對在生者的行為作出約制。招魂、幽界和人鬼交感類
小說，都反映了時人對死亡的反思。幽界乃人世的仿作，它
的存在使在生者心理上獲得撫慰，行為上或多或少則受到他
界的制衡。

✿此文原載於《淡江人文社會學刊》第二十二期，2005。

怪誕小說

──《西遊補》和《斬鬼傳》

緒論

　　諷刺小說中不乏怪誕（grotesque）的描寫，本文嘗試從怪誕的角度，來探討《西遊補》和《斬鬼傳》。明末董說（1620-1686）的《西遊補》，以行者為鯖魚吐氣所迷惑，進入迷離惝恍的夢境：在小月王的萬鏡樓中，幻入青青世界、古人世界及未來世界。是書表現行者在情欲與理智間的矛盾，以及用以諷刺明季世風。全書正如魯迅所言：「恍忽善幻，奇突之處，時足驚人。」[1] 行者在幻境中，進入迷離

1　魯迅，《中國小說史略》，刊於《魯迅三十年集》（香港：新藝出版社，1974），頁 184。西遊補雖然是《西遊記》的續書，實際上是自成格局。《西遊補》在作者和成書年代方面仍有不少爭論。《西遊補》作者有二說。一說為董說，一說為董說之父董斯張。據劉復的考證，《西遊補》的作者是董說，該書是其二十一歲時（1640）的作品。見劉復，〈西遊補作者董若雨傳〉，刊於《西遊補》（上海：上海古籍出版社，1985）附錄論文，頁 96。（本文所引《西遊補》原文，皆以此版本為依據。）此外，高洪鈞和傅承洲則力主董斯張才是真正的著作人。《西遊補》早期刊本，署「靜嘯齋主人」。傅承洲考證，靜嘯齋就是董斯張的室名，故《西遊補》當為董斯張之作。見高洪鈞，〈西遊補作者是誰？〉《天津師大學報》，1985 年第 6 期（1985 年 12 月），頁 81-84；傅承洲，〈西遊補作者董斯張考〉，《文學遺產》，1989 年第 3 期（1989 年 6 月），頁 120-122。《西遊補》作者，仍以董說之說為合。鈕琇說他在幼年時曾見董說《西遊補》一書。鈕琇與董說同時，其說亦十分有力。鈕琇之見，載於《觚賸續編》，刊於孔另境編，《中國小說史料》（上海古籍出版社，1982），頁 141-142。至於《西

世界。在第八、九兩回中，他更在陰司裏審訊秦檜。作者在
這兩章中所採用的怪誕手法，尤為獨特。

《斬鬼傳》與《西遊補》同屬怪誕類小說；劉璋
（1666-?）在清朝康熙年間寫成《斬鬼傳》。這本書上承明
朝萬曆年間（1573-1618）出版的《鍾馗全傳》，下啟雲中
道人在乾隆年間（1736-1795）所寫的《平鬼傳》，[2] 因而具
有承先啟後的作用。《斬鬼傳》裏鍾馗斬掉署名鬼簿上的
「人鬼」；[3] 這些「人鬼」如色中餓鬼和醉死鬼等，代表了
人類好色、酗酒等癖性。群鬼造型的滑稽、言行之可笑，以
及被剜目（第二回鍾馗吃掉搗大鬼的眼睛）、被砍斷筋腸
（第四回鍾馗斬謅鬼）的可怖下場，互相衝擊，因而造成一
種不協調的怪誕效果。魯迅（1881-1936）對這本怪誕小說
的評價不是太高，他說：「《斬鬼傳》詞意淺露，已同嫚
罵」[4]。若以魯迅「婉曲」的標準來衡量諷刺小說，《斬鬼
傳》辛辣的諷刺，當然達不到「婉曲」之旨，但是書在諷刺
史上，地位亦不容忽視。《斬鬼傳》開創鬼界寓言的先河，
直接影響《平鬼傳》和《何典》的寫作。胡萬川說：「以現
存資料可見者而言，《斬鬼傳》是我國最早的一部真正純為

遊補》的成書，據劉復的考證，該在明亡前。寒爵則認為是明亡後之作。見
寒爵，〈西遊補創作的時代背景〉，《國立編譯館館刊》，第 1 卷第 3 期
（1972 年 6 月），頁 193。《中國通俗小說書目》載此書有明崇禎刊本。見
孫楷第，《中國通俗小說書目》（北京：人民文學出版社，1982），卷
五，明清小說部乙，頁 193。《西遊補》既有明崇禎刊本，是書當為明亡前
之作。

2 胡萬川，《鍾馗神話小說之研究》（台北：文史哲出版社，1980），頁 6，
7，163。

3 劉璋，《斬鬼傳》（湖北：長江文藝出版社，1980）以下所引《斬鬼傳》
原文，皆以此版本為依據。

4 魯迅，上引書，頁 230。

諷刺為目的而創作的通俗小說。」[5]

一、何謂怪誕

據湯姆森（Philip Thomson 1941- ）所言，怪誕在羅馬文化的基督時期已經存在。[6] 這種從繪畫及視覺藝術發展而來的藝術風格，自 1502 年，意大利畫家平托域茲奧（Pinturicchio），以怪誕畫風為施安娜教堂（Cathedral of Siena）裝飾屋頂後，便漸為人知。其實，「怪誕」這個名詞，源自意大利語 grotta，意思即是洞穴。[7] 下頁圖是黃金宮殿（Golden

---

[5] 胡萬川，上引書，頁 174。清代有借描繪神魔鬼怪來批判人間現實的諷刺小說，見李保均編，《明清小說比較研究》（成都：四川大學出版社，1996），頁 236。《明清小說比較研究》就將《斬鬼傳》列為以鬼怪諷刺現實一類。譚正璧亦評《斬鬼傳》「富含譏刺」。見譚正璧，《中國小說發達史》（上海：光明書局，1935），頁 423。《斬鬼傳》飽含譏諷，借「人鬼」而對人類的癖性進行諷刺。書中的四十隻鬼，除溫尸鬼和風流鬼是真鬼外，其餘都不是一般陰司中的幽靈，他們代表人性中的種種癖性。這些癖性如吝嗇、好色、酗酒、迂腐等，都是人類的劣根性及壞習慣；這些惡習亦將人變成半人半鬼的「人鬼」。閻君說：人、鬼之分，「只在方寸。方寸正時，鬼可為神，方寸不正時，人即為鬼」。（第一回）《斬鬼傳》便充斥著這些「方寸不正」的陽間群鬼，他們代表「習染成性的罪孽」，《斬鬼傳》的宗旨就在借鬼刺世。作者把人間的病態與醜惡，在鬼的身上表現出來，並讓鍾馗作為社會正義的象徵，把醜惡一一掃滅，重造一個清明的世界。《斬鬼傳》旨在借鬼刺世，《平鬼傳》與之風格相近。兩書宗旨相同，風格接近，都是以誇張的形象、荒誕的情節、滑稽筆調，托鬼語以諷世。相比之下，《平鬼傳》比《斬鬼傳》更為峻急刻露，關目鋪陳則不如《斬鬼傳》妥帖，藝術上稍稍遜之。見韓秋白、顧青，《中國小說史》，（台北：文津，1995），頁 275。

[6] 菲利普・湯姆森，《怪誕》，黎志煌譯（哈爾濱：北方文藝出版社，1988），頁 17。是書譯自 Philip Thomson, *The Grotesque* (London：Methuen & Co. Ltd.,1972).

[7] Arthur Clayborough, *The Grotesque in English literature* (London: Oxford Univ. Press, 1965), PP.2-3.

黃金宮殿的壁畫

Palace）的壁畫。[8]「怪誕」一詞原來的意思，就是指1480年
左右，考古學家發掘到的地下洞穴——黃金宮殿上的壁畫。
那些迴異於常見藝術風格的半人半獸，人類、野獸及植物所
混合的裝飾藝術，被統稱為怪誕作品。

　　至於《西遊補》和《斬鬼傳》是否屬於怪誕文學這個問
題，首先要看看怪誕的定義。雨果（Victor Hugo 1802-
1885）認為怪誕一方面創造了畸形與恐怖，另一方面卻是喜
劇化與滑稽的。從雨果的話，可見怪誕的基調就是恐怖與滑
稽所引起的不協調感（incongruity）。[9]湯姆森在《怪誕》一
書中，指出可怖與可笑所產生的不和諧感覺，就是怪誕的基
本調子。[10]可以說怪誕的定義，便是笑謔與恐怖並列，所產

8　圖片取材自 Geoffrey G. Harpham, *On the Grotesque* (New Jersey: Princeton
　　Univ. Press,1982), P.24.

9　Wolfgang Kayser, *The Grotesque In Art and Literature* (New York: Columbia
　　University Press, 1981),P.57. 怪誕理論的運用，亦見劉法民，《怪誕美的現代
　　擴張》（北京：中國社會出版社，2000）；鄭明娳，〈現代散文中的怪
　　誕〉，《現代中文文學評論》，第三期（1995年6月），頁65-89。

10　湯姆森，上引書，頁 8-11，20。《斬鬼傳》亦多怪誕之例，至於《斬鬼
　　傳》的作者，據所搜集的資料而言，作者應該是劉璋。提出這個說法的人是

生的不協調感。怪誕除了不協調的基礎外，這種不和諧亦常產生令人驚愕的效果，而反常、誇張、諷刺畫（caricature）般的描寫，亦有助產生可怖復滑稽的怪誕效果。

二、不協調的基調

　　《西遊補》和《斬鬼傳》裏，不乏可怖、可笑衝擊而成的不協調例子。《西遊補》中行者權充閻君，以《秦檜惡

徐昆，其《柳崖外編》卷二記載了一條重要的資料：「太原劉璋先生作鍾馗斬鬼傳，頗奇詭。……劉先生固讀書好奇士也」。徐昆載《斬鬼傳》作者為劉璋的資料，多被人引用。在研究《斬鬼傳》作者的問題上，徐昆之見是條重要的線索。見徐昆，《柳崖外編》（台北：廣文書局，1969），卷二，《素素》，頁 1。徐昆指出《斬鬼傳》出自劉璋之手，有其可信性。因為徐昆和劉璋都是山西人，在居地上相距不遠，時代上又很相近，見聞比較真確；徐昆的記載便成為考證《斬鬼傳》作者真實姓名的一項重要材料。後世學者，多引錄徐昆的說法：孫楷第、胡萬川、王青平、齊裕焜、韓秋白、顧青等，皆引《柳崖外編》的資料，認為劉璋是《斬鬼傳》的作者。見胡萬川，上引書，頁 159-160；王青平《〈斬鬼傳〉抄本的發現與考證》，刊於《文學遺產》，1983 年第 3 期（1983 年 9 月），頁 99；齊裕焜、陳惠琴，《中國諷刺小說史》（瀋陽：遼寧人民出版社，1993），頁 62；韓秋白、顧青，《中國小說史》，頁 274。孫楷第亦認為劉璋是《斬鬼傳》的作者。見《中國通俗小說書目》，頁 227。孫楷第在第九才子書《斬鬼傳》的資料中，錄有是書作者為煙霞散人，煙霞散人即劉璋。有關劉璋的生平資料不多，《中國通俗小說書目》載：劉璋字于堂，號樵雲山人，山西太原人。王青平考證劉璋的生卒年，指出劉璋當生於康熙丙午五年（1666），至於劉璋的卒年則未能詳考，只知他在乾隆初年尚在人世，其時已有七十多歲。有關劉璋的生平資料，主要有王植所著《深澤尹二劉合傳》和《縣尹劉于堂壽序》，見《〈斬鬼傳〉抄本的發現與考證》，頁 103。王植所寫的序文，見王植《縣尹劉于堂壽序》，刊於劉璋，《斬鬼傳》（山西：北岳文藝出版社，1989），附錄二，頁 255-256。據《深澤尹二劉合傳》的記載，劉璋為康熙丙子年（1696）舉人，曾任深澤令，任內表現寬厚愛民。《縣尹劉于堂壽序》則評劉璋：「仁政及民。」見王植，《縣尹劉于堂壽序》、《深澤尹二劉合傳》，刊於《斬鬼傳》（山西：北岳文藝出版社），附錄二，頁 255-258。有關《斬鬼傳》的成書年份，王青平曾作詳細的考證，並以作者手稿本和正心堂鈔本為依據，指出《斬鬼傳》該書成於 1688 年之前。

記》為依據審訊奸臣。這幕在地府上演的「公案劇」，是集全書最精彩的怪誕描寫之處。（第九回）[11] 第九回裏行者以閻君身份，下令對秦檜施行剮刑；凌遲奸相，場面便相當恐怖和血腥。青面獠牙鬼凌遲奸臣，把一片片人肉，投入火灶中，每剮一遍，便擂鼓一通。鬼差施刑的手法雖然可怕，卻又充滿了藝術美感。他們將秦檜視作雕塑品一般，第一次剮個「魚鱗樣」，第二次則剮個「冰紋樣」[12]。本來異常恐怖的場面，就被這種黑色幽默沖淡了。正如勞森（Lewis A. Lawson 1931- ）所言：「可笑與自然的事物有關，而怪誕則與反自然相類。」[13] 一正一反所產生的不協調，便是怪誕文學的主調。可怖令讀者在恐懼中得以釋放情緒，而可笑與滑稽，就正如糖衣一樣，減輕由怪誕所引起的恐怖感，[14] 同時亦令讀者較易接受。

除剮刑外，第九回中作者將秦檜變成螞蟻、蜻蜓和馬兒，亦集合可怖與可笑的不協調元素。秦檜被碓成桃花紅粉水，再被變成百萬隻螞蟻，在地面四處爬行。這個場面雖然可怖，但白面精靈鬼將他碓成充滿色彩、悅人眼目的桃花紅

---

11 怪誕文學的不協調基調，源自可怖與可笑的並列。例如《格列弗遊記》（*Gulliver's Travels*）中，描述格列弗在大人國裏，目睹幼兒哺乳一幕，便充滿怪誕意味。主角看到怪異的巨乳，這個巨乳長約六呎，圓周也有十六呎，上面還佈滿雀斑及暗瘡（第二卷第一章）。此外，格列弗在河邊被醜陋、退化的女雅猴（yahoo）誤認為同類，強行擁抱（第四卷第七章）。這些經典場面，都是混雜恐怖與可笑的怪誕描寫。Jonathan *Swift,Gulliver's Travels* (London：Penguin Books Ltd，1985), PP.130，314.

12 鬼差將秦檜凌遲所產生的肉體上之痛苦與可怖所產生的恐懼感，和鬼差慢條斯理地仔細雕刻「冰紋樣」、「魚鱗樣」之黑色幽默，兩種不同的元素：可怕與可笑互相激盪而產生不協調之怪誕感。

13 Lewis A. Lawson, *The Grotesque in Recent Southern Fiction* (Ph. D Thesis：Univ. of Wisconsin,1964) ,P.28.

14 湯姆森，上引書，頁 97-8。

粉水，卻是黑色幽默的另一例子。像變成螞蟻的例子一樣，
將秦檜變成蜻蜓亦是怪誕的描寫。秦檜被放在油鑊中，被油
煎炸；拆開兩脅，用肋骨製成四翼。這段描寫可謂觸目驚
心，但幽昭都尉將秦檜仿作蜻蜓，卻又充滿戲謔性的滑稽。
此外，作者將奸臣變作花蛟馬，任數百惡鬼騎的騎，打的
打，也是怪誕的場面。以上三個例子，將人變成螞蟻、蜻蜓
和花蛟馬，就是運用了變形（distortion）的手法。變形是諷
刺家常用的一種技巧，作用就正如霍格茲（Matthew Ho-
dgart）所言：「將受害人的地位、身份變形以收低貶效
果。」[15]

　　行者在未來世界中，對秦檜施行的酷刑，確是充滿諷刺
意味。董說的意圖，就是借秦檜來指桑罵槐。至於作者的諷
刺對象，則有不同說法。王拓（1944-　）認為這一節是用來
：「痛罵當時那些漢奸如吳三桂之流」，「痛貶當時引清兵
入關的吳三桂」[16]。魯迅在《中國小說史略》中指出：「全
書實於譏彈明季世風之意多，於宗社之痛之跡少，因疑成書
之日，尚當在明亡以前。」[17] 縱觀全書，黍離之悲少，對世
情的憤慨則多，魯迅之言亦可信。曾永義也認為是書寫於作
者落第而歸的次年。[18] 董說寫作《西遊補》時，明朝尚未亡
國，所以秦檜所影射的對象，該不會是吳三桂，更有可能的
是魏忠賢。傅世怡（1950-　）說：「檜之專柄，乃忠賢之寫
照也。」[19]明熹宗（1620-1627年在位）時，魏忠賢弄權，掌

---

15 Matthew Hodgart , *Satire* (London: World Univ. Library, 1969) ,P.115.

16 王拓，〈對《西遊補》的新評價〉，刊於《文人小說與中國文化》（台北
　：勁草文化事業有限公司，1975），頁240。

17 魯迅，上引書，頁183。

18 曾永義，〈董說的鱸魚世界〉，《中外文學》，8：4，頁21。

19 傅世怡，《西遊補初探》（台北：台灣學生書局，1986），頁105。

東廠並仇殺異己，朝臣如左光斗、魏大中、楊漣等，皆慘死於酷刑下。作者以刑秦檜，來發洩對魏忠賢等奸臣之民憤，亦是可以理解的事情。

除《西遊補》外，《斬鬼傳》中，亦充滿不協調的基調。《斬鬼傳》裏，五鬼鬧鍾馗一節，乃精彩的怪誕描寫。怪誕的基調，就是可笑與可怖並列所產生的不協調。五鬼鬧鍾馗一幕，亦充滿了滑稽可笑及血腥暴力的不諧協。鍾馗的形象，一向是貌寢、威風凜凜的大神。《斬鬼傳》裏，唐德宗見鍾馗而曰：「此人醜惡異常，如何作為狀元？」（第一回）《鍾馗全傳》中，他亦是：「面貌奇異體態非凡，聲如洪鍾（鐘）眼似銅鈴」[20]，天上武曲星托生的異人。鍾馗面相的醜陋，可以收到以惡制惡的效果。胡萬川說：「這種以鬼嚇鬼的心理，顯然的，正是同類相剋（like cure like）巫術的運用。」此外，胡萬川認為鍾馗的原型，來自古代逐鬼驅

---

20 劉世德等編，《古本小說叢刊》，二輯五冊（北京：中華書局，1990），卷一，頁 2035。《斬鬼傳》中五鬼鬧鍾馗的情節，乃繼承明代雜劇《慶豐年五鬼鬧鍾馗》發展而來。見徐徐，〈五鬼鬧鍾馗〉，《紅樓夢研究集刊》，第八輯（1982 年 5 月），頁 40。五鬼鬧鍾馗的故事，起源自何時已不可考，但在明朝的雜劇中，已經出現，且已經是成熟的作品。《斬鬼傳》裏的鍾馗與《慶豐年五鬼鬧鍾馗》相比，在神通及威儀方面顯得較為遜色；但劉璋賦予鍾馗的人性弱點，卻令角色顯得更為寫實及鮮活。《慶豐年五鬼鬧鍾馗》一劇，鍾馗兩度接受群鬼挑戰：五鬼在五道將軍廟中，竊去他的唐巾和衣服，最終卻被他懾服，令「眾鬼十分慌」。（第一折）此外，鍾馗被玉帝封為判官後，受到大耗鬼出言不遜的挑戰，鍾馗亦能降伏群鬼，令他們下跪求饒。（第三折）見無名氏，《慶豐年五鬼鬧鍾馗》，刊於《孤本元明雜劇》（台北：台灣商務印書館，1977）。《慶豐年五鬼鬧鍾馗》乃歲首吉祥劇。除《五鬼鬧鍾馗》外，另有《鍾馗嫁妹》的故事，五代時畫家已有鍾馗嫁妹的畫作。《鍾馗嫁妹》之載，見俞樾，《茶香室三鈔》，刊於《茶香室叢鈔》（北京：中華書局，1995），卷二十，頁 1297。《慶豐年五鬼鬧鍾馗》裏的鍾馗是無堅不摧、神通廣大的驅鬼大使。《斬鬼傳》裏的鍾馗卻不是戰無不勝的神將，他亦有受挫的時候。

邪的大儺祭典中的方相氏。方相氏便是貌寢、披熊皮：「黃金四目」，扮相可怖的祭司。大儺祭典，最早載於《論語》。這個祭式大盛於唐、式微於宋、沒落於明。大儺祭典式微，鍾馗神話代之而起，以收驅鬼逐邪之效。[21] 由以下的鍾馗剖鬼圖，[22] 可見其相貌的醜陋兇惡。貌寢的驅魔大神，在捉鬼時便收到同類相剋的效果。

（清）任頤《剖鬼圖》

　　五鬼鬧鍾馗的滑稽，源自鍾馗作為驅魔大使與成為醉漢，兩個截然不同的形象所產生的差距。鍾馗本是威風凜凜，邪魔不能入侵：「遍行天下，以斬妖邪」（第一回）的

---

21 胡萬川，上引書，頁 99，探討同類相剋的問題。第四章〈鍾馗神話與大儺〉則討論鍾馗和驅鬼逐邪的大儺祭典之關係。

22 取自王蘭西、王樹村編，《鍾馗百圖》（廣州：嶺南美術出版社，1990），頁 50。

驅魔使者，他居然被五鬼弄醉，英雄形象亦蕩然無存。戲弄鍾馗的五鬼，包括伶俐鬼、輕薄鬼、撩橋鬼、澆虛鬼、滴料鬼。他們作弄鍾馗，產生非常惹笑的戲劇效果。首先，五鬼：「唱的唱、舞的舞、笑的笑、跳的跳，把鍾馗勸的酩酊大醉」。（第七回）五鬼滑稽機靈，加上鍾馗一時胡塗，被弄至昏醉不醒；兒戲般的場面，製造不少笑聲。斬鬼英雄被五鬼褪掉靴子、偷去帽子，不但衣衫不整，甚至連寶劍也丟掉。在這幕醉酒笑鬧中，作者將鍾馗變成胡塗醉漢；本來嫉惡如仇的斬鬼形象，一下子煙消雲散。此外，滴料鬼拿了鍾馗的寶劍亂舞，還有撩橋鬼躲在樹上，因懼怕含冤、負屈而打顫，令樹枝亂搖作響，也是十分誇張惹笑的描寫。

五鬼鬧鍾馗的喜劇性與恐怖並列，原先如一場兒戲的鬧劇，卻有個可怖的結局。負屈斬五鬼的場面，更是恐怖而血腥。五鬼有死於刀下，有亡於箭下，最血腥的可算是伶俐鬼的下場。伶俐鬼乃五鬼鬧鍾馗的元兇，他的下場亦最慘烈，伶俐鬼不但被斬死且「摘其心肝」，死狀恐怖而充滿血腥。五鬼鬧鍾馗裏，鍾馗醉酒之誇張可笑，與峰迴路轉、急轉直下的血腥斬鬼並列，便收到可笑與可怖，互相衝擊所產生的怪誕效果。弗格森（Robert C. Ferguson 1935- ）說：「（怪誕）是一種可怕與笑聲並生的程序……可笑滑稽往往作為懼怕情緒的掩飾。」[23]

---

23 Robert C. Ferguson: *The Grotesque in the Fiction of William Faulkner* (Ph. D Thesis: Case Western Reserve Univ. 1971),P.2 有關鍾馗故事的記載，以北宋沈括《夢溪筆談》為最早。見沈括《夢溪筆談》（台北：台灣商務印書館，1956），《補筆談》，頁 25-26。至明朝《天中記》錄《唐逸史》所載的鍾馗故事，便大致定型。沈括《夢溪筆談》之《補筆談》中，記載了當時所見的鍾馗圖像，卷首載有鍾馗啖鬼的典故。唐玄宗開元時講武驪山，還宮後染恙，夢見大小二鬼，小鬼「竊太真紫香囊及上玉笛」。至於大鬼，即鍾馗，則有以下的記載：「其大者戴帽，衣藍裳，袒一臂，鞹雙足，乃捉其小

除五鬼鬧鍾馗外，鍾馗斬謅鬼（第五回），亦充滿怪誕意味。謅鬼自以為是的說：「何物鍾馗？這等大膽！敢在太歲頭上動土。」他更援引先王、孟子，誇誇其談，揮筆寫成一封滿紙胡言的「嚇蠻書」。這封信的作用是引經據典，指責鍾馗斬鬼之不是，以收「阻嚇」作用。謅鬼不自量力，居然敢與鍾馗當面對質。一個鬼物，大言不慚、螳臂擋車的與驅魔大神「理論」，事件本身便收到了小鬼不自量力的滑稽效果。鍾馗斬謅鬼這一幕，亦充滿可笑與可怖的不諧協感。謅鬼誇誇其談，本是胡鬧惹笑，接踵而來的卻是暴力的斬鬼。鍾馗暴忿，大喝一聲：「將他謅筋謅腸，一齊砍斷」。（第四回）謅鬼來不及鋪陳主要論據，已死於驅魔大神刀下，且連筋帶腸也被砍斷。可笑的「理論」，被可怖的斬鬼終斷，從而收到黑色幽默的怪誕效果。

　　《西遊補》中審訊秦檜一幕，作者將秦檜變形成螞蟻、

者，刳其目，然後擘而啖之。上有問大者曰：『爾何人也？』奏云：『臣鍾馗氏，即武舉不捷之士也，誓與陛下除天下之妖孽。』」玄宗夢見鍾馗捉鬼及啗鬼後，疾病霍然而愈，因而命吳道子畫鍾馗圖，「頒顯有司」，「以祛邪魅，兼靜妖氛。」鍾馗傳說，至《天中記》所引的鍾馗故事便大致定型，見胡萬川，上引書，頁 21。胡萬川說以後其他有關鍾馗神話的描述，大抵以《天中記》所錄《唐逸史》的故事架構為依據，並成為《斬鬼傳》和《平鬼傳》的藍本。沈括的記載比《天中記》所引《唐逸史》故事更為原始和樸實。在沈括的記載中，玄宗夢見的小鬼並沒有名字，至《唐逸史》小鬼已被冠以「虛耗」之名。此外，《唐逸史》所載的鍾馗亦增添了細節。《夢溪筆談》：「鍾馗氏，即武舉不捷之士也。」這段記載，至《唐逸史》就變為：「武德中，應舉不捷。」朝代亦由唐玄宗改為唐高祖。另外，有關鍾馗之死，亦增加了觸殿而亡的情節。鍾馗在《天中記》所引的《唐逸史》裏，被塑造為科舉失利而憂憤自殺的失意士人，這個情節便成為後世鍾馗故事的藍本。見陳耀文編《天中記》（台北：文海出版社，1964），卷四，頁 118。《天中記》錄《唐逸史》中小鬼自奏曰：「臣乃虛耗也。」其名字的意義為：「虛者，望空虛中盜人物如戲；耗即耗人家喜事成憂。」可見「虛耗」乃不吉祥之物。《唐逸史》較《夢溪筆談》的記載，明顯地增加不少細節及枝葉。

蜻蜓和花蛟馬，一方面收到可怖與可笑並列的不協調效果。
另一方面，亦能與諷刺結合，以刑罰來懲治兇頑。此外，
《斬鬼傳》中，五鬼鬧鍾馗和鍾馗斬諢鬼，都是精彩的怪誕
例子。鍾馗的斬鬼過程，往往充滿戲謔式的笑鬧，配以陡然
一轉的斬鬼行動，從而收到充滿驚愕感的怪誕效果。

三、怪誕中的反常

怪誕除具備可怖與可笑的不協調主調外，還有反常的特
點，而反常則會產生令人驚愕的效果。所謂反常，通常是指
肉體方面而言。著名的怪誕作品——卡夫卡（Franz kafka,
1883-1924）《變形記》（*The Metamorphorsis*）中，主角格
里高爾・薩姆沙（Gregor Samsa）在一個清晨醒來，發現自
己變成一隻「巨大甲蟲」。主角喪失了聲線、愛黑暗、愛躺
進沙發底，甚至愛吃腐爛的食物。[24] 薩姆沙在肉體上，完全
昆蟲化，但仍保留著人類的思想和感情，因而令他陷進無法
與家人溝通的疏離及孤獨中。作者借薩姆沙的變形，營造一
個有異於熟悉事物的陌生化世界。

《西遊補》第八回的未來世界，亦是個異化世界。陰司
中充滿肉體上變形的鬼差——解送鬼都是：「草頭、花臉、
蟲喉、風眼、鐵手、銅頭」的鬼使，送書傳帖鬼卻是有著老
虎的頭顱和嘴巴，但卻長有牛角及牛腳的異形生物。至於奏
樂者，則更為怪異，他們都長有鳳凰頭及九龍腳。無論是集
動植物於一身，抑或是不同動物的混血兒，都代表了肉體上

---

24 Franz Kafka,*The Metamorphosis: translation ,backgrounds and contexts,criti-
cism,* translated and edited by Stanley Corngold (New York：Norton，c1996),
PP.3-42

的反常。此外，五班五色鬼，亦是怪誕變形的鬼差，玄面判官所領的是全身自頂至踵，都是黑色的鬼差，巡風使者則具有銅鈴眼及峨象鼻。這些肉體上完全違反自然規律的鬼差，在《西遊補》中，締造一個陌生而怪誕的陰司世界。

《斬鬼傳》第四回中，急賴鬼變鱉一節，亦是反常及令人驚愕的變形。急賴鬼三番四次地拖延向鍾馗投降的承諾，他引起的笑謔及其突變為鱉的可怖，便製造一種怪誕的氛圍。急賴鬼因被鍾馗窮追猛打，在河邊擬跳入船中逃命，卻誤落水中，遽變大鱉。這個肉體上由人變魚蟲的異化，不但可怖，而且滑稽。急賴鬼的急賴性格，與「縮了脖子，再不肯出來了」（第四回）的鱉是相類的。縮著脖子的鱉，正是漫畫化的急賴鬼，所以變成大鱉是對急賴鬼絕妙的諷刺。西安西奧（Ralph A. Ciancio）認為變形包括人的動物化。他說：「在從前，怪誕多數是動物的擬人化，而今天的怪誕則是人的動物化……在怪誕描寫中，人們不單在行為上與禽獸相類，在形態上更與動物相似。」[25] 此外，由人變鱉的過程，亦產生令人驚愕的效果。正如斯佩克文（William H. Speckman）所說：「突變和驚愕是怪誕的基本元素」[26]。

反常與醜陋可說是怪誕文學的另一些特徵，約翰遜（Toni O' Brien Johnson）說：「醜陋引起令人噁心的效果，而與美麗相對。」[27] 此外，怪誕文學中所表現的可怖、反常和醜陋，就正如湯姆森所言：「（是）一種從恐怖、殘忍、

---

25 Ralph A. Ciancio, *The Grotesque in Modern Amercian Fiction: An Existential Theory* (Ph.D Thesis: Univ. of Pittsburgh,1964), PP.27-8.

26 William H. Speckman, *Literature and the Grotesque* (Ph. D Thesis: Claremont Graduate School and Univ. Centre, 1971), P.10.

27 Toni O' Brien Johnson, *Synge The Medieval and the Grotesque* (New Jersey: Barnes & Noble Books, 1982), P.142.

噁心的事物中，所體味到的虐待狂快感。」[28] 虐待狂往往隱藏在人類的潛意識中，透過怪誕藝術，或得以引發，並獲得滿足。

怪誕是相當具爭議性的藝術，[29] 它與悲劇等「崇高」（sublime）的藝術相對。拉斯金（Ruskin）亦說：「（怪誕）在高尚層次的藝術中，是沒有席位的」[30]。因為怪誕往往與醜陋或骯髒的東西，結連在一起，因而影響了它的格調。《斬鬼傳》中，第二回出現彌勒佛「出恭」的場面，便是個不雅的怪誕例子。彌勒佛將搗大鬼、挖渣鬼和含碜鬼囫圇吞掉，並教訓鍾馗：「此等人與他講不的道理」。啗鬼的可怖，與彌勒佛消化三鬼，將他們排泄掉——「出恭」的可笑並列，從而構成一種不協調的怪誕色彩。彌勒佛「出恭」的不雅，亦解釋了為何怪誕作品，往往被視為「反崇高」（anti-sublime）的文類。[31] 斯佩克文認為怪誕與崇高相對：「美麗象徵道德上的美善，而醜陋則象徵道德上的邪惡。」[32] 雖然怪誕常被視為不高尚的藝術，但藝術範疇中，存在著許多不同的形相，只可以說讀者接受的程度因人而異，但亦不能因而抹煞怪誕文學的藝術性。

四、怪誕中的誇張

除了上述所討論的不協調及反常外，怪誕文學還有一個

---

[28] 湯姆森，上引書，頁 92。

[29] 雨果（Hugo）就認為怪誕是不高尚的藝術，見 Arthur Clayborough, *Op.Cit.* P.47.

[30] *Ibid,* P.14.

[31] William H. speckman, *Op. Cit,* P.176.

[32] *Ibid,* P.64

特質，就是誇張。湯姆森說：「（怪誕文學）有著一種誇張、極端的顯著成分」。[33] 董說在《西遊補》中所描述的世界，就是行者的夢境。由於是夢境的關係，因而可以脫離現實世界的拘束，描寫天馬行空、極其誇張的情節。例如陰司審訊一幕，一百個秦檜伏在地上，哀哀痛哭，便是奸相萬死不能贖罪的形象化形容。此外，行者用六百萬根繡花針，插在秦檜身上所施行的「通身荊棘刑」，都是極度誇張的描寫，而這亦是怪誕文學的特質。

　　除了《西遊補》外，《斬鬼傳》中亦充滿了誇張的怪誕敘述。在第三回中，鍾馗、負屈大戰涎臉鬼一幕，作者便運用了十分誇張的怪誕手法。涎臉鬼百砍不破的厚臉，弄得鍾馗、負屈哭笑不得。厚臉帶出的喜劇效果，與涎臉鬼因良心發現而自刎的可怖並列，因而產生不協調的基調。此外，作者對厚臉的形容，便極其誇張。更可笑的是驅魔大神，那邊廂所採用的降魔手法，亦同樣誇張。含冤出點子，打造一副內藏良心的厚臉，騙得涎臉鬼戴上；良心發動效力，驅使小鬼羞愧自刎。這種匪夷所思之以柔制剛斬鬼法，也是極之誇張的描寫。除涎臉鬼自刎外，第四回中仔細鬼之死，也是充滿黑色幽默的誇張形容。仔細鬼自料死期將至，因而囑咐兒

---

[33] 湯姆森，上引書，頁 36。《西遊補》中有夢中審秦檜一幕。明朝趙弼《效顰集》〈續東窗事犯傳〉也是寫秦檜的故事。〈續東窗事犯傳〉載主人公夢遊地府，親睹秦檜、其妻、子、萬俟卨等人在地獄受苦。見趙弼，《效顰集》，中卷，刊於《續修四庫全書》子部小說家類（上海：上海古籍出版社，1995），頁 529-531。此外，〈喻世明言〉〈遊酆都胡母迪吟詩〉亦敘秦檜在地獄受苦。譚正璧說：〈遊酆都胡母迪吟詩〉，所敘大致與〈續東窗事犯傳〉相同。見《古本稀見小說匯考》，（杭州：浙江文藝出版社，1984），頁 25。〈遊酆都胡母迪吟詩〉一篇的後半部，即胡母迪遊酆都一節，大略與〈續東窗事犯傳〉相同；前半部分，則加插秦檜出身、勾結金酋、力主議和，以及誣告岳飛的情節。見馮夢龍編，《喻世明言》（台北：鼎文書局，1980），卷三十二，〈遊酆都胡母迪吟詩〉，頁 475-486。

子將他的屍身賣掉，賺回一筆款項。仔細鬼吝嗇得透頂的黑
色幽默，便造成一種怪誕氣氛。更為誇張的是他居然死不瞑
目，死而復甦並叮囑兒子切莫吃虧：「怕人家使大秤」。
（第四回）仔細吩咐完畢才肯死去，這種吝嗇至極的描寫就
十分誇張。

　　由於怪誕文學所具備的誇張性，評論家往往將之與奇幻
文類（fantasy）並論。其實，兩者是不難劃分的，因為怪誕
文學，無論如何誇張，其立足點仍在人世。它所反映的就是
真實生活的種種。[34] 例如卡夫卡《變形記》，書中所描寫的
是人變甲蟲的誇張題材，但其寫作目的，則在透過主角的處
境，反映現實人際關係上的疏離和不信任。怪誕作品，不論
如何誇張，它的立足點仍在現實生活當中。

五、怪誕與諷刺畫

　　怪誕與諷刺畫，有著密切的關係，諷刺畫中的人與事，
正是作者要嘲弄的對象。右圖可以用作解釋怪誕與諷刺畫的
關係。這幅諷刺畫嘲弄的對象是馬丁路德（Luther）。圖中
魔鬼邪惡面目的可怖，與他將馬丁路德的頭顱，當作風笛地
用來演奏，加上馬丁路德的鼻子，被扭曲至彎曲變形的可怖
復滑稽，便產生不協調的效果。怪誕氣氛，正好帶出這幅諷
刺畫的主題：畫家認為馬丁路德，就是魔鬼的喉舌，他所鼓
吹的便是撒旦的訊息。由該圖可見諷刺畫，常常充滿怪誕的
色彩。[35]

　　怪誕文學中的諷刺畫，往往將被諷刺的對象，描寫成誇

---

34 湯姆森，上引書，頁 36。
35 圖片取材自 Geoffrey G. *Harpham, Op.Cit.*

諷刺畫

張而充滿怪誕意味的漫畫一般。讀者在閱讀後，看圖察意，
尋繹到作者所要針對及諷刺的人物或事件。勞森說：「怪誕
透過諷刺畫獲得諷刺的效果⋯⋯藝術家的成功處，在於細心
的觀察及對現實之掌握，進而扭曲現實，甚至將之極度誇張
化。」[36]《斬鬼傳》中，亦有怪誕諷刺畫般的描寫。第六回
中出現的摳掏鬼，就是漫畫化的商場吸血鬼。他的外貌滑稽
而恐怖：「頭似猴腮，鼻如鷹嘴」，「十個指頭似鋼鉤」，
「逢人食其肉，還要吸其髓」。摳掏鬼有如魔鬼般的可怖，
形成一種不和諧的怪誕感。摳掏鬼是詿騙鬼的伙計，他騙去
後者的金錢而被追討。詿騙鬼向摳掏鬼的討債過程中，摳掏
鬼居然將詿騙鬼摳死。其實，摳掏鬼是吸人血、吮人髓的惡
魔，他「心如毒蛇，遇之者家破人亡。 手似鋼鉤，當之者

---

36 Lewis A. Lawson, *Op.Cit,* P.116.

肉枯髓竭。」（第六回）這種可怖的殺人手法，正是商場上
爾虞我詐的吸血鬼慣用的技倆。摳掏鬼將誆騙鬼剝皮吮髓之
描寫，就如一幅充滿怪誕的諷刺畫。摳掏鬼「猴腮」、「鷹
嘴」的吸血鬼形象活靈活現，令人印象難忘。勞森認為諷刺
畫的效果，來自觀眾將現實與圖畫連繫而領會到的諷刺。[37]
摳掏鬼殺人吸髓，便是狡詐商場上吸血鬼的化身。

六、怪誕藝術的清滌作用
（Cathartic effect）

　　亞里士多德（Aristotle 384-322BC）是第一個提出清滌
說的人，在《詩學》（*Poetics*）第十四章中，他提出悲劇的
清滌效果，是哀憐與恐懼所引發的情緒得到宣洩；觀眾因情
緒被激發及獲得發洩，在情緒上得到情感像被清滌過一般的
作用。[38]

　　怪誕的清滌效果，在於可怖與可笑的情緒，受到刺激而
被激發，因而獲得發洩，讀者在感情上亦得到清滌。怪誕作
品中所描寫的恐怖人物和事件；它創作的原動力，正來自被
壓抑的潛意識中所潛藏的無名恐懼與焦慮。斯佩克文說：
「純粹的怪誕，可以說是源自人類最原始的潛意識。」[39] 怪
誕藝術，往往將腐敗、腐化、混亂的邪惡元素，赤裸裸地呈
現，不作任何掩飾。[40] 其創作之源，就在於人類最野性、原
始的潛意識——如在夢中、原始人或神經病人身上，所表現

---

37 *Ibid.*
38 S.H.Butcher, *Aristotle's Theory of Poetry and Fine Arts* (New York: Dover Pub-
　lication, 1951), P.49.
39 William H. Speckman, *Op. Cit,* P.23.
40 *Ibid,* P.29.

的原始性。[41]

　　斯佩克文說：成功的怪誕作品，「會將欣賞者從黑暗的力量中，解放出來。我們亦會經歷一種焦慮得到宣洩的清滌感。」[42] 除了恐怖感引起的焦慮，獲得發洩，感情如被淨化外，怪誕藝術中滑稽可笑的元素，也如糖衣一樣，將可怖感稍為減輕，削減欣賞者的抗拒程度。此外，怪誕作品，因常與諷刺扣連，諷刺文學的道德性，以及其正面訊息，亦有助平衡可怖所引起的不安，間接有助情緒上的清滌。舉《斬鬼傳》中的遭瘟鬼為例——遭瘟鬼是迂腐、古板而煞風景的「老童生」，他不但沒有參加風流鬼和伶俐鬼共賞八月中秋之雅集，更援引孟子及囊螢映雪的典故，大掃共賞月華之興。遭瘟鬼「滿口酸腐」的可笑表現，以及頭生「膿血並流」大瘡至死的可怖，二者互相激盪，形成一種不協調的怪誕氛圍。哈普哈姆（Geoffrey G. Harpham 1946-　）說：「怪誕……所表現的是精神腐化或弱點」[43]。這個可怖的血瘡，在讀者閱讀的過程中，亦會激發恐懼和焦慮感。當情緒獲得發洩，讀者亦得到感情淨化的感受。此外，遭瘟鬼可笑的酸腐表現，也有助舒緩這幕所引起的可怖及焦慮感。遭瘟鬼一節所帶出的諷刺及道德意識，亦令讀者在知性上獲得滿足，稍減焦慮及有助平衡恐怖的氣氛，從而令讀者在情緒上得到淨化。

---

[41] *Ibid,* P.43.

[42] *Ibid,* P.40.

[43] Geoffrey G. Harpham, *Op.cit,* P.6.

結論

怪誕常常與諷刺結合，怪誕中所描繪的肉體上的變形和醜陋，往往反映了人物內在的腐化。例如急賴鬼由人突變形態猥瑣的大鱉（第四回），外貌的變形和扭曲，就正是其急賴劣根性的反映。所以怪誕乃諷刺作品中，常見而有效的嘲諷手法。勞森說：「諷刺往往被利用作為說教目的之怪誕，那就是說一個人或一件事情，常常被醜化作為表達一個道德教訓的手段。」[44]

由於怪誕文學的現實性，它常被諷刺家利用作為諷刺的手法。因此，怪誕常與諷刺文學結合，用作攻擊性武器。作者將被諷者極度醜化、低貶，從而收到諷刺效果。《斬鬼傳》中，鍾馗所斬的「人鬼」，例如搗大鬼和仔細鬼等，他們都是人類種種癖性的化身。群鬼亦是寓言人物，作者藉斬鬼行動，對人類的諸般惡行，進行諷刺。《西遊補》中，行者在陰司中審訊秦檜，作用便在於諷刺魏忠賢，還有在崇禎十年（1637）左右，作者故鄉出現的奸官，如朱國禎、沈淮和溫體仁等人。《西遊補》裏，秦檜說：「爺爺，後邊做秦檜的也多，現今做秦檜的也不少。」（第九回）奸官數之不盡，秦檜後繼有人是個何其悲哀的現實！

董說具備孤高傲骨的性格，以及不事異朝的愛國心。〈甲申朝事小記〉載：「滄桑之變，先生剪髮不剃頭，頭巾道袍，蓋豐草菴，足不越戶。」[45] 董說寫作《西遊補》時，

---

44 Lewis A. Lawson, *Op.Cit,* P.119.
45 抱陽生，〈甲申朝事小記〉，魯迅，《小說舊聞鈔》（北京：人民大學，1953），頁71-2。

明朝雖未亡國，他目睹奸臣當道，因而在書中表現對奸官的
痛恨，自不言而喻。傅世怡說：「（若雨）復體察斯時奸臣
誤國，忠良罷黜，而托諸行者，化作閻羅，審秦檜於幽冥，
以洩千古不平之氣耳。」[46] 行者在地府審判秦檜，令牛頭上
兜率宮借金葫蘆，將秦檜化為膿水。老君回信謂：「玉帝大
樂，為大聖勘秦檜字字真，棒棒切」。可見秦檜之流的奸
官，他們的所作所為，不但天、人共憤，實際上是天、人、
地府共憤。所以書中不乏對秦檜施以肉體上的懲罰，如行者
差一萬名鬼使，各執鐵鞭，打得秦檜無影無蹤，還有遣小鬼
掌其嘴巴。這些肉體上的懲罰，都能表現董說對奸臣的痛
恨。

　　肉體上的懲罰，其實是諷刺文學常用的手法。保羅森
（Ronald Paulson）說：「懲罰……在許多時候是諷刺文學
常有的結局。」[47] 處罰的作用，在於懲罰被諷者的罪行。此
外，讀者也會因為詩的正義（poetic justice），所傳達惡有
惡報的訊息，因而大快人心。這類諷刺，通常屬於辛辣的諷
刺，它的諷刺風格，有別於溫和的嘲弄。夏濟安（1916-
1965）說：「董說的成就可以說是清除了中國小說裏適當地
處理夢境的障礙。」[48] 這部小說以行者迷幻的夢境，結合可
怖復可笑的怪誕手法，表達了作者對當世奸臣的憤恨，還有
情欲與理智衝突的主題。《西遊補》實在是古典小說中，結
合怪誕與諷刺於一書之作。

　　《斬鬼傳》裏，鍾馗作為驅魔大神，領含冤、負屈斬盡

---

46 傅世怡，上引書，頁 108。

47 Ronald Paulson, *The Fictions of Satire* (Maryland : The Johns Hopkins Press , 1967),P.10

48 夏濟安，〈《西遊補》：一本探討夢境的小說〉，《文人小說與中國文化》，頁 192。

天下「人鬼」。群鬼如摳掏鬼剝人皮的可怖，遭瘟鬼滿嘴酸腐，最後頭生毒瘡而亡，他們都代表了人類種種不良的癖性。作者透過既滑稽又恐怖的怪誕描寫，從而收到諷刺的效果。《斬鬼傳》這本小說，應該在諷刺史上，佔一席位。胡萬川說：「斬鬼傳卻是後來清朝諷刺小說的先聲，文筆也頗不俗，在小說史上應有它重要的地位。」[49]《西遊補》和《斬鬼傳》這兩本古典小說，運用既可笑又可怖的怪誕手法進行諷刺，無論是懲罰奸臣，抑或是嘲弄人類的種種劣根性，在諷刺題旨及技巧上，皆有足觀之處。

❀此文原刊於《人文中國學報》第五期，1998。

---

49 胡萬川，上引書，頁 1。

怪誕的諷刺
——論《聊齋誌異》官宦、入仕與冥譴三類篇章

緒論

　　《聊齋誌異》是清朝文言小說中的重要作品，有關蒲松齡的先世及《聊齋誌異》的版本，仍存在不少具爭議性的問題。據胡適（1891-1962）的考證：蒲松齡生於崇禎十三年（1640），死於康熙五十四年（1715），享年七十六歲[1]。羅香林（1905-1978）《蒲壽庚研究》指蒲松齡可能是蒲壽庚的後裔。[2]

　　《聊齋誌異》是「孤憤之書」，〈聊齋自誌〉中蒲松齡就表明了「孤憤」的寄託。其「孤憤」之源，主要來自現實生活中屢試不利。《清蒲松齡先生留仙年譜》一書載：「蒲公一生遭遇，其烙印最深者，為考場失利。自十九歲入泮，一度鷹揚，至垂暮之年，始為貢生」。屢試不利、終生不遇之載，可以作為〈聊齋自誌〉中「孤憤」的注釋[3]。

---

[1] 胡適，〈辨偽舉例——蒲松齡的生年考〉，刊於《胡適文存》（台北：遠東圖書公司，1961），第四集，卷三，頁 328。

[2] 羅香林，《蒲壽庚研究》（香港：中國學社，1959），頁 227-239。蒲松齡先祖為蒲魯渾、蒲居仁。見辜美高，《聊齋志異與蒲松齡》（天津：天津古籍，1988），頁 4。

[3] 蒲松齡，〈聊齋自誌〉，刊於蒲松齡，《聊齋誌異》，張友鶴輯校，會校會注會評本〔以下簡稱三會本〕（上海：上海古籍出版社，1986），頁 3。

　　《聊齋誌異》這部「孤憤」之書，在文言小說史上的成就不容置疑。魯迅評是書：「用傳奇法，而以志怪，變幻之狀，如在目前；又或易調改絃，別敘畸人異行，出于幻域，頓入人間」。[4] 以幻境寫人間，就是《聊齋誌異》的一大特色。《聊齋誌異》雖享盛名，唯紀昀（1724-1805）對此書卻有微言；《聊齋誌異》亦被擯棄於《四庫全書》之外。易宗夔（1875-?）《新世說》載：《聊齋誌異》中〈羅剎海市〉一文含譏諷「旗俗」之意，遂「遭擯斥也。」[5]

　　至於《聊齋誌異》的版本，最足珍貴的是蒲松齡的手稿本。手稿的發現，對辨別和糾正歷代刊印傳抄本的訛誤，便十分重要；惜只存上函，僅餘半部。至於鈔本方面，今存最完整的重要鈔本有二，一為鑄雪齋鈔本，一為二十四卷本。目前較為完備的版本，當為 1962 年，中華書局出版、張友鶴輯校的會校會注會評本。（簡稱三會本。三會本於 1978 年重刊，附有章培恆新序；本文亦以三會本為依據。）[6]

　　（本篇引文皆採用此版本）屢試不利之載，見張景樵，《清蒲松齡先生留仙年譜》（台北：台灣商務印書館，1980），頁 3-4。〈祭亡父〉一文亦有「淪落不偶」之載，可見蒲松齡的「孤憤」。見蒲箬等，〈祭亡父〉，刊於《明清小說資料選編》，朱一玄編（濟南：齊魯書社，1989），頁 1147。

4　魯迅，《中國小說史略》，刊於《魯迅三十年集》（香港：新藝出版社，1974），頁 219。

5　紀昀不滿《聊齋誌異》的寫作手法，主張尚質黜華。見盛時彥，〈《姑妄聽之》跋〉，刊於《明清小說資料選編》，頁 1234；杜云編，《明清小說序跋選》（廣西：廣西人民出版社，1989），頁 239。羅敬之解釋《聊齋誌異》不入《四庫全書》，因書中含有反清排滿的思想。見羅敬之，〈《聊齋誌異》所表現的民族思想〉，《中華文化復興月刊》，第 14 卷第 7 期（1981 年 7 月），頁 45-51。《新世說》載：〈羅剎海市〉含譏諷「旗俗」之意遂「遭擯斥也」。見易宗夔，《新世說》（上海：上海古籍，1982），頁 19。

6　《聊齋誌異》手稿只餘半部。見柳存仁，《倫敦所見中國小說書目提要》（北京：書目文獻出版社，1983），頁 263。鑄雪齋鈔本收文四百八十篇，

一、官宦──貪官污吏

　　《聊齋誌異》借虛構幻境，描寫現實人生，書中不乏怪誕諷刺元素（grotesque satire）。怪誕諷刺，乃以怪誕表達諷刺的手法。怪誕的基調就是滑稽與恐怖衝擊而產生的不協調（incongruity）。雨果（Hugo）說：「（怪誕）一方面創造了畸型與恐怖，另一方面亦為喜劇與滑稽的。」[7] 可笑復可怖揉合而成的不調和往往能帶出具黑色幽默的諷刺效果。

　　清代文言小說《聊齋誌異》中，有不少藉可怖又可笑的怪誕手法，來表達諷刺之篇。怪誕描寫，往往帶出對官吏、士子的諷刺，以及懲淫、果報的觀念，以至人性中貪婪等劣根性。以諷刺官吏為例，卷四〈促織〉、卷八〈夢狼〉、卷十二〈公孫夏〉和〈鴞鳥〉等篇，都具備怪誕諷刺元素，以揭露官場上貪婪、賄賂等劣行。〈夢狼〉、〈促織〉等篇，使人認識到清朝的統治者，下自典史、縣令，上至宰相、皇帝，大部份都是殘民自肥的奸貪官吏。《聊齋誌異》以花妖狐魅，側面揭露不少清廷的暴虐。[8] 以怪誕手法諷刺時政、時弊，一方面收嬉笑怒罵的黑色幽默效果，另一方面亦可或免於文字獄之禍。

比原稿增補了近一倍。二十四卷鈔本，則於 1963 年被發現，見《聊齋志異與蒲松齡》，頁 33-34。

[7] Wolfgang Kayser, *The Grotesque in Art and Literature* (New York: Columbia University Press, 1981), p.57.

[8] 苗壯，《筆記小說史》（杭州：浙江古籍出版社，1998），頁 351。蒲松齡筆下，由貴官至典吏，多奸貪之人。見吳禮權，《中國筆記小說史》（北京：商務印書館，1997），頁 225。

㈠奸貪與清廉

有關諷刺官吏的怪誕諷刺篇章中，〈夢狼〉和〈公孫夏〉兩篇，運用貪官與正直官員的對比，帶出賄賂之弊。〈鴝鵒〉則寫地方官員的貪婪；〈促織〉一篇不但揭示地方官吏對平民的欺壓，矛頭更直指最高統治者——皇帝的癖好，如何影響民生。[9]

1. 貪官與清官

〈夢狼〉一篇，作者不但利用怪誕夢境，諷刺貪官污吏；蒲松齡更處罰貪官，並利用白翁之子白甲與白翁之甥作對比，藉以斥責官場上行賄貪婪的歪風。〈夢狼〉一篇主要透過一個怪誕夢境，來表達諷刺。夢境與怪誕藝術有著密切的關係，兩者都表現了陌生、疏離而不是熟悉、尋常的世界。[10]〈夢狼〉中的夢是個精彩的超現實之夢。在這個超現實的夢境中，官員與衙卒的變形（distortion），就充滿既滑稽又恐怖，且充滿象徵意味的怪誕色彩。變形往往能帶出不協調的怪誕基調，大部份怪誕之作，亦與變形有關。[11] 此外，半人半獸、肉體上的反常，也象徵著人類的種種缺點與習性。[12]〈夢狼〉一篇中，貪官白甲，在其父夢中化虎、衙

---

9 〈夢狼〉和〈公孫夏〉中廉正與奸官之比較，見張學忠，〈冷嘲幽砭托磊塊 奇詩妙想壓搜神——談《聊齋誌異》的諷刺內容與諷刺技巧〉，《蒲松齡研究集刊》，第 3 輯（1982 年 7 月），頁 156。

10 Wolfgang Kayser, *Op.Cit.,* pp.147,186.

11 姚一葦，《美的範疇論》（台北：台灣開明書店，1985），頁 272。

12 湯姆森（Philip Thomson），《怪誕》（*The Grotesque*），黎志煌譯（河北：北方文藝出版社，1988），頁 14；Lewis A. Lawson, *The Grotesque in Recent Southern Fiction* (Ph.D Thesis, University of Wisconsin, 1964), pp. 141-142。

吏化狼，便是篇中異史氏所云的：「官虎而吏狼」的形象化
變形。

　　〈夢狼〉中的夢境是個「官虎而吏狼」的陌生世界。白
甲衙署中「巨狼當道」，「堂上、堂下，坐者、臥者，皆狼
也。」衙卒變形為猛獸──狼，不但怪異，而且恐怖；更為
恐怖、反常而令人噁心的就是衙差「吃人」的癖好。衙署中
不但「白骨如山」，更出人意表的是巨狼「啣死人入」，而
白甲命令「聊充庖廚」一幕。這一幕讓讀者親睹官吏「吃
人」、烹人；獸性般的殘酷。但明倫評：「爾俸爾祿，民膏
民脂」；[13] 衙卒和白甲所吃的就是「民膏民脂」。除狼吏吃
人外，夢境中另一幕更為精彩的怪誕場面，就是白甲化虎一
節。精彩的瞬變發生在白甲被金甲神人緝拿之際：「甲撲地
化為虎，牙齒巉巉……虎大吼，聲震山岳」。白甲由人化
虎，涉及由人類轉變為異類的變形。變形的過程不但充滿反
常的怪誕色彩，而且深具象徵意味──官吏如狼虎般兇殘。
白甲變形為猛虎，就表現了貪贓官吏貪婪、兇殘的本性。夢
境中衙卒變形為狼、白甲變形為虎。狼與虎都是兇猛之獸；
以猛獸表現貪官酷吏的貪狼，不但恰當，且充滿黑色幽默的
諷刺性。〈夢狼〉中的怪誕變形，就能帶出強烈的諷刺效
果：作者把官府誇張成虎狼巢穴、官吏異化為猛虎、惡狼，
便能形象化地表現官吏「吃人」的奸貪本性。[14]

　　〈夢狼〉中除了利用怪誕夢境，來表達諷刺外；作者更

---

13 《聊齋誌異》三會本，頁 1053。
14 虎官狼吏以喻奸貪，見馬振方，〈馳想幻域　映照人間──《聊齋》構思
　　藝術一題〉，《北京大學學報》（哲學社會科學版），1984 年第 2 期
　　（1984 年 3 月），頁 73；戶倉美英，〈變身故事的變遷──由六朝志怪小
　　說到《聊齋志異》〉，刊於辜美高、王枝忠編，《國際聊齋論文集》（北
　　京：北京師範學院出版社，1992），頁 188。

利用怪誕的「續頭」來處罰白甲，並傳達諷刺的訊息。白甲在「現實」生活中被寇盜「決其首」、再被冥官「續其頭」，因而擁有不倫不類，既可笑又可怖的怪誕、畸形的外貌。冥官因白甲「邪人不宜使正」，因而以肩承其頷，結果白甲「目能顧其背」。怪誕之作，往往涉及反常、誇張之描寫，因而產生出人意表、令人感到驚愕的效果。[15] 怪誕作品中的誇張描寫，其立足點仍在現實生活，反映真實人生，便與純粹天馬行空的奇幻文類（fantasy）有別。〈夢狼〉中的怪誕續頭，雖然誇張及出人意表；用以懲罰奸貪官吏，卻能帶出幽默而大快人心的諷刺訊息。白甲的頭部被反常地安置在反方向：以肩承頷，目能視背的怪誕外貌，就是對貪官的處罰。續頭復活比處決貪官，更為精彩。白甲苟存性命、雖生猶死地活受罪：「甲雖復生，而目能自顧其背，不復齒人數矣」。諷刺作品往往採用處罰來懲治罪惡，以彰現詩的正義的道德性。[16] 白甲的續頭處罰，就是以畸形異相，展示人物內心醜惡的一種將人物罪行「示眾」的手法。蒲松齡就以怪誕續頭，處罰白甲，以收懲一儆百之效。[17]

〈夢狼〉一篇除利用怪誕續頭的處罰，來諷刺貪吏外；蒲松齡亦將貪官與清官作對比，以突現白甲的奸貪。篇中白翁的外甥，就是清廉之官：「翁入，果見甥，蟬冠豸繡，坐

---

15 Wolfgang Kayser, *Op. Cit.*, p.184.

16 Ronald Paulson, *The Fictions of Satire* (Baltimore: The Johns Hopkins Press, 1967), pp.10, 12, 14.

17 續頭處罰不但大快人心，而且反映了作者對貪吏的痛恨與控訴。見吳志達，〈出於幻域，頓入人間——試析《聊齋志異‧夢狼》的藝術特色〉，《長江文藝》，189 期（1978 年 10 月），頁 76；梅顯懋，〈《聊齋志異》諷刺藝術管窺〉，《遼寧師範大學學報》（社科版），1995 年第 1 期，頁 41；任孚先，〈論《聊齋志異》中的異類形象〉，《齊魯學刊》，第 68 期（1985 年 9 月），頁 38。

堂上，戟幢行列，無人可通。」但明倫評：「無人可通，才是風憲」。結果外甥亦「有政聲，是年行取為御史」。[18] 白翁清廉的外甥，就是一個濁流中的清泉之例，寄寓了作者對清廉政界的理想。〈夢狼〉一篇，不但具備怪誕的變形，亦有奸官與清官的對比，以突現貪官之為害，諷刺性甚為強烈。

2. 正邪之別

　　〈公孫夏〉一篇，亦出現奸貪官吏與清廉官員之對比，以寄託作者的理想。蒲松齡藉關帝與國學生某的對立，帶出清廉與奸貪之別。篇中的國學生某，「謀當縣尹」。當某病重之際，受冥間十一皇子坐客公孫夏的遊說，納賄五千緡而謀得陰曹真定守之缺。某在冥間赴任時，大肆炫耀：「自念監生卑賤，非車服炫耀，不足震懾曹屬。於是益市輿馬；又遣鬼役以彩輿迓其美妾。」全篇的高潮，來自某和隨從與關

關羽圖 [19]

18 《聊齋誌異》三會本，頁 1052、1055。
19 關羽圖見明刻本六卷《三國志》，刊於《三國志演義古版叢刊五種》，陳翔華編（北京：中華全國圖書館文獻縮微複製中心，1995），頁 12。

帝相遇的一刻；精彩的怪誕場面，亦發生在二人道左相逢之時。

關帝是正義的象徵，某則納賄買爵，助長奸貪；與關帝形成強烈對比。當區區小官，張皇有如貴官，車馬威耀以上任，「途中里餘，一道相屬，意得甚」肆意誇飾官威之際，卻與關帝相遇。某的隨從，因攝於關帝浩然正氣之相貌：「神采威猛，目長幾近耳際」，竟發生怪誕的變形：「騎者盡下，悉伏道周；人小徑尺，馬大如貍。」某的眾役從，面對正氣凜然的關帝（見關羽圖），便出現怪誕的形體暴縮：由正常身高，暴縮至尺餘，成為的名副其實的「小人」。此外，隊伍中甚至連馬匹，亦在瞬間暴縮變形，身軀如貍般大小。人畜形體驟變，固然恐怖；身軀暴縮，亦產生反常及滑稽之感。可怖復可笑的怪誕變形，令某赴任的威武陡變為可笑、荒謬的誇飾。篇中前後氛圍的急劇變化，就產生令讀者驚愕的效果；突然、驚愕往往是怪誕藝術不可缺少的元素。[20]

某隨從的怪誕變形已令人震驚，更為精彩的就是某被關帝斥白一幕。主人公被關帝當頭棒喝：「區區一郡，何直得如此張皇！」奇妙的怪誕變形，就發生在關帝喝罵的一剎：「某聞之，灑然毛悚；身暴縮，自顧如六七歲兒」。某的身軀，由大變小，由正常形體暴縮為六、七歲兒童般矮小、么麼小醜的身形。身軀的變形，引發反常、怪誕之感。形體的暴縮及瞬變，亦產生令人措手不及的驚愕。將被諷者的體積縮小的變形，是諷刺作品常用的手法，用以收低貶之效。[21]

---

[20] William H. Speckman, *Literature and the Grotesque* (Ph.D Thesis, Claremont Graduate School and University Centre, 1971), p.10.

[21] Matthew Hodgart, *Satire* (London: World University Library, 1969), p.115.

〈公孫夏〉中某由成人變形為小兒，不但誇張、滑稽，更收低貶人物之嘲弄效果。形體的驟變、主人公赴任時張皇如貴官的氣燄焂然全斂，便產生譏笑及低貶被諷者的作用。此外，這個怪誕變形更透露了一個重要的諷刺訊息，就是──邪不勝正。某因為行為有歪，面對關帝的喝斥而自慚形穢，不但氣燄全消，且氣餒變形。關帝「神采威猛」，與某的身軀暴縮，就表現了浩然正氣與蟑頭鼠目的正邪之別。此外，關帝對某的處罰亦大快人心：「褫去冠服，笞五十，臀肉幾脫。」某的怪誕變形、受斥白及被笞，便盡吐作者對奸貪之諷及其積忿。

關帝與某的對立，不但表現正邪之別，亦揭發某「字訛誤不成形象」、沒有真才實學，卻能得官的內幕──就是賣爵之風、奸貪之習。〈公孫夏〉中冥司十一皇子坐客公孫夏便是個奸貪之人；公孫夏主動引誘某納賄謀官。馮鎮巒評：「冥中詮政亦復如此，剔清者想只有天上仙班」。[22] 蒲松齡就是以冥府之烏煙瘴氣，來諷刺現實；影射現實社會的仕途、官場之奸貪歪風。他界的冥府，猶如人世的倒影，亦是奸貪風氣盛行之域。冥中除公孫夏外，殿上的貴官，亦是奸貪的一丘之貉。納賄的貪官，在接受某的拜見後，竟「勉以『清廉謹慎』等語」。勉勵下官「清廉謹慎」的恰恰是賣官鬻爵的上官。奸貪貴官以「清廉謹慎」勉勵後輩，便充滿反諷意味。[23] 關帝與某、公孫夏及貴官的對立，就帶出清廉、正義與奸貪、歪行之對比。貪贓賣爵的他界──冥府，固是蒲松齡以藝術加工而成的陌生世界。這個陌生的他界，不但反映現實世界；篇中關帝責貶某的故事，竟也能在現實生活

22　《聊齋誌異》三會本，頁 1660。
23　〈公孫夏〉乃用陰間以喻陽世的故事。見馬振方，上引文，頁 73。

中找到藍本。篇中異史氏記載的清廉貴官郭華野罷免驕奢、
跋扈,以「駝車二十餘乘」赴任湖南的國學生的傳聞,便是
關帝與某故事的底本。虛實相雜,真幻揉合,更添諷刺奸貪
的現實性及真實性。

㈡從地方貪官至皇帝癖好之擾民

1.地方貪官

〈夢狼〉與〈公孫夏〉兩篇,表現了清官與奸貪官吏的
對比;〈鴞鳥〉則諷刺地方官吏的奇貪,而〈促織〉一篇,
諷刺矛頭更直指皇帝癖好之擾民累事。〈鴞鳥〉一文,蒲松
齡透過一隻鴞鳥──貓頭鷹的變形和訕笑,嘲諷了楊令的奸
貪。篇中「性奇貪」的長山楊令,如〈夢狼〉一篇的白甲一
樣,也是個奸貪、搜刮民脂民膏的官員。楊令趁康熙乙亥年
間(1695)「西塞用兵」,清政府買民間驛馬運送輜重的機
會,假公濟私,搜刮地方牲口。蒲松齡在這篇就借異類闖入
人類世界,來嘲諷奸貪的地方官。篇中的高潮,來自鴞鳥化
身的少年,加入行酒令的遊戲,對楊令進行冷嘲熱諷。鴞鳥
化身為少年,對楊令說:「天上有玉帝,地下有皇帝,有一
古人洪武朱皇帝。手執三尺劍,道是『貪官剝皮』」。少年
利用行酒令,尖銳地道出貪官該受剝皮的罪譴。這個語言上
的嘲弄,便回應了篇中新城令孫公的行酒令諷刺:「天上有
天河,地下有黃河,有一古人是蕭何。手執一本大清律,道
是『贓官贓吏』。」一簿大清律法,也難懲治滿朝貪官。孫
公與少年的冷嘲熱諷,便收異曲同工之妙。少年的出現,將
氣氛推至高峰;更出人意表及充滿戲劇性的,就是少年變形
為鴞鳥一幕:「少年躍登几上,化為鴞,沖簾飛出」。鴞鳥
改變了物類原有的狀貌,超越了不同生命領域的界線,由鳥

變形為人，再變形為鳥，不但製造怪誕的氣氛；鳥類闖進人類世界，一矢中的地道出「貪官剝皮」的評語，亦收大快人心的諷刺效果。作者就是利用鴞鳥化人斥責貪官，來表達諷刺，以洩憤懣。[24]

　　鴞鳥化人、人化鴞鳥；鴞鳥甚至能發出笑聲，就產生高潮疊起的怪誕感。人物互變，不但充滿怪誕色彩，更為精彩、出人意表及諷刺的，就是鴞鳥的笑聲：鴞鳥「集庭樹間，回顧室中，作笑聲。」異史氏云：「鴞所至，人最厭其笑，兒女共唾之，以為不祥。」禽鳥能發出笑聲，就充滿反常、詭異的不諧協氛圍。鴞鳥的笑聲，不但滑稽、詭異而可怖，並且充滿譏笑、嘲弄的意味。鴞鳥且飛且笑，令這則小說充滿濃厚滑稽的怪誕色彩。蒲松齡以鴞鳥的笑聲訕笑貪官，收煞全篇，既富幽默感，又富有餘味。這個結局證明貪官的醜惡，不但不齒於人類，甚至不齒於鳥類。而鴞鳥的訕笑，就產生譏笑貪官的效果。[25] 蒲松齡以異類化人，再由人恢復異類的原形，尖銳地諷刺了「性奇貪」的地方縣令。

2. 皇帝好尚

　　〈鴞鳥〉諷刺地方貪官；〈促織〉的矛頭更直指皇帝。在上位者的癖好，往往嚴重地影響民生。〈促織〉一篇，成名兒子，化身為蟋蟀，便充滿反常的怪誕意味。成子為解成名被徵促織之困，由人變蟲。這種變形，是成子在極度驚慌

---

24 鴞鳥變形為人，改變存在形態來諷刺現實，見羅敬之，〈向杲與張逢的變形故事分析〉，刊於《國際聊齋論文集》，頁 201；安國梁，〈論《聊齋誌異》的變形藝術〉，《文藝理論研究》，1992 年第 4 期（1992 年 7 月），頁 63、68。

25 鴞鳥以訕笑嘲諷貪官污吏。見任孚先，上引文，頁 37；馬振方，上引文，頁 82。

時的一種幻想，亦是人物企圖擺脫絕境的精神特殊表現。[26]
此外，由人變蟲亦見證了人物內心的極度焦慮；變形就是為
了解脫焦慮感而作的一種托幻手法。

　　成子由人變蟲，極具怪誕意味。變形後的蟋蟀，亦在在
透露怪誕的色彩。蟋蟀與雞鬥而能獲勝，便是件充滿反常及
令人感到驚愕的奇事：「一雞瞥來，逕進以啄。成駭立愕
呼。幸啄不中，蟲躍去尺有咫；雞健進，逐逼之，蟲已在爪
下矣，成倉猝莫知所救，頓足失色。旋見雞伸頸擺撲；臨
視，則蟲集冠上，力叮不釋。」蟲與雞相爭，二者在體積上
相當懸殊。蟋蟀與雞之鬥，可說是螳臂當車。然而一隻微小
昆蟲，居然可以反弱為強，力挫雞的奮力相撲，已是駭人聽
聞之事；更為反常、奇異的是蟋蟀：「每聞琴瑟之聲，則應
節而舞」。如有靈性，能依拍子跳舞的昆蟲，便在滑稽中，
透露著詭異、神祕感濃郁的反常及不協調。種種怪誕的不解
之謎，待篇末成子復甦，「自言身化促織，輕捷善鬥」，始
解疑團。這個揭盅式的結局，就給讀者一種出其不意的感
覺，收畫龍點睛之效。[27]

　　成子化蟲，涉及由人的形態，轉變為異類的形態；也是
個由人而物化的過程。這個由人而化為渺小微物──昆蟲的

---

[26] 由人變蟲可證當事人面對的絕境，因而要借助天的力量；巫者的出現，證占
　　卜成俗。見劉烈茂，〈幻象世界的獨特創造──論《聊齋志異》的奇幻和
　　構思〉，《中山大學學報》（社會科學版），1994 年第 3 期（1994 年 7
　　月），頁 114；蔡國梁，〈《聊齋》反映的清初民俗〉，《社會科學輯
　　刊》，1984 年第 3 期（1984 年 5 月），頁 150。

[27] 〈促織〉的結局，給人出其不意之感，是個精彩的收束。見牧惠，〈蟋
　　蟀、甲蟲與牛鬼蛇神──《促織》、《變形記》、《我是誰？》中的荒誕
　　意識〉，《齊魯學刊》，1988 年第 4 期（1988 年 7 月），頁 42；唐富齡，
　　〈似真似幻　誕而近情──《聊齋志異》藝術瑣談〉，《武漢大學學報》
　　（社會科學版），1981 年第 6 期（1981 年 11 月），頁 67。

變形，帶出一個強烈的諷刺訊息，就是人比蟲賤。成子撲殺其父欲上繳的蟋蟀而窘迫投井、化身為蟲。反諷之處在於成子所變的蟋蟀，竟為成名帶來財富，由此可見人與蟲，二者孰賤孰貴。此外，父母因為兒子誤殺蟋蟀，而「大罵」、「怒索」小兒，可見蟋蟀的價值壓倒了親生骨肉的價值，亦反映了殘酷的現實，如何扭曲人類的正常心理和情感。[28]

　　成子化蟲，不但帶出人比促織卑賤的諷刺訊息；蒲松齡的矛頭，更指向皇帝的癖好，造成擾民的現實。異史氏曰：「天子偶用一物，未必不過此已忘；而奉行者即為定例。加以貪官吏虐，民日貼婦賣兒，更無休止。故天子一踏步，皆關民命，不可忽也。」〈促織〉就被視為作者借人變蟋蟀的寓言，用以諷刺皇帝的癖好擾民、害民之作。[29] 目加田誠便認為〈促織〉一文，反映了官權的橫暴。[30]《聊齋誌異》中有不少以怪誕手法諷刺奸貪官吏的文章，如〈夢狼〉、〈公孫夏〉、〈鴟鳥〉以狼吏虎官、冥界貪吏、變形的貓頭鷹來嘲弄貪官污吏；〈促織〉一篇更以童子變身成蟲，將矛頭直指最高統治者好鬥蟋蟀而擾民之事。奸貪之風滋蔓難圖，下

---

28 成子由人而蟲化的過程，帶出人比蟲賤及扭曲人性的訊息。見方曉明，〈人為什麼會變成蟲──《促織》和《變形記》比較〉，《山東師大學報》（社會科學版），1989 年第 5 期（1989 年 9 月），頁 41；王平，《聊齋創作心理研究》（濟南：山東文藝出版社，1991），頁 120；唐富齡，上引文，頁 64。

29 王枝忠，〈清初的文字獄和蒲松齡談狐說鬼〉，《寧夏大學學報》（社會科學版），第 1 期（1983），頁 54。〈促織〉藍本出自呂毖《明朝小史》中的〈宣德紀〉。見汪玢玲，〈蒲松齡怎樣提練民間素材〉，《蒲松齡研究集刊》，第 4 輯，1984 年 11 月，頁 304-305。〈宣德紀〉，見呂毖，《明朝小史》，卷六〈宣德紀〉，駿馬易蟲，刊於鄭振鐸輯，《玄覽堂叢書》（揚州：廣陵古籍刻印社，1986），第九十冊，六之二至六之三。

30 目加田誠，〈聊齋志異の文學〉，刊於大阪市立大學中國文學研究室編，《中國の八大小說》（東京：平凡社，昭和 40 年），頁 455。

至地方官吏，上至貴官，為了中飽私囊而不恤民困，甚至賤視民命，因而產生人比蟲賤的荒謬現象。

二、入仕與士子形態

《聊齋誌異》中，除了諷刺由地方官至皇帝，多不恤民生外；蒲松齡對考核士子的制度及士人的形態，亦多嘲諷。卷六〈考弊司〉和卷四〈羅剎海市〉，就是有關篩選士人，以及入仕制度之不公；卷十二〈苗生〉則對時文加以揶揄。

㈠入仕之制

〈考弊司〉和〈羅剎海市〉，都是描寫考核士子，以及入仕制度欠缺公允的篇章：兩篇小說分別借怪誕的虛肚鬼王和羅剎國人進行嘲諷。〈考弊司〉中，陰司考弊司府裏，充滿各式各樣怪誕變形的鬼差，府中的主簿：「虎首人身」。半人半獸的變形外貌已是怪異；府中侍從十餘人「獰惡若山精」。兇惡、怪異的冥吏，有助營造一個恐怖、詭異的陌生世界。虛肚鬼王就是這個陌生世界的主腦，鬼王管轄冥司中的士人，其造型就十分怪誕：「鬔髮鮐背，若數百年人；而鼻孔撩天，脣外傾，不承其齒」。虛肚鬼王「鮐背」、鼻孔朝天，反脣的造型，在在透露異於常人的醜陋、畸型、滑稽中帶可怖的怪誕色彩。鬼王的怪誕外貌不但反常，而且十分誇張。誇張、奇醜的怪誕外貌，就是用以反映其內心的邪惡、奸貪。剝削士人的貪官，名為虛肚鬼王──永不饜足，可見貪婪之甚。

〈羅剎海市〉中的羅剎國人，外貌之怪誕，更勝虛肚鬼王。《文獻通考》卷三百三十二四裔九所載的羅剎國，貌寢為國民的特點：「其人極陋，朱髮黑身，獸牙鷹爪。」[31]

《聊齋誌異》中的羅剎國離中土二萬六千里遠，是個神奇的
海外世界。羅剎國人相貌醜陋，相國：「雙耳皆背生，鼻三
孔，睫毛覆目如簾」。相國外型不但醜陋，而且畸型。耳背
生、「鼻三孔」，便在奇醜、反常中，透露著滑稽的怪誕
感。至於各級官員，亦相貌奇醜和猙獰怪異。羅剎國人怪誕
的外表，就用以帶出荒謬的取士標準。羅剎國中奉行以妍為
媸，以媸為妍的審美觀。[32]

　　〈考弊司〉和〈羅剎海市〉兩篇，都是以怪誕寓言的手
法，帶出科舉、主管士人制度的貪污行賄及妍媸不分的不公
平現象。寓言中的虛構世界，無論如何荒謬，都有立足於現
實生活的寓意，乃真實世界的模仿。[33]〈考弊司〉就是用他
界——冥司以喻人世的寓言。士子拜見虛肚鬼王：「初見
之，例應割髀肉」，「若豐於賄者，可贖也」。秀才因貧
寒、無力納賄而被「割片肉，可骿三指許」，因而「大噂欲
嗄」。虛肚鬼王公然宰割士子，可見敲骨吸髓、榨取之甚。
蒲松齡就是利用陌生他界中，看似荒謬的割肉慣例來諷刺現
實。陌生的他界其實乃人世的反映，現實生活取士標準之荒
謬，不下於考弊司割肉的荒唐。以荒謬手法，諷刺荒謬的現
實，在荒謬中滲透著深刻的嘲弄。現實中科舉取仕制度，亦

31 馬端臨，《文獻通考》（北京：中華書局，1986），卷三百三十二，四裔
　九，考二六〇五。
32 羅剎國原型出自佛經中羅剎國的故事。見曲金良，〈《羅剎海市》與《羅
　剎國》——從蒲松齡對佛經故事的改編看其時代思想之一例〉，《蒲松齡
　研究》，1994年第3期（1994年9月），頁50-58。羅剎國就是個美醜顛倒
　的國度。見安國梁，〈《聊齋志異》反諷藝術談〉，《鄭州大學學報》
　（哲學社會科學版），1990年第3期，頁33。
33 John Macqueen，《寓言》，董崇選譯（台北：黎明文化，1973），頁42、
　88；Jon Whitman, *Allegory: The Dynamics of An Ancient and Medieval Tech-
　nique* (Cambridge: Harvard University Press, 1987), p. 263.

同樣荒謬。《聊齋誌異》卷八〈司文郎〉中，為異能瞽僧稱讚的王平子，居然下第，獲劣評的餘杭生則高中，由此可見科舉之不公。此外，卷十〈三生〉中落第秀才興于唐（科舉亦與於唐朝），聯同千萬計「其同病死者」，大鬧陰司，誓要嚴懲冤屈文士的帘官、主司，可見士子的積憤。〈考弊司〉中「例應割髀肉」之舉，就見證了貪污之甚。更為諷刺的就是在貪吏虛肚鬼王的堂上，東西兩塊碣石卻上書：「孝弟忠信」和「禮義廉恥」。虛肚鬼王的榨取行徑，實際上卻離禮義廉恥的行為準繩甚遠。這種表象與真實的差距，便造成強烈的反諷效果。

〈考弊司〉是以陰司喻陽世的寓言，控訴文士主管納賄榨取；〈羅剎海市〉則以一個海外旅行的寓言，嘲笑取士制度的荒謬及不公平。羅剎國選才，只重外貌。國人言：「我國所重，不在文章，而在形貌。其美之極者，為上卿；次任民社；下焉者，亦邀貴人寵」。羅剎國的審美標準，以媸為妍和以妍為媸。英俊的馬驥，被視為妖怪「群譁而走」，主人公刻意醜化外表：「以煤塗面作張飛」，卻被讚美並「拜下大夫」。蒲松齡就是以妍媸顛倒的可笑之取士標準，來嘲諷現實生活中選拔人才的準則，同樣是顛倒妍媸、同樣是荒謬可笑、不明與不公。馬驥失意於大羅剎國，卻得意於海市。他在海市中，應龍君之邀「賦海市」，「以其賦馳傳諸海」，實踐了現實生活中士子欲文傳四海的欲望。可哀的是理想只可向幻想境界──海市蜃樓中尋求。[34]〈考弊司〉和

---

34 馬振方，上引文，頁 74。除〈羅剎海市〉外，《聊齋誌異》卷三〈夜叉國〉亦含有以夜叉喻滿族之意。見陳香，〈《聊齋志異》中的男女悅戀問題〉，《東方雜誌》，復刊第 14 卷第 11 期（1981 年 5 月），頁 68；章沛，〈《聊齋誌異》個別作品中的民族思想〉，《文學遺產增刊》，第 6 輯（1985 年 5 月），頁 275。

〈羅剎海市〉兩篇，就是利用怪誕變形的虛肚鬼王、相貌畸型的大羅剎國人，帶出取士制度荒謬、不公、貪污和妍媸顛倒的現實。

㈡八股時文

　　蒲松齡在《聊齋誌異》中，除嘲諷取士之不公外；對八股文章亦有嘲弄。〈苗生〉一篇，就諷刺了八股時文令人生厭。作者利用苗生怒化猛虎、撲殺士子及對八股文作出的直接攻擊，帶出鮮明的諷刺訊息。苗生未化虎前，已是能「肩承馬腹而荷之」的「偉丈夫」，憤怒時「遽效作龍吟，山谷響應；又起俛仰作獅子舞」，處處表現異乎尋常的粗豪。苗生怒而化虎，便十分精彩：「伏地大吼，立化為虎」。苗生怒而化虎，就令這個變化充滿張力及憤怒的力量；主人公由「偉丈夫」突變猛虎，令人驚愕之餘，更產生反常和充滿滑稽及恐怖的不和諧感。

　　苗生化虎固然怪誕；化虎之舉，卻帶出蒲松齡對八股時文憎厭之情。作者就是借苗生對八股文所作的直接諷罵，來帶出諷刺。與苗生一起的書生，「互誦闈中作，迭相贊賞」。八股文章，卻令苗生厭煩怒吼：「此等文，只宜向床頭對婆子讀耳，廣眾中刺刺者可厭也！」繼而發怒並引發原始野性，化為猛虎「撲殺諸客」。苗生的變形是人物內在焦慮及憤激的極端化表現。這個充滿戾氣及怒氣的變化，便形象化地表現了苗生內心對舉業文章極其厭惡之情。苗生直斥八股時文惹人討厭，便盡洩作者對舉業文章的憎恨，以及對迂腐酸秀才之不滿。此外，苗生化獸，撲殺諸客，甚至吃掉眾書生，便鮮活表現作者對好誦時文的士子，憎厭至啗之而後快之情。苗生被諸生之文激怒，化身為異類，就是用極端及誇張的手法，帶出作者對舉業文章的不滿。《聊齋誌異》

中，對入仕制度、士子形態，有不少冷嘲熱諷的諷刺。怪誕諷刺的篇章中，〈羅剎海市〉與〈考弊司〉二篇，道出選拔制度的不公平及主司的貪污納賄；〈苗生〉一篇則嘲諷了汲汲於舉業文章的士人。

三、冥譴──貪色與果報

《聊齋誌異》中怪誕諷刺之篇，除涉及官吏及士人外，亦有關於貪色、果報的篇章。卷一〈瞳人語〉寫方棟因貪色而眇一目、同卷〈三生〉寫劉孝廉前世德行有玷而輪迴畜道、卷三〈李司鑑〉和卷八〈姚安〉則寫殺妻之報。

(一)貪色之報

〈瞳人語〉一篇，是以怪誕手法寫貪色之報的小說。方棟挑逗「二八女郎」，遭果報而失明：「睛上生小翳」，「翳漸大，數日厚如錢」。方棟目迷女色、行為孟浪，便遭喪目報應。〈瞳人語〉一篇方棟的雙瞳，化為兩個小人，進出其身體，便充滿既滑稽又恐怖的怪誕色彩。「瞳人」變形為小人，「自生鼻內出，大不及豆，營營然竟出門去。」眼瞳因為方棟失明而變身為小人，以脫離主人公眼眶的束縛，雙雙到花園遊玩。玩耍完畢則又翩翩而回：「俄，連臂歸，飛上面，如蜂蝶之投穴者。」眼瞳為人體的一部份，物件變形為人，已是反常、詭異；更為怪誕的是這雙「瞳人」竟具有人類擁有個性的特徵──有著頑皮、活潑、愛好玩耍的特性。變形的軀體已是怪異；瞳人竟能作人語，則將怪誕氣氛再推上高峰：左瞳與右瞳互訴苦悶，甚至相約出外「遨遊」和商議共棲一目；便在滑稽中更添詭異、神秘。此外，瞳孔化作小人，又具備飛翔本領，揉集變形人類與飛禽的不同物

類之特性，則顯得更為不倫不類；因而造成極其反常、詭異及充滿誇張感的怪誕色彩。

怪誕的變形，能帶出果報的威力。方棟輕薄婦人，有乖禮教，因而被處罰。作者就藉此篇來諷誡、勸告世人加強品德修養。是篇除處罰主人公，以帶出諷刺訊息外，方棟改過自新，亦彰現了諷刺作品的道德教誨及改進被諷者行為的意圖。[35] 方棟懺悔、誦光明經，得以恢復一目之視力，可證蒲松齡著重改過向善之旨。但明倫評：「此一則勉人改過也。輕薄之行，鬼神所忌。」[36] 方棟改過向善，就寄託了作者勸善之意。

㈡輪迴果報

〈瞳人語〉諷貪色；〈三生〉則諷刺品行有玷的縉紳。《聊齋誌異》中，有兩篇名為〈三生〉的作品。卷一〈三生〉寫的是果報的故事，篇中述劉孝廉前生為縉紳，因行為多玷，被罰在畜道中輪迴。〈三生〉一篇便記敘了三次輪迴變形，包括主人公被罰作馬、犬和蛇。三次由人變獸的變異，便具備怪誕的色彩。主人公變形為馬時，雖身為幼馬，卻具備人類的意識：「心甚明了，但不能言。覺大餒，不得已，就牝馬求乳。」具備人類思維的小馬，因饑餒向畜牲牝馬索乳，便充滿濃烈滑稽的怪誕色彩。當主人公化身為犬時，亦出現類似的情況：具備人類意識的犬，因為身為畜牲，逼於生理飢餓的自然反應，出現身不由己的情況：「見便液，亦知穢；然嗅之而香」。主人公化形為犬，因而具備

---

35 John Dryden, "A Discourse Concerning the Original and Progress of Satire", in *Eassy of John Dryden,* edited by W. P. Ker (Oxford: Claredon Press, 1900), p.100.

36 《聊齋誌異》三會本，頁 13。

犬性以穢為香。另一方面，具人性的主人公亦知便溺為穢物。人性與犬性的衝突，形成滑稽而可怖的氛圍。半人半犬的描寫，就充滿反常的怪誕感。至於劉孝廉變形為蛇時，仍是半人半蛇的生物；因具備人性，而不肯殘害同類：「矢志不殘生類」，只肯「飢吞木實」；甚至憤而自殺──「遽出當路；車馳壓之，斷為兩。」具備人性的半人半蛇生物，居然自殺，不但駭人聽聞，亦充滿不可思議的可笑又可怖的怪誕氛圍。劉孝廉經歷輪迴變形，涉及外形上由人變獸的怪誕變異。此外，由於保留了人類意識，主人公因而成為半人半獸的生物。半人半獸的描繪，營造更為不倫不類而怪異的色彩。劉孝廉因行為有玷，被罰為畜牲──馬、犬、蛇的低等生物。將人類變形為畜牲，一方面收到低貶及矮化主人公之效，另一方面縉紳因惡行而輪迴為畜牲，亦顯示了果報處分的威力，以及造成恐怖感甚為濃厚的怪誕氛圍。

〈三生〉一篇充滿反諷色彩，反諷處在於身份尊貴的縉紳，其實是人面獸心的人物。篇末異史氏曰：「毛角之儔，乃有王公大人在其中；所欲然者，王公大人之內，原未必無毛角者在其中也。」作者將縉紳低貶為獸，便收到低貶尊貴人物之效。蒲松齡筆下人獸雜陳的王公大人的世界，便充滿諷刺意味。〈三生〉中，作者就利用了輪迴變形，來揭露人面之獸的縉紳內在的奸邪，以及嘲諷了人獸雜陳的王公大人的世界。

㈢惡有惡報

除輪迴報應外，《聊齋誌異》中，有不少惡有惡報的故事，如〈李司鑑〉和〈姚安〉，都是怪誕諷刺的果報篇章。〈李司鑑〉與〈姚安〉中的主人公，猶如迷狂般的精神瘋癲狀態，就製造既滑稽又帶濃厚可怖、天譴意味的怪誕色彩。

精神瘋癲的人，往往呈現怪誕色彩。瘋子病發時猶如有一種非人世的力量，進入其靈魂之內。患者所表現稀奇古怪、有悖常理的思想及行徑，便令人產生既恐懼又滑稽之感。[37]〈李司鑑〉一文，主人公李司鑑殺妻後，迷狂失控，竟在城隍廟戲臺——這個公眾地方，上演自殘式的自殺活劇——主人公在戲臺上跪向城隍，自言：「神責我不當姦淫婦女，使我割腎。」主人公向公眾懺悔、認罪，自我剖白犯姦淫罪行，甚至自閹，便營造一種逼人的恐怖氛圍。李司鑑如受控於一股超自然力量般，被罰自殘，則更添神秘的梟首示眾式天譴的色彩。此外，李司鑑亦進入精神瘋狂的狀態，發狂似的自割耳、剁指、割腎，自誅而死。主人公迷狂而不能自控的精神狀態，以及反常的自殺式行為，就充滿神祕、恐怖、詭異的怪誕意味。李司鑑的自誅，就是以冥誅式的處罰來譴責和諷刺主人公殺妻的暴行。但明倫評其自誅為：「尤甚於梟示矣。讀之當呼快快。」[38] 這則來自郵報，發生於康熙四年（1665）的事件，主人公李司鑑遭冥譴果報而自誅，便能警發薄俗。

除〈李司鑑〉外，〈姚安〉一篇，亦是殺妻而遭天譴之作：姚安先殺髮妻，以便迎娶綠娥，後因嫉忌而誤殺綠娥。姚安先後謀殺及誤殺兩位妻子。殺死綠娥後的姚安便進入迷

---

37 Wolfgang Kayser, *Op.Cit.,* p.184；Bernard McElroy, *Fiction of Modern Grotesque* (London: The Macmillan Press Ltd., 1959), p.94; Ralph A. Ciancio, *The Grotesque in Modern American Fiction: An Existential Theory* (Ph.D Thesis, University of Pittsburg, 1964), p.27.

38 《聊齋誌異》三會本，頁 426。有關姚安歇斯底里的幻覺及嫉忌之分析，可參考閻勤民，《夢幻世界——聊齋志異的變態心理與變形藝術》（太原：山西教育出版社，1994），頁 100；安國梁，〈內心世界的物化和外化——《聊齋志異》心理描寫初探〉，《中州學刊》，1988 年第 2 期（1988 年 3 月），頁 82。

狂的精神狀態，被幻覺所困擾：「由此精神迷惘，若有所
失。」姚安在幻覺中，被綠娥的鬼魂戲弄，以及主人公所表
現的歇斯底里、不克自控的迷狂，就形成一種怪誕氛圍。在
精神失常的情況下，姚安耳聞目睹綠娥與別人通姦。狂怒的
姚安執刃、追殺綠娥：「遽砍之，立斷其首」，把綠娥的首
級割下。歇斯底里的主人公在幻覺中再度殺人，固然可怖；
幻覺中的綠娥「視之而笑」、「而笑如故」，對姚安作出多
番戲弄及挑釁，卻又充滿戲謔感。姚安狂怒、焦慮的持刃砍
殺，與「幻像」綠娥嘻笑、戲謔的捉弄，形成可怖、可笑又
極其反常的不協調感。鬼魂綠娥就是利用主人公疑懼妻妾不
貞的心理，攻其心理弱點，在幻覺中作出牆紅杏：「與髯丈
夫，狎褻榻上」，迫出姚安的狂怒和嫉忌，令主人公陷入迷
狂、反常的精狀態中。主人公所表現的異常心理狀態，與幻
覺中鬼魂的戲弄，便交織出反常、怪誕的色彩。姚安就是被
幻視、幻聽折磨，弄至貧無立錐「忿恚而死」。殺妻後的主
人公，縱使可以利用金錢，洗脫殺人罪，卻終於逃不過良心
的懲罰。蒲松齡就是利用迷狂失常，來諷刺、懲罰和譴責殺
妻者的殘暴。

結語

　　以上所討論的怪誕諷刺篇章，都具備由可怖及可笑衝擊
而成的不協調色彩。怪誕的描寫，雖具備反常、出人意表的
效果，甚至動搖人們所熟悉的世俗觀念和標準；[39] 由於立足
點仍在現實人生，因而有別於奇幻文類，並能以黑色幽默，

---

[39] Chad Pinkess, *The Grotesque and the Carnivalesque In the Narrative Fiction of Michael Ondaatje* (M.A. Thesis, University of Guelph, 1992), p.2.

帶出作者對現實人世的諷刺。《聊齋誌異》中的怪誕元素，包括怪異夢境、畸型、異相的怪誕人物、異類變形、輪迴變形、迷狂病態等。這些怪誕描寫，往往能帶出諷刺的訊息。《聊齋誌異》以幻境喻現實人生，蒲松齡藉種種奇異的變形、怪誕的手法，帶出他對貪官污吏、妍媸顛倒的考核制度、八股文的嘲諷；顯示惡有惡報的果報威力，以及表達貪色受罰的種種諷刺。《明清小說》一書評《聊齋誌異》：

> 無論寫實或幻想的故事，現實或超現實的人物、情節，《聊齋誌異》的篇章往往都寓含或深藏著現實精神。這些現實精神，有時是對政治、社會的不滿，有時是對世道人心的諷刺，有時是對人生無常、富貴浮雲的啟悟，也有時是作者對自身際遇的感慨，林林總總，不一而足。[40]

　　《聊齋誌異》便是以諸多奇幻靈異的故事，寄寓蒲松齡對現實、對人生的嘲諷與寄慨。怪誕的花妖狐魅，亦有現實生活的立足點，並帶出作者對官場、仕宦等不公平現象的嘲弄。

🌸 此文原載於《文學論衡》第 1 期，2002。

---

[40] 徐志平、黃錦珠，《明清小說》（台北：黎明文化，1996），頁 176。

從仙鄉的追尋到色慾的滿足
——論《螢窗異草》中的人仙戀

緒論

　　《螢窗異草》被認為是「聊齋型」之作；譚正璧、吳禮權等，都認為是書深受《聊齋誌異》的影響[1]。《螢窗異草》與《聊齋誌異》，在題材上有不少共通之處，二書都是以神仙、妖物、鬼怪、奇聞異事為內容。《螢窗異草》三編卷二〈續念秧〉和三編卷四〈續五通〉，作者便明言為續《聊齋誌異》而作之旨。前者繼承《聊齋誌異》卷四〈念秧〉一篇，記述旅客在行程中受騙諸事；後者則繼承《聊齋誌異》卷十〈五通〉，纂述吳越人所奉邪魅五通淫虐婦人之惡行。[2] 此外，《螢窗異草》中，亦有不少脫胎自《聊齋誌

---

1 譚正璧，《中國小說發達史》（上海：光明書局，1935），頁 461；吳禮
　權，《中國筆記小說史》（北京：商務印書館，1997），頁 245；薛洪，
　〈《螢窗異草》略論〉，《民族文學研究》，1987 年第 4 期（1987 年 8
　月），頁 52；祝注先，〈長白浩歌子和他的《螢窗異草》〉，《西南民族
　學院學報》（哲學社會科學版），1989 年第 3 期（1989 年 8 月），頁 19；
　王鴻蘆，〈關於《螢窗異草》幾個問題的探討〉，《中州學刊》，1987 年
　第 4 期（1987 年 7 月），頁 80。

2 《聊齋誌異》篇章，見蒲松齡，《聊齋誌異》三會本，張友鶴輯校（上
　海：上海古籍出版社，1986），卷四，〈念秧〉，頁 564-574；卷十，〈五
　通〉，頁 1417-1420。《螢窗異草》篇章，見長白浩歌子，《螢窗異草》

異》之篇：如初編卷二〈溫玉〉與《聊齋誌異》卷二〈蓮香〉，皆敘書生與一鬼一狐的生死情緣。另外，《螢窗異草》三編卷四〈秋露纖雲〉，述書仙秋露和纖雲，合力改變書生迂腐之習並助其中舉，亦與《聊齋誌異》卷十一〈書癡〉中，書妖顏如玉改造郎玉柱如出一轍。

《螢窗異草》除在內容方面受《聊齋誌異》影響外，在筆法和結構上，亦顯見二書傳承之迹。《螢窗異草》篇末附作者化身的外史氏之短評，就繼承了《聊齋誌異》異史氏短論的形式。《螢窗異草》全書三編十二卷共一百三十八篇，除初編卷二〈訾氏〉未綴有外史氏評語外，其他篇章皆附有外史氏之論。除外史氏之評外，是書有二十四篇文章，更附有「隨園老人」袁枚（1716-1798）之短評。《螢窗異草》雖是仿效《聊齋誌異》之作，但是書在敘事筆法和人物描寫方面亦自有其成就；《清代小說史》便評《螢窗異草》為「聊齋型」作品中最具代表性的一種。[3]

至於《螢窗異草》的作者，則仍具爭論。是書著者題為長白浩歌子，有謂長白浩歌子即尹慶蘭（1736?-1788?）。王鴻蘆、祝注先、薛洪等，都認為長白浩歌子即尹慶蘭。[4]《筆記小說大觀》〈螢窗異草提要〉載：「此編為長白浩歌子撰，相傳浩歌子為尹文端第六子。似村以一秀才終，貴介而能注意著述已為難能可貴」。[5] 薛洪〈《螢窗異草》論略〉一文，據尹慶蘭的生平、家世和文風等論證，支持長白

（瀋陽：遼寧古籍出版社，1995），三編卷二，〈續念秧〉，頁 255-259；三編卷四，〈續五通〉，頁 293-295。

3 張俊，《清代小說史》（杭州：浙江古籍出版社，1997），頁 335。

4 王鴻蘆，上引文，頁 82；祝注先，上引文，頁 20；薛洪，上引文，頁 53-54。

5 〈螢窗異草提要〉，刊於《筆記小說大觀》（台北：新興書局，1962），頁 4927。

浩歌子即尹慶蘭之說。[6] 雖然長白浩歌子即尹慶蘭之論，沒有確證；唯從尹慶蘭的生平、經歷等資料來看，他就是長白浩歌子的可能性十分大。至於尹慶蘭的資料，袁枚《隨園詩話補遺》卷四載：

> 似村為尹文端公第六子，祖、父宰相，兄、弟皆侍
> 郎、尚書，而似村自號「殿試秀才」，不就官職，賦
> 詩種竹，以林泉終。[7]

由《隨園詩話補遺》之載，可見尹慶蘭為門第顯赫，但仕途未暢的滿州子弟。此外，有關《螢窗異草》寫作年份的問題，薛洪據是書的手抄本、印刷本及作品內證的資料，認為《螢窗異草》應屬乾隆（1736-1795 年在位）年間作品。[8]至於版本方面，《螢窗異草》問世後，長期以抄本流傳，直到光緒（1875-1908 年在位）初年才有鉛印本的刊行。[9]

一、人仙戀故事

《螢窗異草》多寫怪異之事，在人鬼戀、人妖戀、人仙戀三種人與異類交往的篇章中；人仙戀佔十六篇，[10] 超過全

6　薛洪，上引文，頁 53。

7　袁枚，《隨園詩話補遺》，卷四，刊於《隨園詩話》，袁枚著、顧學頡校點（北京：人民文學出版社，1982），頁 652。

8　薛洪，上引文，頁 53。

9　劉世德主編，《中國古代小說百科全書》（北京：中國大百科全書出版社，1993），頁 692。

10　人仙戀作品共十六篇，見《螢窗異草》，初篇卷一，〈金三娘子〉，頁 5-8；同卷，〈玉鏡夫人〉，頁 8-11；初編卷二，〈桃葉仙〉，頁 31-33；同卷，〈睡姬〉，頁 44-45；同卷，〈柳青卿〉，頁 47-50；同卷，〈珊珊〉，頁 50-57；初編卷三，〈落花島〉，頁 65-67；二編卷一，〈瀟湘公主〉，頁 97-102；同卷，〈紫玉〉，頁 102-104；同卷，〈崔十三〉，頁

書篇目的十分一。是書的人仙戀故事，既有烏托邦式的仙境，復具備度脫、啟悟的成長元素，以及用遇仙作為現實困厄的補償和艷遇的保護色，可謂別具一格。

　　人仙戀涉及超越現實時空的敘述，即小川環樹所說的他界（other world）描寫。至於仙人，有別於天帝或天神，是人類在達到一定的條件後，轉化而成的一種超越存在。換言之，仙人是借修鍊或服食仙藥而獲得超能力及永生的人。[11]《說文解字》載：「僊，長生仙去也。從人」。[12] 可見長生與成仙有著密切的關係。至於人神戀的發展，《楚辭》中的《九歌》，可被視為人神戀之作。魏晉六朝〈白水素女〉（《搜神後記》卷五）、〈劉晨阮肇〉（《幽明錄》卷一）乃人神婚戀奠定發展模式的時期。人神戀至唐代，出現如〈柳毅〉（出自《異聞錄》見《太平廣記》卷四百一十九）等優秀之作，而趨成熟。[13]

105-110；同卷，〈弱翠〉，頁 114-117；二編卷三，〈住住〉，頁163-166；二編卷四，〈翠微娘子〉，頁 185-190；同卷，〈徐之璧〉，頁190-192；三編卷二，〈梅異〉，頁 261-264；三編卷四，〈秋露纖雲〉，頁 309-314。

11 小川環樹，〈中國魏晉小說以後（三世紀以降）的仙鄉故事〉，張桐生譯，刊於《中國古典小說論集》，瘂弦、廖玉蕙編（台北：幼獅文化事業公司，1975），頁 83-84。

12 許慎撰、段玉裁注，《說文解字注》（上海：上海古籍出版社，1981），頁 383。

13 有關人神戀之起源，蘇雪林認為是人犧之變形。見蘇雪林，〈九歌與河神祭典關係〉，《中國神話學文論選萃》，馬昌儀編（北京：中國廣播電視出版社，1994），頁 117。河伯娶婦可被視為人犧之例。〈西門豹治鄴〉，見司馬遷，《史記》卷一百二十六，〈滑稽列傳〉，第六十六。刊於《史記注釋》，王利器主編（西安：三秦出版社，1988），頁 2642-2644。人神戀之發展及《九歌》與人神戀之關係，見謝真元，〈唐人小說中人神戀模式及其文化意蘊〉，《社會科學研究》，1999 年第 4 期，頁 135；張葛，〈略論古代小說中的人神戀故事〉，《西南師範大學學報》（哲學社會科學版），1991 年第 1 期，頁 95。《九歌》各篇，可參考朱熹集注，《楚辭

　　《螢窗異草》十六篇人仙戀故事，多屬成仙型和入海遇仙型兩類。成仙型的篇章如二編卷一〈紫玉〉金鏞隨紫玉成地仙；二編卷三〈住住〉維藩與狐仙住住仙去；二編卷四〈翠微娘子〉乙與翠微娘子「邀遊六合」；〈徐之璧〉中徐之璧與地仙陶采春化仙；這些故事同屬凡人成仙的類型。至於入海遇仙型的篇章，則敘凡人在海上仙島，偶逢仙人的奇遇。《螢窗異草》初編卷二〈珊珊〉中，太史在海外仙島遇仙獲救；初編卷三〈落花島〉裏，申翊在美麗的落花島遇仙而能超越生死；這些都是以令人嚮往、引人遐思的海外仙島為背景，敘寫人仙情緣之篇。

二、仙鄉的追尋

　　人仙戀的母題，歷朝有不同的發展，且下啟人妖戀、人鬼戀的題材和創作。[14] 人仙戀中令人悠然嚮往、滌盡塵垢的仙鄉、主人公獲得永生、得到精神上的啟悟和物質上的滿足、獲得仙女的垂青等奇異經歷，不但成為人仙戀小說的母題，而且吸引不同朝代的讀者。以上所列的仙境奇遇，可被

集注》（上海：上海古籍出版社，1979）。《九歌》中出現的神婚，以及〈湘君〉、〈湘夫人〉二篇中所出現的兩位神祇，就是一對配偶神之討論。見〈屈原をめぐる說話〉一節之討論，刊於中鉢雅量，《中國の祭祀と文學》（東京：創文社，1989)，頁 184-185。〈高唐賦〉、〈神女賦〉中出現幽雅的仙女形象。見宋玉，〈高唐賦〉並序、〈神女賦〉並序，刊於《昭明文選》，蕭統編（台北：文友書店，1966），卷二，頁 98-100。唐代人神戀，見〈柳毅〉，出自《異聞錄》，刊於《太平廣記》，李昉等編（北京：中華書局，1961)，卷四百一十九，頁 3410-3417；〈韋安道〉，出自《異聞錄》，刊於《太平廣記》，卷二百九十九，頁 2375-2379；〈裴航〉，出自《傳奇》，刊於《太平廣記》，卷五十，頁 313-315。

14 謝真元，〈人妖戀模式及其文化意蘊〉，《重慶師院學報》（哲社版），2000 年第 1 期，頁 18。

視為人類所渴求滿足的欲望。弗洛依德（Sigmund Freud〔1856-1939〕）在〈創作家與白日夢〉一文中，指出未被滿足的欲望能引發幻想；作家就如白日夢者，在其創作中滿足內心未遂之願。這些欲望，透過改裝、藝術上的處理，而成為文學作品的題材。讀者在閱讀過程中，情感得到引發、獲得宣洩，自身的白日夢亦能獲得滿足。[15] 人仙戀的仙鄉、仙婚、永生、物欲上的滿足，又何嘗不是恒久以來，引人入勝的「集體」白日夢？因而成為歷久不衰的文學母題，並引起不同朝代讀者的共鳴。

《螢窗異草》十六篇人仙戀文章中，〈珊珊〉和〈落花島〉均以美麗的海外仙島為背景，敘寫引人入勝的仙鄉。顧頡剛認為中國神話分東西兩大系統，西方崑崙山的神話，流傳至東方，形成蓬萊仙島神話系列。[16] 〈珊珊〉和〈落花島〉均屬仙島系列的仙鄉故事。〈珊珊〉中許太史覆舟遇溺，漂流至仙島；〈落花島〉中申翊病卒，靈魂飄至落花島。前者獲救，後者得仙女浴以百花液而成「鬼仙」。

㈠歸墟型仙鄉

〈珊珊〉和〈落花島〉的仙鄉各具吸引力，並代表著不同型態的仙境。前者有著傳說中歸墟仙島的影子，後者則展示一幅桃花源式的原始樂園圖。〈珊珊〉中的仙島，位於「高麗國界」。許太史獲救後，與故人孫某相聚於「高閎邃

---

15 Sigmund Freud, "Creative Writers And Day-Dreaming", in *On Freud's Creative Writers and Day-dreaming,* edited by Ethel Spector Person, Peter Fonagy and Sérvulo Augusto Figueira (New Haven and London: Yale University Press, 1995), pp. 3-13.

16 顧頡剛，〈《莊子》和《楚辭》中昆侖和蓬萊兩個神話系統的融合〉，《顧頡剛民俗學論集》，錢小柏編（上海：上海文藝出版社，1998），頁41。

宅」中。這所巨宅有個別具意義的廳堂，就是「釣鰲」廳；
孫某的丈人有種具備深意的身份，就是「東海釣鰲者」。
「釣鰲」廳和「東海釣鰲者」的典故，將這個仙島與歸墟傳
說中的神山、巨鰲負山和龍伯釣鰲的神話扣上關係。疑為晉
人所撰的《列子》[17]〈湯問〉第五記載了渤海之東的大壑
「歸墟」上有五座神山：岱輿、員嶠、方壺、瀛洲、蓬萊。
天帝為固定五山之位置，因而產生巨鰲負山和龍伯釣鰲的神
話：天帝命禺彊指揮十五隻巨鰲往負神山；龍伯國巨人卻
「一釣而連六鰲」，釣去六隻負山的大鰲，導致岱輿、員嶠
兩座神山沉沒。[18]巨鰲負山的傳說由來已久，《楚辭》〈天
問〉亦有：「鼇戴山抃，何以安之？」之問。[19]〈珊瑚〉中
孫某丈人為「東海釣鰲者」及「釣鰲」堂之典故，將〈珊
瑚〉中的仙島與歸墟神山的神話傳說，連上緊密的關係。

　　〈珊瑚〉中的仙島，亦如傳說中的神山一樣，充滿富貴
氣象：「入島不數武，遠望朱甍碧瓦，幾埒王侯」。許太史
漂流至此，見其居室「鋪設之華」，也有「目所未睹」之
嘆。傳說中的神山，無論是漢司馬遷(公元前145-86年在世)
《史記》所載的三神山，抑或是演變至疑為晉人所撰的《列
子》中的五神山，[20]亦往往充滿富泰之象，成為世人嚮往、
享受永生的仙鄉。《史記》卷二十八〈封禪書〉所記渤海中
的三座神山：蓬萊、方丈、瀛洲是以「黃金銀為宮闕」的；[21]

17　《列子》疑為晉人的偽書，可能即是注釋《列子》的張湛所為。見袁珂，
　　《中國神話通論》（成都：巴蜀書社，1991），頁106。
18　王強模譯注，《列子全譯》（貴陽：貴州人民出版社，1996），〈湯問〉
　　第五，頁125。
19　《楚辭集注》，〈天問〉，頁61。
20　袁珂認為歸墟五神山神話，乃由三神山神話傳說演變而來。見袁珂，上引
　　書，頁107。
21　《史記》卷二十八〈封禪書〉第六，刊於《史記注釋》，頁983。

至於《列子》所載的五座神山也是「其上台觀皆金玉」，[22]
屬於金碧輝煌的仙島。

㈡桃花源型仙鄉

　　〈珊珊〉中的仙島，原型來自歸墟神山之傳說；〈落花
島〉中的仙鄉則展示一幅吸引世人，特別是活在紛擾塵世裏
的俗眾之世外桃源圖。〈落花島〉中的仙島，位於「東海之
偏」，是個以桃花源為原型的仙島。雖然桃花源只是避秦之
地，而非仙鄉；小川環樹則據人罕能至及與世隔絕等特點，
將〈桃花源〉歸入「變種的仙鄉」一類。[23]《搜神後記》卷
一的〈桃花源〉是個遍植桃花「夾岸數百步，中無雜樹，芳
華鮮美，落英繽紛」的花香世界。《螢窗異草》中〈落花
島〉裏的花，特別是梅花，則成為仙島的命脈。作者將花的
觀賞價值和實用價值，發揮得淋漓盡致。落花島的花甚具觀
賞性：「五色繽紛，且香氣濃郁，馥馥數百里。」花的色、
香令落花島成為芬芳怡人的仙界。就如〈元藏幾〉篇中所
載：「花木常如二月。地土宜五穀」的滄洲仙島一樣（出自
《杜陽編》，見《太平廣記》卷十八），[24] 落花島也是個令
人樂居其中的樂園。落花島的花除具觀賞美感外，實用價值
方面，花亦是此島衣食住行之源。仙島上的花可以製衣，仙
女也曾為申翊以花汁製衣。更奇妙的就是仙女的花衣：「其
所衣者，臥則一拂而盡，無事解脫；醒則繞樹徐行，瞬息曳
婁。」能隨意拂盡及自動附體的花裳，可媲美《聊齋誌異》
卷三〈翩翩〉中，仙女翩翩剪葉作衣之妙。至於飲食方面，

---

22 《列子》，〈湯問〉第五，刊於《列子全譯》，頁 125。

23 小川環樹，上引文，頁 93-94。

24 〈元藏幾〉，出自《杜陽編》，刊於《太平廣記》，卷十八，頁 124-125。

申翊與仙侶除以花為糧，用花為饌及飲用百花釀外；更重要的是花對修鍊的幫助。仙女為申翊浴以花液、餌以花之精英，使主人公脫胎換骨而成仙，就與歸墟神山上果樹「華實皆有滋味，食之皆不老不死」[25] 之說妙相呼應。至於以花、樹為屋及以花開、花謝為朝夕，更證落花島上花在衣食住行各方面的重要性。

　　落花島中人與花的微妙關係、與大自然的和諧，可與原始樂園神話中的樂園如華胥國、終北國和姑射山互相表裏。《列子》〈黃帝〉第二載黃帝晝寢夢遊的華胥國：「民無嗜欲，自然而已。不知樂生，不知惡死，故無夭殤」，[26] 是個純任自然的國度。此外，《列子》〈湯問〉第五所載的終北國「土氣適溫」，人民「緣水而居」並「力志和平」、樂享天真，[27] 更顯示原始樂園中，人與自然的和諧。[28] 至於《莊子》卷一內篇〈逍遙遊〉第一中神人所居的北海姑射山，[29] 在《列子》〈黃帝〉第二中仍是「陰陽常調，日月常明，四時常若」；神人「吸風飲露」，[30] 與自然和諧並存的原始樂園。

　　落花島桃花源式、原始樂園的仙鄉，與〈珊珊〉中歸墟神山式的富貴仙境，雖然各有不同的型態，但同具吸引力。遺世獨立，遠絕塵寰的海外仙島，因為遠離塵俗，讓人樂享天真，因而吸引滾滾紅塵中的凡夫。隨園老人袁枚在〈落花

---

25 《列子》，〈湯問〉第五，見《列子全譯》，頁 125。

26 同上書，〈黃帝〉第二，頁 29。

27 同上書，〈湯問〉第五，頁 136-137。

28 楊儒賓，〈道家的原始樂園思想〉，《中國神話與傳說學術研討會論文集》，李亦園、王秋桂編（台北：漢學研究中心，1996），頁 129。

29 《莊子》卷一內篇〈逍逍游〉第一，見《莊子校詮》，王叔岷著（台北：中央研究院歷史語言研究所，1988），頁 24。

30 《列子》，〈黃帝〉第二，見《列子全譯》，頁 32。

島〉篇末短評中，就嘆謂：「寫落花島之景，令我時時神往。」人類對樂園的幻想，能彌補現實生活中的種種欠缺與痛苦。[31] 海外仙島，因神秘莫測和難以驗證，而具備恆久的魅力。[32] 人類對滌盡塵垢的仙鄉之追尋，可被視為困於塵世紛擾生活的人，渴求美好生存環境的白日夢。

三、對不死的追求

人仙戀中主人公往往透過與仙女相戀或結婚，得以成仙。《螢窗異草》十六篇人仙戀作品中，有九篇小說的主人公，最終獲得仙籍。主人公成仙篇章計有初編卷一〈玉鏡夫人〉、初編卷二〈桃葉仙〉、同卷〈珊珊〉、初編卷三〈落花島〉、二編卷一〈瀟湘公主〉、同卷〈紫玉〉、二編卷三〈住住〉、二編卷四〈翠微娘子〉、同卷〈徐之璧〉。這些作品中，透露了主人公對生、老、病、死；特別是年老和死亡的懼怕、對死亡的反思、以及對不死的追求。

㈠對年老、死亡的焦慮

《螢窗異草》〈紫玉〉一文中，作者透過金鏞跨越人仙二界，反映人類對年老、死亡的恐懼。主人公遇仙時為「乳臭兒」，在仙界「居年餘」，人世已歷「七十年」。情況就如劉晨、阮肇在天台山逗留半載，世上已經歷七世一樣。童顏的金鏞，回到人間，竟在一夜間白頭，由童子急變為八十多歲的老翁：「鏞獨寢一室，鼾睡適旦。晨起，覺頰下有

---

31 胡萬川，〈失樂園：中國樂園神話探討之一〉，《中國神話與傳說學術研討會論文集》，頁103。

32 孟天運，〈蓬萊仙話傳說與歷代帝王尋仙活動〉，《東方論壇》，2000年第2期，頁21。

物，捋之則髯長寸許，白且如絲」。金鏞一夜「鬚髮皓然」，他的反應是「大駭」，並慨歎「碌碌者之易老」。金鏞在外貌上戲劇性的轉變——由童顏而白髮，不但製造令讀者驚愕的效果；一夜白頭，更帶出主人公對年邁、衰老的強烈焦慮與畏懼。

　　人類不但害怕年老，更畏懼死亡。《抱朴子》內篇卷十四〈勤求〉載：「里語有之：『人在世間，日失一日，如牽牛羊以詣屠所，每進一步，而去死轉近。』」[33]〈勤求〉篇的說話，正好說明人類對時光飛逝、年邁並步向死亡的焦慮。〈紫玉〉一文，主人公亦表現對死亡的憂慮：金鏞回家，發覺昔年「手植小柳樹」，「已合抱參天」。時光飛逝七十載，令主人公「大驚」；更為震憾的是至親早已辭世：兄嫂「歿已多年」，連從未謀面的姪兒亦已「年逾六旬」。伴隨年老而至的便是死亡；為金鏞作仙侶冰人的老嫗，對主人公說出一番當頭棒喝的說話：「使爾中壽，爾墓之木拱矣」。金鏞若一直居住在塵世，可能早已夭亡。老嫗的說話，一語道出主人公內心對死亡的焦慮。

㈡對死亡的反思

　　人類對死亡的焦慮，往往進一步而成為對死亡的反思。〈紫玉〉和〈落花島〉二篇，便表現了從不同角度對生死問題的思考。前者由生死而引發對人世焂忽的領悟，後者則希冀改變生存的形態：由人變鬼、由鬼成仙，以突破生死大限。

　　〈紫玉〉中金鏞從仙鄉回歸故里，發現仙居年餘，世上

---

[33] 葛洪，《抱朴子》內篇，卷十四，〈勤求〉，刊於《抱朴子內篇全譯》，顧久譯注（貴陽：貴州人民出版社，1995），頁 343。

已歷七十寒暑。這類仙界、人境時間差異的母題，自〈劉晨阮肇〉以來，都包涵著人世倏忽之旨。天上時間由於非常緩慢，[34] 當事人回歸人間，便有滄桑變幻之嘆。《搜神後記》卷一〈丁令威〉中，在靈虛山成仙的丁令威，去家千年、化鶴而歸，便有「城郭如故人民非」之感慨。金鏞面對的亦是仙界、人間的時差問題。兒戲同伴已成「八十許人」的龍鐘老翁，加上主人公由童顏而一夜白頭，再由白髮老翁，變回「翩翩少年」。外貌上急劇的變化，更產生人世變幻之感。仙、人二界的時差，不但反映人們潛意識中對生命流逝的焦慮；[35] 在高度濃縮的時間中忽度一生，更令人明白到人世短暫、倏忽變化之不可靠性及不隱定性。唐傳奇〈枕中記〉(作者沈既濟，見《太平廣記》卷八十二題為〈呂翁〉) 和〈南柯太守傳〉(作者李公佐，見《太平廣記》卷四百七十五) 中，主角亦在高度凝縮的夢境中，忽度一世。雖然這兩篇是夢幻而非人仙戀之作，但黃粱一夢、南柯一夢，同樣表達了人世倏忽之旨。

　　〈紫玉〉中金鏞對比人仙二界而悟時光之倏忽；〈落花島〉中作者透過申翊的遭遇，亦對死亡作出了反思及托幻式的補償。篇中的主人公曾經歷死亡及成仙的過程，換言之，申翊經歷不同存在形態的轉變：由死亡而由人變鬼，再由鬼而成仙。申翊作為人類時，只是個平凡的青年，沒甚本領，甚至「素不能文」，除「善謳」外，別無所長，被仙女謔為「齷齪商」。主人公因病歿而變鬼；改變了存在形態的申翊，在作為鬼魂的階段，反而變更了「平凡」的況態，且具

34　小川環樹，上引文，頁 90-91。

35　陳節，〈論唐人的仙鄉小說〉，《福建師範大學學報》（哲學社會科學版），2000 年第 1 期，頁 55。

有「異能」，就是如「列子御風，遨遊水面」。這種御風而行的異能是引領申翊進入仙界落花島的本領；主人公在通過死亡的關卡後，得以抵達仙鄉。鬼魂申翊雖擁有異能，唯「有形而無質」，是作為鬼魂的最大遺憾。當申翊省悟自己已失去生命時的反應就是「撫膺大戚」，可見死亡對主人公打擊之甚。主人公對喪失性命表現了極度的哀傷及悲慟，由此可見人類趨樂避苦、愛生惡死的自然本能。

申翊由鬼轉變為鬼仙，便進一步體現求生厭死的人類本能。主人公得仙子浴以百花液、餌以百花精英，重獲形骸，但覺「肌骨堅凝，非若向之虛而無寄者」。申翊對重獲形骸——新的存在形態之反應是「此心乃釋然」。由此可證人類求生避害、戀生厭死的心理。主人公成為鬼仙的階段，除擁有水上浮行的「異能」外，飲食方面亦作徹底的轉變，就是不吃「烟火物」。鬼仙的存在形態：超越生死，且突破形骸限制，能飄行水面；不但是對死亡問題的一個解答，更是一種更自由、更逍遙的存在。人死之後，有成為仙人的可能，令死亡變得沒有那麼可怖、較為可以忍受；這亦是作者對死亡這種遺憾，所作托幻式的補償。

㈢對不死的追尋及實踐

對不死的追求，是古今中外人類的共同欲望。弗雷澤（J. G. Frazer〔1854-1941〕）在《不死的觀念和對死亡的崇拜》（*The Belief In Immorality and The Worship of The Death*）一書中，指出原始人相信人類原是不會死亡的觀念。至於死亡起源的神話，可分為：傳消息的類型、消長月形類型、蛇蛻皮類型和香蕉樹類型。月形的消長和蛇皮重生，都象徵人類對不死的追求。香蕉樹類型中，因為人類選擇代表死亡的香蕉而非代表不死的石頭，因而要面對死亡。[36] 不死是人類

的共同欲望，《山海經》中不死的植物和人類，都是人們追
求不死的象徵。[37]

　　成仙是實踐不死追求的幻想。《抱朴子》內篇〈論仙〉
卷二，載有天仙、地仙、尸解仙三種仙人：「按《仙經》
云：上士舉形升虛，謂之『天仙』；中士遊于名山，謂之
『地仙』；下士先死後蛻，謂之『尸解仙』。」[38] 天仙居於
天上宮廷、地仙居於崑崙或名山之中；[39] 至於尸解仙，乃是
透過死亡，留下形骸，但魂魄散去成仙。[40]《螢窗異草》十
六篇人仙戀作品中，有九篇凡人成仙之作。〈紫玉〉裏的金
鏞，「得成地仙」；成為尸解仙的有〈珊珊〉中的許太史和
〈瀟湘公主〉中的邵生。前者暴卒後，「棺輕于紙」，只餘
空棺；後者死後，亦失去形骸，只餘「衣冠在焉」。二人有
如蟬蛻、蛇解一般，透過死亡，成為尸解仙。除上述地仙與
尸解仙外，篇中的主角，往往是不知所縱的如〈桃葉仙〉、
〈落花島〉、〈住住〉和〈徐之璧〉中的主人公便是這類例
子。成仙式的失蹤，有別於尋常的失蹤。前者往往有強烈的
「成仙」意味：〈桃葉仙〉中，「道士忽來」，尚延采與狐
仙便在閉門不出的情況下失蹤；〈徐之璧〉中，徐之璧亦在
一遍「木魚聲」中，在戶內忽失其所在，失蹤時間剛巧是與

---

36 J. G. Frazer, *The Belief In Immortality and The Worship of The Dead* (London: Dawson of Pall Mall, 1968), vol: 1, pp. 59-86. 杜而未說：「月的消長以及蛇的脫皮是有興味的象徵，香蕉是死亡象徵，令人讀之黯然。」見杜而未，《崑崙文化與不死觀念》（台北：台灣學生書局，1977），頁 158。

37 袁珂譯注，《山海經全譯》（貴陽：貴州人民出版社，1991），卷六，〈海外南經〉，頁 192；卷十一，〈海內西經〉，頁 244；卷十五，〈大荒南經〉，頁 284。

38 《抱朴子》內篇，〈論仙〉，卷二，刊於《抱朴子內篇全譯》，頁 43。

39 李豐楙，〈六朝仙境傳說與道教之關係〉，《中外文學》，第八卷第八期（1980 年 1 月），頁 172-173。

40 顧久對尸解的注釋，見《抱朴子內篇全譯》，頁 45。

仙女陶采春相約五年屆滿之時。無論是成為地仙、尸解仙，
抑或是具強烈成仙意味的「失蹤」；人仙戀中凡人與仙人結
婚而成仙，乃是大部份這類故事的結局。

　　成仙是對死亡反思的回應，亦代表人類追求不死的夢
想。成仙的生活無論在精神和物質方面，皆具備吸引力。
《抱朴子》內篇〈對俗〉卷三載成仙的境界為：「長生久
視，天地相畢，過于受全歸完，不亦遠乎？果能登虛躡景，
云輦霓蓋，餐朝霞之沆瀣，吸玄黃之醇精，飲則玉醴金漿，
食則翠芝朱英，居則瑤堂瑰室，行則逍遙太清」。[41] 成為仙
人，不獨長生不死，且能突破形骸限制，逍遙太清，因而成
為人所嚮往之境。《螢窗異草》中〈瀟湘公主〉，有別於其
他述至主人公成仙處即戛然而止之篇；是篇描繪了邵生與衡
山大帝四女瀟湘公主成婚、尸解後，逍遙觀賞的仙人生活，
令讀者得以窺見仙人生活的點滴。邵生成為尸解仙後，與故
友侯鼐在江上相遇，不但表現出一呼百喏「儼若古之王侯」
的富貴氣派；更重要的是獲得長生不死的恩賜。邵生死後如
蟬蛻，棺中只餘衣冠，成為尸解仙。成仙後的邵生，解去形
軀桎梏，享受永生，並與「二八嬌艷」的瀟湘公主逍遙遨遊
於江湖之上，舟中夜宴、「出觀江景」，享受無羈束而自在
的神仙生活。人類對死亡的焦慮、對死亡的反思，就凝結而
為成仙的欲望；追求不死、成為仙人，亦成為人類自古以來
的白日夢。

四、啟悟與度脫

　　成仙是對不死追求的實踐，《螢窗異草》中，另有一類

---

41 《抱朴子》內篇，〈對俗〉，卷三，刊於《抱朴子內篇全譯》，頁74。

包含更深意義的成仙篇章，就是仙女在人仙婚戀中，度脫主人公；[42] 去除其性格中若干致命的弱點，始證仙班。所謂度脫，正如青木正兒（1887-1964）所說：「神仙向凡人說法，使他解脫，引導他入仙道。」[43] 這類具啟悟（initiation）元素的度脫作品，比一般人仙戀中，主人公因結仙緣而順理成章成仙的篇章，增多了一層性格上的描寫；主人公往往因為經歷試鍊及獲得仙侶的啟導而有所改變及成長。情況就如伊利亞地（M. Eliade〔1970- 〕）說：啟悟指主人公在經歷種種試鍊後，在宗教、社會地位等各方面，作徹底的改變。[44]《螢窗異草》中的〈翠微娘子〉和〈瀟湘公主〉，就是具啟悟性質的度脫之作。前者述仙女翠微娘子解開乙的報仇心結；後者敘瀟湘公主苦口婆心勸諭「自恃其武」的邵生，以去其衝動及傲氣。

　　成為仙人除了修鍊、服食仙藥外，品德修養亦十分重要。《抱朴子》內篇〈對俗〉卷三載：「欲求仙者，要當以忠孝和順仁信為本。若德行不修，而但務方術，皆不得長生也。」[45] 成為仙人，修德為其根本，〈翠微娘子〉和〈瀟相公主〉的主人公乙及邵生，在性格上均具嚴重弱點，必須改正，始可成仙。

---

42 劉水云解釋「度脫劇」即敷演神仙度脫有緣人成仙之劇。凡人貪戀塵世的享樂，沉迷酒色財氣中，諸仙利用夢幻等方式，以度脫主人公。見劉水云，〈淺談元雜劇神仙道化劇中度脫劇之夢幻〉，《南京師大學報》（社會科學版），1997 年第 2 期，頁 118。

43 「度脫劇」一名，首見於青木正兒的《元人雜劇概說》，見青木正兒著、隋樹森譯，《元人雜劇概說》（香港：中華書局，1977），頁 26-27。現借青木正兒分析「度脫劇」的界說，來分析《螢窗異草》中具度脫特色的小說。

44 Mircea Eliade, *Rites And Symbols of Initiation The Mysteries of Birth and Rebirth,* translated by Willard R. Trask (New York: Harper & Row, Publisher, Inc, 1975), p.x.

45 《抱朴子》內篇，〈對俗〉，卷三，刊於《抱朴子內篇全譯》，頁 76。

　　〈翠微娘子〉中的主人公乙，其致命弱點為仇恨之心。面對兄嫂的擯斥及驅逐，他的反應是頓起殺機：「夜扶白刃，將往殺兄，而兼屠其嫂」。「氣」是乙面對的最大敵人；沉不住怒氣，乙將會犯下謀殺兄嫂的彌天大罪。主人公所面臨的考驗，就是如何平息內心的仇恨，與兄嫂和解。主人公的啟悟旅程可分為四個階段：頓起殺機，乃展示乙的性格致命弱點的出發階段。考驗的第一關就是主人公正面面對仇恨：乙與翠微娘子往謁兄嫂，「棄乘拜謁」，代表主人公奮力通過宿怨、怒憤情緒的關隘。第三個重要轉捩點是主人公「參謁遺像」，祭拜亡父，將抑壓的仇恨釋放的階段：「乙頓觸心事，大痛無聲，良久始哭而起」。主人公將積壓的怒氣發洩，情緒因而得到平伏。最後的階段，就是乙與兄嫂的和解，將殺人計劃「悉其顛末」告知二人。乙的剖白代表主人公寬恕仇敵，平息仇恨的啟悟及成長。經歷啟悟的主人公，心智更趨成熟，生命亦進入另一個新的歷程。[46] 至於度脫主人公的翠微娘子，則扮演著引導主人公獲得啟悟、知識的智慧老人（wise old man）的角色。榮格（Jung）所言的智慧老人，乃原型的一種。智慧老人常常在夢中以智者、老師等身份出現，幫助主人公。[47] 翠微娘子亦是乙的智慧老人，她一面開導主人公：「君勿爾爾」，平息其怒氣；另一方面則安排乙拜謁兄嫂及祭祀亡父，使乙面對仇恨及在情緒上獲得宣洩。當乙的復仇心盡去，翠微娘子始邀主人公「遨遊六合」而仙去，正式完成度脫主人公的過程。

---

[46] 容世誠，〈度脫劇的原型分析──啟悟理論的應用〉，刊於《馮平山圖書館金禧紀念論文集》，陳炳良主編（香港：馮平山圖書館，1982），頁172。

[47] 智慧老人之分析，見 C. G. Jung, *The Archetypes And The Collective Unconscious in The Collective Works of C. G. Jung,* translated by R.F.C. Hull (Princeton: Princeton University Press,1974), vol 9, part 1, pp. 215-216.

〈翠微娘子〉中仙女度脫動了殺機的乙；〈瀟湘公主〉中，瀟湘公主則啟導犯下殺人罪的邵生。邵生的致命弱點是自持勇武及衝動。主人公的啟悟過程，分為考驗和接受處罰兩個階段。衝動的邵生，不能通過被盜賊挑釁和官兵緝捕的兩個考驗；因衝動而誤殺一賊一兵。邵生面對處罰的同時，亦需要面對其衝動的性格，以及為所犯的錯誤作出補贖。主人公為其衝動，付出沉重的代價，不但在獄中「拘攣甚苦」，並且被判死刑，死在獄中。主人公成仙後，在江上遇故人侯鼐，憶述被拘禁前事，「言已淚下，色遂慘然」，表現極為傷感，可見邵生已獲教訓及其悔意。主人公在接受考驗，親歷肉體上的處罰，以懲治其衝動的弱點後，才得以成尸解仙。邵生的啟悟過程中，瀟湘公主就扮演了導引者的角色：三度忠告主人公，免其犯罪。至邵生入獄，接受處分，得到教訓；瀟湘公主便度脫主人公成尸解仙，助邵生完成啟悟及度脫之旅；實踐了度脫故事中仙人度有緣人入道，令其擺脫人間苦痛的主旨。[48]

成仙是以托幻，實踐不死欲望的手段；成仙故事中具啟悟元素的度脫類作品，則體現了主人公必先修德及改正其頑劣弱點，始可成正道、證仙班之理。這類啟悟類成仙之作，在實踐不死欲望的同時，亦揭示主人公性格轉變的啟悟及度脫歷程；較一般人仙婚戀中，主人公藉仙婚而成仙之作，更具深度及吸引力。

---

48 趙幼民，〈元雜劇中的度脫〉（上），《文學評論》第五集（台北：書評書目出版社，1978），頁 155。

五、補償生活上的欠缺

　　主人公成仙往往是人仙戀的結局，代表人類追求不死之夢。此外，主人公亦常藉仙婚，成為受惠者，[49] 得到科名、財利，甚至被仙女拯救的諸般好處。這類以仙婚來滿足現實生活中種種欠缺的描寫，有如在夢中遂願一般，[50] 是因為欠缺而產生的幻想；主人公在幻想中獲得滿足，實際上事件則屬子虛烏有。故人仙戀中，往往出現只存在於主人公感觀世界中，而旁人卻不能目睹的仙女。《螢窗異草》中出現的仙女如秋露、纖雲（三編卷四〈秋露纖雲〉）和弱翠（二編卷一〈弱翠〉）等，都是只存在於主人公世界中的神仙。既然仙女是幻想的產物，旁人又如何能窺見？

　　古代士人的集體願望是中舉，《螢窗異草》的人仙戀篇章中，有三篇描寫主人公藉仙女之助，得以中式之作。〈秋露纖雲〉、〈金三娘子〉（初編卷一）和〈弱翠〉都是此類作品。士人在現實中未遂之願，在文學作品中，透過他界中人──仙女之助，得以完成夢想；以補償下第之欠缺，及平衡失重的心理。[51]〈弱翠〉中王生得弱翠之激勵「益憤厥志」而中式，一洗「屢中副車」之晦氣。〈秋露纖雲〉和〈金三娘子〉中，兩位主人公，更獲仙女「鼎力相助」，得以中舉。篇中的兩位士人，皆獲仙女或高人指點，學問大進。〈秋露纖雲〉中，郁生如《聊齋誌異》〈書癡〉中，郎

---

49 汪龍麟，〈《搜神記》異類婚戀故事文化心理透視〉，《山西大學學報》（哲學社會科學版），1993 年第 2 期，頁 42。

50 李豐楙，上引文，頁 178。

51 現實中的失敗可以在幻想中得到補償。見趙延花，〈藝術作品：人生苦難的補償〉，《語文學刊》，2000 年第 3 期，頁 20。

玉柱得書妖顏如玉之助而「舉進士」一樣（三會本卷十一）；
亦因書仙秋露、纖雲「一一提其要領」而獲益；〈金三娘
子〉中的周生，也得到仙人為其結緣的巨宦某公「指授書
義」，而獲益良多。兩篇小說中的主人公，不但獲仙人指點
迷津，更得神仙利用法力，在考試時助其「作弊」，以奪科
名。〈秋露纖雲〉中，秋露、纖雲將內藏文稿的「桂圓」，
運進試場，助郁生作答；結果「生未少費心力，已可望巍
科」。〈金三娘子〉中，周生得仙人安排；讓王孝廉在試場
內為其越俎代庖：主人公據王孝廉之作為己作，居然「廷試
首列詞林」。書仙、仙女「不擇手段」的襄助，令書生得以
高中科舉、平步青雲，何嘗不是屢試不中，備受科舉壓力的
士人妙想天開、假借他界超自然力量中舉的白日夢？

　　人仙戀作品中的仙女，不單襄助失意文士；更在主人公
遭逢危困、身處絕境時，救急扶危。二編卷四〈徐之璧〉中
主人公得仙女之助，避過世亂；二編卷一〈崔十三〉中崔十
三獲仙女之助，得保名節、免被姦淫。主人公遇難而獲仙人
打救，可被視為人類遭逢絕境時，企圖擺脫困局的一種托幻
式以安慰人心的異想。〈徐之璧〉中主人公在生命受到威脅
時，便出現仙女解困的情節。徐之璧為避明末世亂，「竄迹
荊南山」，得地仙陶采春「擇一山僻之區」安頓，避過明清
改朝換代之際的「兵燹」。這類匿居世外桃源以避秦的母
題，就成為生於亂世的人民，苟存性命的一種寄託。仙女下
凡以扶危救急，便成為安慰人心的幻夢：《聊齋誌異》卷三
〈翩翩〉中，羅子浮「廣創潰臭」，瘡患至頻死邊緣時，便
獲仙女翩翩的救援。

　　絕境逢仙乃人逢極困時，在巨大的精神壓力下所產生的
幻想。《螢窗異草》〈崔十三〉一文，「年僅成童」的崔十
三，在舟中孤立無援的處境下，被「尤好龍陽君」的李念一

逼姦；求救無門之際便獲少艾仙女贈「閨中戲術」之書，以懲治淫徒，並作自我救贖，得保清白。絕境遇仙有如天降甘霖；仙女亦往往能解主人公於倒懸。《原化記》〈吳堪〉一文中，白螺仙女，因「哀君鰥獨」前來照料吳堪。（見《太平廣記》卷八十三）《聊齋誌異》〈蕙芳〉一文中，仙女蕙芳，憐主人公「家貧，無婦」，往看顧貧苦無依的馬二混母子。（三會本卷六）仙女下凡，向孤苦遇難的人施以援手，便成為蒼生遇險遭厄時，撫慰人心的幻想。當主人公在現實生活中遇上逆境，如下第、生存受到威脅或孤立待援時，得仙人襄助、遇仙獲救，便成為遭遇困頓的人，在承受極大痛苦的心理狀態下，托幻於他界的白日夢。

六、色慾幻想的滿足

　　人仙戀不單是蒼生遇困時的寄托，亦代表了人類的性幻想。[52] 仙女除滿足主人公在物質上的匱乏外，更滿足其色慾的幻想。《螢窗異草》初編卷二〈柳青卿〉和初編卷一〈玉鏡夫人〉，均屬此類篇章。〈柳青卿〉中肥胖、貌寢的戴敬宸，「見陋于人」，難獲閨閣少女青睞，卻見納於岳帝司香女。仙女不但主動引誘主人公，更與其「遂相歡好」。醜胖的主人公被異性嫌棄的遺憾，透過仙女主動投懷得以補償。戴生不單獲岳帝司香女垂青，更與衡岳群仙相聚，暢飲調情：「履舄交錯，相對舉觴」。主人公彷如置身青樓，左擁右抱妓化的群仙，[53] 盡享風流艷福；情況就如《聊齋誌異》

---

52 屈慧青，〈《搜神記》和神人相戀範式的定型〉，《中國文學研究》，1999 年第 2 期，頁 32；汪龍麟，上引文，頁 45。

53 仙女青樓化、妓化。見謝真元，〈唐人小說中人神戀模式及其文化意蘊〉，頁 133；劉耘，〈中國古典小說人仙妖鬼婚戀母題初探〉，《北京教

〈狐夢〉中「肥郎」畢怡庵與「賀新郎」的狐女暢飲一樣——主人公都能盡享溫柔。(三會本卷五) 其貌不揚的戴敬宸，與眾仙女調情，便完全滿足了主人公因長期被異性嫌棄、久被壓抑的色慾衝動與性幻想。

　　人仙戀中的仙女往往成為主人公性幻想的對象；遇仙常與遇艷相等。[54]〈玉鏡夫人〉中的茗溪神女玉鏡夫人，便成為主人公王友直的性愛對象。二人初次相會，王友直說：「余閱人綦多，從無如夫人之麗者；倘得幸勝，願以金屋貯玉人，他無所欲。」主人公面對仙女，不單沒表示敬畏，更坦言剖白欲以金屋藏嬌的色慾意圖。此外，這篇人仙戀中所描繪的仙女，亦別樹一格。玉鏡夫人有別於傳統端莊仙女的型態，這位仙女生性嗜賭；好賭的仙女因為在擲骰賭局中落敗而「輸身」給王友直。玉鏡夫人豪賭的姿態甚富娛樂性：仙女與主人公擲骰，「群婢大噪」，在旁吶喊助威。玉鏡夫人則投入賭局中，豪賭至「粉黛汗淫」，活脫脫的就是個典型的女賭徒。賭至「輸身」的世俗化仙女，已無復傳統如《搜神後記》卷五〈白水素女〉中白水素女，被凡人窺見，即行離去的典雅含蓄。像〈玉鏡夫人〉這類的人仙戀，亦成為以仙戀作包裝的艷遇。

　　人仙戀中的仙女雖是主人公的色慾對象，但人仙戀與人鬼戀、人妖戀不同之處，在於這類戀情，沒有人鬼戀那末陰森恐怖，[55] 亦沒有人妖戀中，妖物將人作為採補對象，殘害生靈的可怕——《聊齋誌異》〈董生〉一文中，狐妖採補，

育學院學報》，第 14 卷第 1 期（2000 年 3 月），頁 22。孫遜、柳岳梅，〈中國古代遇仙小說的歷史演變〉，《文學評論》，1999 年第 2 期，頁 72。

[54] 孫遜、柳岳梅，上引文，頁 74。
[55] 汪龍麟，上引文，頁 43。

便將主人公董生弄至「嘔血斗餘而死」。（三會本卷二）人
仙戀中的主人公，在享受仙女所給予的色慾滿足之餘，更往
往得到成仙的恩賜，成為戀情的「受惠者」；遇仙便成為滿
足主人公性幻想的白日夢。

結論

　　《螢窗異草》中的他界作品，除人仙戀作品外，尚有敍
寫異域旅行、人鬼戀、人妖戀、冥界故事、因果輪迴幾類作
品，當中不乏優秀之作。敍寫異域旅行的篇章，除上述所論
及的〈珊珊〉和〈落花島〉外，尚有一篇精彩的作品——初
篇卷一〈翠衣國〉。是篇所描述的海外第七島翠衣國，國中
人鳥，穿上羽衣，便能「翺翔于茂樹」、空中。人鳥能突破
空間限制，享受飛行樂趣，教人悠然神往。是篇述商販穿上
羽衣，變作鸚鵡，展翅飛翔的情節，可與《聊齋誌異》卷十
一〈竹青〉中，魚客穿上黑衣，翺翔往返漢陽、洞庭的描述
互相表裏。

　　《螢窗異草》另有十餘篇敍寫人鬼戀的篇章，其中以
〈桃花女子〉和〈郎十八〉最為動人。前者敍寫鄭生與女鬼
桃花女子，透過扶乩認識、以詩酬唱。用扶乩來溝通陰陽二
界，營造一種詭異、陰森的氛圍。唯女鬼的癡情、詩作之清
麗，卻又帶出浪漫的氣氛；因而令是篇充滿陰森與浪漫衝擊
而成的吊詭情調。此外，〈郎十八〉一篇以倒敍手法，寫宗
酉與女子的三世戀情，亦相當吸引。二人第一世為恩愛夫
妻，第二世為人鬼夢中戀人，第三世則為老夫少妻之配。年
過五旬的宗酉，與十六歲的少艾相認，就是透過前生酬唱之
詩——〈郎十八〉。一首詩歌帶出一段三世宿緣；由於跨越
三世時空，頗能令人聯想浮翩。

　　《螢窗異草》中所描述的他界作品，較其他類型為出色；人仙戀作品中如〈落花島〉、〈珊珊〉就是其中的表表者。人仙戀中所表現的對仙鄉的嚮往與追尋，便反映了人類追求美好世界的夢想。此外，主人公所表現的對死亡的焦慮、反思，亦凝結為成仙的追求；成仙的渴想亦是人類追求不死的白日夢。另外，人仙戀中，男主角往往成為受惠者，因仙戀而補償了物質上的欠缺，以及滿足其色慾上的幻想。無論是仙鄉的追求、對不死的尋覓、物欲上的補償及情愛上的滿足；人仙戀也可被視為人類對精神物質的種種追求而作的、托於他界以求實踐的白日夢。

❀此文原載於《汕頭大學學報》〔人文社會科學版〕第 6 期，2002。

《螢窗異草》中人鬼戀的報仇、補償觀念和轉世結構

緒論

　　《螢窗異草》為清代聊齋型文言小說集，又名《聊齋剩稿》、《續聊齋志異》，署名長白浩歌子撰。究竟長白浩歌子是誰？清光緒三十一年（1905）梅鶴山人《螢窗異草初編》序有此記載：「客有以《螢窗異草》抄本三冊見示，款署長白浩歌子，未悉為何人，或稱為尹六公子所著。」[1] 長白浩歌子可能就是尹六公子——尹慶蘭（1736?-1788?）。此外，《筆記小說大觀》載《螢窗異草提要》亦持相似意見：「此編為長白浩歌子撰，相傳浩歌子為尹文端第六子似村」。[2] 薛洪、王鴻蘆和祝注先等，從出身、經歷、交友等方面考證長白浩歌子很有可能就是尹慶蘭。[3] 尹慶蘭字似

1　清梅鶴山人，〈螢窗異草初編序〉，刊於《明清小說資料選編》，朱一玄編（濟南：齊魯書社，1989），頁 1228-1229。

2　《螢窗異草提要》，刊於《筆記小說大觀》（台北：新興書局，1962），頁 4927。

3　祝注先、王鴻蘆均認為長白浩歌子即尹慶蘭。見祝注先，〈長白浩歌子和他的《螢窗異草》〉，《西南民族學院學報》（哲學社會科學版），1989年第 3 期，頁 20-21；王鴻蘆，〈關於《螢窗異草》幾個問題的探討〉，《中州學刊》，1987 年第 4 期，頁 82。薛洪從《隨園詩話》等書所提供的線索，尹慶蘭的生平事跡、家世，考證長白浩歌子即尹慶蘭。此外，薛洪更從手抄本、印刷本、作品內證等項，考證是書乃乾隆間作品。見薛洪，〈螢窗異草論略〉，《民族文學研究》，1987 年第 4 期，頁 52-54。

村，滿州鑲黃旗人。祖尹泰、父尹繼善都是文華殿大學士，尹似村於乾隆十二年（1747）參加由皇帝親自監試的科舉蒙欽取，被譽為「殿試秀才」。除此之外，終生未嘗出仕。袁枚（1716-1798）《隨園詩話補遺》卷四載尹似村的家族、行事資料：「似村尹文端公第六子，祖、父宰相，兄、弟皆侍郎、尚書。從袁枚之載，可見尹似村雖生於貴胄之家，卻未涉足官場並「以林泉終」——歸隱式的生活終老。[4]

　　至於《螢窗異草》的篇數，則仍存在若干問題。是書自問世後，長期以抄本流傳，直至清光緒初年才有申報館叢書鉛印本。魯迅（1881-1936）《中國小說史略》提出：《螢窗異草》「別有四篇四卷，乃書估偽造」。[5] 是書四編四卷（共 130 篇）所敘有道光、咸豐間事，與前三編所述多以乾隆（清高宗 1735-1795 年在位）時期為背景的記敘很不一致。如四編卷四〈朱慧仙〉一篇，就以太平天國時代為背景，述清咸豐二年（1852）太平天國陷武昌，以及清咸豐三年（1853）陷南京，改為天京之事。由四編四卷與前三編反映的時代先後有別，可見四篇四卷應為贗品，故仍當以現存的三編十二卷共一百三十八篇為準。[6]

4　《隨園詩話》裏，有一則關於尹慶蘭生平的記述。載袁枚讀慶蘭詩：「偶理舊書，得尹似村斷句」。《隨園詩話補遺》卷四，刊於《隨園詩話》，袁枚著、顧學頡校點（北京：人民文學出版社，1982），頁 652。

5　《八旗藝文編目》子部稗說，原注：「滿州慶蘭著，慶蘭字似邨，庠生，尹文端公子。」見袁行霈，《中國文言小說書目》（北京：北京大學出版社，1981），頁 377-378。有關魯迅之評，見魯迅，《中國小說史略》，第二十二篇，〈清之擬晉唐小說及其支流〉，刊於《魯迅三十年集》（香港：新藝出版社，1970），頁 223。

6　《螢窗異草》四編四卷可能是申報館人偽托。見歐陽健，《中國神怪小說通史》（南京：江蘇教育出版社，1997），頁 530。有關事涉太平天國之篇，見長白浩歌子，《螢窗異草》（瀋陽：遼寧古籍出版社，1995），四編卷四，〈朱慧仙〉，頁 422-423。本篇引文亦以此版本為依據。至於本書

　　至於是書的寫作時期，魯迅認為「似乾隆中作」。戴不凡閱待刻的清稿本《聊齋賸稿》（《螢窗異草》別名），認為：「就紙色而觀，當不晚於乾隆」。此外，就內證而言，《螢窗異草》記事所紀年份，多涉乾隆間事。〈徐小三〉中四喜述及墓中鞏駙馬：「但聞鞏姓，明末人，闔家死難，今已百年。」鞏駙馬當為明光宗（1620 年在位）九女樂安公主夫壻鞏永固，明末城陷殉難，當時為明崇禎十七年（1644）。（《明通鑑》卷九十）[7]1644 年下推百年，作者寫作〈徐小三〉之年該為 1744 年，即乾隆九年。此外，初編卷四〈狐媪〉載：「辛未，大駕南巡」。辛未即乾隆十六年（1751），清高宗首次南巡之年。另外，三編卷二〈奇遇〉敍將軍與父親相認亦述及乾隆朝背景：「西墜蕩定後，有軍將秩且四品，部其眾往戌回疆。」〈奇遇〉的故事，便涉及乾隆二十四年（1759）平定回疆，並派兵戌守的史事。[8]由〈徐小三〉、〈狐媪〉和〈奇遇〉等篇所載有關乾隆時代諸事，可證魯迅認為《螢窗異草》「似乾隆中作之評」，亦

　　當以三編十二卷為準之論，見《中國文言小說書目》，頁 377-378；劉世德主編，《中國古代小說百科全書》（北京：中國大百科全書出版社，1998），頁 698。

[7]　魯迅之評，見《中國小說史略》，頁 223。戴不凡之言，見戴不凡《小說見聞錄》（杭州：浙江人民出版社，1980），〈偽題《聊齋賸稿》殘帙〉，頁 243。樂安公主身殉和鞏永固忠烈、全家殉國之事。見夏燮編，《明通鑑》（北京：中華書局，1980），卷九十，紀九十，頁 3471；張廷玉等，《明史》（北京：中華書局，1974），卷一百二十一，列傳第九，〈公主〉，頁 3676-3677。

[8]　辛未年乾隆十六年清高宗首次南巡：「免江蘇安徽元年至十三年逋賦。浙江本年額賦。減直省緩決三次以上人犯罪。」此外，乾隆二十四年（1759）平定回疆地區。乾隆南巡及平回疆，可參考清史編纂委員會編，《清史》（台北：國防研究院，1961），〈高宗本紀〉二，卷十一，頁 154；〈高宗本紀〉三，卷十二，頁 168-170。至於《螢窗異草》中其他內證，以證明此乃乾隆年間作品，可參考薛洪，上引文，頁 53。

屬允當。

《螢窗異草》除作者和篇數存在疑問外，隨園老人之評亦未知真偽。是書現存一百三十八篇文章中，有二十九篇——即超過四份之一的篇章綴有隨園老人袁枚之評語。袁枚與尹似村該有交情，《隨園詩話補遺》卷四，便記載了袁枚閑讀尹似村詩句，而歎「獨寫性靈，清妙乃爾。嗚呼！」袁枚雖與尹似村有交情，隨園老人之評是否出自袁枚之手，抑或是附會則未可定。梅鶴山人序載：「隨園老人評語，的係附會。」此外，戴不凡《小說見聞錄》〈偽題《聊齋賸稿》殘帙〉一篇，全文抄錄乾隆抄本初編卷一〈天寶遺迹〉，篇末所附「王漁洋曰」之評語，至印本則改作「隨園老人曰」，由此可見篡改之迹。[9]

《螢窗異草》為聊齋型作品，受《聊齋誌異》的影響。兩者在題材上亦有不少傳承之迹。《螢窗異草》三篇卷二〈續念秧〉和三編卷四〈續五通〉；作者便明言為續《聊齋誌異》而作之旨。前者繼承《聊齋誌異》〈念秧〉（三會本卷四）；後者則受《聊齋誌異》〈五通〉（三會本卷十）之影響。雖然《螢窗異草》乃聊齋型之作，其敘鬼怪、神仙、妖物，奇幻曲折，寓意匪淺。梅鶴山人序評：「新穎處駸駸乎升堂入室。」《清代小說史》亦評《螢窗異草》為聊齋型作品中最具代表性的一種。[10]

9　袁枚讀似村詩之載，見《隨園詩話》，頁 652。戴不凡錄王漁洋之評而非今本隨園老人之評，見《小說見聞錄》，頁 247。

10　〈念秧〉和〈五通〉二篇，見蒲松齡，《聊齋誌異》，張友鶴輯校，會校會注會評本（上海：上海古籍，1986），卷四，〈念秧〉，頁 564-574；卷十，〈五通〉，頁 1417-1420。本篇所用引文，以此版本為據。張俊評《螢窗異草》，見張俊，《清代小說史》（杭州：浙江古籍出版社，1997），頁 335。

一、人鬼戀

　　《螢窗異草》多描寫鬼、妖、神仙之事，當中人鬼戀文章佔十三篇，包括初編卷一〈卜大功〉、〈賈女〉、〈桃花女子〉、〈田鳳翹〉、〈劉天錫〉、卷四〈郎十八〉；二編卷二〈祝天翁〉、〈徐小三〉、卷三〈梁少梅〉、卷四〈裊煙〉、〈虢國夫人〉；三編卷一〈挑繡〉、卷四〈鬥蟋蟀〉。《螢窗異草》的人鬼戀篇章約佔全書十分之一，作者透過人與異類的戀情，或表達報仇、酬恩之念，或用以補償鬼戀主角在精神、物質上的缺憾，甚或以轉世結構，消除婚戀之障。這些人鬼婚戀篇章，無論在構思和結構上也甚具特色，亦具探討價值。

　　人鬼戀涉及人與異類之關係，究竟「鬼」是甚麼東西？人為何會見鬼、遇鬼？《說文解字》解釋「鬼」字為：「人所歸為鬼」。（第九篇上）就字源學考證而言，「鬼」在遠古與「歸」字可以互訓；「鬼」取「歸」之音與義。[11]

---

[11] 「鬼」字的解釋，見段玉裁，《說文解字注》（台北：藝文印書館，1955），九篇上，頁 439。有關「鬼」與「歸」字關係之論，見王德威，〈魂兮歸來〉，《聯合文學》，第 216 期（2002 年 10 月），頁 83。「鬼」與「歸」語音相近。《列子》〈天瑞〉篇載：「精神離形，各歸其真，故謂之鬼。鬼，歸也，歸其真宅。」見王強模譯注，《列子全譯》（貴陽：貴州人民出版社，1996），頁 12。由此可見鬼取「歸」之音與義，見高懷民，〈中國古代文化中的鬼神思想〉，《文史哲學報》，第 35 期（1987 年12 月），頁 98。人死後「魂」與「魄」的分離，魂歸泰山幽府至發展為佛教地獄之觀念轉變，可參考 Ying-Shih Yü（余英時）"O Soul, Come Back! A Study in the Changing Conceptions of the Soul and Afterlife in Pre-Buddhist China", in *Harvard Journal of Asiatic Studies,* 47:2 (Dec, 1987), pp. 363-395. 馬場あき子則引用《說文解字》釋「鬼」字「象鬼頭」，來解釋鬼的「亂髮」之形及鬼之面貌。見馬場あき子，《鬼の研究》，（東京：三一書房，1992），頁 30。

「鬼」一般指人死歸土的觀念。《禮記》〈祭法〉：「人死曰歸」。〈祭義〉：「眾生必死，死必歸土，此之謂鬼」。《論衡》〈論死〉亦載：「人死精神升天，骸骨歸土，故謂之鬼，鬼者，歸也」。[12] 既然人死歸土，離開塵世，為何有些人仍能見鬼、遇鬼？漢王充（27-97?）認為，造成鬼魅之因，乃由於人類思念所致。《論衡》〈訂鬼〉篇：「凡天地之間有鬼，非人死精神為之也，皆人思念存想之所致也。」造成「思念存想」之因，往往是由疾病所引致。[13] 除疾病外，疑心、恐懼的心理，亦是見鬼之由。《淮南子》〈氾論訓〉篇：「怯者，夜見立表，以為鬼也；見寢石，以為虎也；懼揜其氣也。」[14]「懼揜其氣」之論，可見疑恐心理，亦能觸發見鬼、遇鬼之異象。

鬼話的種類，據《中國鬼文化》一書分析可分為原生態、衍生態和新生態三種。原生態乃鬼話的雛型階段，表現人類對自然現象變化的恐懼——早期人類認為山川、河流等

---

12 鬼一般指歸土。朱彬，《禮記訓纂》（北京：中華書局，1998），卷二十三，〈祭法〉，頁 693；卷二十四，〈祭義〉，頁 709；王充著、黃暉校釋，《論衡校釋》（北京：中華書局，1990），卷二十，〈論死〉，頁 871。

13 《論衡校釋》，卷二十二，〈訂鬼〉，頁 931。錢穆認為此乃徹底的無鬼論：「彼乃謂天地間有鬼，非由人死後仍有一種精神存留，而實由生人對死者之一番思念存想，而覺若其人精神之復活，是則王充實為別自闡明了鬼神之理之另一面，而王充之為顯然主張徹底的無鬼論者更可知。」見錢穆，〈中國思想史中之鬼神觀〉，《新亞學報》，第一期（1955 年），頁 17。日本學者井上圓了將妖怪分為物怪和心妖兩類；物怪指人類將稀見事物視為怪，心妖則是因幻想、幻覺引致的心怪。人之見鬼亦為心妖之一類，乃由幻想所引致。物怪、心妖之論，見井上圓了，《妖怪學》（東京：井上圓了妖怪學刊行會，昭和六年），頁 9-18。有關是書之評釋，可參考宮田登，《妖怪の民俗學》（東京：岩波書店，1991），頁 42-48。

14 劉安著、何寧集釋，《淮南子集釋》（北京：中華書局，1998），卷十三，〈氾論訓〉，頁 980。

自然現象，都附有靈魂或鬼神，這就是泰勒（E.B Tylor）所言的萬物有靈（animism）之觀念。至於衍生態鬼話，主要表現為神鬼並行於世。這一時期，人們有了善惡觀念，一部份鬼因常做善事而被奉為神，另一部份鬼則因做了危害眾人的事而成惡鬼。至於第三種類新生態鬼話的特點是：鬼的形象已從兇殘、惡毒的單一模式中解放出來，雖然有部份鬼仍未脫離原本醜惡的形象，但另一部份則已變得可愛、可親。[15] 這三類鬼話中，就以第三類──新生態鬼話與人鬼戀的關係最密切。可愛、可親的鬼靈，往往在與人類交往的過程中，交織出充滿愛慕和情慾的人鬼婚戀。

　　至於人鬼戀的發展，魏晉六朝不但是奠基亦是第一個高峰期。《列異傳》〈談生〉是第一篇人鬼戀小說，睢陽王女為談生產兒、贈袍，就塑造了深情的女鬼形象。（《列異傳》〔原書已佚〕見《太平廣記》卷三一六）此外，《搜神記》卷十六〈紫玉〉一篇，吳王夫差小女紫玉，則是另一位深情的女鬼。紫玉因未能與韓重結合而「玉結氣死」；紫玉雖與韓重在塚中「盡夫婦之禮」，唯最後亦「如烟然」，留下令人遺憾的感歎。[16] 人鬼戀發展至唐朝，無論在人物描寫

---

15 三類鬼話中，以新生態鬼話與人鬼戀關係最密切。人鬼間的愛戀，並不亞於人與人之間的情感。見徐華龍，《中國鬼文化》（上海：上海文藝出版社，1991），頁 24-32。萬物有靈的觀念，可參考 E.B. Tylor, *Primitive Culture Researches Into Development of Mythology, Philosophy, Religion, Language, Art and Custom* (London: John Murray, 1891),pp.207-303.中譯可參考愛德華. 泰勒，《原始宗教》(上海：上海文藝出版社，1992)。萬物有靈的觀念，亦可參考 James George Frazer, *The Golden Bough(The Magic Art And The Evolution Of Kings)*, vol:2(London: Macmillan and Co Ltd; 1936), pp.12-13.

16 魏晉人鬼戀之發展，見王德威，上引文，頁 81；廖玉蕙，〈從生巻屬到死冤家──談宋話本中的人鬼婚戀故事〉，《聯合文學》，第 190 期（2000年 8 月），頁 49。《列異傳》〈談生〉，刊於李昉等編，《太平廣記》（北京：中華書局，1986），卷三百一十六，頁 2501-2502。本篇引文皆據

和情節方面，都更趨圓熟。〈李章武〉（作者李景亮見《太平廣記》卷三四〇）和〈華州參軍〉二篇，兩位女鬼王氏子婦和崔氏女，就表現生死不能相隔之情痴。〈華州參軍〉一文，在情節上尤為吸引。崔氏女本已許配王氏子，柳參軍與崔氏女之戀，便惹來王氏子興訟。二人不單兩次抵抗人間判官拆散鴛鴦的命令，自行私會；頑抗精神更延伸至幽冥，縱使崔氏女死後，仍魂歸與柳參軍相聚；是篇情節亦可謂曲折離奇。（出自溫庭筠《乾䐈子》〔原書已佚〕見《太平廣記》卷三四二）人鬼戀小說至明清兩朝，更趨成熟。明代《剪燈新話》卷四〈綠衣人傳〉一篇，便涉及一段兩世姻緣。前生為賈似道棋童及蒼頭的綠衣人和趙源，被主人「賜死于西湖斷橋之下」。蒼頭轉世為趙源，棋童「猶在鬼篆」為綠衣人。趙源與綠衣人的一段人鬼戀，就是前生未了緣的延續篇。轉世結構的介入，涉及兩世時、空，令人聯想浮翩。[17] 此外，清朝《聊齋誌異》〈聶小倩〉一篇，女鬼的經歷亦異乎尋常。鬼女聶小倩以弱勝強，脫離金華妖物的操控，並努力為婦，成為甯采臣之中饋。聶小倩死後猶能獲得成長，表現奮力自強和自由意志的意識，就替人鬼戀小說注入積極進取的元素。（三會本卷二）至於聊齋型作品《螢窗

此版本。〈紫玉〉，見干寶著、汪紹楹校注，《搜神記》（北京：中華書局，1985），卷十六，〈紫玉〉，頁 200-201。本篇引文皆據此版本。有關鬼小說的發展，先秦兩漢對鬼的看法較粗糙。至魏晉南北朝，人們已從長生迷夢中覺醒，開始憧憬死後的種種，還有佛教盛行，輪迴和地獄觀念推波助瀾；鬼小說因而大量出現。有關鬼小說的發展，可參考王國良，〈六朝隋唐的小說鬼〉，《聯合文學》，第 190 期（2000 年 8 月），頁 47。

17 李章武是人鬼戀中感人之篇，汪辟疆評是篇：「此文敘述婉曲，悽艷感人」。見汪辟疆，《唐人小說》（香港：中華書局，1958），頁 59。〈綠衣人傳〉，見瞿佑，《剪燈新話》，卷四[刊於周夷校，《剪燈新話》外二種]（上海：古典文學出版社，1957），頁 107-111。

異草》中，十三篇人鬼戀作品，女鬼或報仇雪冤，或委身主人公，濟其困乏，當中亦不乏女鬼自強的「進取」型鬼話。

二、報仇、酬恩型人鬼戀

　　《螢窗異草》中〈卜大功〉和〈裊煙〉兩篇，既是復仇之文，亦是人鬼戀之篇。復仇文學一般被理解為善對惡的復仇。《墨子》〈明鬼〉篇所敘杜伯一則，便是個冤魂復仇的故事：被周宣王無辜殺害的杜伯，死前誓言復仇：「若死而有知，不出三年，必使吾君知之。」三年後，杜伯趁周宣王在圃田打獵，「乘白馬素車，朱衣冠，執朱弓」，回來射殺周宣王以報奪命之仇。[18] 余國藩認為「報」字，可用於「報仇」、「報復」等詞，也可用於「報答」一詞。〈卜大功〉和〈裊煙〉兩篇，就包含了向仇人「報復」和向救助者「報答」的兩層意義。至於鬼靈復仇約可分為顯形索命、訴冤求報、冥間報冤、轉世報冤、附體雪恨、求助於人等類。[19]

---

[18] 鬼靈求助復仇和向助己者報恩，是現實生活中復仇與恩報觀念的超現實折光。有關報仇與酬恩之論，可參考王立，〈神秘世界中的公平交易原則——鬼靈酬恩與中國古代復仇文學主題〉，《新疆師範大學學報》（哲學社會科學版），第 20 卷第 1 期（1999 年 1 月），頁 41。杜伯復仇故事，見李漁叔註譯，《墨子今註今譯》（台北：台灣商務印書館，1976），〈明鬼〉下第三十一，頁 222。此外，行俠仗義的復仇對象，可分為恩主，為親友、為自身尊嚴和為素不相識者四項。王立、劉衛英將復仇故事分為血親復仇、俠義復仇、喪悼復仇、反暴復仇、女性復仇、動物復仇、精怪復仇和忠奸復仇幾類。見王立、劉衛英編，《中國古代復仇故事大觀》（上海：學林出版社，1997），頁 83。

[19] 有關鬼靈復仇之分類，見《中國古代復仇故事大觀》，頁 224-227。有關復仇鬼報仇、報德和這類小說的警世意圖，可參余國藩著、范國生譯，〈「安息罷，安息罷，受擾的靈！」——中國傳統小說裏的鬼〉，《中外文學》（1988 年 9 月），第十七卷第 4 期，頁 14-19[原文見 Anthony C. Yu "Rest, Rest, Perturbed Spirit! Ghosts in Traditional Chinese Prose Fiction", in

（例子可參考本文的附錄㈠ P. 281 表列）

㈠報仇

1.血親復仇和逼姦之恨

　　〈卜大功〉和〈裊煙〉兩篇，女鬼報仇的性質屬於求助於人以雪冤類型，二人之仇恨，基本上屬於私仇。〈卜大功〉一文除私冤外，因為復仇的對象是明末流寇張獻忠手下馬雄飛；在私人復仇的層面上，另添為民除惡的意義。〈卜大功〉一篇，馬氏女對馬雄飛有著雙重仇恨，一為殺父之仇，一為逼姦之恨。殺父與逼姦兩恨中，又以血親復仇為各類復仇中最重要者。馬雄飛在盧州城陷時，於疆場上射殺馬氏女之父馬中驥。此外，馬雄飛更在兵荒馬亂之際，逼姦馬氏女，令其羞憤投井「自隕其身」。故事背景，就是流寇張獻忠攻陷盧州之時。查明末張獻忠兩犯盧州，一為崇禎八年（1635），一為崇禎十五年（1642）。崇禎八年之役，因為「州城堅，賊百計攻之不克」，沒有成功。崇禎十五年張獻忠利用提學御史徐之垣開科到郡的機會，「遣其徒偽為諸生」，裏應內合，結果攻陷盧州。（《明通鑑》卷八十四）[20]

Havard Journal of Asiatic Studies, 47:2 (Dec, 1987), pp. 397-434.]正史中有很多復仇鬼的紀錄，討論見余國藩，上引文，頁 7。此外，周天游《古代復仇面面觀》一書，就討論了古代復仇，尤其是民間復仇風氣的形成：復仇主要建立在「孝道」這個倫理道德規範之上。另外，還有兩漢復仇之盛行、復仇之方式，以及禁止個人、集體復仇的有關法令之討論。見周天游，《古代復仇面面觀》（西安：陝西人民教育出版社，1992）。

20 張獻忠兩犯盧州，見《明通鑑》，卷八十四，頁 3222；卷八十八，頁3381。張獻忠在明末陷城，往往造成極大傷害，崇禎十六年（1643）武昌之役，便造成「浮胔蔽江，月餘人脂厚累寸，魚鱉不可食」之慘劇。見《明通鑑》，卷八十九，頁 3420。《螢窗異草》亦有反映流寇劇禍下人民之苦。此外，馬氏女為父報仇屬血親復仇。在各類復仇中，以血親復仇，為父

〈卜大功〉敘張獻忠攻陷廬州，換言之故事背景就是張獻忠第二次成功攻打廬州之時——即 1642 年。《螢窗異草》中除〈卜大功〉裏馬氏女因賊陷城受殺父、逼姦之痛外，二編卷四〈徐之壁〉和三編卷三〈銀箏〉，都以不同角度，反映人們在明末亂世浮生中所受之苦。〈徐之壁〉一文，主人公因獻忠之亂，「竄迹荊南山中」，匿藏十一年以避禍。〈銀箏〉一篇，銀箏在「烽烟匝地」之世，裝瘋扮傻，用「炭漆其身，繼以垢泥」之「毀容術」，保全貞節。〈卜大功〉中馬氏女所背負的殺父深仇和羞辱，便代表了明末在流寇之亂中，人民所受的苦難。

〈裊煙〉一文，主人公誓報之仇，與〈卜大功〉中馬氏女所懷的逼姦之恨，有類似性質。〈裊煙〉中之主人公裊煙，就是要報鴇母逼淫致死之冤。裊煙先受惡嫂凌虐拋棄於野，繼遇鴇母威逼犯淫，「竊慮有玷先人，縋梁自盡」。裊煙為全貞節，竟捨棄寶貴的生命，可見名節受重視的程度。《聊齋誌異》〈梅女〉中，典史受賄，誣告梅女與宵小有私，「將拘審驗」。梅女就在被公開羞辱前夕，憤而自經。由梅女之死，亦可窺見貞節對女性之重要性。（三會本卷七）〈卜大功〉和〈裊煙〉兩篇，兩位女主人公致死之由及

報仇為最重要，也最普遍。見周天游，上引書，頁 20。以孝悌為本的儒家思想，對血親復仇給予充份的肯定。見劉厚琴，〈論儒學與西漢復仇之風〉，《齊魯學刊》，1994 年第 2 期，頁 62。復仇的動力則來自對惡的巨大力量之否定，以及正義力量在這除惡務盡過程中不屈不撓的意志。見王立，〈復仇文學與復仇精神論〉，《十堰職業技術學院學報》，第 12 卷第 4 期（1999），頁 32。復仇主題的故事中，往往表現了弱者對強者的報復。見王立，〈象徵性復仇與鬼靈文化——中國古代復仇文學主題側議〉，《黑龍江社會科學》，1998 年第 5 期，頁 58。復仇邏輯中，正義倫理所激發的情感便成為復仇的動力。見宋美艷、王立，〈法與復仇邏輯——再談法與古代復仇文學主題〉，《錦州師院學報》（哲學社會科學版），1994 年第 4 期，頁 26。

報仇之因,皆與貞節有關。

2.借力復仇

　　鬼魂復仇的力量來源約有兩類,一為利用他界力量達到鵠的,亦有借用人類為助力,才能成功報仇之例。前者如《王魁傳》,王魁負桂英,桂英說完絕命誓辭:「魁負我如此,當以死報之!」便「揮刃自刎」。桂英死後就以超自然的陰界力量,以報情仇;訟於冥府,並顯形索命,將王魁「逼迫以死」。(《類說》卷三十四)桂英報仇這類冥間報冤故事,建基於古人對冥間公道「終極審判」的期許;由於堅信冥法終究能伸張正義,苦主因而九死不悔地;甚至以自殺方式來實踐冥間報冤之願。[21] 此外,這類故事亦展示強大的他界威力,讓善向惡報仇,彰現的是冥誅之力 [22]。除利用陰界力量外,尚有鬼魂借助人力襄助復仇之篇。《志怪》〈張禹〉一則,孫氏亡後,因子女被後母「捶楚」虐待,策劃報復,唯因「亡人氣弱」,需借助張禹引出仇人承貴,才能手刃惡婦。(見《太平廣記》卷三百一十八)〈卜大功〉和〈裊煙〉便屬於女鬼借助人類力量,襄助報仇之篇。

　　〈卜大功〉與〈裊煙〉中的女鬼,借助人類力量實踐復仇計劃。人對鬼之助,前者為間接,後者則直接為亡魂伸冤雪恨。〈卜大功〉一文,馬氏女復仇心願未了,「不欲往

21　王魁負桂英故事,見曾慥編,王汝濤等校注,《類說校注》(福州:福建人民出版社,1996),卷三十四引北宋劉斧〈王魁傳〉,頁 1040。

22　負情故事中的女主角如霍小玉、桂英,往往在死後化鬼才有能力從心理上、實際行動上向負心人復仇。只有變鬼後,她們才能擺脫束縛,發揮力量索取應有的尊嚴。負情故事中的女鬼復仇,可參考王拓,〈中國愛情小說中的女鬼〉,《中華文化復興月刊》,第 9 卷第 6 期,頁 86-88。

生」，以中陰身方式存在而成為「迷鬼」，[23] 伺機報復。女鬼利用智計，借卜大功造成報仇機緣，間接替她報了父仇及逼姦致死之恨。馬氏女採用的是借刀殺人之法，利用馬雄飛、卜大功和張獻忠三人微妙的關係，剷除仇人馬雄飛。馬雄飛既是張獻忠的手下，又是卜大功之好友。卜大功被張獻忠擒獲，由馬氏女救出牢獄。馬氏女卻在牢獄題壁：「縱囚者馬也。」這個嫁禍令張獻忠對馬雄飛起疑心而誅殺之。馬氏女運用挑撥離間之法，便能借賊手剪除仇人；雪了不共戴天之仇。剷除私仇的同時，因為馬雄飛為作亂的流寇，故亦替地方除奸，收到善向惡報復、大快人心之效。

〈裊煙〉一文，與〈卜大功〉不同，〈卜大功〉中策劃復仇大計的是女鬼本身，人類只是間接的助力。〈裊煙〉一文女鬼能雪沉冤，則全靠生人——鄧生的直接幫助。裊煙展示的是個弱質、可憐的女鬼形象：生前被惡嫂、淫媒逼害，死後連報仇的力量也欠缺，就能引發讀者的同情。此外，裊煙雖弱質纖纖，卻具備堅強的意志：「任百磨，傲骨終不可折。」淫媒縱使逼迫，裊煙卻寧死不屈。這股強大的意志和精神力量，亦能贏得讀者對她向惡勢力反擊的支持。

女鬼雪沉冤，通常透過陰界或陽界的司法機構來進行。前者如《埋憂集》卷七〈姚三公子〉中，被姚三公子迷姦、羞憤自殺的馮沅秋，死後便狀告城隍，令姚三公子伏冥誅。[24]

---

[23] 死時冤屈未報，或有恩情未了；這類鬼魂雖死猶生，仍在夜間活動，繼續生前的意願。可參考張火慶，〈聊齋誌異的靈異與愛情〉，《中外文學》，第 9 卷第 5 期，頁 74-75。

[24] 復仇不一定透過司法機構來進行。復仇所體現的雖是帶普遍意義的倫理觀念，但復仇行動畢竟是個人的隨機性行為，帶有對官府、官法的反叛性並搖撼著社會秩序，因而自東漢後屢遭官禁。見王立，〈略論中國古代復仇文學主題〉，《中國文學主題學——母題與心態史叢論》（鄭州：中州古籍出版社，1995），頁 103。另外，古希臘神話中的美狄亞（Medea）復仇故

除冥誅外，尚有狀告人間官府，以雪沉冤之例。《搜神記》卷十六〈蘇娥〉一文載蘇娥被龔壽逼姦而死，蘇娥死後，女鬼自行狀告交州刺史何敞。歹徒龔壽終於被滿門抄斬「以明鬼神」。鬼靈訴冤求報，說明鬼靈對現世公理仍然有所期望，對正直的官員和俠義之士十分信賴。這些鬼靈沿續著生前軟弱無力的特點，但復仇意志卻堅毅不拔，他們雖不能直接置仇兇於死地，卻可超越時空，將冤情有效地訴與有能力代其雪冤的活人。〈裊煙〉一文，女鬼就是利用人間的司法機構，來進行報仇。這篇女鬼之報仇程序，包括報夢和狀告兩部份。裊煙以報夢方式向素昧生平的鄧生叫屈；[25] 鄧生就是直接襄助女鬼狀告人間官府雪冤之人。將裊煙逼淫致死的鴇母亦「情甘服罪」，女鬼之仇恨鬱結得以解開。〈裊煙〉一文，弱質女鬼要待人類力量的介入，才能報仇；善良鬼魂的慘痛遭遇，就能引發讀者悲憫之情。〈裊煙〉和〈卜大功〉兩篇，女鬼借人類力量襄助復仇，一方面顯示鬼魂力量有其限制，亦非萬能；另一方面，協助鬼靈的男主人公有恩於女鬼，因而在報仇、酬恩的過程中，亦衍生人鬼戀情。

事亦為重要的文學主題，故事寫美狄亞為了愛情，不惜背叛家庭，殺死親兄弟；為其夫背井離鄉並生下兩個兒子。當丈夫另結新歡，美狄亞亦親手殺死親兒以報復丈夫。有關討論可參考"Medea Studies: Euripides to Pasolini", in John Kerrigan, *Revenge Tragedy Aeschylus to Armageddon* (Oxford: Clarendon Press, 1996), pp. 88-110. 王立亦有借用美狄亞復仇模式探討文言小說的復仇主題，見〈「美狄亞」復仇的超越性意義——《聊齋志異》復仇主題片論〉，刊於《中國文學主題學——母題與心態史叢論》，頁259-269。

25 鬼靈利用陽間司法機構伸冤，常以托夢方式來進行。此外，最能袒露同情心的，就是為素不相識者報仇；以他人利益為重。見《中國古代復仇故事大觀》，頁85，225。鄧生為不相識的夢中人雪冤，可見其義。

(二)報恩

　　鬼魂報仇，得人類力量之助賴以完成。這類作品中，報仇和報恩往往是同軌並進的。陳平原（1954-）說：「知恩不酬或者有仇不報，都有悖于中國人的倫理道德。」有仇必報、有恩必償，循罰惡賞善的原則來進行。報仇人之恨、酬恩人之德，乃神秘世界中的公平交易原則。[26] 酬恩方式，往往以物質作報賞。《履園叢話》十七冤報類寡婦被誣姦一則，楊某助鬼靈報卻被「誣以姦情」之仇後，獲女鬼贈「金珠一篋，值千金」。有恩當報乃鬼界的「守則」，著名的「死當結草」的魂報故事中，就體現了鬼魂報恩之觀念。《左傳》宣公十五年載魏顆將亡父魏武子寵妾改嫁（而非遵魏武子「疾病」時「必以為殉」，以妾殉葬的命令），獲女方亡父前來酬恩：「結草以亢杜回」。在秦晉戰伐中亡靈以結草方式，幫助魏顆抵抗杜回，使杜回「躓而顛」，被魏顆擒獲。[27] 此外，《幽明錄》〈姚牛〉一則，亦為亡靈為子女酬恩之篇。官長「深矜孝節」，赦免為父報仇的姚牛，竟獲姚牛亡父拯救，除去墮井危機。（見《太平廣記》卷三百二十）由此可見以德報德的冥界規律。

　　〈卜大功〉和〈裊煙〉兩篇，女鬼以德報德——酬恩，包括以身相許、為主人公誕下子嗣和幫助恩人在仕宦方面的發展三方面：

---

26 陳平原論報恩與復仇及復仇的快意，見陳平原，《千古文人俠客夢——武俠小說類型研究》（北京：人民文學出版社，1992），頁 115。另外，有關報仇酬恩之論，見〈神秘世界中的公平交易原則——鬼靈酬恩與中國古代復仇文學主題〉，頁 41。

27 結草報恩故事，見李學勤主編，《春秋左傳正義》（北京：北京大學出版社，1999），卷二十四，頁 671。

	〈卜大功〉	〈裊煙〉
愛情／婚姻	卜大功與馬氏女成婚	裊煙委身鄧生
子嗣	馬氏女生子二人「皆成武進士」	裊煙生子夢錫「登上第」
仕途	卜大功「累建奇勛，仕至總鎮」	鄧生「位至顯宦」

〈卜大功〉和〈裊煙〉二篇，女鬼報答恩人，有兩點值得注意的地方，一為「貞魂」自媒，二為兩位男主角都是義氣干雲之士。女鬼酬恩以成就的人鬼婚戀，當中男女主角的戀情，已滲雜報恩目的性之成份在內，與純粹發乎愛情觸動的人鬼相悅、相戀有不同之處。〈卜大功〉和〈裊煙〉中的女鬼馬氏女和裊煙，都是為了保全貞節而死的「貞姬」和「堅貞」之烈女。二人死後卻與男主人公私合。馬氏女初見卜大功便說：「好逐青鸞過越西」，在語言上挑逗主人公，繼而以鬼女自媒的方式，與卜大功結合。[28] 至於裊煙，雖未與鄧生正式結合，亦委身於主人公，自言「等於淫奔」。兩位女鬼對貞操的觀念，在生前和死後，出現雙重標準——鬼女為捍衛貞操而付出生命為代價，死後卻輕易與主人公相私。這個看來矛盾的表現，或可用裊煙的說話來解說。裊煙說：「抱白璧于生前，而碎明珠于死後，微君之大德，妾亦等于淫奔也。」在鬼女的角度而言，以身相許，亦是報答生

---

28 卜大功與馬氏女，能廝守終生，有別於一般人與異類婚戀都以分離收場的結局。韓南（Patrick Hanan）歸納鬼怪小說的四個必有行動為相遇、相愛、接近危險及驅邪；人與鬼怪通常不能廝守到老。見韓南著、尹慧珉譯，《中國白話小說史》（杭州：浙江古籍出版社，1989），頁 45。此外，葉慶炳亦歸納女鬼的愛情三部曲：第一部是女鬼自薦；第二部是兩情相好，第三部便是分離。見葉慶炳，〈魏晉南北朝的鬼小說與小說鬼〉，《中外文學》，第 3 卷第 12 期（1975 年 5 月），頁 110。

人襄助之「大德」的一種方式。

　　鬼靈報仇所選擇助己的主人公，多為義氣干雲之士。《埋憂集》〈姚三公子〉中，助馮沅秋報仇的胡有征，便是「跌宕負奇氣」和「素負義俠」之士。〈裊煙〉和〈卜大功〉中的鄧生和卜大功都是「義夫」，前者為「好義」之人，激於義憤，為裊煙雪逼淫致死之沉冤。至於卜大功，亦為「剛介」之士。卜大功生逢明末流寇亂世，浮生中卜大功經歷兩次道德上的試鍊。第一次為張獻忠手下馬雄飛「寵冠一軍」之時，以書招卜大功入夥，而被卜大功所拒。另一次情勢則更為險峻，卜大功被張獻忠俘擄，馬雄飛遊說歸降，卜大功就以「大丈夫立功國家」，當與賊匪勢不兩立嚴拒，「絕粒以待斃」；表現了威武不能屈的大丈夫氣慨。[29] 卜大功和鄧生之義，是女鬼選擇他們作復仇助力之由。二人品性之優秀，則更能彰顯酬恩之合理性，更符合懲奸賞善，善有善報之規律。[30]

㈢自我超昇──超度、度脫

　　〈卜大功〉和〈裊煙〉兩篇的女鬼，除在復仇環節上，體現自我意志之實踐外；這兩篇報仇、酬恩之篇，都傳遞一個相當「進取」的訊息，就是女鬼在陰界中，仍有自我提昇、由鬼昇神、成仙之可能性。汪玢玲說：「在古人觀念

---

[29] 卜大功為有原則的義士；豪士形象活現。自唐傳奇俠義傳奇以來的傳統乃為：講述精武者利用武力去維護人的尊嚴。見馬幼垣，〈水滸傳與中國武俠小說的傳統〉，刊於《武俠小說論卷》，劉紹銘、陳永明編（香港：明河社，1998），頁 299。卜大功擁有武力對抗流寇，為國效力，當用武力也失去效力時；為拒降及保持尊嚴，卜大功曾絕粒待斃。

[30] 在中國歷史和小說裏，報答是重要的道德觀念；以德報德、以怨報怨。見余國藩，上引文，頁 19。

中，鬼之優越者可以成神」。[31] 神、鬼之界限並非絕對，亦
有可以相通者。鬼靈修德積善，便有成神、成仙之可能。
《耳食錄》二編卷二〈文壽〉一則，文壽妻賢，卻被夫家苛
酷對待，甚至被讒、含冤而死。文壽妻歿後沒有進行報復，
反而以德報怨，魂歸以相夫事姑，克盡孝道。積德的結果是
女鬼由鬼道擢升為神，文壽妻自言：「上帝憫妾志而旌其
愚，使得位神靈之末，叨廟祀之享。」除修德外，若能在冥
間誦經修鍊，亦可望得道超昇。《淞隱漫錄》卷三〈黎紉
秋〉一則佩春自陳在幽冥中修道之事：「在冥間誦經修習，
百年既滿，可作地仙」。[32] 由此可見鬼、神間無絕對不可逾
越之界線，鬼之德優或修持誦經者，亦有成神、成仙之可
能。

　　〈卜大功〉和〈裊煙〉兩篇的女鬼，便經歷貞魂自我超
昇的成長歷程。錢穆（1895-1990）說：「譬如忠臣孝子，
節婦烈女，其生前一番忠孝節烈，豈能說一死便都消失不存
在？此在中國古人則稱之曰魂氣。」[33]「節婦烈女」自有魂
氣之存在。〈卜大功〉中馬氏女奮力拒姦、自殺之「苦
節」，居然令她由鬼道超昇。馬氏女自言：「荷孤山小姑，

31　汪玢玲，〈《聊齋志異》與鬼文化〉，《蒲松齡研究》[紀念專號]（2000
　　年），頁 175。
32　〈文壽〉見樂鈞，《耳食錄》[《夜譚隨錄》、《耳食錄》合刊]（哈爾濱：
　　黑龍江人民出版社，1997），二編卷二，頁 463-468。〈黎紉秋〉，見王
　　韜，《淞隱漫錄》（北京：人民文學出版社，1983），卷三，頁 128-132。
　　中國的送葬、對亡靈追薦之禮儀，重視超度，令亡靈在陰間得到拯救。可參
　　考 Myron L. Cohen, "Souls and Salvation: Conflicting Themes in Chinese Popu-
　　lar Religion", in *Death Ritual in Late Imperial and Modern China,* edited by Ja-
　　mes L. Watson and Evelyn S. Rawski (Berkeley. Los Angeles. London: Univer-
　　sity of California Press, 1998), pp. 180-194. 亡靈得到超度，獲安息或往生，已
　　是對死亡憾事的補償；更何況是由鬼靈而位列仙班？
33　錢穆，上引文，頁 10。

憐妾苦節，賜以煉形之術，名列鬼仙」。馬氏女因堅貞而成鬼仙；〈裊煙〉一篇，裊煙亦因苦節而得以超昇。裊煙拒逼良為娼而自經後，亡靈透過誦唸佛經，居然洞悉本來，自言：「再生以前，乃天妃之侍兒也，緣過失墮落至此，幸能矢志不甘風塵，已為故主所鑒，將令仍還供職。」裊煙「洞徹本來」，了悟前世、今生之孽障、輪迴；今生所受的種種悲慘遭遇，忽然變得有意思起來。裊煙前世為天妃侍兒時之「過失」，乃今生受災之「原」，今生的苦節卻又成為再度遷升為天妃侍兒之「因」。裊煙在凡間的歷劫、磨難，便變成具備意義的試鍊。

堅貞守節的馬氏女和裊煙，因大仇得報、平息了噴薄而出的憤恨，而獲得超度——脫離鬼界。一般的超度多指以法事、誦經助陰靈獲得安息、脫離苦海；如誦《焰口經》就是施食餓鬼的法事，以超度餓鬼道中受苦的亡靈。馬氏女和裊煙主要憑藉一己力量而獲得超度；這種自我超度，則更為可貴。此外，兩位女主人公因誦經、仙緣及修鍊，甚至由鬼而仙——由鬼道超昇，位列仙班。由卑而貴；由鬼而仙，不但是自我超度，更是個自我度脫的過程。度脫一般指神仙以夢幻、考驗，點化凡人成仙。元雜劇《黃粱夢》中鍾離權便透過夢幻，點化呂洞賓成仙。馬氏女和裊煙之度脫力量，則主要源自個人意志。馬氏女因苦節而受荷孤山小姑青睞，在度脫過程中助她一把。至於裊煙亦靠一己苦節、誦經，得天妃之恕再列仙班。兩位女主角共通處在於她們都付出莫大的堅忍、努力，經歷自我度脫的過程——通過磨難、獲得成長而進入一個更高層次：「仙」的存在。這種自我度脫與被神仙點化成仙——被動式的度脫故事相比，顯得更為可貴。另外，鬼女的超昇——自我超度與度脫，在一定程度上，亦補償了鬼女少年夭折、含怨而亡及慘死之遺憾。女鬼所經歷的

試鍊、成長和超昇，便令這兩篇鬼小說充滿「奮進」的意味；使其有別於其他鬼戀小說。[34]

三、補償型人鬼戀

生活上有所欠缺如貧窮、下第，往往造成心理上的痛苦

---

[34] 超度一般指超度在地獄受苦之鬼魂，見聖凱，〈超度亡靈 放焰口〉，《世界宗教文化》，2000 年第 2 期，頁 52。至於度脫劇一名，始見青木正兒之論。見青木正兒著、隋樹森譯，《元人雜劇概說》（香港：中華書局，1977），頁 26-27。以啟悟角度分析度脫劇之論，見容世誠，〈度脫劇的原型分析——啟悟理論的應用〉，《馮平山圖書館金禧紀念論文集》，陳炳良編（香港：馮平山圖書館，1982），頁 175。度脫劇(神仙度化劇)可參考馬致遠，《邯鄲道省悟黃粱夢》，刊於王學奇編，《元曲選校注》(河北：河北教育，1994)，頁 2014-2044。鬼魂復仇，不一定如上述借人力襄助來進行；鬼靈借陰界力量報仇，往往能收到令人驚心動魄的效果。《聊齋誌異》〈竇氏〉一文，農家女竇氏被世家子南三復始亂終棄，致令女方含恨而終：「女抱兒坐僵」於負心人門外。竇氏亡靈藉鬼界力量，附體於南三復幾位妻子身上，令負心人屢遭喪妻之痛。最後女鬼移尸嫁禍，使南三復蒙上「坐發冢見尸」之責，問成死罪。（三會本卷五）女鬼——受害的一方，在非現實世界中，找到非正常、虛幻的力量，來達成報仇的心願。如〈竇氏〉這類利用他界威力——虛構的超現實力量主持公道；擺平人間無法伸訴的冤屈之復仇文章，一方面展示幽冥世界的威力，另一方面亦明確表達懲惡懲奸，惡人終受冥誅果報的訊息。鬼狐復仇是《聊齋誌異》的一個重要敘事模式，要實現復仇的目的，往往要通過虛幻的力量來達成。見張萍萍，〈《聊齋誌異》中的鬼狐復仇模式〉，《蒲松齡研究》，2002 年第 1 期，頁 59-63。文學中華報的主題，往往能以惡有惡報的方式，來平衡失衡的民心。見許祥麟，〈有「理」能使鬼推磨　道是「無情」卻有情——兼談中國鬼戲中「業報」觀念的兩重性〉，《北方論叢》，1999 年第 1 期，頁 81。〈竇氏〉一文，貴賤之殊，亦為構成悲劇之因。辜美高認為婚姻中重視門閥，其來有自：三國的曹魏實行九品中正，以九品取人，婚姻便特重門第。見辜美高，《聊齋志異與蒲松齡》（天津：天津古籍，1988），頁 264-265。相比於藉他界力量復仇之篇，〈卜大功〉和〈裊煙〉二篇復仇的震撼力，就沒那麼強烈。唯兩篇鬼小說中，女鬼透過人類力量的介入，進行復仇因而成就人鬼婚戀，以及貞魂死後猶能成長、自我超昇，則其主旨已突破傳統的復仇母題，並顯得別樹一幟。

與失衡。人鬼婚戀中失意的主人公，就常藉鬼界力量，補償
生活上的種種遺憾。朱光潛（1897-1986）說：「凡是文藝
都是一種『彌補』，實際生活上有缺陷於是在想像中求彌
補。」[35] 貧困、無偶往往是低下階層、貧困之士的困境。
《小豆棚》卷十一〈鬼妻〉一則，仲氏傭雖已屆適婚之齡，
唯需供養母親，加上為人「寡言笑」而未能成婚；屬於典型
的貧困而無力娶妻一類。仲氏傭透過與鬼女的姻緣，不但得
擁鬼妻，且因鬼妻具預知之能，得以避過水患、「置產力
田，今稱小裕。」透過虛幻的他界力量，縱使貧困、卑下的
傭工，亦能得到美女和財富，滿足追求美好生活的願望。此
外，《夜譚隨錄》卷四〈秀姑〉一則，主人公田疄亦如仲氏
傭一樣，屬貧而難娶一族，田疄「少失怙恃」、「一身僅
存」。孑然一身的主人公，居然在他界中左右逢源於二鬼女
──表妹和婢僕秋羅之間，享盡溫柔艷福。此外，田疄更獲
鬼姑母之助，得資販貨，「獲利三倍」。吳禮權說：「現實
中得不到的愛情理想（包括仕途騰達）統統交與夢幻中，借
志怪內容過美好的婚姻生活。」[36] 仲氏傭和田疄，就在夢幻
的他界中獲得婚戀和經濟上的補償。

35 朱光潛，《變態心理學派別》（合肥：安徽教育出版社，1997），頁51。
36 補償型人鬼戀之篇見曾衍東，《小豆棚》[《夜雨秋燈續錄》、《小豆棚》
　　合刊]（哈爾賓：黑龍江人民出版社，1997），卷十一，〈鬼妻〉，頁
　　553-555；吳禮權之評，見吳禮權，《中國言情小說史》（台北：台灣商務
　　印書館，1995），頁 60。現實中種種未被滿足的欲望，便在想像、白日夢
　　和文藝創作中得以完成。有關文藝與白日夢式滿足之關係，可參考 Sigmund
　　Freud, "Creative Writers and Day-dreaming", in *On Freud's "Creative Writers
　　and Day-dreaming",* edited by Ethel Spector Person and Others (New Yaven: Yale
　　University Press, 1995), p. 6.精靈故事往往以幻境滿足主人公的欲求。見張智
　　華，〈中國文學中精靈形象的演變與發展〉，《中國社會科學》，2000 年
　　第 4 期，頁 153。

㈠種種欠缺——位卑、赤貧

　　《螢窗異草》中亦有三篇補償型人鬼婚戀之作：二編卷
二〈祝天翁〉、同卷〈徐小三〉和三編卷一〈挑繡〉。在這
三段的人鬼婚戀中，主人公就藉與異類的婚戀，來補償現實
生活中貧而難娶的欠缺。三篇小說的共通點是主人公多屬地
位卑下，以及家境貧困，致適齡未婚之人。〈祝天翁〉和
〈徐小三〉二篇的主人公，都是地位低微之人。前者是貧
農，後者則為歌者。優人比貧農更為卑下，屬賤民階層。
《欽定大清會典》載：「奴僕及倡優隸卒為賤」；賤民中又
以奴婢及娼優為最下等。〈徐小三〉一文，主人公為供養寡
母，利用「韶秀」、「嫵媚」之色相賣歌為生，成為優伶。
優人則屬最低等的賤民之列：曲阜孔氏修譜規定，凡優隸
「悉行革出，不許入譜，永為外孔。」[37] 由孔氏修譜排斥優
伶之條，可見優人地位之卑下。此外，咸豐八年（1858）
「戊午科場之案」，亦可見優人之賤民處境——身為優伶不
許參加科舉考試和出仕。（《欽定大清會典》卷十）身非優
伶的平齡僅因「素嫻曲調」，「曾在戲院登臺演戲」，即使
中舉，亦被舉報。「京師議論譁然，謂優伶亦得中高魁
矣。」此案因另涉科場貪污，平齡終於與考官同被判斬首棄
市。（《庸盦筆記》）[38] 徐小三操歌者賤業，亦屬被卑視的
低微賤民。

---

37 有關賤民等級、婚姻、出仕權利之討論，可參考經君健，《清代社會的賤
　　民等級》（杭州：浙江人民出版社，1993），頁 40-48。賤民階級之劃分，
　　見《欽定大清會典》，卷十七戶部（上海：商務印書館，1899）。孔氏修
　　譜將優隸排斥為「外孔」，見曲阜縣文管會編，《曲阜孔府檔案史料選
　　編》（濟南：齊魯書社，1980），頁 248。
38 優人不許參加考試及出仕，見《欽定大清會典》，卷十吏部載：「選人無
　　論正途雜途。皆須身家清白。其八旗戶下人及漢人家奴長隨倡優隸卒子孫。

　　祝天翁子為貧農、徐小三為歌伶，他們都是位卑之人。此外，三篇補償型人鬼婚戀中的主人公，都是在物質上極其貧乏之人。〈祝天翁〉中，祝天翁子為偏孤之人（母歿），「以農為業」以奉養父親；〈徐小三〉中小三則操優伶賤業以事母。至於〈挑繡〉一篇，主人公鄒大任則是個「性駃愚」、「牝牡不知」，家「赤貧」的呆書生。這三篇的主人公，同樣面對家貧無力娶婦的困境。〈祝天翁〉中就有生動的描寫：祝天翁子適齡猶未婚，當他遇上「蕩婦」型女鬼的挑逗時，他的自然反應是「大怖而奔」及「股肉戰戰弗寧」。恐懼情緒平伏之後，竟然是主人公因生理需要而「接納」鬼女：「鬼若來此，誠無地可避；蓋納之，少識裙下樂，死亦無憾。」主人公為享「裙下樂」，居然「視死如歸」，可見「納婦」的強烈生理需要。由此亦可窺見作者對貧困而無力娶妻者的同情。[39]

㈠種種補償

　　人鬼婚戀亦如人神仙戀一樣，往往利用他界力量來滿足

概不准冒入仕籍。」平齡案見薛福成，《庸盦筆記》〈戊午科場之案〉，刊於《清人稗錄》（上海：上海文藝出版社，1991[影印本]），頁 65-66。

[39] 窮人難獲美好婚姻，是個尖銳的社會問題。主人公常忘乎所以，不在乎眼前美女是異類而與之相戀；由此亦可窺見民間社會心理對貧困而無力娶妻者之同情。可參考楊勝利，〈另一個世界將因調合適當而令人欣賞——魏晉南北朝文學中人鬼相戀故事初探〉，《山東教育學院學報》，1999 年第 1 期，頁 83-84；顧希佳，〈生與死的戀情——「人鬼夫妻」型故事解析〉，《民間文化》，2000 年第 11-12 期，頁 14。六朝時期，志怪中的人鬼、人神戀故事，已渲染幽明交媾的情節，並有大膽的描寫；鬼女亦相當主動，甚至無端、倏然來相就男子。可參考劉楚華，〈志怪書中的復生變化〉，《中國小說與宗教》，黃子平編（香港：中華書局，1998），頁 19；鍾林斌，〈論元雜劇《薩真人夜斷碧桃花》——兼談小說戲曲中人鬼之戀情節的演變〉，《蘇州大學學報》（哲學社會科學版），1999 年第 4 期，頁 61。

生活上受挫、有所欠缺的主人公之種種欲望，以補償主人公在現實中的種種欠缺。補償方式往往是令主人公在婚戀和物慾上，獲得滿足；以虛幻的他界經歷，來彌補實際生活之不足與不滿。

1. 婚戀上之補償

鬼靈作妻，對貧苦而無力娶妻的主人公而言，不但是情欲上的滿足；鬼女亦能為其主理中饋，更重要的就是替貧苦無婦的主人公延續子嗣。

(1)情欲與中饋

鬼故事中，鬼魂不一定可怖，亦有襄助和有益於人類的靈體。鬼故事中，就不乏鬼靈以贈藥救治、危難施援等方式來襄助主人公之例子，茲略舉數例如下：

篇章	助人性質
〈朱子之〉 （出自南朝宋《齊諧記》見《太平廣記》卷三百一十八）	贈藥救治： 鬼靈為朱子之的兒子尋「虎丸」治心痛症。
〈李陶〉 （出自唐戴孚《廣異記》見《太平廣記》卷三百三十三）	贈藥救治： 女鬼以藥救活「疾亟」的李陶。
〈虞德嚴猛〉 （出自南朝宋劉敬叔《異苑》見《太平廣記》卷三百二十五）	危難施援： 嚴猛妻「為虎所害」，死後仍保護丈夫，免夫死於虎吻。
〈商順〉 （出自唐戴孚《廣異記》見《太平廣記》卷三百三十八）	危難施援： 商順已亡之岳丈，在其寒夜迷路幾死之際，導引商順脫離險境。
〈李全質〉 （出自《傳異記》見《太平廣記》卷三百四十八）	危難施援： 鬼靈兩次救助李全質免於水路、陸路上所遇之危險。

　　女鬼與主人公的婚戀，不但常有益於人、有助於人，而且往往能為生活中沒有情感寄託的主人公帶來安慰及補償。在情欲方面而言，美麗的鬼女，便能滿足主人公色欲方面的渴求。冶蕩女鬼就是男性的性愛幻想。〈祝天翁〉中祝天翁之子「年已而立，猶未偶也。」妓化女鬼的出現，以及主動挑逗就能滿足他在情欲上的需要，二人「遂相得甚歡」。[40]至於〈挑繡〉一文，呆書生鄒大任雖然愚笨，亦因鬼女挑繡之故，而獲得性啟蒙，並得到情欲上的滿足。

　　女鬼除滿足主人公的色欲幻想外，有更為功能性的任務，就是主理中饋。〈挑繡〉中傻呆美麗的鬼女挑繡，便為鄒大任主持「中饋之事」，讓書呆子專心攻讀。〈祝天翁〉中的女鬼，更將鬼女的功能作最大限度之發揮。她對祝天翁及其子的照顧，可謂無微不至，包括「雞未鳴即起，摻箕帚，躬炊煮」、縫紉和紡織等項。女鬼為其主理中饋，對貧苦無婦及上有高堂、乏人照料的主人公而言，是個非常「實惠」的補償。

　　《螢窗異草》中的女鬼，就以主持中饋的方式，來幫助貧而難娶的主人公。女鬼發揮功能性理家能力的描述，則更

---

40 人與異類的婚戀故事中縱情冶蕩的異類乃男性之性幻想。見洪鷺梅，〈人鬼婚戀故事的文化思考〉，《中國比較文學》，2000 年第 4 期，頁 93；汪龍麟，〈《搜神記》異類婚戀故事文化心理透視〉，《山西大學學報》（哲學社會科學版），1993 年第 2 期，頁 40-46。異類女性常染青樓氣息，見劉耘，〈中國古典小說「人仙妖鬼婚戀」母題初探〉，《北京教育學院學報》，第 14 卷第 1 期（2000 年 3 月），頁 22。鬼戀題材往往表現一種情欲上的釋放與發洩，以補償主人公在現實中情感上之欠缺。可參考許祥麟，〈中國古代戲曲中的人鬼情二題〉，《北方論叢》，1998 年第 1 期，頁 91；劉耘，〈中國古典小說「人仙妖鬼婚戀」母題的發生學研究〉，《北京教育學院學報》，第 14 卷第 2 期（2000 年 6 月），頁 11-12。為彌補現實人生之不足，只好企求於超現實力量的神鬼。見田子仁，〈戲劇中的神鬼觀〉，《洛陽文獻》，第 4 期（1997 年），頁 75。

加突顯貧窮、無婦的主人公，在實際上確有「納婦」理家的需要。女鬼有如人類婦女般克苦耐勞的表現，便見證異類女性高度「人化」的趨勢。此外，女鬼勤奮理家、興家的「功能」性表現，亦令〈祝天翁〉等篇有別於一般妓化女鬼單純為滿足主人公情欲而來之人鬼婚戀篇什；並為篇章加進濃厚生活化及現實性之色彩。

(2) 產子延嗣

除主理中饋外，女鬼為主人公延嗣，亦突顯女鬼作為女性的生育功能。人鬼戀中往往出現女鬼產子的母題，可見人們對延嗣的重視。[41]《聊齋誌異》〈巧娘〉一篇，天閹的傅廉，因機緣而被狐母治癒天閹，並得女鬼巧娘為其誕下子嗣；在虛幻的他界中，補償現實中「宗緒已絕」之憾。（三會本卷二）至於《聊齋誌異》〈湘裙〉一則，主人公求嗣之切更達至超越陰、陽二界之境。晏仲為延亡兄之嗣，竟從鬼界中帶回鬼侄阿小，代撫兄子成人、娶妻，以延兄一脈。（三會本卷十）由於對子嗣的重視，人鬼婚戀中便常常出現女鬼產子的情節。（見附錄㈡ P. 285）

《螢窗異草》所涉人鬼婚戀的十三篇文章中，便有五篇出現女鬼產子的篇章，計有〈卜大功〉、〈祝天翁〉、〈徐小三〉、〈裊煙〉和〈挑繡〉。女鬼所產的孩子全是男孩，可見子嗣崇拜──續嗣、延香火觀念的重要性。〈祝天翁〉一文，女鬼為祝天翁子產兒是個關鍵性延嗣之舉，因為祝天翁之子在女鬼離去後，「忽病瘵，遂以疾廢」。「病瘵」──沒有生育能力的主人公，不但娶妻無望，就連子嗣也成絕

---

41 洪鷖梅認為女鬼生子母題，體現了生殖崇拜的主題。見洪鷖梅，上引文，頁89。女鬼產子反映了人們對延續「香火」之重視，見盛志梅，〈《聊齋志異》的鬼小說文化解讀〉，《蒲松齡研究》，1998 年第 3 期，頁 52。

望。女鬼為其所生的兒子，就成為他唯一的子嗣。對貧苦、無婦而又不幸「病瘵」絕育的主人公而言，他界力量介入，賜兒以續其香火，乃現實生活遺憾的最重要補償。這則人鬼戀中的女鬼，已高度「人化」——如人一般，能夠養育孩子，享受生人的樂趣。張火慶（1955-　）便認為鬼靈是「換了另一種『形式』而活著」；[42] 而女鬼所生之子，亦能為主人公補償貧而乏嗣的強烈遺憾。

2. 物欲上的補償

〈祝天翁〉、〈徐小三〉和〈挑繡〉三篇的女鬼，除了在情欲、子嗣崇拜上滿足主人公的渴想外，還在物欲方面，令主人公在赤貧的生活中，得到物質上的滿足。鬼故事中，主人公往往能從他界力量中，一償物質豐足之願，甚至脫離貧窮。《幽明錄》〈阮瑜之〉中主人公「少孤貧不立」，由於鬼靈的幫助而食衣無憂，得以溫飽和衣食粗足。（《太平廣記》卷三百二十）《甄異記》〈張君林〉一則，「家素貧」的張君林，亦因鬼靈「遂致富」。（《太平廣記》卷三百二十二）鬼戀故事中的主人公往往能獲得物質上的恩惠，甚或因貴族鬼女之關係而得以提升地位。〈談生〉和談生型人鬼婚戀小說〈盧充〉（《搜神記》卷十六）和〈辛道度〉（句道興《搜神記》）[43] 三篇，主人公所獲贈的珠袍（〈談生〉）、金鋺（〈盧充〉）和金枕（〈辛道度〉）都是珍貴

---

[42] 張火慶，上引文，頁 72。周俐認為女鬼產子，乃鬼靈復活的一種變態形式。見周俐，〈中國古代冥婚小說裏的復活母題〉，《徐州師範學院學報》（哲學社會科學版），1992 年第 3 期，頁 12。女鬼婚後，如普通婦女一般產育孩子，享受活人的樂趣。見劉相雨，〈《搜神記》和宋代話本小說中女神、女鬼、女妖形象的文化解讀〉，《江西師範大學學報》（哲學社會科學版），第 34 卷第 2 期（2001 年 5 月），頁 33；余國藩，上引文，頁 19。

之物。

　　人鬼婚戀中，女鬼往往為主人公帶來生活上的富足。
《螢窗異草》中〈挑繡〉一文，挑繡製作的「泥器」，竟然
是「古銅」，因而令鄒大任「家益巨富」，擺脫「赤貧」之
境。[44]〈祝天翁〉中女鬼所生之子，光宗耀祖「不數傳，竟
成巨族」；鬼子帶領整個家族，脫離貧農階層。〈徐小三〉
一文中，小三因鬼之助，不單在生活條件上有所改善；在社
會地位方面，亦得以提昇。小三在貴主前獻歌，因而獲得與
鬼女相親之「奇遇」。（小三獻歌有類《聊齋誌異》〈晚
霞〉一文，蔣阿端遇溺後在龍窩君前獻舞。見三會本卷十
一）〈徐小三〉一文中的貴主乃明朝光宗第九女樂安公主，

43　有關〈談生〉與談生型人鬼婚戀的討論，可參考鍾林斌，〈論魏晉六朝志
怪中的人鬼之戀小說〉，《社會科學輯刊》，1997 年第 3 期，頁 141-143。
鬼靈能替人作吉致富、予人福樂，但無可否認在不少鬼故事中，鬼靈為禍的
例子亦不少。鬼魂以作祟、嚇人和色誘人致死的種種方式，為患人間。鬼靈
為禍的例子如下：鬼作祟之文──〈索頤〉一篇中，「不信妖邪」的索頤
父，被鬼迷惑而親手斫殺親人。（出自《法苑珠林》見《太平廣記》卷三百
二十四）〈牛爽〉一文，牛爽被鬼迷惑而親手斫殺女兒。（出自《通幽錄》
見《太平廣記》卷三百三十七）。鬼嚇人之篇──〈騎馬人逢鬼〉一文，騎
馬人兩逢「大如兔，兩眼如鏡」之鬼，被嚇致「驚怖暴死」。（出自《搜神
記》卷十七）〈薛矜〉一文，薛矜被「面長尺餘」之女鬼驚嚇「絕倒」。
（出自《廣異記》見《太平廣記》卷三百三十一）鬼色誘之篇──〈楊準〉
一文中，楊準與女鬼「野合」，被苦纏而死。（出自《廣異記》見《太平廣
記》卷三百三十四）〈范俶〉一文，范俶與女鬼交合，「六七日死
矣」。（出自《廣異記》見《太平廣記》卷三百三十七）〈李咸〉一文，李
咸與女鬼私合，被其絞頸「垂死」。（出自《通幽錄》見《太平廣記》卷三
百三十七）〈王垂〉一文，王垂與女鬼私合，「數月而卒」；女鬼所攜之
囊「滿囊髑髏」，可見殺人如麻。（出自《通幽記》見《太平廣記》卷三
百三十八）《螢窗異草》中的鬼故事除初編卷一〈賈女〉──女鬼色誘少
年、令其致疾或致死外，大部分鬼故事中的鬼魂，都能賜人福樂。
44　仙禽狐怪上升成為文士的知己，可說是表現了明清不得志士人，在「異域」
尋求精神撫慰的心迹。見吳秀華，《明末清初小說戲曲中的女性形象研
究》（南京：江蘇古籍出版社，2002），頁 58。

而駙馬則是鞏永固。文中女鬼四喜云：「但聞鞏姓，明末人，闔家死難」。查明末李自成犯京城，「闔家死難」的鞏姓國戚，唯鞏永固一家。《明通鑑》載崇禎十七年（1644）賊犯京師，時樂安公主已殉國，仍未埋葬。駙馬鞏永固亦壯烈身殉：永固「誓以死報，乃以黃繩縛子女五人誓柩，告曰：『此帝甥，不可汙賊手。』舉劍自刎，闔家焚死。」（《明通鑑》卷九十）鞏永固因闔家殉國的忠烈，至《螢窗異草》作者筆下，便升格為神：「上帝憐其忠，命其司薊北一帶之禍福」。小三在已亡的樂安公主和駙馬鞏永固前獻歌，便獲賜鬼侍婢四喜為偶。這段他界經歷，令小三得以改善生活，並脫離優伶賤業。小三以公主所賜黃金「置產建屋，頗類素封」。更重要的是他遵公主「勿再習賤業」的吩咐——脫離優伶行業。清代的優伶，地位卑下，屬賤民階層，不可與良人為婚。[45] 小三藉與四喜的一段人鬼婚，獲公主賜贈黃金，不但擺脫貧困，更捨棄歌伶賤業，在社會地位方面亦得以提升；彌補了現實生活中處於貧困、賤民階級之遺憾。

3. 人鬼互動——鬼靈自我超度

〈祝天翁〉、〈徐小三〉和〈挑繡〉中，女鬼補償了主人公家貧、無婦的遺憾；在襄助生人的過程中，鬼女也獲得超昇。活人與亡靈的關係，成為一種互動式成長的關係。

---

45 良賤不通婚，有些樂戶甚至孤獨終身。《隰川志》載：樂戶「名在籍中，一生鰥曠，身執賤役者，豈不可哀？」見《隰川志》（山西：山西省隰縣縣志編纂委員會，1982 年重排本），卷十四，頁 90。樂戶亦有一定服飾，順治九年（1652）規定樂戶服飾：「戴本色黃騷鼠皮帽用綠絹裏。綠絹沿邊。不許穿各項綾緞。及狼皮衣。」見《大清世祖（順治皇帝）實錄》（台北：華文書局，1964），頁 750。

〈挑繡〉和〈祝天翁〉二篇的女鬼，都是在助人的過程中，同步得到超度——獲得轉生的機會。〈挑繡〉一文，挑繡經歷由呆痴至漸變為「聰穎」的轉變。她就是因「痴」而亡，「見棄於人，鬱鬱以死」。鬼靈的挑繡「因以冥數」，而與鄒大任相合。經歷這段受控於冥數——被動式、「償債式」的人鬼戀後，女鬼竟因此而變得「聰穎」。死前的怨憤得以宣洩，陰魂亦得到安息，並獲輪迴機會——「轉輪往生富貴家」，得以轉世為人；從鬼道中超昇。

　　挑繡與生人的關係是「還債式」的，而〈祝天翁〉中女鬼與祝天翁子的關係則屬於「贖罪式」。女鬼本身負有淫罪之孽：「未嫁而孕，父母怒，縊之」。《性與中國文化》一書，記載有關性的法律分成文法和習慣法。習慣法就是據不成文的習慣以私刑如遊街、沉潭方式處死犯奸淫之人。[46] 女鬼被父母縊殺，便屬習慣法「判刑」。身負淫罪的鬼靈，就是利用贖罪方式，憑一己悔改、助人積功德，得以自我超度；在六道輪迴中脫離鬼域他界，得以往生人世。女鬼自言：「妾以生前不淑，為天所怒，雖投環，未足以蔽辜。上帝以阿翁淳樸，事皆聽之彼蒼，而君又命中無偶，故假手於妾，以延此一脈，妾亦得藉以懺罪」。「使命型」女鬼受天命襄助凡人理家，情況類似〈白水素女〉（雖然白水素女是仙女）中，使命型仙女——白水素女受天帝之命，下凡為「少孤」的謝端「守舍炊烹」。（《搜神後記》卷五）〈祝天翁〉中的女鬼受天命後克苦助人，就與《螢窗異草》初編卷一〈賈女〉一文中，同是犯淫罪被處死，死後仍淫死少年郎的賈女不同；〈祝天翁〉中的女鬼，以實際行動表示懺悔。在完成助人任務後，女鬼亦補贖前罪；因一己之力得到

---

46 劉達臨，《性與中國文化》（北京：人民出版社，1999），頁 22。

自我超度——從鬼道中超昇，獲轉生之機。[47] 鬼靈補償了生人的遺憾，同時因償了宿緣、贖了前罪而獲超昇；女鬼的「成長」與超昇，乃《螢窗異草》人鬼戀的一個特色及與別不同之處。〈祝天翁〉、〈徐小三〉和〈挑繡〉三篇中的女鬼，不但在婚戀上以主持中饋和誕子延嗣的方式，補償貧困不能娶妻的主人公之憾；更在物慾上滿足主人公，將他們從貧苦中拔薦提昇，改善其貧無立錐之困境。

四、人鬼戀中的轉世結構

　　《螢窗異草》初編卷一〈劉天錫〉和初編卷四〈郎十八〉兩篇人鬼戀，都出現轉世的結構。轉世結構的介入，令女鬼轉生為人，與主人公再續前緣——或清除生前在婚戀上的障礙，或履行前生之契約。從佛教角度而言，生命完結後，靈魂依照因果報應的規律，投胎成另一個生命，是為轉世。在這生命輪迴的過程中，前世為因，今世為果；今世為因，來世為果。[48]《螢窗異草》初編卷一〈犬婿〉中婦與人私，「利盡交疏」並合謀殺人；便輪迴為以犬為夫之婦，以償孽債，以證果報威力。此外，初編卷四〈三生夢〉中，乞丐因心生貪念而啟動三生轉生為盜、為娼、為丐的輪迴巨輪。至乞丐被「異人」點化，了悟三生因果，「了然洞澈」始脫離孽障未消而引發的輪迴之苦。這類因孽障引發的輪

---

47 以死為界，對前生審視，對後生關照，死亡是個轉折點。見劉廷乾，〈鬼宅・燈影・狐蹤——《聊齋》出入幻模式初探〉，《鄖陽師範高等專科學校學報》，第 21 卷第 1 期（2001 年 2 月），頁 48。

48 孫遜，〈釋道「轉世」「謫世」觀念和古代小說結構〉，刊於《中國小說與宗教》，頁 179。是篇文章亦刊於《文學遺產》，1997 年第 4 期，頁 69-77，並收錄在孫遜，《中國古代小說與宗教》（上海：復旦大學出版社，2000），頁 272-288。

迴、轉世，帶著強烈的果報訊息。[49]

　　轉世雖常與佛教果報觀念相連，卻逐漸從宣揚果報變成小說中的一種結構。孫遜說：「佛教的『轉世』觀念逐漸淡化了其宗教迷信色彩，由小說所要表現的內容蛻變為結構小說的一種形式。」[50] 唐袁郊《甘澤謠》〈圓觀〉一文中，圓觀與李源的「忘言交」，便藉轉世得以延續；轉世亦成為小說的結構，構連前世與今生。圓觀相約李源在其轉生後十二年於天竺寺外相見。「李公以無由敘話」，泫然目送轉生的圓觀唱著竹枝詞離去；隔世相逢的場面，便十分感人。（見《太平廣記》卷三百八十七）此外，《喻世明言》卷三十〈明悟禪師趕五戒〉中，明悟與五戒「二人如一母所生」的莫逆交情，亦因轉世結構，得以延續在後身的佛印和蘇軾身上。佛印為開道蘇軾，令他免「墮落苦海」，不惜一生相伴、相隨；以證超越生死的同性情誼。[51]〈圓觀〉和〈明悟禪師趕五戒〉就是以轉世作小說結構之例子。

㈠清除婚戀之障

　　〈劉天錫〉和〈郎十八〉兩篇，人鬼戀中所出現的轉世結構，亦不是以宗教為著眼點，而是作為小說的結構，以了結兩段人鬼未了之緣。張火慶說：「到了聊齋與閱微草堂筆記的時代，則輪迴、因果取代了化禽神話，而由不滅的靈魂直接流轉於無窮的世代裏，尋覓並完成愛情的孽債。」[52] 轉

---

49 《大般涅槃經》，卷二壽命品第一：「情色所醉，貪嗜五欲……是故輪轉受生死苦」。《大般三槃經》（香港：佛教慈慧服務中心，1994），頁68。

50 孫遜，上引文，頁181。

51 馮夢龍編，《喻世明言》（上海：上海古籍出版社，1997），卷三十，〈明悟禪師趕五戒〉，頁395-409。

52 張火慶，上引書，頁79。

世結構與化禽神話，發揮相類作用，就是延續前世情緣。

〈劉天錫〉中的轉世結構，發揮一個相當積極和進取的作用——掃除婚戀上的障礙。〈劉天錫〉中湘瑟與劉天錫婚戀上的阻隔，包括良賤身份之懸殊，以及父母之命的主宰性。劉天錫與湘瑟屬於不同的階層；前者為士人，後者生前則為奴婢。主人公劉天錫不但是士子，更是「名噪一時，歲試輒前列」，前程遠大的舉子。而湘瑟則是主人餽贈給劉天錫的奴僕。清代的奴婢乃是賤民中之最低等；是主子的財產，命運由主人操控。[53]《螢窗異草》三編卷三〈秦吉了〉一文，就記載了劍南巨家主人，欲納美婢為姿，「婢頗不願」，加上被誣告為「與人有私」，而被主人毆打、活埋：「毒加拷訊。婢以事涉荒唐，無能自明，遍體瘡痍，奄奄待斃。主亦不待其死，生納諸棺，命僕瘞之野。」由婢女被痛毆、被生葬，可見主對僕之主宰性及婢命之賤。此外，奴僕基於良賤不婚的法令，亦不合與良人為偶。《大清律例》卷十戶律載：「凡家長與奴娶良人女為妻者，杖八十。」「其奴自娶者，罪亦如之。」「若妄以奴婢為良人，而與良人為夫妻者，杖九十。」實際上婢僕之婚配全由主人決定，他們可被主人收為姿勝，或轉贈他人。[54]〈劉天錫〉中與湘瑟一起被主人送給劉天錫的婢女琴心，經歷種種磨難後，亦僅能嫁與主人公為姿，絕不可居正室之位。橫放在劉天錫和湘瑟之間的，就是良賤懸殊的身份障礙。

除良賤身份之障外，劉天錫與湘瑟間的另一層障礙就是父母之命。父母之命，往往導致婚戀悲劇之產生。《青瑣高

---

53 經君健，上引書，頁 43，47，192-193。
54 田濤、鄭秦點校，《大清律例》（北京：法律出版社，1999），卷十戶律婚姻，頁 212。賣身為奴後，婚姻不得自主，見經君健，上引書，頁 192-193。

議》〈遠煙記〉中，王生女之父因不滿女婿戴敷「與浮薄子出處」，將女「奪之以歸」。父命的介入，導致王生女及戴敷，因婚姻受阻，雙雙命殞的悲劇。[55] 此外《螢窗異草》二編卷三〈仙濤〉一文，仙濤逼於父命嫁與「豪家作伐」，亦令她絕望至「幾以白練自戕」，結束性命。〈劉天錫〉中湘瑟之死，便直接關乎父母之命——劉天錫母親以主人公「學業無所就」，阻止二人相親，導致湘瑟幽憤病歿。湘瑟歿後與劉天錫發展的一段人鬼戀，亦蒙上主人公母命的陰影。二人維持主僕式之關係，由女鬼侍候主人公「瀹茗」、「磨墨」、「拂榻布衾」，而不敢及於亂，原因乃湘瑟「不敢以聲色惑郎君，致背太夫人之慈訓」。母命威嚴，延續至陰界，可見其主宰性。

　　轉世結構在這篇小說中，就發揮掃除良賤之分及父母之命的障礙。湘瑟降生為巨紳某公孫女；女鬼透過轉生而獲得新的身份——縉紳孫。縉紳——現任的內外大小官員，在法律和賦役上皆享特權。縱使犯法，司法機構亦不許擅自勾問。《大清律例》卷四名例律載：「凡在京在外大小官員，有犯公私罪名，所司開具事由，實封奏請，不許擅自勾問。」在賦稅徭役方面，縉紳亦有優免特權。[56] 湘瑟轉生後，身份得到由賤而貴的提昇，成為尊貴的縉紳女孫。這個身份上的轉變，令她與「登上第」的劉天錫門戶匹配，得到劉母肯首；不但能與主人公結合，更以「正室」身份延續前世之情。轉世結構，令鬼女取得人身，與主人公在陽世結緣，可被視為人鬼戀的一個美滿的結局。

---

55 劉斧，《清瑣高議》（上海：古典文學出版社，1958），前集卷五，〈遠煙記〉，頁 45-46。

56 《大清律例》，卷四名例律上，頁 89；縉紳所享特權之討論，見經君健，上引書，頁 10-20。

㈡履行前生契約

　　轉世除了能令主人公取得新的身份，重新匹配，掃除前生婚戀之障外；轉生更能令情篤配偶，履行前生契約。《子不語》卷九〈江軼林〉中，江軼林與亡妻彭氏，相約「別十七年」後再「續後緣」。彭氏轉生十七年後，男女主人公結成老夫少妻的配偶。這個安排，既踐前生之盟，同時亦為彭氏早夭引發的遺憾製造補償，撫平主人公喪妻之痛苦。

　　《螢窗異草》中〈郎十八〉一篇，亦涉轉世結構，是篇乃一段三世姻緣：宗酉與妻第一世為情篤伉儷，「設有盟言，願再生仍諧伉儷」。至第二世二人則以人鬼戀的方式相逢，直至第三世女鬼始轉生成功並與宗酉成婚。轉世結構，就令主人公履前約、續前緣，成老夫少妻之配。老夫少妻配偶，在俗世眼光中是一種「遺憾」，但從主人公角度而言，卻是一種「補償」──遂了三生之願。這段忘年婚亦補償了主人公當時所面對的愴痛：女鬼轉生的二八少女，嫁與「耄昏」年過五旬、喪妻、喪子的主人公，並為其延嗣；對飽歷滄桑的主人公而言乃精神、肉體上極大之安慰及補償。此外，三世姻緣以一段歌曲「郎十八」作相認記號，亦在感人中引發美感。轉生不但能為人鬼戀製造一個「美滿」──團圓式的結局；轉世結構時涉二世、甚至三世時、空、人事，亦能引發讀者浮翩的聯想。

結論

　　人鬼戀有謂源自冥婚之俗，孫遜認為人鬼戀故事至少有二項因素與冥婚吻合，一是婚事在墳墓裏舉行，二是配偶多為未婚女鬼，因而有理由推斷人鬼戀的想像和冥婚習俗有

關。[57] 至於中國冥婚之俗，由來已久。《周禮》〈地官〉媒氏記載：「禁遷葬者與嫁殤者」；「遷葬」和「嫁殤」都屬冥婚之種類。有關「遷葬」之習，鄭玄注：「遷葬，謂生時非夫婦，死既葬，遷之使相從也。」可見「遷葬」為將已舉行冥婚儀式的「夫婦」合葬之俗。至於「嫁殤」，就是死後出嫁之習，賈公彥疏云：「嫁殤者，生年十九已下而死，死乃嫁之」。[58] 由《周禮》之載，可證周以前已有「遷葬」和「嫁殤」冥婚之俗。清趙翼（1727-1814）《陔餘叢考》便考證了自周至元明十餘宗冥婚事件。[59]《舊唐書》〈蕭至忠〉傳就有韋庶人亡弟韋洵與蕭至忠亡女「為冥婚合葬」之冥婚記載。[60] 此外，《青瑣高議》別集卷五〈骨偶記〉則記載了一則冥婚的故事，文中載女主人公勝金透過鬼媒而下嫁已亡之宋二郎，勝金卒前謂「宋郎迎我」，主人公亡後竟亦葬於宋郎墓側。

　　至於《螢窗異草》十三篇人鬼戀作品中，亦有生人與鬼靈在墓中成婚之例：〈徐小三〉一文，小三便在明樂安公主墓中，與四喜成婚。但四喜自言受駙馬鞏永固之藥救，已屬

57 孫遜，上引文，頁 77。

58 鄭玄注、賈公彥疏，《周禮注疏》（北京：北京大學出版社，1999），〈地官〉媒氏，頁 366。

59 趙翼，《陔餘叢考》（上海：商務印書館，1957），卷三十一，〈冥婚〉，頁 649-650。

60 劉昫等，《舊唐書》（北京：中華書局，1975），卷九十二列傳第四十二，〈蕭至忠〉傳，頁 2970。《螢窗異草》一書除多敘人鬼戀故事外，涉及人神、仙戀故事之篇亦不少，計共有十六篇之多。其中以初編卷二〈珊珊〉和初編卷三〈落花島〉二篇，尤為出色。這二篇故事都是有關仙鄉的追尋。顧頡剛認為中國神話分東西兩大系統，西方昆侖山神話，流傳至東方而成蓬萊仙島系列。見顧頡剛，〈《莊子》和《楚辭》中昆侖和蓬萊兩個神話系統的融合〉，《顧頡剛民俗學論集》，錢小柏編（上海：上海文藝出版社，1998），頁 41。〈珊珊〉中的仙境，便屬於海外仙島類型；而遍植梅花的落花島，則是個以桃花源為原型的仙鄉。

半生、半死之類。況且，如四喜之類「人化」的鬼女，既能主理中饋，又能產子延嗣，與活人分別也不大；「人氣」盛、「鬼氣」減之女鬼，令故事的冥婚色彩並不濃厚。《螢窗異草》初編卷一〈桃花女子〉是全書中最近似冥婚故事之篇。是篇所述的是個女鬼招婿的故事。篇中的女鬼從未現身，女鬼與鄭生只是透過扶乩來溝通。桃花女子「直陳自薦之意」，苦纏鄭生至死。鄭生亡後以報夢方式告訴友人他在幽冥中，與女鬼——桃花女子「相得甚歡，亦殊無所苦」；二人在冥間過著夫妻生活。桃花女子招婿一則，鬼靈雖從未出現，通篇卻鬼氣森森，是十三篇人鬼戀中最重「鬼氣」，以及最類近冥婚之作。

　　人鬼戀如人神、仙戀一般，都是人與異類相戀之篇。至於本文所討論的十三篇人鬼婚戀故事，無論是報仇、以女鬼為中饋和轉世結構，都有一個共同的基調——補償。現表列如下頁：

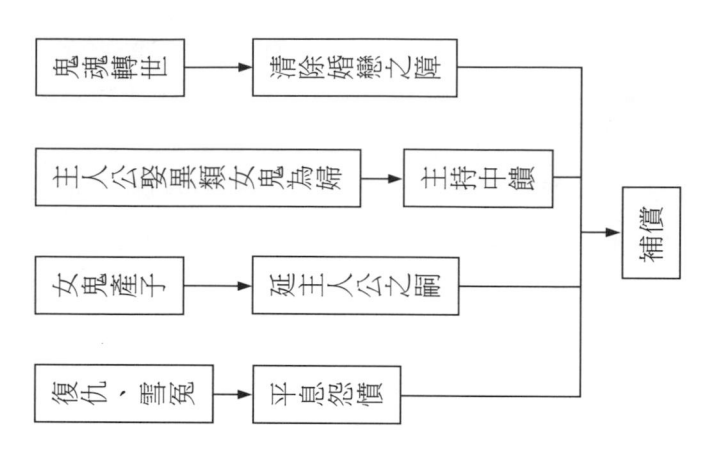

　　復仇類鬼戀故事中，鬼女報父仇、雪沉冤，便能平衡她
們遭受青春夭折之痛，以及補償生前遭惡勢力暴虐之苦。以
女鬼為中饋，為主人公延嗣，甚至改善生計，不單是貧而難
娶之人的渴想，更是主人公貧無立錐生活的補償。至於以轉
世結構，以掃清人鬼婚戀上的障礙，更是人鬼戀的一個「美
滿」結局——補償人、鬼殊途之遺憾。此外，還有一點值得
注意之處，就是篇中所表現的女鬼自我提昇的進取精神。
〈卜大功〉中馬氏女因苦節而位列鬼仙；〈裊煙〉中裊煙誦
經、悟前生並重列仙班；〈挑繡〉中挑繡死後開悟，變得聰
穎；〈祝天翁〉中犯淫罪的女鬼，贖罪往生；〈田鳳翹〉中
俠鬼型的田鳳翹誦金剛經，對抗妖物、拯救盧孝廉，因而得
以轉世為人。上述所列之女鬼，都是在死後「成長」，改變
命運或轉世或成仙的一群。死亡不是個終結，死後猶能有機
會改過、贖罪和超昇，便替篇章增添一份樂觀、進取的精
神。

✿此文原載於《文學論衡》，2004 年 6 月。

附錄㈠：
鬼魂復仇之類型

〈李德用〉 （稗海本《搜神記》卷八）	顯形索命： 李德用兒子阿七被盜殺害，「魂登房門」現形告訴父親賊匪之名字以求雪冤。
〈鄂州小將〉 （未注明出處，見《太平廣記》卷一百三十）	顯形索命： 鄂州小將某殺妻及婢，數年後在旅店中再遇亡妻與亡婢之鬼靈報仇奪命。
〈霍生〉 （蒲松齡《聊齋誌異》三會本卷三）	顯形索命： 霍生口舌招尤，戲謂與嚴生妻有私情，嚴生妻憤而自經。後因嚴生妻鬼靈作祟，嚴生及霍生妻先後卒；霍生亦唇際生雙疣，以彰報應。
〈劉寄〉 （句道興《搜神記》）	訴冤求報： 劉寄被賊殺害，托夢兄長代為雪冤。
〈馮小二〉 （朱國禎《涌幢小品》卷十二）	訴冤求報： 馮小二殺害秦氏婆婆，並誣秦氏有奸情。秦氏婆婆托夢主審官員管思易，訴說真相替婦伸冤、為己報仇。
〈箬包船〉 （朱梅叔《埋憂集》卷五）	訴冤求報： 村婦王氏母子死於賊丐手，托夢夫婿往擒兇丐，以雪被殺之冤。

〈尸行訴冤〉 （袁枚《子不語》卷二）	訴冤求報： 被奸婦毒死、「七竅流血」的「尸體」，往顧尋生，要求代雪冤情。
〈貞女訴冤〉 （袁枚《子不語》卷二十二）	訴冤求報： 貞女「因拒奸至死」，反被誣成「和奸」之罪，狀訴清官陸補梅代雪沉冤。
〈董刺史雪冤〉 （袁枚《續子不語》卷十）	訴冤求報： 良家女被解元「威逼強奸」，受傷身死；鬼靈以旋風引領董刺史，代為雪冤。
〈席方平〉 （蒲松齡《聊齋誌異》三會本卷十）	冥間報冤： 席方平之父因與同鄉富豪羊某素有冤仇；羊某死後賄賂冥使，使席方平之父被拷打至死。席方平「赴地下」伸冤，卻「備受械梏，慘冤不能自舒」。直至由正義的二郎神擺平冤案；席方平父子才能還
〈韓六三事〉 （袁枚《續子不語》卷八）	冥間報冤： 戴七誤信王三之戲言，誤會妻子與吳某有私，毆妻至死。妻狀告冥司，令戴七、王三和吳某皆受責罰。
〈影光書樓事〉 （袁枚《子不語》卷五）	轉世冤報： 蔣申吉之妻徐氏，因前生在萬曆十二年（1584）設計殺人，被鬼靈追索而亡，「死時面如裂帛」。
〈沈姓妻〉 （袁枚《子不語》卷六）	轉世冤報： 沈姓妻前生作孽甚深，導致四歲小孩被母凌虐至死。亡靈令其歷受磨難以洩憤。

〈狐鬼入腹〉 （袁枚《子不語》卷十四）	轉世冤報： 李鶡被狐鬼入腹，張天師設壇將狐捉出，唯腹中女鬼則因與李鶡「有宿世冤」；天師無法治鬼，李鶡亦卒。
〈鬼入人腹〉 （袁枚《子不語》卷十四）	轉世冤報： 焦孝廉妻金氏，前生凌虐家妾至死；妾魂入其腹折磨金氏以洩憤。
〈荷花兒〉 （袁枚《子不語》卷二十二）	轉世冤報： 章大立前生為刑部侍郎，誤判無辜的荷花兒和王奎死罪，轉世三次，鬼靈仍鍥而不捨地追討，令章大立自我凌遲而死。
〈盜鬼供狀〉 （袁枚《子不語》卷二十四）	轉世報冤： 朱陽湖前世為貪官，貪受山東盜「七千兩，許為開脫」，卻仍判盜死罪。盜魂隔世追索，令朱陽湖自縊而死。
〈葉氏姊〉 （袁枚《續子不語》卷二）	轉世報冤： 葉星槎之姊前生為男子時，殺害其妻、子三人 ，被妻、子亡靈追索、尋卒。
〈某太醫〉 （和邦額《夜譚隨錄》卷三）	轉世報冤： 太醫某貪財不惜病人性命，被其所害之病者轉世為其二子，散盡其財，復索其命，以報「庸醫殺人」之罪。
〈丹徒富翁〉 （錢泳《履園叢話》十七冤報）	轉世報冤： 丹徒富翁羞辱所擬買之妾，妾「自經死」。富翁後得一潔癖子，因而家財盡散。
〈汪某〉 （李慶辰《醉茶志怪》卷四）	附體雪恨： 黃某不但冤殺無辜的汪某與其妹，更知冤不雪。鬼魂附其身親口向督撫訴冤，令黃某伏罪。

〈燒頭香〉 （袁枚《子不語》卷十九）	附體雪恨： 沈某殺妻，被亡妻附其身，向家人訴說被殺經過，及後亦令沈某「七竅流血死」。
〈鄒劍南媳〉 （錢泳《履園叢話》十七冤報）	附體雪恨： 鄒劍南媳顧氏，產後被其嫂之鬼靈附身，揭穿顧氏在其嫂小產後將鹽水入藥，令其嫂「血暈而死」之冤事。
〈吾鄉張生〉 （許奉恩《里乘》卷二）	科場上向仇人討債： 張生輕薄縣紳某公之女，致女羞憤「投繯死」。後來，鬼靈先在科場上助張生中舉，再在其上京候補時在旅館中導張生上吊以報仇。
〈奇女雪怨〉 （沈起鳳《諧鐸》卷六）	科場上向仇人討債： 線娘因被某生負情而自盡。鬼靈在科場上助某生考試、中式、赴任郡守。某生任郡守時「私肥囊橐」、「受盜金縱法」而被判死罪。女鬼就是利用使其「置身仕途」的方式，用「國法」來報仇。
〈嘉興生〉 （朱梅叔《埋憂集》卷一）	科場上向仇人討債： 嘉興生李某在科舉考試時，被三世前與他有冤仇之女鬼尋至搗亂，後得關帝之助，才能脫險。

附錄(二)：
女鬼產子延嗣

篇章	女鬼產子延嗣
〈談生〉 (出自《列異傳》見《太平廣記》卷三一六)	身為睢陽王女之女鬼為談生產一兒，並贈生以珠袍。
〈盧充〉 (東晉干寶《搜神記》卷十六)	崔少府女，鬼靈為盧充產子，並贈主人公金鋺。
〈徐玄方女〉 (《搜神後記》卷四)	復活後的徐玄方女，為馬子產二兒一女。
〈張果女〉 (出自《廣異記》?見《太平廣記》卷三百三十)	復生後的張果女為劉乙子「產數子」。
〈胡氏子〉 (宋洪邁《夷堅志》乙志卷九)61	鬼女「生男女數人」。
〈王玉英〉 (明王同軌《耳談》卷三)62	女鬼王玉英與韓生相親，生子「清ϕ敏慧」。
〈易萬戶〉 (明王同軌《耳談》卷四)	某工部亡女，與易萬戶子踐指腹為婚之約而產子。
〈夕芳〉 (清樂鈞《耳食錄》卷一)63	復活了的夕芳，為張露「舉一子」、「任至州刺史」。

61　洪邁，《夷堅志》，(北京：中華書局，1981)，乙志卷九，〈胡氏子〉，頁255-256。
62　王同軌，《耳談》，(台北：偉文圖書，1977)，卷三，〈王玉英〉，頁49-50。
63　《耳食錄》，卷一，〈夕芳〉，頁299-302。

沈起鳳《諧鐸》中的虛構旅行

緒論

　　蒲松齡（1640-1715）《聊齋誌異》是清代文言小說高峰期之作。《聊齋誌異》以傳奇法以志怪的手法，[1] 對清代文言小說的發展產生重要影響，仿效之作紛起，沈起鳳（約1741 年在世）《諧鐸》就被視為「蒲派」作品。[2]《小說考證》引《青鐙軒快譚》評《諧鐸》：「膾炙人口，《聊齋誌異》以外，罕有匹者。」[3]《清代小說》評《諧鐸》主要學習《聊齋誌異》中的諷刺篇章。[4]《諧鐸》的諷刺，是寓勸於譴式的嘲諷。[5]《菽園贅談》載：「沈氏起鳳自以為廣文先生有司鐸之職，莊語之不如諧語之，因著《諧鐸》問世。」[6] 以嬉笑怒罵的手法，來表達諷刺，[7] 就成為是書的一大特色。據《中國文言小說書目》載，《諧鐸》有乾隆壬子

1　魯迅，《中國小說史略》，刊於《魯迅三十年集》（香港：新藝出版社，1974），頁 219。

2　韓秋白、顧青，《中國小說史》（台北：文津出版社，1995），頁 106。

3　蔣瑞藻，《小說考證》（上海：上海古籍出版社，1984），頁 236。

4　胡益民、李漢秋，《清代小說》（合肥：安徽教育出版社，1997），頁 28。

5　吳志達，《中國文言小說史》（濟南：齊魯書社，1994），頁 769。

6　朱一玄編，《明清小說資料選編》（濟南：齊魯書社，1989），頁 1248。

7　薛洪認為《諧鐸》頗擅藻思，喜按理構事，對後世有明顯影響。見薛洪，〈明清文言小說的發展歷程〉，《社會科學戰線》，1990 年第 2 期（1990年 4 月），頁 258。

年（1792）巾箱本。[8]

　　《諧鐸》以諧入鐸、嬉笑怒罵，風格獨特。〈雉媒〉（卷一）、〈桃夭村〉（卷四）、〈荊棘裏〉（卷四）和〈蜣螂城〉（卷十）等篇，利用虛構旅行，或作願望實踐之旅，或作啟悟之程，或寄寓諷刺，均各具特色。以旅行作為小說的主線，往往能收到展開情節、深化主題等效果。陳平原（1954-）《二十世紀中國小說史》，便討論了旅行者在《老殘遊記》等小說中，所發揮的啟悟及反映現實等作用。[9]旅行固有助闡釋小說的主題；虛構的旅行（imaginary journey），則往往是一種諷刺現實的手法。虛構旅行可被視為諷刺寓言的一類，作者所虛擬的異域，或許與現實並不相符，但即使有變，依然相同。[10]著者往往以虛擬的異域，來反映現實、諷刺現實。《鏡花緣》中的海外旅行，亦是諷刺之旅。篇中的小人國，國人身長八、九寸，便是用以嘲諷寡情、不厚道的「小人」。（第十九回）至於身長七、八丈的長人，則用以諷刺滿口胡謅、誇誕之人。（第二十回）[11]

8　袁行霈、侯忠義編，《中國文言小說書目》（北京：北京大學出版社，1981），頁 388。

9　陳平原以啟悟主題、補史之闕、旁觀民間疾苦等角度，來討論小說中旅行者的作用。見陳平原，《二十世紀中國小說史》（北京：北京大學出版社，1997），頁 274-298。

10　Arthur Pollard, *Satire* (London: Methuen, 1977), p.36. Arthur Pollard 論諷刺寓言，除虛構旅行外，尚有罪犯傳記、動物寓言、烏托邦和聖經平行文。見頁 22-40。中譯本可參考《何謂諷刺》，董崇選譯（台北：黎明文化，1980）。

11　《鏡花緣》中小人國人：「人最寡情，所說之話，處處與人相反。」長人國人愛說大話，目空一切。見李汝珍，《鏡花緣》（香港：中華書局，1992），第十九回，頁 135；第二十回，頁 138。《鏡花緣》中的小人國，源出《山海經》。〈大荒東經〉載：「有小人國，名靖人」。見袁珂，《山海經全譯》（貴州：貴州人民出版社，1995），卷十四，〈大荒東經〉，頁 269。長人國亦源出《山海經》中的〈大荒東經〉和〈大荒北經〉。同上書，卷十四，頁 269；卷十七，頁 317。

《諧鐸》中亦不乏虛擬旅行的篇章：〈雉媒〉和〈荊棘裏〉二篇的背景是與人世隔絕的深山谿谷；〈桃夭村〉和〈蜣蜋城〉則是主人公海外旅程所至的域外鄉村和孤島。[12] 無論是與人世隔絕的深谷，抑或是域外孤島，這些與現實殊異之境，都寓有主人公實現夙願、啟悟或作者用以諷刺現實等寄託。

一、願望實踐之旅

虛構旅行，所營造的常常是異於尋常的境界。在這些異域中，主人公往往經歷不可思議的事情。《諧鐸》中〈雉媒〉一篇裏的穆翁，就在異境中由老變少、重拾青春。文言小說中的異境，乃用寧靜、和諧、美好的異域、仙境，作為污濁繁囂的現實世界的對照。《幽明錄》中劉晨、阮肇入天台山，與仙女成婚，就是個典型例子。[13]《鏡花緣》第三十八回，鳳凰翔集、不壽者八百歲，一千歲還不算高壽的軒轅國，[14] 亦是個令人嚮往的「長壽」之鄉。劉晨、阮肇與仙女

---

[12] 沈起鳳，《諧鐸》（北京：人民文學出版社，1985），卷一，〈雉媒〉，頁 11-14；卷四，〈桃夭村〉，頁 59-60；同卷，〈荊棘裏〉，頁 61-62；卷十，〈蜣蜋城〉，頁 149-151。本篇引文皆依此版本。

[13] 趙明政指出神仙異境類小說主要有仙鄉滯留型、神仙下凡型和凡人登仙型三大類。見趙明政，《文言小說──文士的釋懷與寫心》（廣西：廣西師範大學出版社，1999），頁 38-39。劉晨、阮肇的故事，見劉義慶，《幽明錄》（北京：文化藝術出版社，1988），卷一，頁 1-3。人神戀愛為神話重要主題之一，其後，民間傳說中漸有人神戀的情節。現實世界禮教之禁制、理智之壓抑，均可在遊仙歷程中獲得滿足。漢世以下，邂逅女神之傳說，流布日廣。見王國良，《魏晉南北朝志怪小說研究》（台北：文史哲出版社，1984），頁 272-273。

[14] 李汝珍筆下的軒轅國，乃結合《山海經》和《博物志》之載。〈海外西經〉載：「軒轅之國在窮山之際，其不壽者八百歲。」見《山海經全譯》，卷七，〈海外西經〉，頁 204。《博物志》亦有軒轅國人：「其不壽者八百

成親、軒轅國人的長壽，便包含了一般人對美好生活和長壽的希冀。〈雉媒〉中鳥精所聚集的深谷，亦成為穆翁的「仙鄉」。在這個「仙鄉」中，主人公就實踐了在現實生活中不可能實現的夙願。

〈雉媒〉中的穆翁，在現實生活中的夙願，就是能夠再婚。主人公由於「七十而鰥，慨然作求凰之想」，而屢受羞辱、遭人譏笑。穆翁在現實生活中，無法了卻的心願，卻在深谷異境中一一達成。主人公不但娶得由鶯鳥所化的阿鶯，後來甚至連由杜鵑鳥所化的鵑娘、翠鳥所變的翠娘、燕子化成的燕娘，亦成為其夫人。最難得的是在一夫四妻的生活中，仍能維持和諧的氣氛：「自此日則比翼，夜則交頸，四女子從無間言。」異域深谷便成為穆翁求凰的「仙鄉」。

老翁與四美共效于飛，便了卻穆翁求凰之願；更令人羨慕的是主人公在異境中反老還少、重拾青春。老翁服用桑夫人所贈的紫椹丸後，不及半月：「面黑者盡白、髮白者盡黑，頤下鬚亦墮落無遺，攬鏡一照，彷彿三五少年時也。」穆翁重獲少年青春之軀，不但完成了主人公心底的願望，更為穆公被人嘲諷髮白、面黑之辱，出了一口氣。

穆翁在深谷異境中，經歷不尋常的遭遇；主人公由老變少更涉及奇幻的元素，〈雉媒〉中便不乏令人驚歎、充滿戲劇性的變形（metamorphosis）。變形是基於以下兩種原始觀念而產生的，一為萬物有靈（animism），一為生命一體化（solidarity of life）之觀念。萬物有靈指原始人相信一切事物（包括生物、死物），皆有靈魂。縱使是死物也有靈魂，才有可能發生物類間的互化。此外，基於不同的生命領域之

　　歲」之載。見張華著、范寧校，《博物志校證》(北京：中華書局，1980)，卷二，頁 21。

間沒有特別的差異，這個生命一體化的概念，才有可能產生
物類間變形——由一種形態轉變為另一種形態的存在。[15] 穆翁
遇見的美人，都是由異類變化而來的。四位美人：鷥娘、鵑
娘、翠娘、燕娘，乃四隻鳥兒所變、桑夫人則是桑樹所幻
化，導引穆翁結識四位美人的婢女，乃白鵻所變。禽鳥、樹
木由異物變人；再由人回復異物原形，便涉及奇幻的人、物
互變。人、物互變，顯示人與異類之間不僅有著感情上的交
流，而且在外形上也相互轉化，從而徹底打破了兩者的界
限。[16]〈鵻媒〉中的變形，不但造就人與異物的感情交流，
更達成了主人公求凰之想。是篇涉及的人、物互變中，以白
鵻的變化，最為美妙。穆翁目睹四位美人化為四隻雀鳥，棲
集桑樹間：「方欲詰諸其婢，轉瞬化為白鵻，騰空而逝。」
白鵻由人形回復雀鳥形骸的瞬變，以及騰空飛翔，展示鳥兒
的自然本領，便顯得妙曼、迷離。奇幻乃是中國小說的傳統
要素；[17] 神奇的人物互化，不但替小說添上神奇、惹人聯想

---

[15] 萬物有靈的觀念，見 E.B. Tylor, *Primitive Culture Researches Into Develop-
ment of Mythology, Philosophy, Religion, Language, Art and Custom* (London:
John Murray, 1891), pp.207-303. 中譯可參考愛德華・泰勒，《原始宗教》(上
海：上海文藝出版社，1992)。此外，亦可參考 James George Frazer, *The
Golden Bough (The Magic Art And The Evolution of Kings),* vol:2 (London:
Macmillan and Co Ltd., 1936), pp.12-13. 中譯可參考詹・喬・弗雷澤著；徐育
新、汪培基、張澤石譯，《金枝：巫術與宗教之研究》(北京：中國民間文
藝出版社，1987)。生命一體化的觀念，參考 E. Cassirer, *An Essay on Man An
Introduction To A Philosophy of Human Culture* (New Haven: Yale University
Press, 1944), chap VII "Myth and Religion", p.81. 中譯可參考恩斯特・卡西勒
著、甘陽澤，《人論》(台北：桂冠，1997)。此外，樂蘅軍稱：由某種形象
蛻化為另一種形象為「力動的變形」。見樂蘅軍，〈中國原始變形神話試
探〉，《古典小說散論》(台北：純文學出版社，1984)，頁 4。

[16] 石育良，《怪異世界的建構》(台北：文津出版社，1996)，頁 10。

[17] 陳金泉，〈奇幻：中國小說藝術的傳統基因〉，《社會科學戰線》，1992
年第 3 期 (1992 年 7 月)，頁 295；方勝，〈論非奇不傳〉，《文藝理論研
究》，1992 年第 2 期 (1992 年 3 月)，頁 19。

浮翩之色彩，更為主人公實踐了在現實中，不可達成的求凰和回復青春之願。

二、啟悟之旅

　　〈雉媒〉是願望實踐之旅；《諧鐸》中亦有以虛擬旅行作為主人公啟悟之程的篇章。〈荊棘裏〉就以孝子尋親之行，追蹤主人公心性上之成長。旅行帶來新的經驗，刺激思考，往往有助主人公的成長。旅行者置身於一個陌生的世界內，得以觀察、思考、分析那些前所未見的新鮮事物，從而令旅行者獲得一種新的人生感悟。[18] 至於虛構旅行，也往往涉及主人公在啟悟方面的心路歷程。《鏡花緣》中唐敖、唐小山出遊域外諸國，終於在小蓬萊得道，亦可以啟悟角度視之。周芬伶就是用啟悟理論：冒險的召喚、考驗[19] 等項，來分析唐敖和唐小山追求不朽的歷程。[20]《諧鐸》中〈荊棘裏〉一篇，就是以一段虛擬旅行，展示主人公周夢荃有關善惡取捨的感悟。

　　周夢荃所經歷的虛擬旅程，是對主人公在肉體和精神上的嚴峻考驗。周夢荃為尋找二十年沒有「音問」的父親，由會稽遠涉粵地。這段旅程，是一個青年在體力上艱辛的磨

---

18 陳平原，上引書，頁 276。

19 英雄啟悟的歷程，一般分為出發、考驗、回歸三個階段。英雄接受冒險的召喚，出發接受考驗。見 Joseph Campbell, *Hero With A Thousand Faces* (New York: Bollingen Foundation Inc., 1949), pp.49-251. 中譯本可參考《千面英雄》，朱侃如譯 (台北：立緒文化，1997)。

20 周芬伶，《西遊記與鏡花緣之比較研究──兩本神怪小說的心理分析》(台中私立東海大學中文研究所碩士論文)，節錄並刊於《鏡花緣的主題與結構》，見《中國古典小說研究資料彙編》(台北：天一出版社，198-?)，頁 24-38。

鍊：周夢荃「水宿風餐，備極勞頓，行兩月餘，去粵界尚遠。」粵地之旅，不但是肉體上的磨難；在精神層次而言，亦是主人公在道德、價值觀方面，有關善惡的考驗。當周夢荃在深谷中迷路，他便踏上一段迷離而充滿寓言性質的虛構旅行。在這段虛擬之旅中，主人公要經歷種種考驗，首先是「荊棘萬叢，迷天塞地」的荊棘惡路，與康莊大道的選擇。主人公得到曳杖老人之助，才得以走上康莊之途。這個對主角伸出援手的智慧老人（wise old man），亦幫助周夢荃繼續其尋父旅程。榮格（Jung）所說的智慧老人往往在夢中以巫師、醫生、神父、教師、教授、祖父或其他權威人士的姿態出現。智慧老人一方面代表知識、智慧，另一方面亦代表道德品性。[21] 老人以「義渡」、「慈航」，渡主人公於「菩提善岸」。「義渡」、「慈航」、「菩提善岸」，令這段虛構旅行，充滿佛家破執、解厄，達於彼岸的寓言性質。周夢荃由於選擇了康莊大道、經智慧老人指點，藉「義渡」、「慈航」，抵達現實中尋父的目的地──粵，同時亦抵達了心靈上的目的地：奉「義」、「慈」、「孝」為人生圭臬，在經歷種種考驗後，得到心性上的成長。

　　周夢荃由會稽至粵，是其心性上成長之旅。在旅途中主人公亦獲得了有關人生取向的知識。周夢荃具備善良的本質，具有成長、向善的可能。主人公為了孝義，長途跋涉，遠赴粵地，尋找父親的下落，已是「善」的表現。孝義就是種重要的善行，《聊齋誌異》卷十二〈杜小雷〉一篇，忤逆

---

21 C.G. Jung, "The Phenomenology of the Spirit in Fairy Tales" (trans. R.F.C Hull), in *Four Archetypes Mother Rebirth Spirit Trickster* (Princeton: Princeton University Press, 1973), pp.92-95.

的婦人，便被變形為人、豕混合的怪物以示儆戒。[22] 周夢荃
所表現的孝義，是人物善良本性的展現，但二十歲的年青
人，難免面對人生價值取向的正、邪抉擇。這個抉擇就以
「荊棘」、「康莊」兩條道路，作為象徵。曳杖老人的教
誨，亦增進了主人公有關人生善、惡價值的知識。老人向周
夢荃解釋迷失在荊棘路途上的人：「名利薰心，趨熱路，走
捷徑，自矜健步，故爾竄入荊棘」。這段說話對主人公猶如
當頭棒喝，老人闡釋名利為荊棘之途，令周夢荃在成長路
上，獲得重要的知識，臨危勒馬聽從老人：「荊棘當前，回
頭是路」的叮囑，並選擇了康莊之途。周夢荃本身擁有孝順
的善良本性，加上智慧老人的啟發，從而在這段虛構旅行
中，獲得去惡向善的知識，在心性上更臻成熟。〈荊棘裏〉
一篇，就是以虛構旅行，展示主人公有關善惡的啟悟之旅。

三、諷刺寓言

　　《諧鐸》中的虛構旅行，除了是願望實踐之旅及成長啟
悟之行外；更是用作諷刺的工具。虛構旅行乃是諷刺寓言的
一種，[23] 作者往往藉虛構旅程中，所遇到的奇人、異事，來
嘲諷現實。劉璋（1666-？）《斬鬼傳》，便借鍾馗在陽世
斬除「人鬼」之旅，來藉鬼刺世。[24] 書中的四十隻鬼，除溫
尸鬼和風流鬼是真鬼外，其餘都不是一般陰司中的幽靈，他

---

22 蒲松齡，《聊齋誌異》，張友鶴輯校（會校會注會評本）（上海：上海古
　籍出版社，1986），卷十二，〈杜小雷〉，頁 1603。石育良說：「人化異
　類最普遍的意義是作為對品行惡劣的人的一種懲罰。」見石育良，上引書，
　頁 17。杜小雷妻的變形也是一種懲罰，以懲治其不孝罪行。

23 Arthur Pollar, *Op. Cit.,* p.36.

24 齊裕焜、陳惠琴，《中國諷刺小說史》（遼寧：遼寧人民出版社，
　1993），頁 65。

們代表人性中的種種癖性。這些癖性如吝嗇、好色、酗酒、
迂腐等，都是人類的劣根性及壞習慣。[25] 鍾馗的斬鬼之旅，
就是斬除人類種種劣根性的諷刺現實之旅。[26]《諧鐸》中的
〈桃夭村〉和〈蟋蟀城〉二篇，亦是借虛擬的海外旅行中，
主人公所遇到的奇風異俗，來諷刺現實裏科舉制度中行賄之
流弊，以及世人滿身銅臭的俗氣。韓秋白（1936-）、顧青
（1964-）《中國小說史》評《諧鐸》內容：「多對科舉之
腐朽、官吏之貪婪及金錢為上、世風日衰等等的抨擊。」[27]
〈桃夭村〉一篇，就包含了作者對科舉制度的冷嘲熱諷。

(一)對科舉之諷

　　〈桃夭村〉所描寫的是一個異景異事的世界。[28] 蔣生從
賈人泛海，所飄至的桃夭村，景色絕佳：「山列如屏，川澄
若畫。四圍絕無城郭，有桃樹數萬株，環若郡治。時值仲
春，香風飄拂，數萬株含苞吐蕊，彷彿錦圍繡幄，排列左
右。」[29] 這個充滿桃花芬芳的域外鄉村，風俗亦與中原殊

---

25 劉璋，《斬鬼傳》（太原：北岳文藝出版社，1989）。《斬鬼傳》的版
　本，分作者手稿本和傳鈔改動本。北岳文藝本以康熙年間劉璋初稿手寫本為
　底本，以乾隆間劉璋手抄過錄本為對校本，是目前較為完善的版本。此外，
　這個版本所收錄有關《斬鬼傳》的作者及版本資料，亦具參考價值。

26 《斬鬼傳》中各具特色的人物，並非陰司的妖孽，而是陽間醜類，人世亦是
　個充滿醜惡的世界。是書側重對醜惡世相的諷刺。見李保均主編，《明清
　小說比較研究》（成都：四川大學出版社，1996），頁 237。

27 韓秋白、顧青，《中國小說史》，頁 106。

28 陳平原，上引書，頁 287。

29 〈桃夭村〉引文，見《諧鐸》，卷四，頁 59-60。〈桃夭村〉乃是諷刺科舉
　之文；《諧鐸》中尚有不少對科舉制度及士人，作出嘲諷的篇章，如卷二
　〈考牌逐腐鬼〉揭露科舉對士子之迫害；卷三〈燒錄成名〉諷以書籍誣蔑他
　人的缺德；卷五〈名妓沽名〉諷名士之沽名釣譽；卷六〈識字犬〉以犬諷狷
　介之士；卷七〈巾幗幕賓〉諷士人不求甚解、錯誤連篇；卷九〈嘲吳蒙〉諷
　酸腐之士。

異。桃夭村之習俗，在每年仲春以「女科」、「男闈」來匹配鴛鴦。「女科」以女子的容貌定高下；「男闈」則以文章定優劣。作者就是利用這個殊異的風俗，來諷刺科舉制度中貪污之弊。蔣生能文而不肯行賄、馬姓賈人依例行賄三百貫錢，結果：「馬竟冠軍，而生忝然居殿」。由蔣、馬二人一位得意、一位失意科場的際遇，可見社會行賄之習，以及由賄賂所產生的荒謬現象。

科舉制度由於有行賄、貪污等流弊，因而產生中式之士及中式之文，不一定是上乘之選的荒謬現象。《聊齋誌異》中〈考弊司〉就是用陰間以喻陽世的寓言。[30] 士子拜見虛肚鬼王：「初見之，例應割髀肉」，「若豐於賄者，可贖也」。秀才因貧寒、無力納賄而被「割片肉，可駢三指許」。（三會本卷六）虛肚鬼王公然宰割士子，可見敲骨吸髓、榨取之甚。[31] 由於貪污盛行，故中式者不一定具有真材。顧炎武（1613-1682）《日知錄》載：「科名所得，十人之中，其八九皆為白徒。」[32]〈桃夭村〉裏，在考試中奪得冠軍的馬姓賈人，以行賄手法，獲取科名的名不副實，就

---

30 王枝忠，〈蒲松齡與科舉〉，刊於辜美高、王枝忠編，《國際聊齋論文集》（北京：北京師範學院出版社，1992），頁 17。

31 馬振方說：〈考弊司〉的虛肚鬼王，不但名字出奇，所定的裸股割肉的「成例」也出奇。見馬振方，〈馳想幻域　映照人間——《聊齋》構思藝術一題〉，《北京大學學報》（哲學社會科學版），1984 年第 2 期（1984 年 3 月），頁 73。《諧鐸》中〈桃夭村〉一篇諷刺科舉制度中行賄、納賄之弊；《諧鐸》一書，尚有不少諷刺貪官污吏之作，如卷三〈老面鬼〉諷識字愛錢的官員之為害；同卷〈一錢落職〉嘲弄奸官因貪錢而落職；卷五〈泥傀儡〉以土神來揭露貪污罪行；卷六〈森羅殿點鬼〉揶揄貪官為餓鬼轉世；同卷〈香粉地獄〉以貪官之女在地獄為娼，來宣揚因果之報；卷八〈棺中鬼手〉諷貪官之貪得無厭；同卷〈衛士驅蠅〉告誡官員要善視老百姓。

32 顧炎武，《日知錄》（台北：台灣商務印書館，1956），卷十六，頁 43-44。

暴露了現實中賄賂公行、營私舞弊的弊端。[33] 科舉制度不但
有行賄、貪污等流弊；官官相護，科場上亦往往出現私相授
受的情況。《諧鐸》卷五〈泄氣生員〉一篇，學使某公為討
好某尚書，竟錄取了為人魯鈍、文章「詞理紕繆」的夏器
通。中式之人不一定是真材，卷九〈村姬毒舌〉一篇，作者
便借村姬之口，嘲諷了中魁之士：「吾謂狀元，是千古第一
人，原來只三年一個！此等腳色，也向人喋喋不休，大是怪
事！」由村姬的嘲諷，可見作者對不才的中式士人的揶揄。

〈桃夭村〉一篇，作者以蔣生所經歷的一段海外旅行，
來揭露科舉制度中行賄之習。篇中沈起鳳分別以痛罵和對
比，來進行諷刺。痛罵是對被諷者進行直接的攻擊，以收一
針見血之效。[34]〈桃夭村〉中，蔣生怒斥索賄使者一節，便
顯得義正辭嚴：「無論客囊羞澀，不足以饜老饕；即使黃金
滿屋，豈肯借錢神力，令文章短氣哉！」蔣生力斥行賄有辱
斯文的痛罵，就抨擊了科舉制度中貪污之弊。吳志達亦認為
是篇揭露了科場主管索賄、收賄，顛倒文章優劣，致令是非
倒置。[35] 蔣生敢於對抗權貴，力斥其非，便收到直接諷刺之
效，同時亦令讀者對作者所諷刺的事情一目了然。

沈起鳳除了用痛罵來帶出主題外，他亦利用了對比的手
法來表達諷刺。篇中的文士蔣生與馬姓商人，無論在行為和
際遇上，在在皆是相對的：蔣生拒絕行賄、馬姓商人則行賄
主考；前者落在榜末而後者則居榜首。蔣、馬二人雖則科名
有別，在婚配方面，結果卻出人意表並令人捧腹。蔣生居榜
末、竟獲配韶齒美人；馬姓商人居榜首卻得配「凹面彎耳」

---

33 《清代小說》，頁 28；劉世德主編，《中國古代小說百科全書》（北京：
　中國大百科全書出版社，1993），頁 609。

34 Arthur Pollard, *Op. Cit.*, pp.70-71.

35 吳志達，上引書，頁 770。

的醜女。美女因不肯行賄被配榜末的蔣生；醜女以千金獻主
考而獲配榜首的馬姓商人。才子佳人的結合與市儈之徒和醜
女之配，不但是對比，更產生陰差陽錯的喜劇效果。馬姓商
人娶醜女之後：「形神沮喪」、「鬱鬱不得意，居半載，浮
海而歸。」馬姓商人刻意經營，行賄主考以覓良緣，結果卻
出人意表，便表現了作者對行賄者的挖苦及揶揄。這則故事
就在歡笑反高潮與諧趣的氛圍中，帶出了作者的諷刺。沈起
鳳就借諧言謔語，帶出聞者或足以為戒的訊息。[36] 以諧入鐸
乃《諧鐸》的一大特色，殷星岩序云：「蕢漁以諧入鐸，故
聽其鐸者，但覺其諧；聽者，並不覺其鐸也。」[37]《諧鐸》
一書以嬉笑怒罵的手法，來傳達嘲諷的訊息；令讀者在捧腹
之餘，亦領略到作者刺世之意。沈起鳳寓教於樂、融鐸於
諧，便十分可貴。[38]〈桃夭村〉一篇，作者就利用了蔣、馬
二人一段異域旅行，來揭露科場貪污的黑暗。此外，馬姓商
人娶孀女的喜劇，亦收到融鐸於諧的妙趣。

㈡對追逐銅臭者之諷

　　除〈桃夭村〉外，《諧鐸》中〈蜣螂城〉一篇，也是借
虛構旅行，以寓諷刺之作。篇中的主人公荀生，隨賈舶飄至
域外孤島──蜣螂城。異域殊境的蜣螂城，是主人公旅程中
所到之處。這個虛擬國度，製造一個與中土文化迥異的世
界，引領讀者在抽離本土文化的異境中，重新思考「金錢」

---

[36] 明代文人如李昌祺《剪燈餘話》所引發的以文為戲的討論，就涉及創作傳奇
　　小說以自娛，以及供讀者談笑的創作問題。作品除引發笑謔之外，亦產生訓
　　誡的作用。見王先霈、周偉民，《明清小說理論批評史》（廣東：花城出
　　版社，1988），頁 40-41。

[37] 殷星岩序，見《諧鐸》附錄，頁 190-191。

[38] 朱捷，〈《諧鐸》的美學貢獻〉，《蘭州大學學報》（社會科學版），第
　　15 卷第 4 期（1987 年 10 月），頁 88。

這個重要課題。作者就借以臭為香的異域，來諷刺追逐銅臭者之「惡臭」。蜣螂城便代表了這種「惡臭」。城中「以糞土塗牆，四面附蜣螂百萬，屹如長城。」這篇小說以虛構旅行中，一個與中土風俗及價值觀念，完全相反的孤島，來反映現實、諷刺現實。〈蜣螂城〉是以臭為香的國度。「竟體芳蘭」的荀生，初抵此城，便與城中居民，產生強烈的衝突：荀生的體香，成為城中的惡臭。這個顛倒香臭的國度，與《聊齋誌異》卷四〈羅剎海市〉的描寫，有異曲同工之妙。《聊齋誌異》中，羅剎國的審美標準，如〈蜣螂城〉一樣，亦與中土相異。羅剎國以媸為妍，以妍為媸。英俊的主人公馬驥，「以煤塗面作張飛」，即被讚美並「拜下大夫」。蒲松齡就是以妍媸顛倒的可笑，來嘲諷現實生活中選拔人材的準則，同樣是顛倒妍媸、同樣是荒謬可笑、不明與不公。[39] 蜣螂城亦如羅剎國一樣，是個與中土風俗相悖的國度，城中以臭為香的習尚，就寓有作者對逐銅臭為香之人的強烈挖苦。

〈蜣螂城〉主人公荀生在異域中接受香臭顛倒的現實，以及他與銅臭翁的「親密」交往，不但見證主人公被銅臭所「薰陶」，更諷刺了世人追逐銅臭之愚昧。荀生接受香臭顛倒乃是個漸變過程，他初到蜣螂城時，亦如〈羅剎海市〉中的馬驥一樣，也要接受文化相悖而產生的衝突，荀生面對的是香臭顛倒的衝擊。主人公由最初與島上居民愛臭如命的格格不入，漸至接受此俗，終至香臭不分，[40] 便見證了荀生墮落的過程。荀生失足入溷藩，乃是這個虛構旅行的轉捩點。

---

39 張學忠，〈冷嘲幽砭托磊塊 奇詩妙想壓搜神──談《聊齋志異》的諷刺內容與諷刺技巧〉，《蒲松齡研究集刊》，第 3 輯（1982 年 7 月），頁 143-157。

40 《清代小說》，頁 30。

渾身惡臭的主人公，竟被蛞蝓城人「接受」。這個被「接受」的過程，是導引主角更加「墮落」的鼓勵力量。荀生其後更臭入肌膚，在臭水中沐浴：「愈濯愈臭，且漸入肌理」。主人公經過溷池、臭水的「洗滌」，「亦漸不覺其臭」，便是他融入蛞蝓城以臭為香生活的表現。此外，荀生大啗城中「餒魚敗肉」的「美食」，更見其對以臭為香的接受，終至香臭不辨，埋沒理智。

沈起鳳就借荀生以臭為香的「墮落」，來諷刺追逐銅臭之愚昧。蛞蝓城中的「香氣」，所代表的就是銅臭的臭氣。荀生在島上遇到的第一個人，就是銅臭翁——孔氏。銅臭翁是個寓言人物，他就是銅臭的化身。由他來任此城的「北門管鑰」——把關蛞蝓城，便解構了這個城市的象徵意義：蛞蝓城就是追逐銅臭之城。荀生終至香臭不分，就寓有他成為被銅臭俘擄的寄意。

主人公的香臭不辨的漸變是個「墮落」的「旅程」；荀生與銅臭翁的交往，亦見證他成為銅臭奴隸，以及最終被錢財所累的過程。主人公最初被銅臭翁排斥，謂其「遍體惡氣」。其後荀生融入香臭顛倒的生活中，卻被銅臭翁稱讚：「君真潔己自好人也。舊時膻行，糞除盡矣！」銅臭翁的「稱讚」充滿反諷意味，荀生在視「牛溲馬勃」為「名香」的銅臭城中，逐漸被「陶冶」成視銅臭為香之人，其實是個心性墮落的過程。「墮落」了的荀生，竟被銅臭翁「稱讚」，便充滿反諷。荀生與銅臭翁交往的第三個階段是主人公與翁「訂莫逆交」，從此沉淪不起的階段。銅臭翁與荀生「親密」交往、翁慨然贈金，至荀生「鬱鬱抱金而沒」，便是荀生成為銅臭奴隸至死亡的最後歷程。

沈起鳳就借荀生在蛞蝓城中逐臭為香的轉變及與銅臭翁的交往，諷刺了現實生活中，成為錢財奴隸的人的俗不可

耐，以及終於會被銅臭所害的下場。《明清小說比較研究》一書評《諧鐸》：「對病態社會的解剖，對世態人情的揭露較為廣泛深刻」。[41]〈蜣螂城〉一篇，就諷刺了充滿銅臭氣的世態。香臭顛倒，看似與現實殊不相屬，然銅臭本「臭」，則是個現實，只是世人不自覺地接受，如荀生一樣至久而不聞其臭。

〈蜣螂城〉一篇，乃是借虛構旅行，以寓銅臭累人之篇。篇中除以虛構異域以寓人世外，沈起鳳更以低貶的手法，帶出銅臭之「臭」。篇中的金錢常與臭味結連，甚至與糞穢相附。銅臭翁就以糞窖藏金：荀生但見「三十六糞窖，森森排列，窖中金銀皆滿。」以糞窖藏金，將金錢低貶為與排泄物相類的「臭物」，可見銅臭之「臭」。除蜣螂城外，《諧鐸》中〈孟婆莊〉和〈臭桂〉兩篇，亦是將金錢低貶為穢臭之物的篇章。〈孟婆莊〉中的「元寶湯」便是齷齪之物，金錢則是嘔吐的穢物。（卷八）此外，〈臭桂〉一篇，蟾宮第七株香桂，被錢神植諸銅山上，竟變為臭桂，（卷十）可見銅臭之甚，甚至可以改變香桂的飄香屬性。〈蜣螂城〉一篇中，沈起鳳將金錢低貶為穢臭之物，便帶出作者鄙視世人只求追逐財富的功利習尚。

《諧鐸》除〈蜣螂城〉外，〈夢中夢〉和〈蟛蜞郡〉兩篇，都是有關金錢的篇章，兩篇也是以夢喻富貴若浮雲的小說。〈夢中夢〉裏的曾孝廉，在夢中所經歷的擁美姬、享富貴的生活，原來只是一場春夢。（卷六）此外，〈蟛蜞郡〉亦是以夢喻富貴倏忽之篇。主人公戴笠夢中所至的蟛蜞郡，以日為年，倏忽便度過一世。主人公在夢醒後，亦有所頓悟：「百年富貴，頃刻間耳。世有達者，不當作如是觀

41 《明清小說比較研究》，頁 22。

哉！」（卷十）〈蜣螂城〉中的荀生，則沒有富貴若浮雲的省悟，至被錢財奴役一生。

結論

《諧鐸》被視為仿效《聊齋誌異》而寫成的作品。《神怪小說史》載：《聊齋誌異》問世百年之後，一批仿效之作，亦相繼問世，構成清代中、晚期傳奇體神怪小說的主流。[42] 在仿效《聊齋誌異》的作品中，《諧鐸》以融鐸於諧而別樹一幟。由於是書有不少令人解頤，甚至使人捧腹之描寫，因而亦招致評論家針對這一點而作出的詬詈。吳禮權便評《諧鐸》為追求詼諧的效果，令許多篇章的批判現實的力量，被笑聲所沖淡。[43] 雖然《諧鐸》以諧趣文風，樹立風格，但是書不單只追求詼趣，而是借諧趣包裝，表現作者對人情世態的嘲弄。博人一粲的手法，不單不是個缺點；將嚴肅的嘲諷，以諧趣手法出之，則更易被讀者所接受。吳志達亦指出《諧鐸》的篇章，在傳奇色彩中寓含喜劇意味。沈起鳳就利用諧謔語言，來寄寓勸誡。[44] 這篇文章主要討論的四篇小說：〈雉媒〉、〈桃夭村〉、〈荊棘裏〉和〈蜣螂城〉，都具有以諧入鐸的調子。〈雉媒〉中四美爭風的戲謔及嬌嗔、還有〈桃夭村〉裏醜女配商人的喜劇。至於〈蜣螂城〉一篇，以臭為香的顛倒、荀生與銅臭翁的交往，以及「墮落」後的荀生，被銅臭翁稱讚為「潔己」的好人，在在都充滿黑色幽默。

---

42 林辰，《神怪小說史》（杭州：浙江古籍出版社，1998），頁 372-373。

43 吳禮權，《中國筆記小說史》（北京：商務印書館，1997），頁 242。

44 吳志達，上引書，頁 769。

　　《諧鐸》除以諧入鐸，在蒲派作品中，別樹風格外；是書亦繼承《聊齋誌異》以鬼妖仙狐為題的風格。[45] 上述討論的作品中，〈雉媒〉一篇中的人鳥互變，不但帶出穆翁娶「妻」的一段人鳥奇緣；奇幻的變形——雉媒由人形回復雀鳥本形，並騰空飛翔，更突現奇幻的色彩。此外，〈荊棘裏〉周夢荃所經歷的「荊棘萬叢」的神祕境界，以及主人公倏忽由幻境墮入真實人境，其間由實而幻、由幻而實的變化，便顯得奇幻、迷離。虛構的旅行，具有融諧入鐸及神奇、迷離的特色；沈起鳳以虛擬之旅，或作主人公的願望實踐之旅、或作啟悟之程、或以幻境諷刺現實，都是以虛構之境，寄寓人情世態之作。雖云虛構旅行，然而作者的立足點及寄意，則仍在現實人生。

❦此文原載於《明清小說研究》第 3 期，2000 年。

---

45 林辰，上引書，頁 372。

寓諷於怪
──論《子不語》的官宦、貪色、因果和惡德四類篇章

緒論

　　《子不語》是繼《聊齋誌異》之後的重要作品。《中國古代小說百科全書》載：清代文言小說，以《聊齋誌異》、《子不語》和《閱微草堂筆記》最負盛名。《子不語》又名《新齊諧》。〈《子不語》序〉載：「書成，初名『子不語』，後見元人說部有雷同者，乃改為『新齊諧』云。」[1]元人說部中的《子不語》已湮沒無聞。袁枚（1716-1798）創作《子不語》在未成書前早已傳抄風行，久為人所熟知，故以《子不語》名其書，正可暗合其意謂其實乃怪、力、亂、神之作也。此外，《子不語序》載：「妄言妄聽，記而存之」，可見袁枚繼承《聊齋誌異》「妄言妄聽」的特色：《中國神怪小說通史》就認為袁枚深受《聊齋誌異》的影響。[2]

1　有關對《子不語》之評，見劉世德等編，《中國古代小說百科全書》（北京：中國大百科全書出版社，1993），頁 718。《子不語》又名《新齊諧》，見〈《子不語》序〉，刊於袁枚，《子不語》，朱純校點（長沙：岳麓書社，1985），頁 1。此文的討論亦採用這個版本。本文有關怪誕諷刺之討論，亦主要集中在《子不語》正集。

2　《子不語》書如其名，乃怪力亂神之作，見馮藝超，〈《子不語》的成書、取材來源及創作態度試探〉，刊於《國立政治大學學報》，第 69 期

　　《子不語》的作者袁枚，幼有宿慧。十二歲中秀才。
（《清史稿校註》）乾隆三年（1738）二十三歲中舉，翌年
中進士，歷任溧水等地知縣。[3] 乾隆十七年（1752）底，辭
官寓居小倉山隨園。《中國神怪小說通史》載《子不語》是
袁枚晚年之作。正集二十四卷，續集十卷，共收小說一千二
百餘篇，本文的討論將集中在《子不語》正集二十四卷。至
於內容方面，《子不語》一書所收錄的多是怪力亂神的故
事，舉凡神、鬼、狐、妖、精、怪，以至扶乩、夢徵、僵
屍、因果報應、冥界遊歷、奇聞異事等，包羅甚廣。[4]

　　（1994 年 9 月），頁 126。〈《子不語》序〉云：「怪力亂神，子所不語
也。」見〈《子不語》序〉，頁 1。《論語》卷四〈述而〉第七：「子不語
怪力亂神」。《論語集註》言：「怪異勇力悖亂之事，非理之正，固聖人
所不語。」見朱熹，《論語集註》（台北：中華叢書委員會，1958），卷
四，〈述而〉第七，頁 309。「子不語」而我偏語，便有反潮流的味道。見
歐陽健，《中國神怪小說通史》（南京：江蘇教育出版社，1997），頁
516。葉桂桐說：「中國古代小說開始時是專講『怪力亂神』的。六朝及六
朝以前的小說，主要就是『怪力亂神』。」見葉桂桐，《中國古代小說概
論》（台北：文津出版社，1998），頁 123。《續子不語》卷二〈子不語娘
娘〉一文，頗能體會作者的命意：「有人類而不如怪者，有怪類而賢於人
者」。見袁枚，《續子不語》，朱純點校（長沙：岳麓書社，1986），卷
二，〈子不語娘娘〉，頁 38。《聊齋誌異》乃以多彩多姿的幻想世界表現
現實之作。見內田道夫，〈中國小說の流れ〉，刊於內田道夫編，《中國
小說の世界》（東京：評論社，昭和 51 年），頁 12。《子不語》被列為蒲
派作品，亦借志怪世界，反映現實。

3　袁枚生平，見國史館，《清史稿校註》（台北：國史館，1990），卷四百
九十二，列傳二百七十二，文苑二，頁 11182。袁枚中秀才時仍是騎竹馬的
童子。見袁枚，《小倉山房詩集》，卷三十二，〈重赴泮宮時〉，刊於袁
枚，《袁枚全集》，王英志編（江蘇：江蘇古籍出版社，1993），頁 767。
有關袁枚之仕宦，可參考閻志堅，《袁枚與子不語》，（瀋陽：遼寧教育
出版社，1992），頁 8。金保舉了二十一歲的袁枚參加博學鴻詞科考試，袁
枚在應試者中年紀最小，一時名滿天下。袁枚任知縣，判案播於歌謠，見蔡
冠洛編著，《清代七百名人傳》（北京：中國書店，1984），第五編藝事
文學，〈袁枚〉，頁 1789。

4　有關袁枚之歸隱，見閻志堅，上引書。袁枚寓居隨園，隨園乃江南園林中的

　　《子不語》是繼《聊齋誌異》之後的重要作品，唯評論者對是書的評價卻頗參差。評論家對袁枚「戲編」的態度甚多詬厲。[5]《中國神怪小說通史》載：《子不語》問世後，評價參差，以其內容過於蕪雜，無理事多、用情文少，與《聊齋誌異》情動鬼神之文，迥異其趣。但以《聊齋誌異》為尺度來衡量此書的得失，也造成了評估的偏弊。《子不語》寫怪述異，表現濃郁的志怪情趣，是書風格幽默、自然諧趣，應該獲得較高的評價。至於《子不語》的版本，據《中國文言小說書目》載：有乾隆五十三年（1788）隨園刻

優秀之作。見頁 19。此外，《子不語》續集載有乾隆五十七年（1793）事，時袁枚已七十七歲。見《中國神怪小說通史》，頁 515。袁枚寒暑無間，搜集《子不語》資料。見徐珂編撰，《清稗類鈔》（北京：中華書局，1984），文學類，〈袁才子看書強記〉，頁 3877。《子不語》故事來源，有記朋輩如蔣士銓。見邵海清，〈袁枚和蔣士銓〉，《杭州大學學報》（哲學社會科學版），第 16 卷第 1 期（1986 年 3 月），頁 22。記蔣士銓事，見《子不語》，卷九，〈蔣太史〉，頁 213-215。閻志堅說：袁枚一生好遊歷，除曾在北京、江南、陝西學習、任職外，遍遊東南沿海各省，《子不語》中的許多故事正是他在遊程中的所見所聞。見閻志堅，上引書，頁 53。吳禮權說：《子不語》中有少數篇什，已見於前人筆記小說或著述，而作者因喜其詼詭，未審出處又錄在自己書中。見吳禮權，《中國筆記小說史》（北京：商務印書館，1997），頁 239。王國良考證出《子不語》與《夜譚隨錄》有十三則相類的故事；《續子不語》與《閱微草堂筆記》，有九則相類的故事。見王國良，〈《子不語》（《新齊諧》）〉，刊於《中國文學講話》（台北：巨流圖書公司，1987）清代文學，頁 399-402。《子不語》之內容分類，見馮藝超，〈《子不語》中冥界故事研究〉，《中華學苑》，第 44 期（1993 年 4 月），頁 209。

5　簡有儀說：「這部小說的行文有些草率，袁枚寫書的目的，既是為了消遣遊樂，那也就無可厚非」。見簡有儀，《袁枚研究》（台北：文史哲出版社，1988），頁 307。馮藝超指出此書為袁枚在文史以外，聊以自娛的作品。見〈《子不語》中冥界故事研究〉，頁 232。邱煒萲評是書「部頭頗大」、「累累不絕耳」。見邱煒萲，《菽園贅談》，卷之七，〈續小說閒評〉二十二則（排印本，缺出版資料），頁 30。亦可參考朱一玄編，《明清小說資料選編》（濟南：齊魯書社，1989），頁 1258-1259。

本、嘉慶二十年（1815）美德堂刻本等刊本。[6]

　　《子不語》中，有不少以既滑稽又可怖的手法，帶出嘲弄之篇。本文擬採用怪誕諷刺的手法，探討這些文章。所謂怪誕，如湯姆森（Philip Thomas）所言：「一貫突出的特徵，就是不調和這個基本成份。」[7] 怪誕中的不協調就是指可怖與可笑衝擊而成的不諧協。雨果（Hugo）便將怪誕界定為：「一方面創造了畸形與恐怖，另一方面亦為喜劇的與滑稽的。」[8] 恐怖與滑稽交織而成的不協調，便是怪誕的基調。

　　怪誕一詞，源自意大利語 grotta，即洞穴之意。這個詞原來的意思，就是指 1480 年左右，考古學家發掘到的地下洞穴──尼羅（Nero）黃金宮殿上的壁畫。[9]

　　怪誕可被視為諷刺的一種手法，怪誕與諷刺給合，而成為怪誕諷刺之作。[10] 諷刺家往往利用怪誕手法，表達作品的

6　陳文新評《子不語》：「其重要收獲之一便是作品具有濃郁的志怪情趣。見陳文新，《中國文言小說流派研究》（武昌：武漢大學出版社，1993），頁 74。袁枚標榜戲編，只是破壞嚴肅的手段。見韓石，〈「惡」的展現：論袁枚和《子不語》〉，《南京師大學報》（社會科學版），1995 年第 1 期（1995 年 1 月），頁 79。韓石認為《子不語》中對「惡」的描寫，決不會只是出於一時興起，想來點遊戲般的惡作劇。有關《子不語》的版本，見袁行霈、侯忠義，《中國文言小說書目》（北京：北京大學出版社，1981），頁 411。

7　湯姆森（Philip Thomson），《怪誕》，黎志煌譯（河北：北方文藝，1988），頁 31。（是書譯自 Philip Thomson, *The Grotesque*【London: Methuen & Co Ltd., 1972】）

8　Wolfgang Kayser, *The Grotesque In Art and Literature* (New York: Columbia University Press, 1981), p.57.

9　Kisawadkorn Kriengsak, *American Grotesque From Nineteenth Century to Modernism: The Latter's* Acceptance of the Exceptional (Ph.D Thesis, University of North Texas, 1994), p.15.

10 怪誕壁畫，參考 Geoffrey G. Harpham, *On the Grotesque Strategies of Contradiction In Art and Literature* (New Jersey: Princeton University Press, 1982), p. 24, Fig.10.

諷刺性及道德教訓。湯姆森指出諷刺與怪誕的關係為：「諷刺作家可能使他的諷刺對象變得怪誕，以便在觀眾或讀者中製造一種最大限度的嘲笑或憎惡反應。」[11] 諷刺家令被諷者變得既可怕又滑稽，甚至成為被譏笑的對象，從而收到諷刺效果。[12]

　　明清文言小說中，亦存在不少怪誕諷刺元素。明朝瞿佑（1347-1433）《剪燈新話》〈太虛司法傳〉一篇，利用「赤髮而雙角」、「綠毛而兩翼」、半人半獸的怪誕群鬼，對馮大異的欺壓，來諷刺亂世中邪惡勢力對良民的迫害。[13] 邵景詹（生卒年不詳）《覓燈因話》〈桂遷夢感錄〉一篇，則利用一個怪誕夢境，來表達諷刺。忘恩負義的桂遷，在怪誕噩夢中變形為犬，一方面收低貶人物尊嚴之效，另一方面，不倫不類的怪誕變形，正是主人公桂遷拒絕救助恩人施濟的孤子、遺孀的負義行為之形象化描寫。[14] 至於清代文言小說如《聊齋誌異》也有精彩的怪誕諷刺之文，卷八〈夢狼〉便是借怪誕夢境，諷刺奸貪官吏之篇。是篇的夢境是個「官虎而吏狼」的陌生世界。貪官白甲衙署中「巨狼當

11　湯姆森，上引書，頁 69。

12　怪誕諷刺畫，可參考 Geoffrey G. Harpham, *op. cit.,* p.8, Fig. 3.

13　馮大異被鬼怪迫害，見〈太虛司法傳〉，瞿佑，《剪燈新話》，卷四，頁 94-96。《剪燈新話》刊於周夷校，《剪燈新話》外二種（上海：上海古典文學出版社，1957）。楊義認為〈太虛司法傳〉以怪異之筆對亂世的陰森情調，作淋漓盡致的象徵。是篇隱隱地表現久亂初治，人們驚魂未定的心態。見楊義，《中國古典小說史論》（北京：中國社會科學出版社，1995），頁 296-297。

14　桂遷的忘恩負義，見〈桂遷夢感錄〉，邵景詹，《覓燈因話》，卷一，頁 321-322。《覓燈因話》刊於周夷校，《剪燈新話》外二種。薛克翹比較《剪燈新話》的〈三山福地志〉和《覓燈因話》〈桂遷夢感錄〉和〈丁縣丞傳〉，認為三篇小說，都寫了道德問題，以及人物內心善惡的對立。見薛克翹，《剪燈新話及其他》（瀋陽：遼寧教育出版社，1993），頁 80。

道」，貪官白甲變形為虎，衙卒亦居然變形為狼，並有「吃人」之癖。官吏異化為猛虎、惡狼，便能形象化地表現官吏「吃人」的奸貪本性。[15] 此外，紀昀（1724-1805）《閱微草堂筆記》卷六鬼隱（《灤陽消夏錄》六）亦是篇怪誕諷刺之作。鬼隱一文敘宋某在深山岩洞中遇鬼，幽靈透露隱居之因，在於逃避官場「貨利相攘」的現實。深山遇鬼固然可怖，幽靈也要避世卻又相當荒唐可笑；可怖與可笑便交織成不協調的怪誕氛圍。紀昀利用鬼魂的喉舌，道出表面上荒唐的隱居，背後其實有深刻的因由，卻又在荒唐中顯得並不荒唐，且更能突出鬼魂高尚的操守。鬼魂隱居之由，在於要逃避陽世，以至冥界「貨利相攘」、「往來囂雜」的環境；岩洞就是鬼魂的一片淨土。紀昀便藉怪誕的隱居幽靈，直接諷罵了官場傾軋、排擠之風。[16]

一、《子不語》中的官吏形態

《子不語》中涉及怪誕諷刺的文章，多描寫官吏形態，亦有關於女色、果報等篇章。王國良評其設想之奇，用意之妙，往往非他人所能及。袁枚常常利用誇張的寫法，表達諷刺。《子不語》表面上寫怪、力、亂、神，實際上是曲折描寫人間的情態。《子不語》中便有不少含有設幻性諷喻之作。[17]「設幻性諷喻」的作品，多諷刺貪官污吏，如卷四

---

15 有關貪官污吏的篇章，見《聊齋誌異》三會本，卷八，〈夢狼〉，頁 1052-1056。貴官至典史，皆多奸貪之人。見吳禮權，上引書，頁 225。

16 幽靈隱居及其慨歎，見紀昀，《閱微草堂筆記》（北京：中國文聯出版社，1996），卷六，《灤陽消夏錄》（六），鬼隱一則，頁 95。是篇故事諷刺了清代官場、仕途的真實內幕。見吳禮權，《中國筆記小說史》（北京：商務印書館，1997），頁 252。

17 《子不語》書中多奇幻之篇，見〈《子不語》（《新齊諧》）〉，頁 426；

〈七盜索命〉和卷三〈城隍殺鬼不許為瘥〉。此外,更有嘲弄酗酒累事的糊塗官吏如卷七〈鬼差貪酒〉和卷九〈城隍神酗酒〉。

㈠貪吏

〈七盜索命〉中,袁枚利用無頭鬼索命,來諷刺貪婪的官吏,行為有如盜賊。是篇述湯秀才被七個無頭鬼,追償前生為知縣時因貪念、殺害七個盜賊並私納盜財之孽債,[18] 湯秀才因而神魂出竅、入冥受審。陰司中秀才受審一幕,就充滿怪誕氣氛。秀才見七個無頭鬼狀訴冥官:「七鬼者捧頭於肩,若有所訴。訴畢,仍掛頭腰間」。無頭鬼反常、極其誇張的無頭造型,已教人感到可怕及驚愕駭絕。更教人感到恐怖中帶點詼諧的是七鬼一致性的反常舉動:一忽兒「捧頭於肩」,一忽兒「掛頭腰間」,一忽兒「以頭裝頸」」。七個無頭鬼如「軍操般」的集體捧頭、掛頭、裝頭的行動,便產生異常恐怖、反常中滲著滑稽的怪誕感。

〈七盜索命〉中,湯秀才被追究生前之惡孽,並被處分,便帶出冥冥果報和儆惡的諷刺訊息。主人公被七鬼索命,由主持正義的鬼神裁以冥律,就帶出貪贓受罰的諷刺效果。此外,袁枚更透過七鬼之口,直接痛罵貪污的官吏,以表達譴責惡吏之旨:「彼食朝廷俸,而貪盜財,是亦一盜也。」[19] 痛罵是種直接的諷刺手法,用嚴厲或侮辱性的言

韓石,上引文,頁 80;薛洪,〈明清文言小說的發展歷程〉,《社會科學戰線》,1990 年第 2 期(1990 年 4 月),頁 258。

18 《子不語》中,最常見的入冥方式為:藉由夢境或是病危昏暈之際,神魂出竅入冥。見〈《子不語》中冥界故事研究〉,頁 216,218。

19 李夢生說:袁枚雖然對貪官污吏不滿,卻沒有澄清吏治的能力,因此他常對與自己交往的朝臣進言。《子不語》中,這種思想透過主持正義的鬼神來表現。見李夢生,〈袁枚《子不語》淺探〉,《中國古典文學論叢》,第 4 輯

詞,來譴責某人或某事。[20] 鬼罵人一幕,便是以直陳方式,表達諷刺。官吏即盜賊,甚至比盜賊更不堪;因為他們是沽名釣譽、擁有官吏名銜的盜賊。〈七盜索命〉便是篇描寫貪財昧天良的官吏中的糟粕——貪官污吏之篇。[21]

除〈七盜索命〉外,〈城隍殺鬼不許為釁〉也是諷刺貪官之作。〈城隍殺鬼不許為釁〉一篇,就以陰差索賄,以諷貪官。馬大鬼魂強佔朱始女褻狎,已屬不對,淫鬼更欺侮民女之姐夫袁承棟,並與之相搏。人鬼相鬥的過程,便充滿怪誕色彩。袁承棟與馬大鬼相爭,主要透過朱始女的幫助和指引,因為只有她能看見馬大鬼。「婦指怪在西,則西斫;指怪在東,則東斫。」袁承棟逐鬼、追打無實形的馬大。過程猶如與空氣打鬥一般。東斫西斫的結果,居然亦被他斫中鬼魂的額頭及擊中其臂,形成「虛中有實」的局面。人鬼相鬥固然恐怖,鬼魂被擊中、受傷後,居然「布纏其額」、「布纏其臂」,以傷殘者的造型再前來尋女求歡;其形象則又顯得詼諧、滑稽。人鬼相鬥,就充滿戲謔意味濃郁、恐怖中帶捉弄、滑稽感的不協調。

是篇藉人鬼糾紛,帶出冥吏之貪。受害人之父與袁承棟狀告城隍,夢中二差竟索求賄錢,則充滿諷刺性。人鬼相爭

(1986 年 10 月),頁 263。此外,馮藝超亦謂冥界自有一套判斷是非的標準。見〈《子不語》中冥界故事研究〉,頁 223。

[20] Timothy C. T. Wong, *Satire and the Polemics of the Criticism of Chinese Fiction: A Study of the Ju-Lin Wai-Shih* (Ph.D Thesis, Stanford Univeristy, 1975), pp. 128-129; C.Hugh Holman, *A Handbook to Literature* (Indianopolis: Odyssey Press, 1972), p.275.

[21] 〈七盜索命〉是篇描寫政治制度「惡」的小說,見韓石,上引文,頁 81。此外,〈閻王升殿先吞鐵丸〉一文,指出「天地之性人為貴」的思想。見《子不語》,卷十六,〈閻王升殿先吞鐵丸〉,頁 365-366。閻志堅說:貪官生前作惡,死後到冥府受審,仍以生前不食牛肉來減輕罪行。此舉就戳穿了他們偽善的面紗。見閻志聖,上引書,頁 56,65。

事件，是非黑白其實十分明顯。鬼佔民女相狎是罪不容恕的，鬼差索求賄賂實屬不對。然而篇中的鬼差，居然振振有辭：「此場官司，我包汝必勝，可燒錫鑼二千謝我。你莫嫌多，陰間只算九七銀二十兩。此項非我獨享，將替你為鋪堂之用。」由鬼差「明正言順」般索求賞錢，並謂此錢須與其他鬼使分享，可見賄風之盛，陰間亦無清廉官吏。袁枚筆下的陰曹地府就是現實社會的折射。陰差一如陽間衙差，都是貪財受賄之輩。地府的兇神惡煞，便是人間貪官污吏的影子。[22]《清代小說史》載：《子不語》往往通過對陰曹地府的描述，來揭露人世的腐敗。[23]〈七盜索命〉、〈城隍殺鬼不許為酆〉二篇都是借怪誕、陌生的他界（other world）——幽冥世界，來諷刺貪官之作。

㈡酗酒吏

袁枚除諷刺貪官外，〈城隍神酗酒〉及〈鬼差貪酒〉兩篇，都是以怪誕手法，嘲諷糊塗官員酗酒害事和失職的作品。〈城隍神酗酒〉中酗酒的官員為城隍神；〈鬼差貪酒〉中貪杯的是鬼卒。城隍神與鬼卒，同樣酗酒。官員酗酒之態度及行為，既可笑又可怕，因而締造怪誕的色彩。〈城隍神

---

22 閻志堅說：《子不語》在荒誕中蘊含深刻的人生哲理，於虛幻中反映社會現實。見閻志堅，上引書，頁 51-52，55。此外，《子不語》中的鬼狐世界與《聊齋誌異》不同，鬼狐是另一種形象，惡鬼或者冒名索祭。見李志孝，〈聊齋志異與子不語比較研究〉，《天水師專學報》（社會科學版），第 18 卷（1998 年第 1 期），頁 23。《子不語》所反映的就是社會的黑暗與腐敗的醜的世界。見李志孝，〈審醜：子不語的美學觀點〉，《甘肅高師學報》（社科版），第 4 卷第 1 期（1999），頁 33。〈蔣廚〉一則，陰差受賄，可見其貪。見《子不語》，卷八，〈蔣廚〉，頁 176。

23 張俊，《清代小說史》（杭州：浙江古籍出版社，1997），頁 340。張俊認為袁枚借冥界來暴露社會黑暗和世態炎涼。

酗酒〉一篇,城隍神「面紅眼眯,知已沉醉」。他誤將秀才沈手玉認作大盜沈玉丰,錯杖秀才。城隍神的威嚴,因醉酒喪盡,並呈現可笑的醉態,固然滑稽;官吏錯斷案件,枉送秀才性命,則十分可怖。可笑與可怖,激盪而成不協調的氛圍。此外,另一篇酗酒之文──〈鬼差貪酒〉中,鬼差醉酒變形,亦充滿滑稽的怪誕色彩。鬼差一嗅、再嗅酒香而醉倒:「屢嗅則面漸赤,口大張不能復合。」袁觀瀾滴酒入鬼差口中:「每酒一滴,則而一縮。盡一壺,而身面俱小,若嬰兒然」。鬼差因酗酒變形,縮小如嬰孩,形體上戲劇性的暴縮,就產生濃厚滑稽意味的怪誕感。

兩篇酗酒之文,矛頭一指向城隍神,一指向鬼差,同樣是借冥官,諷刺世間官員的糊塗昏庸。〈城隍神酗酒〉一篇,諷刺酗酒、昏憒的城隍誤殺秀才,幸得關帝主持公道,昏官才得到應有的懲罰。《子不語》中的冥界處處仿照人間構築;陰間有昏官亦有清廉正義的官員。[24] 在這一篇中,關帝便產生平衡昏憒的作用。關帝說:「城隍神何得酗酒妄刑?應提參治罪」,並將之懲罰:「城隍廟塑像,無故自仆。」關帝的出現,一方面主持正義,另一方面是作為對比,突出城隍神酗酒誤判的昏庸無能。

〈鬼差貪酒〉一篇中的鬼差,如〈城隍神酗酒〉一文中貪酒的城隍一樣,是另一位因嗜酒累事的冥吏。鬼差因貪杯釋放鬼魂,亦屬失職。失職的鬼差,便受到應有而詼諧的處罰──被袁觀瀾囚禁:「袁大喜,具酒罌,取蓬首人投而封之,畫八卦鎮壓之。」貪酒鬼差的下場居然是被鎮壓在酒罌

---

[24] 馮藝超認為:《子不語》中,冥界故事中出現的神祇名目甚多,構成了相當龐雜的冥界官僚組織。見〈《子不語》中冥界故事研究〉,頁 220、222。

內。此舉可說是「求仁得仁」，嗜酒的鬼差，就長留在載酒器具當中。諷刺作品中，處罰往往是被諷者的下場；諷刺家往往採用處罰來懲治罪惡。[25]《袁枚與子不語》一書指出〈鬼差貪酒〉一文，活現鬼差的「貪」。[26] 鬼差因貪杯而誤事，亦是現實中差役失職之寫照。

《子不語》中，有不少諷刺貪吏之作，〈七盜索命〉、〈城隍殺鬼不許為聻〉諷刺納賄的貪官；〈鬼差貪酒〉、〈城隍神酗酒〉則揭示官吏酗酒、失職及昏庸。袁枚以鬼神來影射貪官污吏，以陰曹地府來反映現實社會；冥界就是陽間的倒影，用以諷刺人世間官場上的種種醜態。

二、色慾誘惑

《子不語》中除具諷刺貪官之文外，亦有諷刺世人為美色所惑，或通不過色陣考驗，犯下罪行，自食惡果的故事。卷四〈西園女怪〉寫色慾的考驗；卷五〈斧斷狐尾〉則表達罪犯姦淫者，不得善終的訊息。〈西園女怪〉一篇寫周某、陳某，通不過美色的考驗，心動、情動，而自食惡果。篇中的「美人」變臉，以儆其色心。「美人」變鬼一幕，在強烈的恐怖中滲透著戲弄及惡作劇式的滑稽。登徒子追尋「美

---

[25] Ronald Paulson, *The Fictions of Satire* (Baltimore: The Johns Hopkins Press, 1967), pp.10,12, 14; 齊裕焜、陳惠琴，《中國諷刺小說史》（遼寧：遼寧人民出版社，1993），頁 77。

[26] 閻志堅，上引書，頁 51，86。閻志堅說：〈鬼差貪酒〉一篇，刻劃了一個活生生的貪酒，卻又怕因貪酒而誤事的鬼差形象。〈枯骨自讚〉則諷刺官員好受人奉承。見《續子不語》，卷二，〈枯骨自讚〉，頁 39。陳文新認為這是篇諧趣的諷刺小品，見陳文新，《袁枚的人生哲學　率性人生》（台北：揚智文化，1995），頁 218。韓石亦認為是篇表現官員虛榮好諂。見韓石，上引文，頁 81。

人」，結果發現「美人」的頭顱倒懸在柳枝下。遇上無頭鬼已是可怕；已斷的人頭居然可以「行動自如」則更具驚嚇性：「首墜地，跳躍而來。二人急奔，避入室，首已隨至。」頭顱緊隨周某、陳某，戲弄兩位登徒子：「首囓門限，咋咋有聲。」「美人」以恐怖、驚慄性的手段，追嚇登徒子，固然可怕；戲謔式的追趕、「囓門」，則不乏幽默，因而造成恐怖感甚濃的怪誕氣氛。此外，深宵鬼追人的可怕，亦形成一股噩夢般的焦慮感。這一篇荒唐離奇的情節，便表現了作者對人情、世情的冷嘲熱諷：帶出淫念惹禍之旨。周某、陳某兩位士子，客居某紳家，竟為女色所惑。二人「見一美女，背欄干立」，便頓起淫念，已是不端。當二人發覺「美人」可能是鬼魅時，仍鍥而不捨，更是「自尋死路」：「有此麗質，魅亦何妨？因呼曰：『美人何不入室一談？』」貪色士人，為淫樂而「視死如歸」，便盡現荒唐、淫邪之行。是篇女鬼追嚇貪色之人，便帶出對登徒子的處罰。周某、陳某結果「各病瘧數十日」，以懲罰其孟浪及淫心。[27]

〈西園女怪〉是有關情慾考驗的篇章；[28]〈斧斷狐尾〉一篇，則對行姦者予以處罰，帶出諷刺之旨。狐妖迷惑李氏女，女子誕下半人半獸的兒子。狐孩「面狀皆人類，而尻多一尾」。怪誕藝術中的變形，以半人半異類佔大多數。半人獸的變形，常常用以帶出人性中被抑壓了的獸性。[29] 有尾狐

---

27 林辰認為荒唐的情節，傾吐著思深慮遠的寓意。所謂談天說鬼、嬉笑怒罵皆成文章。見林辰，〈中國荒誕小說及其特徵〉，《復旦學報》（社會科學版），1990 年第 4 期（1990 年 7 月），頁 104。

28 《子不語》〈莊生〉亦寫色慾考驗。見卷十五，頁 342-343。〈陳州考院〉則寫犯姦者受罰的故事。

29 William Farnham, *The Shakespearean Grotesque* (London: Oxford University Press, 1971), p.7; Toni O'Brien Johason, *Synge, The Medieval and the Grotesque*

孩，半人半狐、不倫不類而反常的變形，便營造怪誕的色
彩。狐妖蠱惑民女，亦遭懲罰：被泰山娘娘「罰砌進香御
路，永不許出境」。犯姦淫罪之人，往往受罰收場，以收懲
一儆百的諷刺效果。《子不語》中，抵不住色慾引誘者如
〈西園女怪〉中的登徒子，以及罪犯姦淫者如〈斧斷狐尾〉
中的狐妖，都要遭受懲罰，收儆惡懲奸之效。[30]

三、因果報應

正如趙景深（1902-）、譚正璧等人所言，《子不語》
中有不少涉及因果報應的篇章。[31] 怪誕的果報故事，不單帶
出對被諷者惡行的嘲弄；果報處罰亦帶出懲奸勸善的諷刺訊
息。卷十四〈狐鬼入腹〉是個隔世報冤的故事；卷二〈劉刺
史奇夢〉則涉及惡有惡報。

〈狐鬼入腹〉一文中，李鷁被狐妖和鬼魂入腹，以及張
天師替其捉妖一幕，皆盡現怪誕色彩。鬼狐入人腹，居然能
作腹語，向主人公說：「我已居汝腹中，汝復何逃？」反
常、怪異的腹語已教人咋舌；狐鬼透過李鷁之手作字與人酬
答，更見反常。狐鬼與蔣士銓的對答，就在恐怖中增添「打
情罵俏」的幽默。蔣士銓問：「絕世佳人」的狐鬼為何不引
誘他，狐鬼居然以「無緣」為由推卻之。妖鬼入腹及與人

(New Jersey: Barnes and Noble Books, 1982), p.134; Ralph A Ciano, *The Grotesque in Modern American Fiction: An Existential Theory* (Ph.D Thesis, University of Pittsburg, 1964), p.27.

30 袁枚描寫妖物，怪異而真切。見張俊，上引書，頁 341。此外，〈雷誅營卒〉亦是寫行淫受罰的故事。見《子不語》，卷四，〈雷誅營卒〉，頁92。

31 趙景深，《中國小說史略旁證》（西安：陝西人民出版社，1987），頁105；譚正璧，《中國小說發達史》（上海：光明書局，1935），頁458。

「打情罵俏」，便予人可怖又可笑之怪誕感。此外，天師捉妖一節，更將怪誕氛圍推向高峰：「法師伸兩指入其口，撮而擲之。一小狐如貓，從口中出」。張天師居然從李鷸口中，揪出能作人語的變形小狐，便產生極其誇張、反常，既滑稽又充滿詭異感的怪誕色彩。此外，天師只能捉出狐妖，未能揪出冤鬼，因為居於李鷸腹中的女鬼，乃「前生冤魂」，向主人公作隔世的追討；並借助陰魂之力入腹，以鬼靈力量報仇。[32] 女鬼亦令主人公受盡折磨及懲罰，才索其性命。李鷸被鬼作祟時，就作出連串怪誕及向公眾示罪式的行徑：主人公或「以手自批其頰」，「或大雨，首頂一石跪雨中。」自我責打、自我虐待，都是懺罪式的行徑。主人公迷狂、反常的舉止，在充滿怪誕色彩之餘，亦帶出李鷸源自前生洗不清的罪孽。是篇的女鬼隔世報冤、李鷸病卒，一方面證明果報的威力，另一方面亦是對當事人所犯惡行的一種處罰。

　　惡有惡報的篇章，有助勸善。〈劉刺史奇夢〉亦是談果報之篇。這篇小說述劉刺史在夢中，受觀音差遣，將惡鬼押赴冥界。劉刺史的夢，充滿怪誕色彩。他在夢中遇見自己的神魂：「耳目口鼻，儼然己之本身也，但縮小如嬰兒」。劉

---

32 有關復仇鬼報仇、報德和這類小說的警世意圖，可參考余國藩著、范國生譯，〈安息罷，安息罷，受擾的靈！──中國傳統小說裏的鬼〉，《中外文學》，第 17 卷第 4 期（1988 年 9 月），頁 14-19。
　（原文見 Anthony C. Yu "Rest, Rest, Perturbed Spirit: Ghosts in Traditional Chinese Prose Fiction", in *Harvard Journal of Asiatic Studies,* 47:2 （Dec, 1987）, pp.397-434）鬼靈報仇與酬恩之論，可參考王立，〈神秘世界中的公平交易原則──鬼靈酬恩與中國古代復仇文學主題〉，《新疆師範大學學報》（哲學社會科學版），第 20 卷第 1 期（1999 年 1 月），頁 41。有關鬼靈復仇之分類，可參考王立、劉衛英編，《中國古代復仇故事大觀》（上海：學林出版社，1997），頁 83。

刺史的魂，以變形的當事人形態出現在主人公跟前，便產生
恐怖、反常、奇異而滑稽的怪誕感；更為怪誕的就是觀音為
其易魂一事。觀音言劉刺史「魂惡而魄善」，代易其惡魂，
使其向善：「剔一腸出，以腕繞之。每繞尺許，則童子身漸
縮小。繞畢，擲於梁上，童子不復見矣。」觀音用「施手
術」般的手法，替劉刺史剔腸、收腸，滅其惡魂，就產生極
其誇張、詭異、反常中帶恐怖及滑稽的怪誕感；易魂一節便
盡現袁枚天馬行空的想像力。劉刺史的奇夢，就是利用果報
來勸善之作。主人公在陰司中，獲悉前生因貪念「曾盜人賣
兒銀八兩，賣兒父母懊恨而亡。」主人公一念之差而誤害兩
條性命，不但前生早夭，今世亦應為瞽，若非觀音為其易去
惡魂，勢必受因果之報。作奸犯科者受到處罰，就帶出諷刺
及譴責惡行的訊息。《子不語》中涉及果報的文章如：〈狐
鬼入腹〉寫報冤；〈劉刺史奇夢〉寫惡有惡報。袁枚就藉怪
誕果報的篇章，帶出戒人作惡、勸人為善的意圖。[33]

四、惡德與世情

　　《子不語》中除涉及官吏、貪色、果報的主題外，尚有
不少以幽默、諧趣而怪誕的手法，嘲諷惡德、不良嗜好和種
種世情之作。卷二十三〈雷誅不孝〉，就是懲罰忤逆子的故
事；卷十二〈鬼借官衙嫁女〉和卷十五〈鬼寶塔〉則分別嘲
弄講究排場和人情冷暖的世情。

---

[33] 《子不語》中亦有寫悍婦忤逆遭冥罰的故事。見《子不語》，卷五，〈城
　　隍替人訓妻〉，頁 101-102。馮藝超說：向冥界投訴，除了對現實的不滿有
　　所反映外，對孝道等傳統道德的維繫，以及果報觀念等亦有一定程度的宣
　　揚。見〈《子不語》中冥界故事研究〉，頁 212。

㈠忤逆

〈雷誅不孝〉是有關忤逆的故事，篇中的張二忤逆母親而遭雷擊，不但是對其惡行的處罰；亦帶出對惡人的教訓。更為怪誕的就是逆子被雷誅後：「背間有字，似篆非篆，不能識。」張二背上出現神祕、不可解的文字以示天譴，已是十分反常；作者對不孝子死後的形容，亦充滿不協調的怪誕感。不孝子被雷擊後，身體「踡縮如僵蠶」。主人公因關節被震碎，身體沒有支撐力：「提起即長，放手即縮」。[34] 屍身有如僵蠶，不但恐怖，身軀能作無骨節般的伸縮，卻又十分滑稽。可怖復可笑，便交織出怪誕的氛圍。怪誕、天責的雷擊事件，就是用以警誡忤逆之人。張二「賦性兇惡」，不但沒盡孝義，更勞役母親：「母年七十餘，視若老婢，少不如意，輒加呵叱」，因而引發天怒人憤之雷擊。「催化」此天譴事件源於逆子責打母親：張二因母親忽忙間，忘了在麵中「下蔥薑」之瑣事，「接碗劈面打母。」逆子虐母，便招來雷擊，以示天責。不孝子受天譴處死在通衢，不但帶出示眾之效果，更帶出了作者對不孝行為的譴責。

㈡浮誇與世態

〈雷誅不孝〉懲忤逆；〈鬼借官銜嫁女〉與〈鬼寶塔〉兩篇，則是描寫世情之文，前者寫婚禮的浮誇；後者寫人情冷暖。〈鬼借官銜嫁女〉一文，寫鬼借同姓官吏的官銜，在婚禮中以顯威勢。篇中描寫鬼婚的場面，充滿詭異、怪誕的

---

34 借鬼神力量，討回人間公道。可參考王英志，〈袁枚子不語的思想價值〉，《明清小說研究》，2002年第1期，頁178。〈雷誅不孝〉寫逆子；〈孝女〉一篇則頌揚孝義。見卷六，〈孝女〉，頁141-142。

氣氛。山間萬塚,素無人居之地,突然「蠋光燦爛,鼓樂喧天」。神秘而帶恐怖的鬼婚行列中,出現「燈籠題唐姓某官銜字樣」,揭示幽靈「借同姓以光蓬蓽」——借官銜嫁女的虛榮,便又加插戲謔的元素;令這幕陰森的鬼婚充滿詭異、神秘、恐怖、戲謔的怪誕色彩。篇末云:「方知鬼亦如人間愛體面而崇勢利,異哉!」冥界就是人世的反映,鬼魂嫁女求借某同姓的官銜封紙,以壯行色,就反映了虛榮浮誇、趨權慕勢的世風。袁枚就借鬼慕官銜一篇,來嘲諷世人的官癖、虛榮及愛體面。[35]

〈鬼寶塔〉一篇,亦是反映世情的文章。邱老被十二隻幽靈戲弄,在其身上「搭塔」,猶如玩雜耍一般:「二鬼踞其足下,一鬼登其肩,九鬼接踵以登,而一鬼飄然據其頂,若戲場所謂搭寶塔者然」。十二隻幽靈之出現,固然恐怖;鬼魂頑皮、愛玩之表現卻又十分滑稽,因而與人類上演一齣可怖復可笑的怪誕鬧鬼事件。此外,鬼魂亦不斷變形:一會兒化作美婦,倏忽又變得猙獰——「頭髮俱披,舌長尺餘」。鬼魂作祟本是陰森、可怖之事情,但鬼魂捉弄主人公,卻又帶著濃重戲謔的味道。更為可笑的,就是具膽識的邱老,不為所動,不但沒有表現驚慌,更反客為主,嘲弄、挖苦群鬼,令群鬼技窮、「大笑,各還原形而散。」人勝鬼的反高潮之發生,便帶來戲劇性的滑稽;可怖與可笑衝擊,產生富於幽默而詼諧的怪誕氛圍。袁枚就藉鬼魂變臉,來諷刺人情冷暖、變化莫測。邱老笑曰:「美則過於美,惡則過於惡,情形反復,極似目下人情世態。」邱老「人情世態」

---

35 〈鬼借官銜嫁女〉諷浮誇。見李夢生,上引文,頁 264。此外,此則亦借談鬼說怪,對當時社會上那種虛榮勢利的醜惡現象,給予深刻的暴露和辛辣的嘲諷。見閻志堅,上引書,頁 61。

之歎就帶出對世情的嘲弄：鬼臉由美變惡，倏忽幻變，就如世情、人情變化之速及富於戲劇性。是篇就嘲諷了當時社會的世態炎涼、人情冷暖。《子不語》中有不少諷刺惡德及世情之作：〈雷誅不孝〉裏的不孝子、〈鬼借官銜嫁女〉中講排場的鬼怪和〈鬼寶塔〉以寓人情冷暖；這些篇章，都是透過冥界、鬼怪，反映人世，嘲諷現實人生中的不良風氣和現象之作。[36]

結論

　　《子不語》中，有諷刺官吏、貪色、果報、惡德、世情等怪誕諷刺之作。寓諷刺於怪誕、幽默、諧趣之中，乃本書的一大特色。諧趣之處，往往有解頤之效。唯評論家亦多詬病是書的「率意」，以至有欠嚴謹之處。韓秋白、顧青評《子不語》：「問世之後，卻令譽不多，抨譏不少。其原因，當係其內容過於蕪雜」。[37]《子不語》一書，可謂瑕瑜互見。自乾隆末年始，有清一代的文言小說家，多奉《聊齋誌異》為楷模，並掀起一股模仿《聊齋誌異》的熱潮。《子不語》便是其一，另外，還有《諧鐸》、《夜譚隨錄》、《螢窗異草》、《夜雨秋燈錄》等，都是在《聊齋誌異》影響下產生之作。《中國筆記小說史》評《子不語》為「蒲派作品中算是佼佼者」，可見是書在文言小說史上的地位。譚正璧說：「清代作傳奇及志怪書的風氣又大盛，赫然佔有社

---

36 有關是篇的諷刺性，亦可參考《袁枚的人生哲　學率性人生》，頁 263。〈鬼寶塔〉寫世情澆薄。見韓石，上引文，頁 81。是篇鞭撻了反覆無常的小人，見李夢生，上引文，頁 264。

37 韓秋白、顧青，《中國小說史》（台北：文津出版社，1995），頁 106。韓秋白、顧青說：其中〈控鶴監秘記〉描摹色情之事，不堪入目，更為人所貶責。

會勢力者凡三大家：一為《聊齋誌異》，以遣辭勝；一為《新齊諧》，以敘事勝；一為《閱微草堂筆記》，以說理勝。」[38] 清代鼎足三立的文言小說中，《子不語》就以敘事見長，佔一席位。

---

[38] 有關《子不語》的地位，見《中國筆記小說史》，頁 238，241；《中國小說發達史》，頁 456。

怪誕的「錢奴」世界
——《常言道》

緒論

　　《常言道》又名《子母錢》，定稿於嘉慶九年（1804）。[1] 此書現存兩個版本，一為嘉慶甲戌年（1814）刊本，另一則為光緒乙亥年（1875）新鐫的袖珍本。[2] 至于作者方面，嘉慶及光緒本均題為落魄道人編撰；唯有關作者的真實姓名，背景等問題，則仍有待考證。[3]

　　《常言道》這本小說，只有一個重心——就是環繞金錢這個主題，探討人類如何成為金錢的奴隸，甚至作下種種忍心害理的惡業。書中主角時伯濟帶著子母錢中的子錢（子母錢都是能招財進寶的神奇錢幣），出外遊歷。《常言道》的作者，就是借主角出遊小人國和大人國的經歷，來諷刺人類

---

[1]　《常言道》書前有西土痴人序，序文下注為嘉慶甲子年（1804）。見落魄道人編，《常言道》，刊於《中國神怪小說大系》，林辰、段文桂編（沈陽：遼沈書社，1990），頁179。本文亦以此版本為依據。子母錢這個傳說與青蚨傳說有關。《搜神記》載：青蚨「形似蟬而稍大」。人若取去其子，母即飛來。若以母血塗錢八十一文，以子血塗錢八十一文。每購物，或先用母錢，或先用子錢，皆復飛歸，「輪轉無已」。見干寶撰、汪紹楹校注，《搜神記》（北京：中華書局，1985），卷十三，〈青蚨〉，頁164。

[2]　《常言道》的版本問題，可參考落魄道人編，《常言道》，刊於《古本小說集成》（上海：上海古籍出版社，1994），樓含松所撰前言，頁1。

[3]　齊裕焜、陳惠琴，《中國諷刺小說史》（沈陽：遼寧人民出版社，1993），頁104。

成為「錢奴」的荒謬現象。時伯濟在小人國中，遇上視財如命的錢士命（錢是命）和施利仁（勢利人），他們都是為求財富，不擇手段的守財奴和吮癰舐痔之徒。

《常言道》中的小人國和大人國，源出《山海經》，卻又迥異於《山海經》的記述。作者利用小人國和大人國來借題發揮，帶出小人、君子的差異。小人國源出《山海經》，〈大荒東經〉載：「有小人國，名靖人」。[4] 郭璞注謂這些小人，身高只有九寸。[5]「靖人」即〈大荒南經〉所言的「菌人」。[6] 此外，李汝珍（1763?-1830?）《鏡花緣》中，亦有小人國的記述。李汝珍筆下的小人，與《常言道》中的小人有異曲同工之妙，他們都是「風俗磽薄」、尖酸刻薄，名副其實的「小人」。[7] 至於大人國，亦源出《山海經》。〈大荒東經〉載：「有波谷山者，有大人之國。有大人之市，名曰大人之堂。」〈大荒北經〉載：「有人名曰大人。有大人之國。」[8]《鏡花緣》裏的「長人」，也是身形異常的巨人。林之洋說：「（長人）竟有七八丈高，半空中晃晃蕩蕩，他的腳面比我們肚腹還高。」[9] 至於《常言道》中的大人，也是在體形上異乎尋常的巨人：「只見艙中走出一個人來。這個人比小人國的人，真是身高百倍。」（第十四回）《常言道》裏的小人與大人，不單是形體上細小與魁梧其偉的分別，更重要的就是他們在價值觀、人格和行為上，亦是南轅北轍的人物。正如樓含松所言：「這不是斯威夫特

4　袁珂，《山海經全譯》（貴州：貴州人民出版社，1995），卷十四，頁269。

5　同上書，頁273。

6　同上書，卷十五，頁286。

7　李汝珍，《鏡花緣》（香港：中華書局，1992），第十九回，頁135。

8　《山海經全譯》，卷十四，頁269；卷十七，頁317。

9　《鏡花緣》，第二十回，頁138。

的大人國和小人國，以形體大小作對比，而是儒家所說的君子小人。」[10]《論語》中〈里仁〉篇第四載：「君子喻於義，小人喻於利。」君子與小人不同之處，就在於「君子懷德」[11] 和小人利令智昏之別。《常言道》全書十六回便是借主角在小人國和大人國中不同的經歷，諷刺「小人喻於利」的害處。韓秋白（1936- ）、顧青（1964- ）《中國小說史》評《常言道》謂：「對金錢的害處作如此揭露的作品，在中國通俗小說中是獨一無二的。」[12]

　　《常言道》藉小人國、大人國，這些虛構異域，來表達諷刺。書中所描寫的人物，如錢士命、施利仁、化僧、妒斌、軒格蜡娘娘等人，他們溺於物質欲求，表現滑稽、荒謬及可笑。另一方面，金錢、財富的追求，亦揭示自私、貪狠而殘酷的醜陋人生。滑稽與恐怖交織成怪誕的不協調（incongruity），而怪誕的手法，亦有助帶出強烈的諷刺效果。《常言道》這本小說，可被視為怪誕諷刺的作品。

一、怪誕的異域

　　怪誕諷刺，顧名思義，就是結合怪誕的創作手法，[13] 來達到諷刺效果的一種文類。怪誕常與諷刺結合，產生風格獨特，既是可怖又是可笑、富於吸引的不協調效果。《格利佛

---

[10] 樓含松所撰《常言道》的前言，刊於《古本小說集成》，頁 1。斯威夫特指 Jonathan Swift。

[11] 方驥齡編，《論語新詮》（台北：台灣中華書局，1978），〈里仁〉第四，頁 98，101。

[12] 韓秋白、顧青，《中國小說史》（台北：文津出版社，1995），頁 277。

[13] Rabelais 是第一個提出「諷刺式怪誕」的文學家。見 Kiswadkorn Kriengsak, *American Grotesque from Nineteenth Century to Modernism: The Latter's Acceptance of the Exceptional* (Ph.D Thesis, University of North Texas, 1994), p.21.

遊記》（*Gulliver's Travels*）就是個經典例子。在《格利佛遊
記》中，作者便是利用怪誕手法來進行諷刺。書中的小人，
身高不及六英吋，他卻如常人一樣會走動，會思考，小人就
如孩子眼中會活動的玩偶。然而這種可笑，只是可怖的一層
糖衣，因為在半吋高的小人身上，呈現了狠毒的天性。他們
不但沒有報答格利佛拯救小人國、戰勝敵國、撲滅宮殿火
災、拯救皇后生命的恩德，反而羅織罪名，欲以殘忍手法，
殺害其國家的民族英雄。[14] 作者便是利用怪誕手法，來表現
種種諷刺。

㈠怪誕中的不協調

　　怪誕作品所表現的就是一種既可笑、滑稽，又可怕、恐
怖的不協調感；這種不協調感就是怪誕藝術的基調。[15] 雨果
（Hugo，1820-1885）便認為怪誕是喜劇與恐怖的混合：
「在現代人的觀念中，無論如何，怪誕擔當一個重要的角
色。它可以在每一個地方找到，它一方面創造了畸形與恐
怖，另一方面亦為喜劇的與滑稽的。」[16]《常言道》中，就

---

14 格利佛撲滅皇宮大火及皇后堅持要盡快處死他的敘述，見第一卷第五章及第
　　七章。Jonathan Swift, *Gulliver's Travels* (Harmondsworth: Penguin Books Ltd.,
　　1985), pp.92, 108-109.

15 怪誕一詞，源自意大利語 grotta，即洞穴之意，後來被引伸為發掘文物的意
　　思。怪誕藝術的由來，與兩次考古學上的重要發現有密切關係：一為文藝復
　　興時期，約於 1480 年發現的羅馬暴君尼羅 （Nero, 15-68） 的黃金宮殿
　　（Gold Palace），一為在法國南部及西班牙北部，發現的舊石器時代的壁
　　畫。見 Bernard McElroy, *Fiction of Modern Grotesque* (London: The Macmillan
　　Press Ltd., 1959), p.1; Kisawakorn Kriengsak, *Op. Cit.,* p.15. 黃金宮殿壁畫，見
　　Geoffrey G. Harpham, *On the Grotesque Strategies of Contradiction In Art and
　　Literature* (New Jersey: Princeton Univ. Press, 1982), p.24. Fig 10.

16 Wolfgang Kayser, *The Grotesque In Art and Literature* (New York: Columbia
　　University Press, 1981), p.57. 《魂斷威尼斯》（*Death In Venice*）中，亦充滿

充滿了滑稽與恐怖混雜的不和諧。錢士命被群鬼纏身，還有
賈斯文、刁鑽和錢士命的死亡，都充滿怪誕的色彩。錢士命
被群鬼纏身的情節，既恐怖又令人莞爾，充滿怪誕情調。錢
士命因為擁有金銀錢，這個招財進寶的神奇錢幣，因而惹來
無數冤魂。群鬼相信金銀錢可令他們脫離苦海：「我們若得
一見（金銀錢），盡可升天。」（第六回）錢士命被群鬼嚇
至心驚膽戰，以及冤魂不散的恐怖場面，實在令人驚慄：
「耳邊鬼聲叫得越狠，眼前鬼影來得越多。」（第十二回）
錢士命被冤魂糾纏固然恐怖；化僧裝腔作勢的驅鬼，卻引人
哄笑。化僧煞有介事地：「搭起佛壇，供一尊費佛，念了一
篇百正經」，一本正經地驅鬼。和尚驅鬼不成，反而惹來更
多鬼魂：「但見無數的鬼臉，奇形怪狀，團團圍住了化
僧。」僧人裝腔作勢的驅鬼行動與恐怖的鬧鬼場面交織而成
可怖復可笑的怪誕氛圍。

　　鬧鬼一幕，帶出魯褒〈錢神論〉「錢無耳，可使鬼」[17]
式的諷刺。《鍾馗全傳》中，李成罪貫滿盈，卻家財千萬，

雨果所言的恐怖與滑稽，兩者互相衝擊而產生的不和諧感。主角阿森巴赫
（Aschenbach）在開往威尼斯的船上，遇到一位渾身散發著不調和氣味的
「青春老人」（young-old man）。這位「青春老人」的形象，既可笑又可
怖：他與一群青年人在一起，舉止、行為卻比年青人更年輕：「他比別人
更興奮地叫喊著」。那種身份與表現的不相稱，便帶出一種喜劇感，但與此
同時，卻又透露了可怖的氣氛。那種恐怖感來自老人在外貌上，強裝作「青
春」，卻欲蓋彌彰、老態畢現的可怖。老人滿佈皺紋的臉，「配以紅潤的
頰上經過胭脂的化粧」，加上假髮、假牙、假鬍子，連阿森巴赫看著也覺
恐怖。更恐怖的就是他在醉酒後，熱情地與人道別時，「上顎的義齒突然
脫落下來」，還有「說話時嘴角淌著口水」的表現。老人努力裝作青春，
卻因為年齡與裝扮不相稱，因而流露可笑又可怖的不協調。見 Thomas
Mann, *Death in Venice,* translated and edited by Clayton Koelb (New York, Lon-
don: W. W. Norton & Company, 1994), chapter 3, pp.14-15.

17　魯褒，〈錢神論〉，刊於《晉書》，房玄齡編（北京：中華書局，1974），
　　列傳第六十四，隱逸類，頁 2438。

他賄賂陰兵，因而免去一死。陰兵以李盛代李成抵罪，就是
「錢無耳，可使鬼」之例。[18]《常言道》中鬧鬼一節，除了
表達錢財可通鬼神的諷刺外，更表現了財主錢士命殘忍的天
性。冤魂中夾雜了被錢士命殺害的邛詭（窮鬼）之冤魂。邛
詭被冤殺，成為「善人惡鬼」，並且苦纏錢士命。這幕鬧鬼
的恐怖氣氛，就是帶出錢士命為求錢財，不恤人命的卑劣天
性。怪誕作品中往往存在著滑稽同恐怖的結合，並把後一種
成分看作是對人類狀況的恐懼、憤慨或畏懼。[19] 作者往往利
用怪誕來描寫人類種種恐怖的處境，如人性的弱點、靈魂的
墮落等，因而令欣賞者產生恐懼的情緒。怪誕作品，常常能
夠反映人類精神上的腐化及弱點。[20] 邛詭的冤魂，苦纏殺人
兇手錢士命，以及鬧鬼的恐怖，正好帶出錢士命為求錢財，
忍心害理、作下惡業的墮落人性。

　　《常言道》中的人物如錢士命、施利仁、賈斯文、刁鑽
等，都是徹頭徹尾的丑角。這些丑角締造不少胡鬧、荒謬的
滑稽氣氛，作者卻往往在鬧劇發展至高潮時，將筆鋒陡然一
轉，把荒唐、胡鬧，逆轉為充滿可怖色彩的殺戮。賈斯文、
刁鑽和錢士命的下場，都是在鬧劇中切入殺戮，製造充滿荒
唐及驚愕感甚強的怪誕例子。

　　賈斯文的死亡，便是在一派胡鬧中，突然介入血腥、可
怖的殺戮。賈斯文是典型的文化小丑，他「出口成文」的言
論，往往令人捧腹。賈斯文對時伯濟說：「他（錢士命）在
路上，忽然心不在焉，所以半途而廢，回轉家中，鬼鬧了幾

---

18 佚名，《鍾馗全傳》，刊於《古本小說叢刊》，劉世德、陳慶浩、石昌渝
　　編（北京：中華書局，1990），卷三，頁 2101。
19 湯姆森（Philip Thomson），《怪誕》，黎志煌譯（河北：北方文藝出版
　　社，1998），頁 24。
20 Geoffrey G. Harpham, *Op. Cit.,* p.6.

日，幸遇了救命皇菩薩，如今弄得不亦樂乎，仍舊領兵在外。你有金銀錢借與我看，我便隱惡而揚善，否則就拿你去獻與錢將軍。」（第十三回）賈斯文亂用成語，實在人令人忍俊不禁。在一片歪理、胡說的荒謬氣氛中，這個「出口成文」之人，卻突然被錢士命殺掉兼且血肉模糊，死狀恐怖：「賈斯文手足無措，連忙躲去，已經面皮削盡，戰死在六尺地上。」故鬧、滑稽與血腥、可怖，互相衝擊而迸發怪誕的色彩。突然而來的殺戮，不但將滑稽逆轉為恐怖，更誘發怪誕的氣氛。怪誕作品，往往透過驚愕來挑戰，甚至動搖我們所熟悉的世俗觀念和標準。[21] 錢士命兇殘地殺害無大過錯的賈斯文，便表現了財迷心竅，不擇手段的殘忍。這個被錢財迷障所惑的「錢奴」，誤以為賈斯文盜取了他的金銀錢，便狠下毒手，由此可見其兇殘的本性。

刁鑽的死亡，與賈斯文一樣，都是充滿驚愕感的怪誕例子。刁鑽擬盜取金銀錢，當他順利偷得寶物，成功在望之際，卻因開懷大笑，被人發現而慘被吊死：「（刁鑽）右手枕一探，竟摸著了一個金銀錢，左手在被中一探，竟摸著妒斌。一時得了財色兩字，心中大喜，不覺失聲大笑。這個叫做賊莫笑，最易破敗。」（第十四回）這個愛笑的宵小，就是因為開懷大笑；在一片哄笑聲中，被錢士命吊死在樹上。「賊莫笑」一幕就是在喜劇被推至高峰時，切入殘忍可怖的「私刑」，因而產生令人驚訝的怪誕感。此外，刁鑽之死，亦帶出錢士命賤視人命的殘暴天性。

《常言道》中的典型「錢奴」錢士命的死亡，如賈斯文和刁鑽一樣，也是充滿怪誕的色彩。錢士命向大人（大人

---

21 Chad Pinkess, *The Grotesque and the la Carnivalesque In the Narrative Fiction of Michael Ondaatje* (M.A. Thesis, University of Guelph, 1992), p.2.

國中有代表性的人物）挑釁一節，充滿了「小人」不自量力
的滑稽感。就體形而言，「小人」錢士命與大人實有天淵之
別，么麼小醜般的錢士命，卻在大人跟前裝腔作勢：「打起
破鑼破鼓，耀武揚威，并放起連珠三炮。」他為求得到李信
和時伯濟，竟向大人口出狂言：「你窩藏李信，硬救時伯
濟，你快快把這兩人獻出，叫他送出金銀錢來還我，尚容留
你們一方性命，休使我將軍動怒。」（第十四回）這齣「錢
奴」小丑上演的鬧劇，在胡鬧氣氛被推至高峰時，卻突然介
入大人踏死錢士命的殺戮：大人「輕舉起腳來，向這人馬踏
了一下。那些人馬盡為粉碎，一些也不見像人的式樣。」
（第十四回）滑稽的氣氛逆轉為荒謬而可怖的殺戮；可笑與
可怖交織而成充滿驚愕感的怪誕氛圍。滑稽陡轉為恐怖，令
讀者產生措手不及的感覺。突然，驚愕都是怪誕藝術不可缺
少的元素。[22] 驚愕感愈強，怪誕色彩則更熾。

　　錢士命「輕於鴻毛」般的死亡，便諷刺了他作為「錢
奴」的一生。錢士命對金錢過份迷執，為求擁有子母錢，不
惜濫殺無辜，最後竟然賠上寶貴的性命，這個結局又何其反
諷？錢士命一夥人馬，在大人眼中只如螞蟻般渺小，大人
「往下一望，眼中并沒有什麼人馬，明眼正視，毫不在意，
看去宛如螞蟻擺陣一般。」（第十四回）錢士命在滾滾紅塵
中，溺於財富的欲求，於此卻變得荒謬而毫無意義。〈南柯
太守傳〉李肇贊云：「貴極祿位，權傾國都，達人視此，蟻
聚何殊。」（《太平廣記》卷四百七十五，題為〈淳于
棼〉，出自《異聞錄》，當即陳翰《異聞集》）[23] 錢士命利

---

22 Wolfgang Kayser, *Op.cit.,* p184.

23 〈南柯太守傳〉引文參考李昉等編，《太平廣記》（北京：中華書局，
　　1961）；《唐人小說》，汪辟疆校（上海：新華書唐，1978）。

欲薰心，一生追求金銀錢所象徵的利祿，實際上只令他成為金錢的奴隸。

《常言道》中冤魂苦纏錢士命，還有賈斯文、刁鑽和錢士命之死，都充滿怪誕色彩。怪誕中的恐怖感，帶出如上述所討論的人性中貪狠、自私及殘暴的弱點。錢士命身上便表現了為求財富，視人命如草芥的兇殘天性。此外，怪誕中的滑稽成份，亦擔當不可或缺的角色。一般情況而言，滑稽被認為可以淡化恐怖，並且令噩夢般的情況，較易被人接受。[24] 怪誕中的可怖成份，往往被可笑、滑稽所緩和，使欣賞者免因恐懼過甚，而產生抗拒，致不能完成欣賞過程。恐怖與滑稽兩種相反的情緒，在怪誕藝術中，互不調和，卻又互相衝擊，因而產生不協調的怪誕基調。

㈡怪誕的變形

變形（distortion）是怪誕藝術中的一個重要元素，因為怪誕作品，往往利用變形來帶出不協調的基調，而大部份怪誕作品亦與變形有關。姚一葦（1922-1997）就是用反常及變形來界定怪誕藝術：「在自然物，特別是藝術品中，有一種反常的不合理的形式，或是表現為形體的扭曲，或是不倫不類的組合，遠超出吾人經驗或習慣的範圍，而使吾人產生荒誕不經，光怪陸離的感覺，我稱之為怪誕的藝術或怪誕美。」[25] 肉體上的變形大約分為下列四類：（一）不符比例的肢體；肢體的長、短、大、小有異常人。（二）肢體的增多或減少。（三）半人半異類（野獸、禽鳥、昆蟲、植物

---

24 Ralph A. Ciancio, *The Grotesque in Modern American Fiction: An Existenital Theory* (Ph.D. Thesis, University of Pittsburg, 1964), p.108.

25 姚一葦，《美的範疇論》（台北：台灣開明書局，1985），頁 272。

等）。（四）由人變異類或由異類變人。《山海經》裏，不
乏肢體增多、充滿怪誕感的例子，如三首神——少室山神是
肢體變形之例。〈中山經〉載：「少室……神狀皆人面而三
首」[26]。少室山神是眾山的宗主之一，他與苦山、泰室山神
一樣，都是長有三個腦袋的神祇。三首神形態滑稽而可怖，
造型充滿怪誕色彩。除少室山神外，《山海經》中的西王
母，亦是半人半獸的怪誕生物。

　　從下圖可見西王母的怪誕造型，〈西山經〉、〈海內北
經〉與〈大荒西經〉，都有關於西王母的記載。〈西山經〉
載：「西王母其狀如人，豹尾虎齒而善嘯，蓬髮戴勝。」[27]
由〈西山經〉的記載，可見這位主管災厲及五刑殘殺之氣的
神祇 [28]，其原始形象乃半人半獸的生物。怪誕變形中，亦以
半人半異物這類佔大多數。

《山海經》——西王母 [29]

---

26 《山海經全譯》，卷五，〈中山經〉，頁 145。
27 同上書，卷二，〈西山經〉，頁 38。
28 郭璞注云：「（西王母）主災厲及五刑殘殺之氣也」。同上書，頁 45。
29 袁珂校注，《山海經校注》（成都：巴蜀書社，1992），〈西山經〉，頁
　　60。

　　《常言道》中錢士命的造型及「衣冠禽獸」這個半人半異類的生物，都是怪誕變形之例。錢士命的外表，滑稽中滲著恐怖：「那錢士命自己年六十九歲，頭是歪的⋯⋯容貌異常，比眾不同，生得來：頭大額角闊，面仰髭鬚蹺。黑眼烏珠一雙，水燒眉毛兩道。骨頭沒有四兩重，說話壓得泰山倒，臀凸肚蹺，頭輕腳搖。兩腿大，肚皮小。」（第三回）錢士命容貌異常，頭歪、面仰的造型，集滑稽與恐怖於一身。此外，他的肢體也不符正常比例，腿大、「肚皮小」；笨重的下肢，配以歪頭、面仰的畸形肢體。這個人物身上，便滲出陣陣不協調的怪誕感。《中國諷刺小說史》載：「（作者）鮮明集中地刻劃了這一人物的靈魂與嘴臉，就像哈哈鏡裏的人形一般，雖然變得稀奇古怪，卻萬變不離其宗。」[30] 肢體上的畸形，不但製造恐怖與滑稽的不和諧感，作者亦往往藉此來諷刺人類的種種缺點與習性。[31] 錢士命這個人物，徹頭徹尾就是個「錢奴」，他為了金銀錢這個寶物，不惜殘殺無辜。這個畸形怪誕的主角，便暴露了人類貪婪、兇狠的本性。

　　怪誕的變形，除上述所討論的錢士命不符正常比例的畸形肢體外，更為普遍的是半人半獸的一類變形。人與異類的混合，通常是所謂「上等」生物與「下等」生物的結合。[32]「上等」生物當然是指人類，「下等」生物則泛指飛禽、走獸等異類。半人半獸式的怪誕，正好帶出人性中的獸性，動

30　《中國諷刺小說史》，頁 111。

31　Lewis A. Lawson, *The Grotesque in Recent Southern Fiction* (Ph.D. Thesis, University of Wisconsin, 1964), pp.141-142.

32　William Farnham, *The Shakespearean Grotesque* (London: Oxford University Press, 1971), p.7.

物性往往為變形的其中一個母題。[33]

　　《常言道》中的「衣冠禽獸」，就是隻半人半獸的怪誕生物：「見他生來：頭生四角，望去居然戴帽。身出扁毛，行來好像穿衣。人頭獸腹，狗肺狼心，逢人啃去一片皮，咬人須見骨。」（第六回）作者將衣冠禽獸這句成語，化身為一隻怪物。這隻生物，擁有人類的頭顱，卻長著野獸的肢體。「頭生四角」、「身出扁毛」便表現出其野獸的特徵。「衣冠禽獸」身上呈現人獸混雜的特性，已是可怖，更為怪異的是這隻仿作人類形態的生物：「望去居然戴帽」，「行來好像穿衣」。戴帽穿衣的怪物，透露強烈吊詭、滑稽兼恐怖的不協調感。「衣冠禽獸」這隻生物，不但予人怪誕感覺，更重要的就是從牠身上，可以窺見人性黑暗，可怖的一面。「衣冠禽獸」兇狠殘暴：「逢人啃去一片皮，咬人須要咬見骨。」這種冷血、暴戾的表現，令人不寒而慄；動物意象則可以帶出人性中被抑壓了的獸性。[34]

　　《聊齋誌異》中，有不少以半人半獸的變形，來表現人性中的動物性之例。卷十二〈杜小雷〉一篇中，杜妻忤逆雙目失明的婆婆，以蟲雜餅餌中作為其食物。這個不孝婦人，遭天譴而變成半人半豬的怪物。杜小雷「但見一豕，細視則兩足猶人，始知為妻所化。」[35] 杜妻因惡行被揭發，猶如以變形來恢復其原始獸性一般，變形為豬。半人半豬的形相，固然誘發怪誕感，另一方面，這個變形例子，亦帶出人性中惡毒的獸性。《常言道》中的怪誕人物錢士命和「衣冠禽

---

[33] Ralph A. Ciancio, *Op.Cit.,* p.27.

[34] Toni O' Brien Johnson, *Synge, The Mediveal and the Grotesque* (New Jersey: Barnes and Noble Books, 1982), p.134.

[35] 蒲松齡，《聊齋誌異》會校會注會評本（上海：上海古籍出版社，1992），卷十二〈杜小雷〉，頁1603。

獸」，都是怪誕變形之例。前者以畸形肢體，展示人物異乎尋常的貪婪和殘暴，後者則以半人半獸的怪物，諷刺行事狠毒、狼心狗肺之徒。

㈢怪誕與誇張

誇張的手法不單存在於怪誕藝術中，純粹誇張的描寫亦未必會產生怪誕效果，但怪誕作品中卻往往具備誇張的元素。[36]《常言道》中邛詭大戰錢士命，以及錢士命的良心被排出體外，都是充滿誇張成份的怪誕例子。邛詭與錢士命「短兵相接」的交鋒，乃書中一個精彩的怪誕片斷。這場「戰爭」充滿極其誇張的怪誕情調，誇張的描寫亦締造不少喜劇氣氛。這場「戰爭」的起因、籌備的過程、「軍事演習」，以至「兩陣交鋒」，都充滿諧趣的色彩。首先，這場「戰爭」的起因，本來就屬雞毛蒜皮的瑣事。邛詭向錢士命投下「戰書」，只因為狗報仇——邛詭的獵犬被錢士命爪牙施利仁斫去尾巴，邛詭便興起「復仇」之心。這種小事化大的處理手法，就是喜劇感的來源。此外，邛詭為求克敵，居然煞費苦心，拜在脫空祖師門下學藝，痛下苦功，由一個對武藝一竅不通的人，變為「試演法術，件件皆靈」的高手。

---

36 勞森（Lewis A. Lawson）便將變形、誇張、言外之意三點列為怪誕的特徵。果戈里（Nikolai Gogol）〈鼻〉"The Nose"，就是利用誇張的變形，來營造怪誕之氛圍。作品中的鼻子，由一個人體器官變形為一位五品官員。這個變形的鼻子，不單具備人類的軀體；它還會說話、會走路、會思考。鼻子是個呼吸器官，它從主人臉上脫落，便變形為一個紳士。這種不可思議的變形，固然有著可怖的成份，變形後的鼻子，以高人一等的傲慢態度，對待原來的主人，卻十分滑稽。由部份變形為整體，由鼻子變形為會思考、會祈禱的人類，則是誇張的寫法。勞森之論，見 Lewis A, Lawson, *Op.Cit.,* p.116. 〈鼻〉見果戈理，〈鼻〉，《狂人日記》，李映萩等譯（台北：志文出版社，1991），頁73。

（第七回）這種「刻意經營」和「處心積慮」，亦令人莞爾。邛詭的備戰過程，也引人發噱：「他便招兵買馬，打造軍器，遂自封為展升王。」一介落泊窮漢，居然自封為王，這種小題大做的描寫，便產生喜劇性的不協調感。邛詭與錢士命「模仿」真實的戰爭，進行「決戰」更令人忍俊不禁。錢士命令施利仁為「先鋒」、呂強詞作「軍師」、化僧為「副將」，錢士命本人則為「自汎將軍」。（第八回）喜劇的高潮則為錢士命在教場上的「軍事演習」：「這答兒兵對兵，那答兒將對將。棋搠槍，明槍易躲；使暗箭，暗箭難防。借刀殺人，刀刀見血；亂箭鑽心，箭箭上肚。」錢士命不但「調兵遣將」，有如行軍打仗，更在教場上「耀武揚威」，展示「軍事實力」。邛詭與錢士命的「軍隊」嚴陣以待、蓄勢待發的「緊張」，反而將喜劇感推至高峰。

　　邛詭與錢士命性命相搏的「戰爭」，在喜劇的高潮，便陡轉、急滑而為恐怖的殺戮：「錢士命將他一刀兩段、世上少了一個沒撐濱內的人，陰司裏又添了一個窮鬼。好個手段，果然殺得乾淨，並沒有一滴血水。」（第九回）喜劇性的「戰事」，卻產生「悲壯」的結果：邛詭不但全軍覆沒，「戰死沙場」，而且連巢穴也被錢士命犁庭掃穴式的剿滅行動所搗毀。出人意表的殺戮，令人措手不及之餘，更誘發強烈的滑稽逆轉為恐怖的怪誕感。這場「戰爭」的起因、備戰過程、「軍事演習」，以至兩陣交鋒，都充滿了極其誇張的描寫。誇張的處理手法，則引發更濃烈的不協調效果。

　　這場誇張的「貧富之戰」，甚具象徵意味，錢士命這個腰纏萬貫的財主，將代表「窮鬼」的邛詭殺掉，不但是貧不能與富對敵之例，亦是對不安份守貧、妄想不勞而獲的貧士之教訓，以收懲前懲後之效。邛詭若能甘於食貧，不作非份之想，不妄圖金銀錢，或能保全性命。《常言道》中的邛詭

與劉璋《斬鬼傳》中的窮胎鬼截然不同，窮胎鬼雖然「家無
隔宿之糧，灶無半星之火」，但他品格高潔，「相交的卻是
一般高人，伯夷、叔齊、顏子、范丹，皆與他稱為莫逆。」
（第八回）窮胎鬼撰寫的〈祭錢〉文，更表現其不「媚
世」、不「騙人」的高風亮節，故《斬鬼傳》中的窮胎鬼，
最後亦被含冤的「元寶湯」根治窮病。[37] 窮胎鬼能安份守
貧、志行高潔，終於「修成正果」；《常言道》裏的邝詭妄
動貪念，便「自尋死路」，終於成為錢士命的刀下亡魂。作
者安排邝詭命喪財主刀下的諷世意圖，亦彰彰明甚。

　　《常言道》中除邝詭與錢士命的「貧富之戰」外，錢士
命的良心被排出體外，也是極度誇張的怪誕描述。錢士命的
良心變色，被排出體外，至轉變成「鐵石心腸」的過程，可
謂相當恐怖。恐怖之處在於從「良心變質事件」，可以窺見
人性的惡毒與墮落。錢士命的良心突然發生變化：「但見錢
士命露出胸中兩個良心，發現心頭堆起一團，形狀色澤，宛
如炭團無二。」（第十一回）錢士命的良心呈黑炭狀，就十
分恐怖。肢體上的畸變及醜陋，表現了人物的內心世界。美
麗象徵道德上的美善，而醜陋則象徵道德上的邪惡。[38] 錢士
命為徵逐財富，濫殺無辜：他不但將無大過錯的邝詭殺害，
更戮殺無辜的殷豪。錢士命作下惡業，其良心也因而變形，
顯示其怙惡不悛。

　　錢士命變形的良心，已教人驚慄，更可怕的是他的良心
居然被排出體外，顏色比炭團更黑。這個「炭團」一般的良
心，經脫空祖師、呂強詞等人想盡千方百計後，終於「復歸

---

37 劉璋，《斬鬼傳》（湖北：長江文藝出版社，1980），第八回，頁 80。

38 William H. Speckman, *Literature and the Grotesque* (Ph.D. Thesis, Claremont
　Graduate School and University Centre, 1971), p.64.

原位」。唯已變色、變形的良心，居然連肌理也改變，從此變成「鐵石心腸」：「（良心）似鐵鑄的一般，堅硬異常。」（第十一回）錢士命的良心在位置、顏色與構造上的改變，不但誇張，而且駭人。怪誕文學往往具備誇張、極端的顯著成份。[39] 錢士命的良心移位，便是極其誇張的描述。此外，「良心變質事件」，亦傳達了令人不安的訊息——就是人物身上所呈現的墮落人性，以及所表現的精神腐化及弱點。[40] 錢士命在殺害邛詭及殷豪後，良心便變色、移位，甚至變成「鐵石心腸」。這個轉變是其「犯罪史」上一個重要的轉捩點，自此以後，錢士命更不可自拔，更耽於財富的欲求，更加冷血地賤視人命，更為殘酷地濫殺無辜。他不獨殺害柳娘娘、邛漢、賈斯文、刁賊，甚至連小孩及嬰兒也不網開一面，小瞎子萬弗著和嬰孩邛漢之子便慘死在他手上。[41] 錢士命變形的良心，就反映了這個人物日趨墮落、兇狠、殘暴，近乎禽獸的「人性」。

　　錢士命「良心變質事件」，不但充滿恐怖的寓意，亦飽含黑色幽默的色彩。財主「病入膏肓」的惡毒，在恐怖中滲著幽默。據熊醫的診斷，錢士命黑炭狀的良心，皆因平日服用「滋生丸」所致。「滋生丸」的成份計有：「爛肚腸」、「欺心」、「鄙吝」、「老面皮」和「砒霜」。所謂「滋生丸」，其實就反映了錢士命狼毒的心腸和罪惡的靈魂。熊醫開出「平穩散」，來治理「滋生丸」所造成的黑炭形良心。「平穩散」的成份包括：「好肚腸」、「慈心」、「和氣」、「情義」、「忍耐」和「方便」。可悲的是錢士命已

---

39 湯姆森，上引書，頁 36。
40 Geoffrey G. Harpham, *Op.Cit.,* p.6.
41 《常言道》，第六回，頁 210；第十二回，頁 244；第十三回，頁 250、253；第十四回，頁 258。

「不可藥救」，「慈心」、「情義」，難以拯救「欺心」、
「鄙吝」的蛇蝎心腸：「錢士命接來呷了一口，果然胃口不
對，咽不進喉嚨，登時嘔惡，吐了滿地。遂將舊存丸藥吃了
一服，喉嚨中便覺滋潤。」（第十一回）錢士命服用「平穩
散」便嘔吐狼藉，服用「滋生丸」則頓覺舒泰。醫師的處方
不但妙想天開，且引人發噱。另一方面，錢士命已經腐蝕的
靈魂，不但不可藥救，而且繼續潰瀾，則令人不寒而慄。
「良心變質事件」，在恐怖的基調中滲著黑色幽默，因而造
成恐懼感甚濃的怪誕氛圍。

㈣怪誕與超現實

　　怪誕藝術與超現實主義有共通之處，如源自潛意識的創
作靈感，還有不協調的元素。[42] 可以說，怪誕藝術與超現實

[42] 凱撒認為怪誕的理念，特別適用於形容當代藝術運動中的超現實主義。見
Wolfgang Kayser, *Op.Cit.,* p.168. 雖然怪誕與超現實藝術有共通點，但兩者卻
不能劃上等號。怪誕藝術與超現實主義的作品，皆源自潛意識領域。怪誕藝
術所表現的恐怖、焦慮，可追溯至潛意識中被抑壓的野蠻、原始的本能及非
理性欲望。超現實主義亦著重以潛意識，作為創作靈感的來源。這個自一九
一九年左右，承接達達主義（Dadaism），由蘇黎世（Zurich）傳至巴黎的
運動，目標是在意識界中發動革命。超現實主義提倡不自覺寫作（auto-
matic writing），不用打腹稿，直接從內心的潛意識中吸取養份。夢境既是
潛意識的流露，因此，夢境、幻覺亦被視為創作的靈感及題材。正由於超現
實主義，旨在意識界中起革命，故作品往往不依循因果關係的邏輯規律。不
合邏輯的拼貼，常產生不協調的氛圍，而不協調這個元素，亦存在於怪誕藝
術中。見 Rene Passeron, *The Concise Encyclopedia of Surrealism* (Ware: Om-
ega Books Ltd., 1984), pp.8,12; Martica Sawin, *Surrealism in Exile* (Cambridge,
Mass: MIT Press, 1995), Introduction.怪誕藝術中，亦有不少同時具備超現實
元素之作，如果戈理〈鼻〉一文中，鼻子變形為人，固然充滿怪誕意味，但
鼻子時以人形現身，如與柯瓦留夫在教堂中相遇及被警察追捕；有時卻又
變回一件死物。（如被伊凡發現時）警察逮捕的明明是個變形為人的鼻子，
交給柯瓦留夫時，鼻子卻又變了一件死物。人形鼻子與死物鼻子，兩者間所
經歷的變化，沒有因果及邏輯關係，這點便與超現實之作，所呈現的事件間
並不存在邏輯關係的特色相類。見〈鼻〉，頁 64-65，70-74，86。

主義有交匯、重疊之處——部份怪誕作品，同時又是超現實之作，而部份超現實作品，亦同屬怪誕藝術之類。唯怪誕與超現實藝術，兩者仍然是有差別的——怪誕作品的不協調，來自恐怖與滑稽兩種情緒的互相衝擊；超現實之作的不調和性，往往來自現實與想像兩者互相激盪的後果。

　　《常言道》中亦充滿超現實意味的怪誕描寫，萬弗著的死，萬笏被斬和金銀錢神奇莫測的變化，都瀰漫著沒有因果、邏輯可言的不協調感。錢士命殺萬弗著一幕，便充滿怪誕色彩。萬弗著是名小瞎子，「驀見」金銀錢：「兩只眼睛，頓時開了」（第六回）。小瞎子「見錢眼開」，固然是違反自然的寫法；小瞎子財迷心竅，充滿貪婪的垂涎相，卻又引人發噱：「（小瞎子）一見金銀錢，便用手連忙來搶。」萬弗著惹人發笑的表現，將喜劇感推至高峰。但在喜劇性最濃的時候，作者卻突然切入血腥的殺戮，將笑鬧氣氛陡然一轉——小瞎子向錢士命乞饒性命，最後仍被淹死在枯井中。殺人本已是殘忍、可怖的行為；戮害尪羸小兒，更令人感到錢士命的冷血。可笑與可怖，兩者互相衝擊而成充滿超現實意味的怪誕氛圍。

　　小瞎子之死，引致其父萬笏的「復仇」及「被斬」，其中的過程也充滿違反自然的不協調元素。施利仁受錢士命之令，將萬笏押赴教場斬首，這個勢利小人，演盡諸般醜態，在圍觀的群眾跟前裝腔作勢：「他就裝出許多氣慨（概），許多威嚴。」（第八回）另一方面，小丑般的「監斬官」押著萬笏前往教場，傳令兩名劊子手合力戮殺萬笏，卻又營造了緊張、恐怖的氣氛。就在這千鈞一髮的緊張時刻，卻意外地產生一個又一個的反高潮。首先是兩名劊子手斫殺萬笏不果：「那曉得這個萬笏，三刀斫弗入，四刀沒血出。」萬笏「刀槍不入」一幕，不但是個反高潮，更充滿滑稽感。偷刀

賊將「法場」上的刀竊去，令施利仁無法行刑，則將歡鬧氣氛再推向高峰。裝腔作勢的「行刑」便充滿「雷聲大、雨點小」的怪誕色彩。此外，兩名劊子手將萬笏亂斫，「犯人」卻「刀槍不入」的描寫，亦屬不合邏輯的超現實寫法。

　　《常言道》一書，貫穿整篇小說的寶物——金銀錢，實在是個神奇錢幣，它不但能招財進寶，亦變幻莫測，因而締造書中天馬行空般的超現實境界。金銀錢這個寶物，不但能騰空飛去[43]，來去無蹤，而且變化不定。第四回中有一段精彩的描寫。金銀錢幻化為「滿天蝴蝶」在空中飛舞，忽而蝴蝶變做一團如饅頭模樣，落在錢士命口中，金銀錢幻化蝴蝶，再變成饅頭模樣，最後在錢士命口中恢復本來面目。金銀錢能幻化不同物件，過程並沒有因果與邏輯順序，因而予人違反自然及超現實之感。此外，在第十一回中，這個神奇錢幣，亦經歷另一次甚具象徵意味的變形。金銀錢的錢眼可變大縮小：「忽見那金銀錢，登時大了，立起，宛如月洞一般。這錢眼之內，竟可容身，錢士命看見，歡天喜地，手舞足蹈，在這錢眼中，鑽來鑽去，翻筋斗耍子。身子正在眼中，覺得錢眼漸漸收小，忙將身跳出。」（第十一回）金銀錢的錢眼可以隨時變形，忽大忽小，神奇莫測。錢孔的變化，則甚具象徵意味，《中國諷刺小說史》評：「這就是化用『銅錢眼裏翻筋斗』的意思」。唯錢士命在忽大忽小的「銅錢眼裏翻筋斗」，卻險些送命。錢孔收縮，差點將他勒斃，《鏡花緣》中的章莊便命喪錢孔當中：「即至錢眼跟前，把頭鑽出，朝外一探；不意那個錢眼漸漸收束起來，把頸項套住，竟自進退不能。」（第九十九回）章莊之死，便表達了貪夫殉財的諷刺。

43　《常言道》，第三回，頁 196；第七回，頁 216。

　　《常言道》中，神奇錢幣子母錢不同形態的變化，替作品注入奇幻的超現實意味。作者借怪誕的變形，誇張等手法，嘲諷世人溺於財富、物質的迷障，不知自拔，致走上自誅命運之途。

二、「錢奴」的世界

　　《常言道》只有一個主題，全書環繞金銀錢這個神奇錢幣，帶出世人為徵逐財富，不惜拋棄尊嚴、寡廉鮮恥，且作下各種見利忘義的惡業。《常言道》第一回勾勒了一幅追逐利祿的眾生相：「勞心勞力，日夜千辛萬苦，也因為要這個；為客為商，奔走千鄉萬里，也因為要這個；賣男賣女，骨肉東三西四，也因為要這個；奴顏婢膝，為要這個甘作低三下四；朝張暮李，為要這個不顧九烈三貞。至於六街三市，三百六十行，九流三教，做盡千奇百怪的勾當，無非為要這個上頭起見。」作者便借虛構旅行、寓言人物及反諷等技巧，深入刻劃了這個「錢奴」的世界。

㈠虛構旅行

　　虛構旅行乃其中一類的諷刺寓言 [44]，作者往往借虛擬的國度，反映現實、諷刺現實。無論旅程如何怪異，讀者仍能從虛構和現實世界的相類中，領會作者借此諷彼；以虛擬境界，諷刺現實的言外之意。[45]《聊齋誌異》卷四〈羅剎海

---

[44] Arthur Pollard，《何謂諷刺》，董崇選譯（台北：黎明文化，1981），頁 41。

[45] 以《格利佛遊記》為例，作者借隨船醫生格利佛出遊小人國、大人國、飛昇島和智馬國，來諷刺人類的種種習性。見 Jonathan Swift, *Op.Cit.*, 小人國見第一卷；大人國見第二卷；飛昇島和智馬國，見第三、四卷。書中第四卷出現雅猢（yahoo），這種生物好勇鬥狠，喜歡互相攻伐、內閧、懶惰、酗酒。醜陋的雅猢，就代表了人性中屬於獸性的一面。

市〉一則，亦是借虛構旅行，反映現實之作。「美丰姿」的
馬驥，在大羅剎國被視為妖怪，因為當地以媸為研。女樂是
「貌類如夜叉」的女郎，更可笑的是大羅剎國，在委任官員
方面是以貌取人的：「其美之極者為上卿」，待郎便是「目
睛突出，鬚卷如蝟」的人。馬驥後來「以煤塗面」，刻意醜
化容顏，居然「拜下大夫」。妍媸顛倒的大羅剎國，在以博
一粲的背後，埋藏了第二層意義，就是反映了取仕標準的荒
謬可笑。讀者在取笑大羅剎國以貌取人，以媸為妍的仕宦準
則之餘，亦會省悟當時以科舉取仕之弊。文章高下，沒有絕
對標準，能出仕的未必就是真正有才能之人。科舉取仕的制
度，實際上與大羅剎國以貌取人的標準，在本質上同樣荒
唐。諷刺寓言中的虛構旅行，縱使表面上如何奇幻怪異，仍
是真實人生的模仿。讀者從虛擬與現實中，尋出相類、相通
之處，猛然省悟作品中隱藏的另一層意思，豁然明白作者的
言外之意；在會心微笑之餘，亦領會諷刺之作所傳達的道德
教訓。

　　《常言道》就是借時伯濟遊歷小人國與大人國，帶出殘
忍、恐怖的「錢奴」世界。小人國裏充滿為財富而迷失本性
的金錢奴隸。魯褒〈錢神論〉云：「錢多者處前，錢少者居
後。處前者為君長，在後者為臣僕」。[46] 擁有財富，等於擁
有權力。金錢眩人眼目，致令人為其亡命，罔顧人倫，甚至
殘害無辜。《常言道》中錢士命為錢亡命，就是個典型的
「錢奴」。第四回中，金銀錢騰空飛墮大海，錢士命居然冒
險入海，尋求寶物：「（錢士命）一時情極，將身跳入海
中，淘摸金銀錢。那時白浪滔天，錢士命身不由主，又要性
命，速叫幾聲救命，無人答應。」（第四回）小人國雖是個

---

46 〈錢神論〉，頁 2437。

虛擬世界，它卻反映了真實的人生。現實人生中，亦充滿唯利是圖、罔顧人倫之輩。《常言道》中施利仁為了討好錢士命，居然獻出妻子軒格蠟娘娘，供財主玩弄，以求騙取金銀錢；更匪夷所思的就是軒格蠟娘娘為求寶物，亦甘心賣淫。（第九回）小人國就是個金錢掛帥，笑貧不笑娼的世界。在這個虛構的國度中，人們不但為了金錢而亡命、出賣尊嚴；錢士命為追逐金銀錢這個寶貝，更不惜枉殺無辜，草菅人命，殺害萬弗著、邛詭、殷豪、柳娘娘、邛漢、賈斯文及刁鑽等人。[47] 由此可見利令智昏之甚，以及金錢利祿腐蝕人性之劇。

　　《常言道》中的大人國、小人國是個對比：「（大人國）人品端方，寬洪肚量頂天立地、冠冕堂皇……存惻隱，知恥辱，尊師傅，講誦讀。」（第十三回）大人國民與徵逐利祿的小人不同，他們行事以「義」為準則。大人道：「這義利兩字還要看得分明。即行一善，無所為而為善，是義；有所為而為善，是利。」（第十四回）大人、小人之別，就在「義」、「利」兩個字。〈里仁〉篇謂：「君子喻於義，小人喻於利。」大人，這個大人國中的代表人物，殺錢士命（第十四回）、滅小人國（第十六回）之舉，甚具象徵意味。大人代表「義」，終能戰勝小人代表的「利」。這個結局，不但是個較為光明和樂觀的收束，另一方面亦帶出邪不能勝正的訊息。

　　虛擬旅行中的國家，雖是虛構國度，實際上卻反映了真實人生的種種。[48]《常言道》中，作者借時伯濟出遊小人國

---

47 《常言道》，第六回，頁 210；第十二回，頁 244；第十三回，頁 250、253；第十四回，頁 258。

48 虛構旅行其實是現實人生的反映，聖德修伯里（Antoine De Saint-Exupery）《小王子》（*Le Petit Prince*）中，小王子遊歷三二五至三三 O 號遊星。這

之經歷如見證錢士命為金錢亡命和殺害無辜、施利仁夫婦為求金銀錢出賣廉恥等例子，來嘲諷利令智昏的人類。小人國與大人國，都是作者筆下的虛構國度，作者藉此嘲諷金錢腐蝕人性之劇和利欲薰心，以致性靈墮落之禍害。

㈠寓言人物

　　《常言道》作者除了利用虛構旅行，來帶出諷刺外，他更利用各種不同的寓言人物，以表達諷刺之鵠的。[49] 劉璋《斬鬼傳》中的四十三隻鬼，亦是寓言人物，每隻鬼均代表人類的一種癖性或惡行：例如楞睜大王代表楞頭楞腦的呆瓜，摳掏鬼是詐騙的惡棍、低達鬼乃吮癰舐痔之徒、齷齪和仔細鬼，則是慳吝的守財奴。[50]

　　《常言道》中，作者將抽象理念擬人化，製造不少寓言人物：如錢士命代表視財如命之人，時伯濟乃成長中的「義人」、邛詭是不甘食貧的赤貧之士、妒斌則屬妒念極重的妻子。第十回中就出現七個寓言人物：妒斌乃錢士命之妻，為

些星球上居住的人，正是大部份自私、自我的人類之寫照：專制的國王、虛榮的人、酒鬼、實業家、地理學家，全部都是活在自我當中。他們都是孤獨而疏離的人類，其中只有點燈的人，為別人工作，因而活出生命的意義。這些遊星上的居民，就是真實人類的代表。見聖德修伯里，《小王子》（*Le Petit Prince*），陳錦芳譯（台北：水牛圖書，1995），有關三二五至三三〇號遊星上居住的人，見第十章，頁 40-41；第十一章，頁 45；第十二章，頁 48-49；第十四章，頁 55；第十五章，頁 61。

49　中世紀時期，流行用人物來表現罪惡或優良品行，七宗死罪（seven deadly sins）便是寓言人物之例。《浮士德》（*Doctor Faustus*）中，就出現七宗死罪：傲慢、貪婪、狂怒、妒忌、饕餮、懶惰和縱慾七個寓言人物。這些角色，每位都代表一種罪惡，他們的表演，則是魔鬼安排上演的好戲，作用是娛樂浮士德，令他墮入七宗死罪所代表的罪惡深淵。見 Christopher Marlowe, *Doctor Faustus* (London: A&C Black Publishers Ltd., 1989), Scene 5, pp. 37-39.

50　《斬鬼傳》，第五回，頁 48，53；第六回，頁 59；第十回，頁 99，101。

了金銀錢失而復得，因而宴請施利仁夫婦。妒斌請來喜娘、怒娘、哀娘、懼娘、愛娘、欲娘七位小娘唱曲子：「欲娘起調，六個小娘隨聲附和，一齊彈唱。」（第十回）七個唱曲小娘，便是七情的化身。《禮記》第九〈禮運〉篇云：「何謂人情？喜怒哀懼愛惡欲，七者，弗學而能。」[51]《常言道》第十回中出現代表七情的寓言人物，以代表人類的七種感受和情緒。其中以「欲娘起調」，最具象徵意味。欲娘就代表了錢士命的色欲之心，他不但與軒格蠟娘娘有染，亦與單八姐勾搭，這個人物便是財、色之化身。

《常言道》中的每一個人物，都是一種癖性或理念的擬人化。「無齒小人」和李信，便是邪與正的化身。施利仁又名「無齒小人」：「這個人姓施，號利仁，原是錢士命家裏走動的一個幫閒人，年紀不多，只五六十歲，滿口牙齒落盡，身材短人，小人國內的矮人有名的，叫做無齒小人。」（第三回）施利仁是「無恥小人」的化身，他是錢士命的手下。這個奴顏婢膝的人物，為了金銀錢，連妻子也送給主人玩弄，是名副其實的「無恥小人」。《常言道》中既有吮癰舐痔之輩，亦有高風亮節之士。李信 （理信）就是義理的化身，大人國中的大人說李信：「他原是上天降下來，人人不離左右，家家坐在堂中。只為那些人和他不睦，有的不肯順他，有的務要背他，有不認識他，有的故意要滅他，竟像是天下沒有他的了。你我都是認得他的，又是情願順他，不肯背他滅他，自然坐在堂中，不離左右。」（第十四回）由大人的一番話，可見李信乃人類天性中善良的一面，他代表能辨別是非的良心和義理。

---

51 王夢鷗註釋，《禮記今註今譯》（台北：台灣商務印書館，1987），頁377。

《常言道》中出現的角色，都是某種癖性或理念的化身，作者借不同的寓言人物，帶出他對人類種種習性的嘲諷：如錢士命乃為財亡命、視錢如命之財主、施利仁是巧言令色、脅肩媚貴之徒、邛詭乃不甘食貧之士、妒斌則是「醋娘子」的化身。此外，書中亦有代表義理及良知之士，如時伯濟、李信和大人。兩類截然不同的寓言人物，代表人類複雜的天性及其矛盾。《常言道》的結局，由大人消滅小人國，則代表了這場「義」、「利」之戰中，義理報捷的光明訊息。

結論

《常言道》一書中，充滿拜金的「錢奴」。反諷之處在於「錢奴」辛苦積聚的財富，始終如霧亦如電，倏忽消逝。錢士命的家業，便被兒子錢百錫瞬間散掉。（第十五回）《斬鬼傳》中的吝嗇財主齷齪鬼和仔細鬼的兒子，也是一雙敗家子。（第四至五回）敗家子耗盡父親銖積寸累所贍的財產，便是作者對吝嗇財主的處罰。纖嗇之人，聚斂無數而不肯拔一毛以利天下，該得到處罰和報應。

《常言道》一書，說不上是著名之作，文本中亦存在不少缺點，例如是書在行文方面較為俚俗。第三回中描寫錢士命變形的身軀及其穢習，便令人覺得甚為鄙俗；鄙俗的描寫也影響了作品的格調。此外，作者用了整整一回小說，反複申述世人追逐金錢帶來的害處。（第一回）這樣的敘述，不但彰現過重的道德教訓意味，亦令讀者產生累贅之感。況且，是書在行文方面，也有不少生澀、矛盾之處。如第十四回中，作者描寫時伯濟在河邊等待救援，偶遇爛好人施援手而不果一段，便顯得前後矛盾：「只見他的船在河中旋轉，

霎時間，人船形跡俱無。時伯濟見了，心中反覺不安，承他一團好意，要來救我，卻先自己沉沒，淒涼滿目，哽咽難言，惟拼一死，或有生機，耐心守候，聽其自然而已。」（第十四回）究竟時伯濟想「惟拼一死」，還是「耐心守候」呢？這段描寫便顯得前後矛盾。

　　雖然《常言道》一書存在不少缺點，唯作者以怪誕變形，誇張和充滿超現實的描寫，來揭示利祿帶來的惡果，亦十分精彩。錢士命人為財死，追逐金銀錢；甚至為了錢財而殺害無辜，乃至尪贏孩童，還有為了財富而出賣尊嚴、出賣妻子貞操的「無恥小人」施利仁，都代表了貪念和物欲之無饜。《常言道》中，雖有追逐利祿之輩，彰現人類的劣根性，唯篇末以「大人」消滅「小人」、「理信」戰勝貪欲，亦是個比較光明而樂觀的收束。《常言道》全書的軸心，就是描寫金銀錢為禍人間。以整本小說來嘲諷這個扭曲人性的「錢奴」世界的作品，在小說史上也不多見，因而應該有其本身的價值。

此文原載於《嶺南學院中文系系刊》第五輯，1999。

新萬有文庫

古典小說論稿
—— 神話、心理、怪誕

作者◆劉燕萍

發行人◆王學哲

總編輯◆方鵬程

責任編輯◆翁慧君

封面設計◆余俊德

校對◆吳曜臣

出版發行：臺灣商務印書館股份有限公司

台北市重慶南路一段三十七號

電話：(02)2371-3712

讀者服務專線：0800056196

郵撥：0000165-1

網路書店：www.cptw.com.tw

E-mail：cptw@cptw.com.tw

網址：www.cptw.com.tw

局版北市業字第 993 號

初版一刷：2006 年 7 月

定價：新台幣 420 元

ISBN 957-05-2069-8

古典小說論稿：神話、心理、怪誕 ／ 劉燕萍著
．--初版．--臺北市 ： 臺灣商務， 2006[民
95]
面 ； 公分．--（新萬有文庫）

ISBN 957-05-2069-8(平裝)

1. 中國小說 - 評論

827.88   95009851

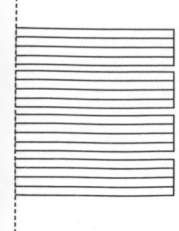
100臺北市重慶南路一段37號

臺灣商務印書館　收

請對摺寄回，謝謝！

傳統現代　並翼而翔

Flying with the wings of tradition and modernity.

讀者回函卡

感謝您對本館的支持，為加強對您的服務，請填妥此卡，免付郵資寄回，可隨時收到本館最新出版訊息，及享受各種優惠。

姓名：＿＿＿＿＿＿＿＿＿＿＿＿＿＿＿ 性別：□男 □女

出生日期：＿＿＿年＿＿＿月＿＿＿日

職業：□學生 □公務（含軍警） □家管 □服務 □金融 □製造
　　　□資訊 □大眾傳播 □自由業 □農漁牧 □退休 □其他

學歷：□高中以下（含高中） □大專 □研究所（含以上）

地址：＿＿＿＿＿＿＿＿＿＿＿＿＿＿＿＿＿＿＿＿
　　　＿＿＿＿＿＿＿＿＿＿＿＿＿＿＿＿＿＿＿＿

電話：（H）＿＿＿＿＿＿＿＿＿＿（O）＿＿＿＿＿＿＿＿

E-mail:＿＿＿＿＿＿＿＿＿＿＿＿＿＿＿＿＿＿＿＿

購買書名：＿＿＿＿＿＿＿＿＿＿＿＿＿＿＿＿＿＿

您從何處得知本書？
　　　□書店 □報紙廣告 □報紙專欄 □雜誌廣告 □DM廣告
　　　□傳單 □親友介紹 □電視廣播 □其他

您對本書的意見？（A/滿意 B/尚可 C/需改進）
　　　內容＿＿＿＿ 編輯＿＿＿＿ 校對＿＿＿＿ 翻譯＿＿＿＿
　　　封面設計＿＿＿＿ 價格＿＿＿＿ 其他＿＿＿＿＿＿＿＿

您的建議：＿＿＿＿＿＿＿＿＿＿＿＿＿＿＿＿＿＿
　　　　　＿＿＿＿＿＿＿＿＿＿＿＿＿＿＿＿＿＿
　　　　　＿＿＿＿＿＿＿＿＿＿＿＿＿＿＿＿＿＿

臺灣商務印書館

台北市重慶南路一段三十七號 電話：（02）23713712轉分機50~57
讀者服務專線：0800056196 傳真：（02）23710274
郵撥：0000165-1號 E-mail：cptw@cptw.com.tw
網路書店：www.cptw.com.tw